# Teneriffa Tod

Barbara Meyer studierte Mediävistik und Allgemeine Literaturwissenschaften in Paderborn. Sie arbeitet als freiberufliche Autorin im Bereich Regional- und Familiengeschichte. Seit Kurzem lebt sie außer in der Nähe des Paderborner Doms auch in Puerto de la Cruz auf Teneriffa. Seit dem Jahr 2008 sind von Barbara Meyer im Emons Verlag sechs historische und aktuelle Paderborn Krimis erschienen.

Dieses Buch ist ein Roman. Handlungen und Personen sind frei erfunden. Ähnlichkeiten mit lebenden oder toten Personen sind nicht gewollt und rein zufällig.

BARBARA MEYER

# Teneriffa Tod

KRIMINALROMAN

emons:

**Bibliografische Information der Deutschen Nationalbibliothek**
Die Deutsche Nationalbibliothek verzeichnet diese Publikation
in der Deutschen Nationalbibliografie; detaillierte bibliografische
Daten sind im Internet über http://dnb.d-nb.de abrufbar.

FSC
www.fsc.org
MIX
Papier aus verantwortungsvollen Quellen
FSC® C083411


Umschlagmotiv: photocase.com/elmue
Umschlaggestaltung: Tobias Doetsch
Gestaltung Innenteil: César Satz & Grafik GmbH, Köln
Lektorat: Carlos Westerkamp
Druck und Bindung: CPI – Clausen & Bosse, Leck
Printed in Germany 2016
ISBN 978-3-7408-0007-9
Originalausgabe

*Von Tegueste und Tacoronte bis zum Dorfe San Juan de la Rambla ist die Küste wie ein Garten angebaut. Ich möchte sie mit der Umgebung von Capua oder Valencia vergleichen, nur ist die Westseite von Teneriffa unendlich schöner wegen der Nähe des Pics, der bei jedem Schritt wieder eine andere Ansicht bietet. Der Anblick dieses Berges ist nicht allein wegen seiner imposanten Masse anziehend; er beschäftigt lebhaft den Geist und läßt uns den geheimnisvollen Quellen der vulkanischen Kräfte nachdenken.*

Alexander von Humboldt über das Orotava-Tal, 1799

## Prolog

Blutrot. Tiefschwarz. Ein toller Kontrast.

Diesen schwarzen Sand gab es nur, wo Vulkangestein verwitterte. Die berühmten schwarzen Strände Teneriffas. Der Sand speicherte die Sonne und verbrannte die Füße der Touristen, wenn nicht der Wind sie vertrieb, wie an diesem bedeutsamen Tag.

Welle um Welle schob der Atlantik aufs Land, schäumende weiße Zungen leckten weit den Strand hinauf. Das war die Flut, wenig spektakulär auf der Insel. Sturm, ja – der war etwas anderes. Er peitschte das Wasser bis hinauf zu den Mauern und überflutete die Höhlen im Fels. Auf dem Rückweg nahm es viel schwarzen Sand mit sich, übrig blieben rund geschliffene schwarze Kiesel. Hart, aber handlich. Und tödlich.

Der Strand war verwaist, auf den Treppen und Terrassen niemand zu sehen. Weit hinten wehte die rote Fahne der Strandwächter. Sie bewachten nur das Wasser, in dem jetzt niemand schwamm. Was die Leute auf ihren Badetüchern taten, war ihnen egal.

Hoch aufschäumend schlugen die Wellen auf die Felsen ein, die zwischen den Badestränden ins Meer ragten. Gegenüber in Punta Brava waren jetzt wieder die Terrassen überschwemmt. Auf dem Atlantik baute sich ein endlos erscheinender Wellenkamm auf, der Meter für Meter brach, lange bevor er die Küste erreicht hatte. Unter brausendem, zischendem Getöse stürzten sich die Wassermassen auf die niedrigen bunten Häuser.

Alles hatte gepasst. Auffrischender Wind, kurz war die Sonne hinter Wolken verschwunden, schon packten die Touristen zusammen.

Nur sie war geblieben, wie an vielen Abenden, aber sie war auch keine Touristin. In einer windgeschützten Ecke nah der Felsen lag sie auf dem roten Strandlaken in der Sonne. Im knappen Bikini, schwarz wie der Sand, die Figur vom Wandern in Form gehalten. Das war der lang erwartete Moment.

Jetzt lag dort nur noch das Tuch. Leicht zerknittert, als hätte eben noch jemand darauf geruht. Blutrot im Schwarz. An eine Blutlache konnte man denken, aber die wäre längst versickert. Nur ein rotes Badelaken. Echtes Blut sah man nicht. Das Tuch konnten die Strandwächter fortschaffen, wenn nicht die Flut ihnen zuvorkam.

Zurück blieb, gut versteckt, ein Souvenir.

Nun schnell. Fort hier. Die Treppen im Laufschritt. Oberhalb der Uferstraße saßen die Badegäste in den Restaurants, viele suchten noch einen Platz. Tourist sein unter Touristen. Alles war getan.

# 1

»Carmenciiita!«

Mühelos drang der ungeduldige Ruf der alten Frau durch zwei Türen bis in ihr Zimmer. Die Fotos mussten ungesehen bleiben.

»Bin schon da-ha!« Laut rufen konnte Carmen Winkelhoff auch.

Sie speicherte die Aufnahmen ihres letzten Teneriffa-Besuchs und schob den leeren Chip zurück in die Kamera. Ihr drittes Auge, das mehr wahrnahm als die beiden anderen und nichts vergaß. An der Tür warf sie einen Blick zurück: das reine Chaos. Auf Bett, Sofa und Sessel verteilt der Inhalt ihres Kleiderschranks, der gähnend leere Koffer, in dem alles verschwinden sollte. Vorfreude erfasste sie nicht bei dem Anblick. Vor wenigen Tagen erst war sie aus Puerto de la Cruz heimgekehrt, und nun sollte sie schon wieder los. Was verlangte Mutter da?

»Carmen!« Ungehalten schallte es über den langen Flur der im Vorderhaus gelegenen Altbauwohnung. So hinfällig ihre Großmutter auch wurde – die Stimme erheben konnte sie immer noch. Von der Bergmannstraße her drang gedämpfter Verkehrslärm herein. An den weiß gestrichenen Wänden zwischen Carmens Eckzimmer und der Küche am anderen Ende des Flurs hingen Vergrößerungen von Carmens sonnigsten Teneriffa-Fotos.

Die Trauminsel der Deutschen, nur nicht die ihre. Carmen lebte seit ihrer Kindheit bei ihren Großeltern in Berlin und nicht auf Teneriffa bei ihren Eltern. Verzwickte Familienverhältnisse: Herbert Winkelhoff, ihr Vater, war ein deutscher, auf der Insel ansässiger Bauunternehmer, seine Frau Maria Inés, Carmens Mutter, stammte wie ihre als Gastarbeiter ausgewanderten Eltern aus Puerto de la Cruz im Nordwesten der Kanareninsel. Dort waren die meisten Fotos entstanden.

Vor einer älteren Aufnahme blieb Carmen schmunzelnd stehen. Hier posierte Juana Perera-Muñoz – ihre Großmutter – auf der Plaza de la Iglesia vor dem Brunnen, den schlanken Hals so stolz gereckt wie der Schwan hinter ihr. Kurz vorher hatte es Streit gegeben: Vater hatte sie »Oma« genannt, was er nicht lassen konnte, obwohl ihm seit Langem klar war, dass sie es hasste. Ihre schneidend laute Stimme hatte sogar die Glocken übertönt: Deutsche mit deutschem Pass sei sie, fortgeschrittenen Alters, nun ja, aber bestimmt keine »Omma«. Wann ihr Schwiegersohn sich das endlich merken wolle?

Carmen konnte sie gut verstehen. Schon als Kind waren ihr Omas – jedenfalls die ihrer Schulkameraden – einheitlich grau und langweilig erschienen, aber ihre Großmutter liebte Farben und interessierte sich für alles. Ihre Enkelkinder hatte sie gelehrt, *abuela* zu sagen, manchmal auch *nana*, doch ihr Mann war für Carmen immer nur Opa Claudio gewesen. Jetzt wartete sie bestimmt mit Verhaltenstipps für die Reise auf Carmen.

Am Pico del Teide und am brausenden Atlantik vorbei ging sie auf die Küchentür zu, durch deren kleines Fenster diffuses graues Licht drang. *Abuela* war es ebenso wenig recht wie ihr selbst, dass Carmen so bald wieder auf die Insel entschwinden sollte. Und dann noch aus unklarem Anlass. Mutter hatte es geheimnisvoll gemacht, nur in Andeutungen gesprochen, wie sie es am Telefon immer tat.

»›Vater ist nervös.‹ Was soll das heißen?«, hatte *abuela* gefragt, als Carmen von dem Gespräch erzählte. »Schlägt er sie wieder? Wenn ja, will ich das wissen!« Was sie dann tun wollte, sagte sie nicht. Sie hätte ohnehin nicht helfen können, da Mutter ihrem Mann regelmäßig verzieh, wenn er mit einem neuen Schmuckstück wedelte.

Wie immer erschauerte Carmen vor dem kalten Zug, als sie die Wohnungstür passierte. Ein schönes altes Stück mit Fensterchen aus zartfarbigem Glas, aber keinerlei Hindernis für die Kälte im Treppenhaus. Damit musste man leben.

Wie mit den wiederkehrenden Kriegszuständen in der Ehe ihrer Eltern. Zum Glück waren sie weit weg, hatten schon vor langer Zeit ihren Wohnsitz nach Teneriffa verlegt, wo Vaters Geschäfte blühten. Ein Hotel nach dem anderen hatte er hochgezogen, und immer noch wollte er mehr. Die kleine Carmen hatten sie bei *abuela* gelassen, was ihnen beide nicht übel nahmen.

Warum fragte Mutter nicht Pedro? Er stand ihrem Herzen

viel näher als Carmen. Von Madrid aus konnte ihr Brüderchen doch mal schnell auf die Insel fliegen. Bestimmt musste er bedeutsame Vorlesungen halten, was viel wichtiger war als Carmens »Wühlerei im Dreck«, wie er ihre Gärtnerei nannte. Sie hatte vor Kurzem die Meisterprüfung bestanden, aber das würde ihn wie immer wenig interessieren.

Mit einem kleinen, gleich unterdrückten Seufzer betrat sie die Küche mit den übereck liegenden Fenstern, davor grauer Himmel über grauen Häusern. In Puerto schien jetzt wohl die Sonne …

*Abuela* saß am Küchentisch und legte die Karten. »Zwei schwarze Buben und eine Reise über den kurzen Weg«, murmelte sie, als Carmen hinter ihr stand. »Du solltest hierbleiben, *chica.*«

War das so dringlich gewesen?

Carmen holte sich ein Glas Orangensaft und setzte sich ihr gegenüber. »Ein schwarzer Bube wäre gar nicht so übel.«

Sie trank und sah einer dunklen Wolke nach, die hinüber in den Osten zog. Seit Florians unrühmlichem Abgang hatte sie keinen Freund mehr gehabt. Vor allem wegen der Lehrgänge, der Lernerei für die Meisterprüfung, viel Freizeit war da nicht geblieben. Das konnte jetzt anders werden …

Wie zur Bestätigung bahnte sich ein Abendsonnenstrahl seinen Weg durch die Häuser, fiel auf gelbe Küchenwände und weiße Einbauten und brachte die orangefarbenen Stuhlkissen zum Leuchten. Hatte es in dieser Wohnung je etwas Dunkles gegeben? Daran erinnern konnte Carmen sich nicht.

Bis auf das finstere Schicksal, das ihre *nana* in den Karten las. »Spotte nicht, *chica.* Schwarze Buben bringen Unglück.« Es schien sich bereits in ihren schwarzen Augen zu spiegeln. *Abuelas* Aberglaube biss sich keineswegs mit der katholischen Religion, der sie nach all den Jahren unter den Ungläubigen Berlins unverbrüchlich anhing.

»Mutter hat den Flug schon gebucht, *nanoya.* Ich muss da hin.« Sogar einen teuren Nonstopflug mit einer renommierten Linie. Die Namen von Billigfliegern wären Maria Inés Winkelhoff nicht mal über die Lippen gekommen. Mutter hatte merkwürdige Todesfälle auf der Insel erwähnt, aber das sollte *abuela* besser nicht erfahren. Es hatte sich sowieso nach Tratsch angehört – Vater war doch nicht deshalb nervös? Der Sonnenstrahl hatte sich verflüchtigt, aber hell war es geblieben.

»Nur weil deine Mutter keinen Schritt allein gehen kann.« *Abuela* schüttelte den Kopf. Immer noch färbte sie ihr Haar tiefschwarz und schlang es jeden Morgen zu einem Nackenknoten. Eine spanische *señora* mit scharf geschnittenem, schmalem Gesicht und energisch vorgeschobenem Kinn, die aber akzentfrei Deutsch sprach wie jede ihrer Nachbarinnen zwischen Mehringdamm und Friesenstraße. »Dabei hab ich sie doch genauso erzogen wie dich.« Sie nahm ihre Karten auf und mischte sie neu.

Carmen sagte nichts. Es war wohl ein Unterschied, ob eine Tochter sich gegen die dominante Mutter behaupten musste oder die Enkelin von einer liebevollen *nana* umsorgt wurde.

»Was sagt denn eigentlich dein Chef dazu?« Mit einer Handbewegung forderte sie Carmen auf, die Karten in drei Päckchen aufzuteilen.

Nun, glücklich war Frohwein nicht gewesen. Das Weihnachtsgeschäft musste ohne sie laufen, aber Verkauf war ohnehin nicht ihre Sache. Sie hatte massenhaft Poinsettien herangezogen, auch Schneerosen und Cyclamen, und war vor Langeweile fast vergangen. Die Frühblüher für den Januar standen schon in den Startlöchern.

Gespielt bedachtsam legte Carmen das dritte Päckchen ab. »Der braucht mich vorerst nicht.« In der Charlottenburger Gärtnerei blieb sie ohnehin nicht mehr lange. Geistesabwesend strichen ihre Finger am Außenrand ihrer Ohrmuschel entlang. *Abuela* sah auf, und Carmen nahm die Hand herunter. Statt auf die Insel zu fliegen, sollte sie lieber über ihre Zukunft nachdenken.

In drei Reihen ordnete *abuela* die Karten mit der Rückseite nach oben auf dem schwarzen Tuch an. Das System – undurchschaubar für jeden außer ihr selbst – hatte Juanas Großmutter sie gelehrt, und beide hatte es nie im Stich gelassen. Sie brauchte gar nicht hinzusehen. Ihre Hände taten ihr geheimnisvolles Werk, während sich *abuela* unterhielt.

»Gehst du denn noch für mich einkaufen?« Mit ihrem Rollator ließ sich *abuela* nicht gern auf der Straße sehen.

Carmen beobachtete *abuelas* gelenkige Finger. »Klar. Ich fliege doch erst morgen. Und Frau Bensiek kommt jeden Tag vorbei und bringt dir mit, was du brauchst.« Frau Bensiek wohnte nebenan und schaute ohnehin fast stündlich herein. Sie würde nicht weichen, bevor sie herausbekommen hatte, warum Carmen schon wieder verreist war.

»Die kauft doch immer den fetten Schinken.« *Abuela* nörgelte, aber der Schinken war nicht der Grund. Carmen hätte sie gern mit auf die warme Insel genommen, doch das hatte sie nicht gewollt.

»Ich sage dem Fleischer, was du haben willst.« In der Markthalle am Marheinekeplatz war *abuela* bestens bekannt.

Die letzten drei Karten fanden ihren Platz. »Die Hauptsache ist, dass du Weihnachten wieder hier bist.« *Abuela* musterte ihr Werk mit kritischem Blick und legte zwei Karten um.

Das war zu hoffen. »Sicher, *nanoya*. Bis dahin haben sich die beiden wieder beruhigt.«

In schräger Linie fischte *abuela* fünf Karten heraus und drehte sie um. Als Erstes lag da der Joker, lustig und frech, flankiert von – was auch sonst – den beiden schwarzen Buben. Links ragte der Galgen auf, rechts schwang der Tod seine Sense.

Carmen lachte auf. »Wie du das nur immer hinkriegst …«

*Abuela* gestattete sich immerhin ein Schmunzeln.

## 2

Gepäck aufgeben, einchecken, Boarding – endlich saß Carmen auf ihrem Platz. Ein Taxi, das Mutter bezahlen wollte, hatte sie nach Tegel gebracht.

»Fahr aber nicht mit einem Kümmeltürken«, hatte *abuela* ihr noch mit auf den Weg gegeben. »Wer weiß, was er unterwegs anstellt.«

»Und was, wenn der Pilot ein Türke ist?«, hatte Carmen gefragt.

»Dann hat er wenigstens Abitur. Die hier können doch nicht mal lesen und schreiben.« Und waren deshalb zu jeder Schandtat fähig.

*Abuela* war vor fünfzig Jahren als Gastarbeiterin ins Land gekommen wie die Türken, die sie aber verachtete wie kaum ein Deutscher. Schließlich hatte sie sich integriert und die Türken nicht. Niemand trug die Nase höher als ihre *nana.* Frauen mit Burka erregten ihren Zorn.

Opa Claudio war toleranter gewesen, oft hatte er mit den türkischen Männern Tee getrunken unten im Café. Als Ingenieur bei der AEG hatte er mit Arbeitern aus vielen Ländern zu tun gehabt. Aber Opa war tot, gestorben bald nach Carmens Abitur. Der Niedergang seiner Firma hatte ihm arg zu schaffen gemacht.

Mutter hatte an Carmens Höhenangst gedacht und ihr einen Platz am Gang gebucht. Die Sitze neben ihr waren von zwei älteren Herren belegt, Spanier wohl, die gleich nach dem Start ihre Notebooks auspackten. Anzugträger, gut erhaltene Managertypen. Carmen schielte auf den Monitor ihres Nachbarn und sah lange Zahlenreihen.

Sie schlug ihre Zeitschrift auf, die sie bis zur Landung durchgelesen haben wollte. Nur nicht daran denken, wie hoch sie flog. Solange sie nicht am Fenster saß, war Fliegen wie Bahnfahren. In Spanien war Wahlkampf, ein langer Artikel, den sie sich als Erstes vornahm. Schien spannend zu werden …

»Mögten Sie etwas su-u trin-ken?« Carmen schlug die Zeitung zu und klappte den Tisch herunter. Die Crew war diesmal belgisch. Auch der Pilot hatte bei seiner Durchsage dieses merkwürdige Deutsch gesprochen, dem die gutturalen Töne fehlten und damit ein großer Teil Verständlichkeit. Ein Türke war er jedenfalls nicht.

Carmen nahm Kaffee und Wasser. Dazu das erste von *abuelas* Brötchen und ein paar Weintrauben. Ihren Morgenkaffee hatte *abuela* noch gekocht, das ließ sie sich nicht nehmen. *Con leche* für Carmen, *cortado* für sie selbst. Der Kaffee hier war heiß, mehr Gutes ließ sich darüber nicht sagen. Das Berliner Frösteln wich aus ihren Gliedern.

Auf Teneriffa war es zweiundzwanzig Grad warm, hatte der Pilot gesagt, im Schatten. Keine Wolken, also eher heiß. Ein wenig freute Carmen sich nun doch auf die Zeit im Warmen. Am Morgen hatte ihr der Taxifahrer die Sitzheizung eingeschaltet, mittags würde Mutter sie im Cabrio abholen. Sie zog die Steppweste aus und stopfte sie sich in den Nacken.

Was Mutter wohl zu erzählen hatte? Sicher war längst abgekühlt, was ihr am Telefon auf den Nägeln gebrannt hatte. So war Maria Inés – sie regte sich mächtig auf, vergaß aber schnell. Eine Reihe ungeklärter Todesfälle auf der Trauminsel wäre den Medien wohl eine Erwähnung wert gewesen. Und selbst wenn es sie gab – was hatten sie mit ihren Eltern zu tun?

Das kleine Flugzeug auf dem Monitor über den Passagierköpfen bewegte sich auf die Pyrenäen zu. Die große Maschine wackelte beträchtlich. Erst über dem Meer würde es ruhiger werden, das wusste sie von früheren Flügen. Um sich abzulenken, blätterte sie in ihrer Zeitschrift, las ein paar Überschriften und besah die Bilder. Fesseln konnte sie nichts.

Auf der anderen Seite des Gangs saßen, so weit sie sehen konnte, Urlauber in robuster Freizeitkleidung, einige sogar in Wanderstiefeln. Für Carmen waren die Flüge auf die Insel reine Familienbesuche, die sie ebenso gut ins westfälische Hinterland hätten führen können, wo nie ein Tourist seinen Fuß hinsetzte. Urlaub machte sie woanders, und sowieso fuhr sie mit der Bahn.

Ebenso *abuela*, die seit Opa Claudios Tod nicht mehr auf der

Insel gewesen war. »Was soll ich da?«, fragte sie achselzuckend, wenn Vater ihr wieder einmal eins seiner Apartments für einen Ferienaufenthalt anbot. Viel zu heiß sei es, und der Sand verbrenne einem die Füße. Zum Schwimmen hatten ihr die städtischen Bäder gereicht, und mit Carmen war sie zum Wannsee gefahren.

Außerdem war Spanien für *abuela* immer noch Franco-Land, das sei nicht auszutreiben, meinte sie, und damit wollte sie nie wieder etwas zu tun haben. Weiße Wattewolken wehten am Fenster vorbei und verwehrten Carmen den Blick auf die spanische Halbinsel.

Franco-Land, das meinte politische Unterdrückung, verschwundene Menschen, Korruption und Vetternwirtschaft. Teneriffa war – nachdem hier der Beginn seiner politischen Karriere lag – Francos Lieblingsinsel gewesen. *Abuela* hatte nie erzählen wollen, was damals vorgegangen war und ob sie oder ihre Familie unter der Falange zu leiden hatten. Sie schämte sich für ihr Land, das noch so lange an der Tyrannei festhielt, während sie in Deutschland erlebte, wie sich die Republik etablierte.

Immerhin hatte sich das politische System Spaniens gewandelt, nachdem der *»generalísimo«* vor vierzig Jahren gestorben war. Doch Korruption und Vetternwirtschaft waren geblieben, davon hatte auch ihre Zeitschrift berichtet. Sie wurden beiden Parteien nachgesagt, ob Konservative oder Sozialisten, die sich bisher mit der Regierung abgewechselt hatten – in der Hinsicht unterschieden sie sich nicht. Jetzt waren zwei neue Parteien am Start, mit jungen Leuten, die – noch – der alten Seilschaften unverdächtig waren.

Carmen klappte den Tisch hoch und streckte ihre Beine aus. Von ihren Eltern hatte sie nie ein Wort über Politik vernommen. Vater kannte zwar viele der Inselpolitiker und sogar einige aus Madrid, die oft auch auf den Familienfesten erschienen. Aber Vater redete nur über Geschäfte, ein anderes Thema kannte er gar nicht. Höchstens noch schimpfte er über unfähige Beamte, die seinen Projekten im Weg stünden und die er dann überzeugen musste. Anscheinend hatte er das immer geschafft …

Endlich hatte das Mini-Flugzeug auf dem Monitor das Meer

erreicht, und ihr Sitz im großen hörte auf zu ruckeln. Lange dauerte es jetzt nicht mehr. Einer der beiden Anzugtypen neben ihr, mit denen sie bisher keinen Blick gewechselt hatte, machte Anstalten aufzustehen, deshalb erhob sich Carmen ebenfalls. Vor den Toiletten standen lange Schlangen, das konnte sie vergessen. Sie packte ihr zweites Brötchen aus.

Mutter würde sie – »Wenn wir schon im Süden der Insel sind!« – sicher gleich in ein schickes In-Restaurant in Los Cristianos schleppen. Missbilligender Blick auf ihr zerknittertes T-Shirt inklusive. Natürlich würden sie auf Bekannte treffen – Herbert und Maria Inés Winkelhoff waren auf der Insel ein Begriff. Danach würden sie shoppen gehen, mit dem Ergebnis, dass Carmen ein paar Tragetaschen voll edler Klamotten besaß, die sie dann im Schrank des Gästeapartments hängen ließ.

Ihr Sitznachbar kam zurück. Aufstehen. Hinsetzen. Viel mehr passierte auf diesen Flügen nicht. Carmen war auf Teneriffa nie heimisch geworden, doch für Mutter war das anders. Obwohl Maria Inés in Deutschland aufgewachsen war, hatte sie die Insel als ihre Heimat angesehen. Was sie genau genommen auch war: Generationen ihrer Vorfahren stammten von hier, da war das kurze deutsche Intermezzo wohl zu vernachlässigen. Vielleicht floss sogar Guanchenblut in ihren Adern? Und damit auch in Carmens? Es war nachgewiesen worden, dass fast die Hälfte der *tinerfeños* genetisch mit den Ureinwohnern zusammenhingen.

Sie wagte noch einen Blick zum Fenster hinaus auf den klaren blauen Himmel. Das Meer darunter wollte sie gar nicht sehen, deshalb lehnte sie sich wieder zurück und ließ ihre Gedanken treiben. Ihre väterlichen Wurzeln waren wohl in Berlin zu suchen, wo schon Urgroßvater Winkelhoff ein Baugeschäft betrieben hatte. Von ihm sollte Carmen die abstehenden Ohren geerbt haben, die sie während ihrer gesamten Kindheit zu verstecken versucht hatte. Obwohl Mutter immer darauf gedrängt hatte, war *abuela* dagegen gewesen, sie operieren zu lassen.

Der Abfallwagen wurde durch den Gang geschoben, und Carmen entsorgte ihr Brötchenpapier.

Das wächst sich aus, hatte *abuela* immer gesagt, doch dann war Carmen die ewige Hänselei leid geworden und hatte sich die Operation zu ihrem fünfzehnten Geburtstag gewünscht. Jetzt hatte sie zwar keine Segelohren mehr, aber ein empfindliches linkes Ohr, das sich oft ganz von selbst mit ihrer Hand zusammenfand. Niemand außer ihr durfte es anfassen, und niemandem außer ihrer *nana* hatte sie diese Mimosenhaftigkeit anvertraut. Sie strich sich das Haar hinter die hübsch anliegenden Ohren – eine Geste, die sie früher tunlichst unterlassen hätte – und reckte sich unauffällig. Noch eine Viertelstunde zu fliegen …

Carmen konnte sich an ihren Urgroßvater nicht erinnern, aber dem Porträt nach waren dessen Segelohren wirklich gewaltig gewesen. Soweit bekannt, war nur sie damit gesegnet worden. Seinen männlichen Nachkommen hatte er aber den unersättlichen Appetit auf gute Geschäfte vererbt, der Carmen bisher verschont hatte. Ihr Großvater – ebenfalls ein Herbert Winkelhoff – hatte bereits in den Fünfzigern erkannt, dass Deutschland bald wieder aufgebaut sein würde und eine internationale Aufstellung der Firma nicht schaden konnte. Das jedenfalls erzählte Vater immer, der schon als junger Mann mit den ersten Ferienfliegern auf die Insel geschickt worden war, um Großvaters Grundstücksgeschäfte zu betreuen. Er hatte schon lange auf Teneriffa gelebt, als er bei einem Trip nach Berlin Maria Inés kennengelernt und bald auf die Insel entführt hatte.

»Liebe auf den ersten Blick«, schwärmte Vater, wenn er davon erzählte. Das Dumme war, dass er die auf den Baustellen herrschenden »robusten Umgangsformen«, wie er das nannte, auch zu Hause nicht ablegte. Harte Schale, weicher Kern, pflegte Mutter zu sagen, wenn es wieder einmal gekracht hatte. Er konnte durchaus freundlich sein, sogar zärtlich zu Frau und Kindern, doch wenn ihm etwas gegen den Strich ging, brüllte er herum und schlug alles beiseite, was ihm in den Weg trat.

Explosiv wie der letzte spanische Macho, sagte *abuela* – sie hatte sich mit Opa Claudio das genaue Gegenbild ausgesucht. Carmen war froh gewesen, dass sie nicht auf der Insel leben musste, und war immer lieber zurückgeflogen als hin.

Das Flugzeug legte sich in die letzte Kurve, der Landeanflug begann. Was sie nun wohl wieder erwartete?

# 3

»*¡Hola*, Väterchen! Du kochst?« Das war neu.

»Ich sag doch, ein Familienmensch.« Mutter hatte nach ihr die Küche betreten und kicherte leise. Unterwegs hatte sie Befremdliches über ihren Mann erzählt. In seinem Hosenbund steckte ein Handtuch.

Vater ließ den Löffel im Topf und drehte sich zu Carmen um. »*¡Hola*, Prinzessin! Na endlich.« Zwei kräftige Arme umfingen sie. Aber am Bauch – fehlte da nicht was? Und sein Gesicht hatte tatsächlich etwas Hageres, als hätte er es lange in Falten gelegt.

Er hielt sie ein wenig von sich ab und musterte sie. »Immer noch so lang und mager. Gibt dir Oma nichts zu essen?« Das war sein Standardspruch, er lachte selbst darüber.

Carmen machte sich frei und ging zum mitten im Raum stehenden Küchenblock. Eine grüne *mojo* köchelte vor sich hin. Es roch himmlisch, milde Jalapeños und etwas Exotisches – Koriander? Mutter verstaute die Einkäufe aus dem Feinkostladen, für die sie extra nach La Laguna hineingefahren waren, im fast mannshohen Edelstahlkühlschrank.

»Gibt's *arrugadas* dazu?«

Vater schüttelte den Kopf. »Low-Carb.« Er warf einen Blick auf Maria Inés. Aha, eine neue Diät. »Keine Kohlenhydrate am Abend.«

Carmen grinste und klopfte mit dem Handrücken vor seinen Bauch. »Und ich dachte schon, du kochst so schlecht. Aber wieso machst du das überhaupt? Das gab's doch früher nicht.« Er hatte höchstens mal den Grill übernommen.

»Wollte einfach was ändern.« Er schaltete den Herd ab und stellte den Topf beiseite.

»Ach so.« Machte er tatsächlich Ernst? Er hatte auf seinem Siebzigsten, den sie vor ein paar Wochen gefeiert hatten, jedem erzählt, dass er kürzertreten wolle, was niemand geglaubt hatte. Trotz des damals noch deutlichen Bauchspecks hatte er kernig und fit gewirkt, braun gebrannt und gesund. Ein wenig fahl kam er Carmen nun vor.

Er wischte sich die Hände ab und hängte das Handtuch auf. »Außerdem weiß ich so, was drin ist. Steht doch in allen Zeitungen, wie sie uns vergiften.«

*Oh, là, là.* Von Vater war Carmen andere Töne gewohnt, über die »Ökos« hatte er sich immer nur lustig gemacht. »Das sagt *abuela* auch. Ich hab euch Marmelade mitgebracht.« Die kochte sie seit Jahrzehnten für alle.

»Gut. Aber jetzt guck dich erst mal um.« Er breitete die Arme aus, als umfasse er das Weltall. Sein Gesicht zeigte die Begeisterung, die Low-Carb ihm nicht hatte abringen können. »Du kennst die Wohnung ja noch gar nicht.«

Jedenfalls nicht so, wie sie heute war.

»Überraschung!«, hatte Mutter gerufen und sie von der Tiefgarage aus zum Aufzug geführt, der sie nach acht Etagen direkt in die Wohnung entließ. Da hatte Carmen schon gestaunt …

Von den Umbauten, die eigentlich zum Siebzigsten hätten fertig sein sollen, hatte sie gewusst. Doch dann war etwas mit den Glastüren schiefgegangen, die per Schiff aus Deutschland kommen sollten, und ihre Eltern hatten erst kürzlich einziehen können. Früher war hier in La Ranilla nur eine kleine Stadtwohnung gewesen, eher ein Apartment, gewohnt hatten sie in La Orotava, wo mehr Platz war und die Luft frischer.

Doch dort war Mutter nicht von der TF-5 abgebogen, sondern weiter nach Puerto gefahren. Um noch etwas zu besorgen, hatte Carmen gedacht. Erst als sie in die Calle Mazaroco einbogen, war ihr bewusst geworden, wohin es ging. Sie hatte das Viertel immer schon gemocht, das direkt ans Zentrum Puertos grenzte, mit seiner pittoresken Bebauung aber wie eine andere Welt anmutete. Im ehemaligen Vorort La Ranilla hatten die armen Fischer und Seeleute gelebt, was den winzigen bunten Häusern noch anzusehen war. Die an den Hauptstraßen gelegenen beherbergten heute zumeist Restaurants und Läden für Touristen.

»Die Überraschung ist euch gelungen«, sagte Carmen nun. »Was ich bis jetzt gesehen habe …« Schon der Vorplatz war so groß wie *abuelas* Wohnzimmer. Mutter hatte kurz die Tür zum

Livingroom geöffnet, der Carmen ans Rollschuhfahren hatte denken lassen. Während sie sich umsah, kam ihr der Verdacht, diese »Überraschung« sei der wahre Anlass, sie nach Teneriffa zu locken. Unterwegs hatte Mutter Inseltratsch erzählt und von Vaters neuen Kochkünsten, aber von dessen Nervosität oder den rätselhaften Todesfällen war keine Rede gewesen.

»Das ist längst nicht alles.« Vater schob eine der Glaswände auf, die an zwei Seiten der Küche den Blick auf Grünes freigaben. An den übrigen Wänden war viel matter Edelstahl.

Sie traten hinaus in ein veritables Kräutergärtchen, wo in großen Kübeln alles wuchs, was zu einer guten und gesunden Küche gehörte. Über die Pflanzen hinweg sah man auf die Hotelbauten der Innenstadt und zwischen ihnen – in einiger Entfernung – die blaugrauen schaumgekrönten Meereswogen.

»Du hast ja sogar Zitronenverbene.« Carmen fuhr mit der Hand über die spitzen Blätter, die sofort einen frischen Zitrusduft freigaben. Zu Hause war es schwer, die Pflanze zu überwintern. Vaters blaue Augen leuchteten wie die eines jungen Mannes. Hans-Albers-Augen, sagte *abuela* immer. Mit ihnen hätte er Maria Inés bezirzt.

»Vor allem wegen des Dufts«, warf Mutter ein, die ihnen – immer noch auf klackernden High Heels – gefolgt war. »Aber er tut sie auch in seine *mojo verde.*« Sie zwinkerte Carmen zu. »Natürlich kümmert sich Pepe um die Pflanzen, um alle – wir haben ja einen ganzen Wald rundum.«

Pepe war der alte Gärtner in La Orotava. Dort im großen Park waren alle Winkelhoff'schen Feste gefeiert worden, und in den Ferien hatten Pedro und Carmen die Kinder von befreundeten Familien einladen dürfen. Selbstredend gab es im Garten einen Pool. Nach Puerto waren sie nur selten gefahren; obwohl es kaum fünf Kilometer Luftlinie entfernt lag, zog sich die Straße endlos durchs hügelige und von *barrancos* zerklüftete Gelände. Auch Puerto, früher nur der Hafen La Orotavas, war den Hang hinauf erbaut worden, und sogar hier im hafennahen La Ranilla standen die südlich gelegenen Häuser deutlich höher als ihr jetziger Standort. Für jeden Einkauf in den Geschäften der Innenstadt musste man klettern.

»Und Señora Árbelo?« Sie hatten auch eine Haushälterin gehabt.

»Die kommt tagsüber. Abends versorgen wir uns selbst oder gehen essen.« Die Villa wollten sie behalten, im Sommer sei es da doch schöner.

Vater war vorgegangen und bog bereits um die Ecke des breiten Balkons. Carmen folgte ihm langsam, weil sie den Blick nicht von der sie umgebenden Stadt lösen konnte. Mutter hatte gesagt, in La Orotava wohnten die »feinen Leute«, während es in Puerto vorwiegend um Kommerz und Tourismus ging. Zur Zeit der Guanchen und später unter den Spaniern war La Orotava der Hauptort des fruchtbaren Orotava-Tals im Nordwesten Teneriffas gewesen, eine glanzvolle Vergangenheit, die stolze alte Bürgerhäuser bezeugten. Es lag am Südostrand der von den Cañadas und dem Atlantik geformten Halbschüssel, darin wie Suppenklöße zwei größere Hügel vulkanischen Ursprungs, und im Südwesten schaute der Pico del Teide über den Rand. Aus den zahlreichen Bergdörfern an den Hängen waren längst kleine Städte geworden, bewohnt von *canarios* und ausländischen Residenten, die den kühlen Bergwind der heißen Küste vorzogen. Und die Immobilienpreise hielten sich dort oben in Grenzen.

»Dies hier war ein Schnäppchen«, erzählte Vater, während er eine gläserne Schiebewand nach der anderen öffnete. »Ich musste einfach zugreifen.«

Ein Wintergarten, rundum Balkone, der Livingroom – Vater führte den neuen Besitz mit einem Stolz vor, als wäre er Schloss Neuschwanstein. Er zeigte auf dieses und jenes, Mutter nannte die Markennamen, er die Preise, doch Carmen war allein von der schieren Größe erschlagen. Morgenzimmer, Abendzimmer, Schlafzimmer samt Ankleideräumen, Büros. Unglaublich. Das waren mindestens fünfhundert Quadratmeter. Was *abuela* wohl dazu sagen würde? Mit dem Pflanzenwald auf den umlaufenden Balkonen hatte Mutter nicht übertrieben.

»Und das alles nur für euch beide?«, fragte Carmen, als sie wieder am Aufzug vor der Küche anlangten.

»Irgendwann werdet ihr Kinder haben, Pedro und du.« Vater

legte einen Arm um seine Frau. »Du wirst schon sehen, wie schnell das hier voll wird.« Wovon Eltern so träumten …

»Und jetzt kommt der Clou«, kündigte Vater an und drückte auf den Aufzugknopf. Sein Blick erinnerte Carmen ans Ostereiersammeln in La Orotava, wenn er sich besonders raffinierte Verstecke ausgedacht hatte. Es ging noch eine Etage höher.

Der Aufzug entließ sie in ein grünes Paradies, in einen riesigen Dachgarten mit Palmen und Kakteen, Liegestühlen, Sitzgruppen und – natürlich – einem Pool samt leise plätscherndem Wasserfall. Die Mitte der türkisblau schillernden Fläche überspannte eine Markise. Im Südwesten hätte man den Pico del Teide sehen können, wäre er nicht hinter Nebelschwaden verborgen gewesen. Die ersten Abendwolken waren rosa gefärbt.

Vater breitete die Arme aus wie König Ludwig. »Na, was sagst du?«

Carmen konnte nur nicken. In seinem Gesicht erkannte sie die gleiche Euphorie wie früher, wenn er von seinen Bauprojekten erzählte. Für Herbert Winkelhoff war die gesamte Insel ein großer Abenteuerspielplatz, wo er sich ein Baumhaus nach dem anderen gebaut hatte. Die blauen Augen glänzten wie das Wasser im Pool.

»Das war mein Traum«, sagte er. »Immer, wenn ich von La Paz aus auf die Stadt geguckt hab. Ein Pool auf dem Dach, nichts zwischen mir und der Sonne.«

Außer der Markise, dachte Carmen, die diese Dachlandschaft nun doch etwas großkotzig fand. »Schön. Aber die Markise?«

»Das war so nicht geplant«, mischte Mutter sich ein. »Genau wie die Panzerglaswände, die hat er gerade erst anbringen lassen.«

Carmen sah sie jetzt erst – glasklar und übermannshoch. Wer die wohl putzte? Ein paar andere Hochhäuser standen nicht weit entfernt.

Mutter wandte sich Vater zu. »Erzähl ihr von den Steinen.«

Mit einer unwirschen Bewegung hob er die Hand. »Was du immer redest, Inés.« Jetzt war wieder deutlich Eis in Vaters Stimme, das konnte schnell gehen. »Reiner Blödsinn, aber ein Angsthase warst du ja immer schon. Ich hab's dir gesagt: Die

Wände wollte die Versicherung, und das Dach ist wegen der Sonne. Heutzutage …«

»Aber die Steine waren gefährlich«, beharrte Mutter und fingerte hektisch an ihrem Goldkettchen herum. »Du hast es selbst gesagt.« Ihre Stimme klang weinerlich, was Carmen hasste.

Vater wandte sich ab. »Dummejungenstreiche, sonst nichts.« Auf dem Weg um den Pool herum ging er voraus. »Hier ist alles sicher«, rief er über die Schulter. »Du brauchst keine Angst zu haben, Carmen.«

Hinter dem Pool kamen zwei blau gestrichene Häuschen in Sicht, in kanarischem Stil mit ziegelgedecktem Zeltdach.

»Wie niedlich«, rief Carmen. »Wofür sind die denn?« Palmen in gewaltigen Kübeln beschatteten sie.

»Gefallen sie dir?« Vater drehte sich um und strahlte. »Das ist gut, die sind nämlich für euch. Für dich und Pedro, falls ihr mal für länger hier seid.«

»Na, das nenne ich einen Anreiz«, sagte Carmen lachend. Wenn sie das *abuela* erzählte! »War Pedro schon hier?«

»Er kommt Weihnachten«, sagte Mutter, die ihnen gefolgt war, mit heiterer Miene. »Mit seiner neuen Freundin.«

»Schade«, erwiderte Carmen. »Weihnachten muss ich wieder bei *abuela* sein, das geht nicht anders.« Andererseits hatte Pedro schon so manche Freundin mitgebracht …

Durch die grüne kassettierte Holztür betraten sie einen großen Raum, wie er hier als Aufenthaltsort für die ganze Familie üblich war. Mit bequemen Möbeln eingerichtet und in warmen Farben. Die Zimmerdecke nahm die Dachform auf, das schaffte Luft zum Atmen. Türen führten in weitere Räume. Alles war so schön und liebevoll gestaltet, dass Carmen nicht anders konnte, als ihren Eltern um den Hals zu fallen. Mutter wischte sich tatsächlich eine Träne aus dem Augenwinkel, und Vater strahlte.

Carmen entfloh vor die Tür, um der wabernden Sentimentalität zu entgehen. Zwischen den Palmen wirkte der Pool wie ein lauschiger See und gar nicht mehr protzig. Am liebsten hätte sie sich gleich hineingestürzt. Es war wohl doch etwas daran, was Mutter erzählt hatte: Vater legte wieder mehr Wert aufs Familienleben, und wie immer übertrieb er es. Ein Familienmensch, mit einem Mal. Eine Alterserscheinung womöglich, auch wenn Carmen das kaum glauben konnte. Wenn man ihn so sah – agil, weniger behäbig, mit erfolggewohntem Lächeln –, vergaß man die siebzig Jahre leicht.

Aber da war die Markise. Wegen der Sonne? Das glaubte er doch selbst nicht. Die mysteriösen Steine hatten ihn mehr erschreckt, als er zugeben wollte. Und dann die Glaswände, viele Meter Panzerglas ... Vater ließ sich die Angst, die er nicht hatte, einiges kosten.

»Du kannst erst mal auspacken und dich umziehen«, sagte Mutter hinter ihr. »Wir haben Gäste zum Essen.« Ein zarter Hinweis, dass ein T-Shirt nicht ausreichen würde.

»Wer kommt denn?« Lieber wäre Carmen mit ihren Eltern allein geblieben.

»Du kennst sie«, meinte Vater. »Mit den jungen Leuten habt ihr früher gespielt.« Doch als er die Namen nannte, sagten sie Carmen nichts. »Wir dachten, es sei eine gute Idee, wenn du ein wenig Kontakt kriegst. Du wirst ja sicher nicht immer mit uns Alten zusammenhocken mögen.«

»Mmh.« Was dachte er, wie lange sie bleiben wollte? Wenn sie Mutter glauben und ihren eigenen Augen trauen konnte, war doch alles in Ordnung. Friede, Freude, Eierkuchen bei den beiden – was tat sie eigentlich hier?

Andererseits: Im Dezember war der Wannsee längst nicht so verlockend wie das leicht bewegte blaue Wasser vor ihr, darüber – wo nicht die blöde Markise sie verdeckte – rot glühende Sonnenuntergangswolken. Im Westen das rötlich angestrahlte Meer ... Konnte man dort sogar Punta Brava sehen? Ein Bad mit Blick über das Orotava-Tal – verstehen konnte sie Vater schon. Aber musste alles gleich so gigantisch sein?

»Bis gleich, Carmen. Nimm einfach den Aufzug.« Hand in Hand – den Streit um die Steine hatte es nie gegeben – verschwanden ihre Eltern im rosafarbenen Dämmerlicht.

# 4

Natürlich wurde über Zahlen nicht gesprochen. Dennoch erfuhr Carmen beim Essen ein wenig über die geschäftliche Seite der bescheidenen Einfamilienwohnung, die Vater sich hoch über den Dächern Puertos hingestellt hatte. Zahlen wären interessant gewesen. Was das wohl alles gekostet hatte? Danach würde auch *abuela* als Erstes fragen …

Vater hatte gut gekocht, überall schmeckte man die frischen Kräuter heraus. Aber es stand kein Fitzelchen Brot auf dem Tisch, was völlig unspanisch war und Carmen – Low-Carb hin oder her – deutlich fehlte. Wein immerhin war erlaubt, ein trockener kanarischer Weißer, den sie mochte. Sie hatte dem Pool nicht widerstehen können und fühlte sich trotz der langen Reise, gefolgt von Mutters Zug durch die Boutiquen, frisch und munter.

Die Familie García-Izquierdo, die heute Abend zu Besuch war, hatte die neue Stadtwohnung der Winkelhoffs ebenfalls noch nicht gesehen. Die Führung war zum Glück vorbei, als Carmen zu ihnen gestoßen war, nun wurde die Tochter besichtigt. Sie war froh, dass sie Mutters Boutiquetüten geplündert hatte. Vater hatte beifällig genickt. Carmen wusste, dass es ihm gefiel, wenn sie Röcke trug, die ihre langen Beine zur Geltung brachten, und auch weite Ausschnitte fanden immer seine Billigung. Das galt ebenso für seine Frau – Herbert Winkelhoff zeigte gern her, was er besaß.

Carmen hatte sich gleich beim ersten Anblick an die García-Izquierdos erinnert, weil sie zu denen gehörten, denen sie auf Festen aus dem Weg gegangen war. Kein Wunder, dass sie die Namen vergessen hatte. Sowohl die Frau – Teresa Diaz-García, eine spanische *señora* wie *abuela* – als auch die Kinder María Ángeles und Juan Martín, beide genaue Ebenbilder ihrer Eltern, waren ihr immer befangen, irgendwie verklemmt vorgekommen, so, als könne man ihnen allzu leicht auf die Füße treten. Den großspurigen Vater – Juan García-Izquierdo – mochte sie noch weniger, obwohl er seit ewigen Jahren zu Herbert Winkelhoffs engsten Freunden zählte. So genau, wie er sie musterte, hätte er gut ein Lorgnon vor den Augen haben können.

»Du hast also gleich die ganze oberste Hoteletage gekauft, 'erberto?« Juan García spießte einen großen Bissen Lachs mit Kräuterkruste auf, als wolle er es Vater nachtun. Sie sprachen alle Deutsch, mehr oder weniger akzentfrei, wie es unter den Angehörigen des Bau- und Immobiliengewerbes verbreitet war, das seit langen Jahren mit deutschen Firmen verquickt war. Vater hatte bis heute nicht Spanisch gelernt; wie früher die Kolonialherren erwartete er, dass man sich an seine Sprache anpasste und nicht umgekehrt.

»Warum nicht?«, antwortete er, sich den Mund an der Serviette abwischend. »Sie sollte in einzelnen Wohnungen verkauft werden, das war doch zu schade. So konnten wir hier oben ganz neu bauen.« Vater griff zu seinem Weinglas und erzählte, wie er die gesamte Etage abgerissen und zusammen mit dem Dachgeschoss ein eigenständiges Bauwerk errichtet habe. »Alles modernster Standard, auch der Pool …«

»Deutscher Standard«, betonte Mutter. Als Spanierin traute sie ihren Landsleuten wenig.

»Ja, undicht wird der nicht«, ergänzte Vater.

»Das ist ja der Trend heutzutage«, fiel Teresa García ein, »dass die Hotels ihre Wohnungen in Eigentumsapartments umwandeln. Aber ganze Etagen …« Sie schüttelte so leicht den Kopf, dass ihr im Nacken mit einer breiten goldenen Spange zusammengefasstes Haar kaum in Bewegung geriet. Die Tochter trug den gleichen Zopf, das Haar war lockig und von einem rötlich schimmernden Braun, wie das ihrer Mutter wohl auch einmal gewesen war.

»Was glaubst du, Mutter?« Juan Martín fiel ihr ins Wort. Mit der dunkel umrandeten Brille machte er einen überaus klugen Eindruck. »Wir verkaufen solche Objekte längst öfter. Chinesen, Saudis, die reichen Russen – meinst du, die geben sich mit Apartments zufrieden?«

María Ángeles nickte, wie sie bisher zu allem, was jemand äußerte, genickt hatte. Soweit Carmen verstanden hatte, arbeiteten beide in Immobilienfirmen der García-Izquierdos, wie es sich für brave spanische Kinder gehörte.

Bei der Preisklasse hatte Vater ja ziemlich weit nach oben geschielt. Jetzt berichtete er, wie er an das Objekt gekommen war. »Zufällig kannte ich jemanden im Konsortium der Hotelbesitzer …«

Zufällig, aha. Carmen verkniff sich ein Grinsen. Sicher hatte er ebenso zufällig auch den Beamten der Baubehörde gekannt, der ihm die gröbsten Steine aus dem Weg geräumt hatte … Aber so war das hier. Carmen wusste genug, auch wenn *abuela* nichts erzählte.

»Und die Baugenehmigung war kein Problem.« Juan García fragte nicht, sondern stellte fest.

»Genau. Ist ja in dem Sinne kein Neubau. Und bei den Arbeitsplätzen, die wir schaffen …« Sie zwinkerten sich zu, völlig einig darüber, dass ihnen gewisse Vorrechte zustanden. »Wir Bauunternehmer sind es schließlich, die die Insel am Laufen halten, Krise hin oder her.«

»Nicht wahr?«, stimmte Juan García zu, und alle nickten, auch Carmen, obwohl dazu einiges zu sagen gewesen wäre.

»Die Aussicht wird dir jedenfalls niemand verbauen.« Vaters Freund wies auf die Lichterketten des Orotava-Tals, die durch die Glaswände hindurchschimmerten.

Wieder nickten alle. Carmen kam sich naiv vor, fragte aber trotzdem: »Warum nicht? Jeder will doch eine so schöne Aussicht haben.«

»Das wird heutzutage nicht mehr genehmigt«, klärte Juan Martín sie auf. Mit zwei Fingern rückte er die kluge Brille zurecht. »Diese Hochbauten gelten heute als Bausünden. Außerdem stehen schon viel zu viele Bauruinen auf der Insel herum. Hast du gesehen, wie oft hier im Viertel ›Se vende‹-Schilder an den Wänden hängen?«

Jetzt nickte nur María Ángeles.

»Nun hör aber auf, Martín«, zischelte seine Mutter auf Spanisch, während ihr Mann nachsichtig, aber eisig lächelte. »Deine Podemos-Parolen sind hier nicht gefragt.«

»Egal«, sagte Vater. »Gebaut wird immer. Ist ja auch richtig, wenn erst die marode Substanz auf Vordermann gebracht wird. Weißt du noch, wie wir unsere Hotels gebaut haben?«, fragte er Juan García, ohne die Antwort abzuwarten. »Ewig her. Nur gut, dass wir das meiste abgestoßen und in Neubauten investiert haben.« Zufrieden trank er einen Schluck Wein. »Diese Hütte hier« – er klopfte mit dem Fuß auf den Boden – »konnte mit meinem Geld ordentlich saniert werden und wird wohl wieder genug abwerfen. Bei der Lage! Außerdem sparen sie sich die Verwaltung der oberen Etagen, die sie bei Apartments am Hals gehabt hätten.«

»Eine Win-win-Situation«, sagte Juan Martín mit ein wenig Ironie in der Stimme.

»*Sí.*« Vater legte viel Nachdruck in das kleine Wort.

## 5

Señora Árbelo hatte im Wintergarten das Frühstück angerichtet und war, nachdem sie Carmen mit einer steifen Umarmung begrüßt hatte, in die hinteren Räume entschwunden. Carmen kannte sie nicht anders als perfekt geschminkt und mit hoheitlicherem Gehabe, als es die Dame des Hauses selbst an den Tag legte. Mutter trug einen seidenen Morgenmantel und war noch ohne Make-up, was für eine *señora*, die ungeschminkt nicht einmal die Zeitung hereinholte, eigentlich undenkbar war. Ihren Schmuck hatte sie aber schon angelegt. Vater war wohl bereits in seinem Büro.

»Komm, setz dich zu mir«, sagte Mutter. »Es ist alles da, was du magst. Sogar Marmelade von deiner geliebten *abuela.*« Ein wenig Eifersucht schwang da wohl mit.

Carmen konnte sich nicht von der Aussicht lösen. »Gleich«, murmelte sie, ohne den Blick vom weiten, mit bunten Häusern gesprenkelten Orotava-Tal zu wenden, das wandernde Wolken mal in Licht, mal in Schatten tauchten. Nur wenige andere Hochhäuser nahmen die Sicht. Der Pico del Teide war, vom Morgenlicht bestrahlt, klar zu sehen. So ein Ausblick – Teide *und* Atlantik – war auf Teneriffa unbezahlbar, das wusste selbst Carmen.

Mutter las in einer Zeitung. »Es ist schön hier, nicht?«, murmelte sie ebenso abwesend. Ihre Hand spielte mit dem goldenen Stecker in ihrem Ohr. Ein Sonnenstrahl lockte geheimnisvolle schwarze Lichter aus ihrem Haar. Bis auf die großen dunklen Augen hatte sie mit Carmen nichts gemeinsam.

»Mmh.« Carmen wandte sich wieder dem Panorama zu. Sie war eindeutig ein Vaterkind – blond und groß gewachsen wie er und ebenso stark, wenn er neben ihr ging. So hatte es sich für die kleine Carmen angefühlt, während Mutter und Pedro den Kopf einzogen, wenn Vater auftauchte. Der Berg in ihrer Welt, alles überragend wie der Teide dort drüben und jederzeit in der Lage, Feuer zu speien.

Etwas brodelte auch jetzt in Vaters Innerem, gut verborgen und eher kalt als heiß. Um Vaters Geheimnisse aufzudecken, würde sie tief graben müssen. Mutter hatte sie gestern nicht mehr fragen können, aber heute musste sie Carmen erzählen, was es mit den fliegenden Steinen auf sich hatte. Familiensinn war ja schön und gut und vielleicht eine Alterserscheinung, aber die Glaswände und das Dach über dem Pool zeigten ein Sicherheitsbedürfnis, das ihrem leichtherzigen, bärenstarken Vater gar nicht ähnlich sah. Sonst war es Maria Inés gewesen, die in allem ein Risiko sah.

Mit zwei Fingern rieb Carmen vorsichtig über den Rand ihrer linken, empfindlichen Ohrmuschel, während ihr Blick auf den zerklüfteten Hängen der Cañadas haftete. Und dann war da noch das verräterische Eis in Vaters Stimme, häufig ein Zeichen dafür, dass Mutter recht hatte. Vermutlich war es auch diesmal nicht anders.

Vor dem Teide zog Nebel auf, was im Winter oft sein Schicksal war. Sogar Schnee konnte dort oben liegen, während an der Playa Jardín die Touristen im Meer schwammen.

Carmen holte sich an der Espressomaschine ihren *con leche* und setzte sich mit Blick auf die Berge Mutter gegenüber. In Berlin kamen die Hauswände doch ziemlich nahe …

Als Carmen ausgetrunken hatte, legte Mutter die Zeitung beiseite. Von vielen Frühstücken, nach denen bald der Flieger gegangen war, wusste sie, dass ihre Tochter den ersten Kaffee brauchte, um wach zu werden. Heute hatten sie alle Zeit der Welt, was sich ganz fremd anfühlte.

Carmen schnitt ein *bocadillo* auf und wies mit dem Kinn auf die Zeitung. »Steht was Interessantes drin?«

Mutter nickte. »Ja, schon. Es ist manchmal erschreckend …« Der vertraute Griff zu ihrer Halskette, heute aus Gold und mit Brillanten besetzt.

Eine neue Horrormeldung in Sachen Umwelt, das war schon mal klar. Mutter sammelte sie und führte sie manchmal als Beweis an, seit sich die Familie über ihre Angst lustig machte, dass ihr der Himmel auf den Kopf fallen würde – Vaters Ausdruck. Carmen verspeiste ihr Brötchen, was sie einer Antwort enthob.

»Die Garcías sind doch ganz nett, oder?« So hatte Mutter

früher schon Gespräche eröffnet, wenn sie herausfinden wollte, ob Carmen ein junger Mann gefiel. Maria Inés war bald im Rentenalter, aber ihre Haut war so glatt wie die einer Vierzigjährigen. Gut gepflegt und wenig Sorgen – das Gesicht ihrer *abuela* hatte Carmen nie ohne die vertrauten Falten erlebt.

»Ja, durchaus«, gab sie leichthin zurück. »Solange ich Juan Martín nicht heiraten muss.«

»Ach wo, Kind, was denkst du denn.« Lächelnd schüttelte Maria Inés die schwarz gefärbten Locken. »Von Heiraten spricht ja niemand, aber ein wenig anfreunden könntet ihr euch doch.«

Dann schon eher mit seiner Schwester, hinter deren bravem Äußeren sich noch andere Facetten verstecken mochten. »Mal sehen. Du weißt ja, dass María Ángeles und ich heute in die Stadt gehen wollen?«

»Ja. Vater freut das sehr.« Am liebsten hätte er Carmen wohl an die Insel gefesselt. »Sein größter Wunsch ist, dass ihr beide, Pedro und du, euch hier niederlasst und wir wie eine richtige Familie alt werden können.« Mutter hatte ihr Brot zerkrümelt, während sie sprach.

Da war es, dachte Carmen. Eine richtige Familie, und sie ein Teil davon. Nicht einmal Mutter schien von der Idee begeistert zu sein. Was stellte Vater sich vor? Eine richtige Familie hatte sie in Berlin. »Und was ist mit *abuela*?« Zugegeben – viel Familie war das nicht.

Mutters Finger verrührten die Krümel. »Wenn du herziehst, wird sie nicht allein bleiben wollen.« Sie sah Carmen nicht an. »Glaub mir, insgeheim hat sie Sehnsucht nach ihrer warmen Heimat.«

Das mochte sein. Kälte war nicht gut für alte Knochen …

»Wieso kommt Vater neuerdings auf solche Ideen? Familie war ihm doch früher nur wichtig, wenn sie gut für seine Geschäfte war.« Dazu hatten weder sie noch *abuela* gezählt.

Mutter hob die Schultern. »Er wird alt?« Maria Inés war zehn Jahre jünger als ihr Mann, was sie gern hervorhob.

Sie stand auf und ging mit ihrer beider Tassen zum Kaffeeautomaten. Vor den fernen Bergen lag ein schmales weißes Wolkenband wie ein Gürtel um eine ausladende Taille.

Dass Vater alt wurde, konnte nicht der einzige Grund sein. Sicher, mit siebzig dachte man wohl eher ans Sterben als mit dreißig, aber meist doch erst, wenn ein Schreck, eine plötzliche Krankheit oder ein Unfall einen aus dem gewohnten Trott gerissen hatte. Dann scharte man seine Familie um sich wie der Berg seinen Wolkengürtel.

Aber Vater stand mitten im Leben, das bewies schon dieses Bauprojekt. Welcher alte Mann band sich so etwas ans Bein? Trotz seiner Ankündigung, weniger arbeiten zu wollen, bestand die Firma in La Orotava weiter, nur dass er sie jetzt von hier aus leitete. Dass er noch viele Jahre vor sich hatte, stand für ihn außer Frage, schließlich war auch Großvater Winkelhoff fast hundert Jahre alt geworden.

Die Kaffeemaschine hatte aufgehört zu lärmen, und Mutter stellte Carmens Tasse vor sie hin. Guten Kaffee machten diese Geräte, kaum schlechter als ihre *nana* …

»Bei deinem Anruf neulich«, begann Carmen, »als ich noch in Berlin war …« Sie pustete vorsichtig in den Schaum auf ihrer Tasse. »Da hast du von merkwürdigen Todesfällen gesprochen, irgendwelche Freunde von euch, weißt du noch?«

»Natürlich weiß ich das noch.« Mutter drehte den Goldring an ihrem Finger hin und her. Die kleinen Diamanten sprühten und funkelten. »Ich weiß genau, was ich gesagt habe, Carmen. Vater war ein bisschen aufgeregt, nervös, das hab ich gesagt. Aber er hat sich längst beruhigt. Mit der neuen Wohnung hatte er ja auch Ablenkung genug.«

»Besonders, wo er nachträglich noch etwas bauen musste«, sagte Carmen. »Was war das denn mit den Glaswänden? Warum hat sich Vater gestern so aufgeregt?«

»Ach, es sind ja nicht nur die Wände und das Dach. Dauernd gibt es etwas Neues.« Mutter seufzte hörbar, sicher hatte es über jede Maßnahme Streit gegeben. »Zuerst musste er das Balkongeländer erhöhen, obwohl das hoch genug war und auch noch bepflanzt werden sollte. Jetzt stehen da zwei hässliche Edelstahlbalken im Weg. Alle Fenster und Schiebetüren sind neuerdings aus Panzerglas. Und dann die Kameras! Carmen, wir haben an jedem Eingang und in den Aufzügen Kameras! Man kann die eigene Wohnung nicht verlassen, ohne gefilmt zu werden.« Ihre Stimme war mit jedem Satz schriller geworden.

Die Kameras hatte Carmen gar nicht wahrgenommen.

Mutter hatte viel erzählt, aber ihre Frage nicht beantwortet. »Du hast gestern etwas von Steinen gesagt, als es um die Glaswände ging. Steinschlag könnt ihr hier ja nicht gerade haben.« So nah waren die Berge nicht.

»Nein, das nicht.« Mutter sah sich um, als rückten die Berge näher. »Vater meinte nur, dass jemand Steine auf ihn geschleudert hätte.«

»Aber woher?«

Man musste schon gut zielen, um von den umliegenden Balkonen aus jemanden zu treffen.

Mutter zog die Schultern hoch. »Erst war er sicher, dass es Absicht war, aber später hat er das abgestritten. Du hast es ja gehört.« Sie zog ihren Ring ab, betrachtete ihn, schob ihn wieder zurück. »Wahrscheinlich wollte er sich nur wichtigmachen.« Ein Achselzucken. »Du kennst ihn ja …« Aufmerksam musterte sie ihre blassrosa angemalten Fingernägel. »Jedenfalls kein Grund zur Besorgnis, Carmen.« Sie blätterte wieder in ihrer Zeitung.

»Nein.« Aber Vater versteckte sich hinter Panzerglas. Ein gallebitterer Tropfen war in seinen schönen blauen Pool gefallen. Wer Sicherheitsanlagen baute, hatte Angst, ein Wort, das im Zusammenhang mit ihrem kämpferischen Erzeuger geradezu unheimlich war.

Carmen erhob sich und schob die Tür zum Kräutergarten auf. Konnte Vaters Drang nach Sicherheit mit den Todesfällen zusammenhängen? Sie zupfte ein paar Rosmarinnadeln ab und schnupperte daran. »Sag mal, Mutter, die Leute, die da gestorben sind, hab ich die gekannt? Von früher, meine ich, so wie die Garcías.«

»Ich glaube schon.« Mutter stand ebenfalls auf und lehnte sich mit Blick aufs Meer gegen die Schiebetür. »Sie haben damals alle in Orotava gewohnt, und Vater machte mit ihnen Geschäfte, deshalb waren sie oft bei uns. Erinnerst du dich an die Manzanos?«

»Nein.« Etwas klingelte bei dem Namen …

»Lucas Manzano, der ist als Erster gestorben, ausgerechnet im Esperanza-Wald, wo das Friedensdenkmal des *caudillo* steht. Schrecklich war das, die arme Maria Dolores hat tagelang nur geweint.« Mit dem Rücken ihres Zeigefingers schob Mutter eine imaginäre Träne zurück in ihr eigenes Auge. »Wenn ich mir vorstelle, Vater passierte so etwas …« Fast schluchzte sie bei dem Gedanken, fing sich aber schnell. »Sie hatten drei Kinder, Carmen, die hast du bestimmt gekannt. Aber zwei davon sind in Venezuela, Carlos und Antonia heißen die, glaub ich. Und dann noch der Sohn, der alles erbt.«

Carmen hatte keine Ahnung. Sie musste sich bei Gelegenheit ihre Kinderfotos vornehmen.

»Oder die Cabreras? Florentín und Maria? Die musst du doch kennen – er war in der Politik, ziemlich bekannt, und ganz plötzlich war er tot. Es sei beim Angeln passiert, hieß es. Die beiden hatten zwei Kinder, aber älter als du.« Sie schaute Carmen erwartungsvoll an. »Dann Ramón Delgado – nein? Seine Frau war ja schon lange tot, Josefina, die Arme. Wir waren gut befreundet.« Sie stieß einen tiefen Seufzer aus. »Und jetzt auch er selbst. Ganz tragisch zu Tode gekommen.«

Mutter strich ihr Haar zurück, ihre Stirn war gerötet vor Eifer. Oft geschah es nicht, dass sie sich gefragt fühlen durfte. »Und noch eine Olivia Weiß-nicht-wie, die war aber jünger als die Männer. Auf Vaters Siebzigstem ist sie noch wild herumgetanzt, aber kurz danach … Man hat sie an der Playa Jardín gefunden, stell dir das vor, Carmen, da in einer Höhle!« Sie holte tief Luft. »Ich hab ja immer schon gesagt, die sollten sie zumachen, da kann sich doch allerlei Gesindel verstecken. Man traut sich ja kaum noch an den Strand, Carmen, auch du solltest besser aufpassen. Denk bitte daran, dass du nie allein …«

Die alte Leier. Mutter hatte ihr Thema gefunden. Die Todesfälle schienen ihr nicht allzu nahzugehen. Die Männer – Geschäftsfreunde allesamt – hatten immer ihr eigenes Clübchen gebildet, während die Frauen über Kochrezepte, Diäten und die Fehltritte ihrer Bekannten schwatzten. Alles, wie es das Klischee verlangte – man war schließlich in Spanien. Olivia indes schien sich um die Frauen wenig geschert zu haben, denn sonst hätte Mutter mehr von ihr gewusst.

»Lass mal, Mutter«, unterbrach Carmen ihren Redefluss. »Mir passiert schon nichts. Erzähl mir lieber, warum du das Wort ›merkwürdig‹ im Zusammenhang mit den Verstorbenen gebraucht hast.«

»Habe ich das?« Maria Inés machte ein paar Schritte auf das Balkongeländer zu und lugte vorsichtig nach unten. »Nun, da hab ich wohl gemeint, dass alle so schnell nacheinander gestorben sind. So alt waren sie doch gar nicht, und auch nicht krank oder hinfällig. Mag sein, dass dein Vater mehr weiß …«

Sie drehte sich zu Carmen um, während sie weitersprach. Unter ihren Bekannten – den Frauen – sei schon gerätselt worden, woran es wohl gelegen habe, doch niemand habe Genaues gewusst, und die Angehörigen habe man nicht fragen wollen. »Aber es ist doch komisch, Carmen, vier Tote in so kurzer Zeit, und alles alte Bekannte deines Vaters. Als ob eine Seuche umginge.« Sie pflückte einen Basilikumzweig und rollte ihn zwischen den Fingern.

Eine Seuche. Vielleicht Schlimmeres? »Meinst du, Vater hat Angst, dass er der Nächste sein könnte?«, fragte Carmen.

»Mag sein.« Mit dem Finger ihre Kette verdrehend, schaute Mutter aufs Meer hinaus. »Jedenfalls anfangs. Inzwischen redet er nicht mehr darüber.« Und wovon nicht gesprochen wurde, das existierte für sie nicht.

# 6

María Ángeles. Mit zwei Akzenten.

Sie hatte Carmen ihr Kärtchen in die Hand gedrückt: »Für den Fall, dass du absagen musst.« Sogar drei Akzente, rechnete man den auf García hinzu. Beeindruckend. So eine Unterschrift – mit drei Hieben sozusagen – hatte doch ein ganz anderes Gewicht.

Die Eingangstür fiel automatisch ins Schloss, nachdem Carmen die elektronisch gesteuerte Schleuse passiert hatte. Auch die diskret angebrachten Kameras hatte sie entdeckt und ihnen – Mutters Ärger eingedenk – die Zunge herausgestreckt. Nun stand sie mitten im ehemaligen Fischerdorf La Ranilla, wo viele bunte einstöckige Häuser zeigten, dass hier noch echte *tinerfeños* lebten. Das Viertel war längst auch von hoch aufragenden Hotelbauten erobert worden, die den Bewohnern der kleineren Häuser und Passanten wie ihr die immer noch heiße Dezembersonne nahmen und den Blick auf den Teide.

Vaters Pool auf dem Dach war die reine Dekadenz – für zwei unbedeutende Menschlein ein zusätzliches Stockwerk, das weiteren Schatten brachte. Aber er war nun einmal da, und Carmen hatte vor, das ihr gebotene Paradies und die afrikanische Sonne zu genießen. Ihr schlechtes Gewissen würde unter dem grauen Himmel Berlins bald vergehen.

Viel katholische Kultur wurde in den Straßen, die sie durcheilte, zur Schau gestellt, hölzerne Kreuze, blumengeschmückte Marienbilder. Auch Weihnachtskitsch. An zahlreichen Fassaden kletterten Nikoläuse, Balkone trugen ganze Krippen. Engel in goldenen Gewändern, die Heiligen Drei Könige mannsgroß und in vollem Ornat. Die Spanier zelebrierten ihre Glaubensrituale noch.

Mit María Ángeles war sie ein paar Straßen weiter an der Plaza del Charco verabredet. Sie wollten einen Kaffee trinken und dann ein wenig durch die Innenstadt laufen, deren verschachtelte Straßen Carmen, weil sie nur selten hier gewesen war, immer noch ziemlich verwirrend fand.

Ohne sie beide groß zu fragen, hatte María Ángeles' Mutter das Treffen arrangiert.

So war das in Spanien: Man wurde schnell vereinnahmt, einbezogen in die Familie, die sich in diesem Fall dadurch definierte, dass sie an einem Tisch saß. Carmen hatte kaum von ihrem Vorhaben berichtet, in Deutschland eine eigene Gärtnerei zu eröffnen, schon meinte Teresa García, das könne sie doch ebenso gut im Orotava-Tal tun. Alle hatten Vorschläge parat, wie das zu bewerkstelligen sei, vom Strohmann für die Genehmigungen, den sie als Deutsche wohl brauchen werde, bis hin zum letzten Handwerker.

»Ganz spontan fällt mir auch ein passendes Grundstück ein«, rief Vater. Zufällig, klar. »Nicht weit von hier. Heute wachsen da noch Bananen, aber der Besitzer will verkaufen.«

Man hatte wohl schon öfter zusammengesessen und Carmens Zukunft geplant …

Sie lief durch die schmalen Straßen, vermied es, an den bunten Verkaufsständen stehen zu bleiben, hörte im Vorbeigehen viele deutsche Satzfetzen und ein paarmal Gitarrenmusik aus kleinen Lokalen. Neben mehrstöckigen Bauten mit schön geschnitzten Balkonen lagen Grundstücke, deren Mauern nur noch Schutt und Wildwuchs bargen. Das halbe Viertel schien zum Verkauf zu stehen, überall las sie in großen Lettern »SE VENDE«. Davon hatte Martín gestern Abend gesprochen.

Martín mit der klugen Brille und einer Schwester, die intelligenter schien, als sie es gestern gezeigt hatte. María Ángeles war Architektin, hatte Carmen erfahren, und Juan Martín hatte Jura studiert. Merkwürdig – in einer spanischen Familie hätte Carmen das andersherum erwartet: ein Architekt als Firmenerbe – der Sohn natürlich – und eine Juristin – die Tochter – als clevere Beraterin. Aber es konnten ja nicht alle ihren Klischeevorstellungen folgen.

Ob die beiden mehr über die Todesfälle im Freundeskreis ihrer Väter wussten? Gestern waren die Verstorbenen mit keinem Wort erwähnt worden. Irgendwie musste sie das Thema bei María Ángeles zur Sprache bringen.

»*¡Hola,* Carmen! *Soy aquí.*« Lachend und winkend stand María Ángeles am Ausgang der Calle San Felipe.

Carmen erkannte sie kaum wieder. Da war keine brave Haarspange mehr, sondern ein Wust rotbrauner Locken um ihr schmales Gesicht, das brave Kostümchen war durch eine frech orangefarbene Caprihose und eine dunkelgrüne Bluse ersetzt worden. Eine coole Spanierin mit Sonnenbrille im Haar, die gar nicht mehr gehemmt wirkte. Gestern war Carmen das noch anders erschienen.

»*¡Hola,* María Ángeles!« Ein wenig zungenbrecherisch war der Name schon.

»Nein, bloß nicht!«, rief diese gleich und wedelte mit den Händen. »Nicht den blöden Namen. Sag Angie, das gefällt mir zwar auch nicht, aber das sagen alle. María Ángeles nennen mich nur meine Eltern.« Sie drehte den Kopf zur Seite, doch den gereizten Ausdruck ihres Gesichts nahm Carmen trotzdem wahr.

»Och, schade«, meinte Carmen. »So ein eindrucksvoller Name, und dann willst du genannt werden wie die deutsche Kanzlerin.«

»Ich glaube nicht, dass mich jemand verwechseln wird.« Nun lachte Angie wieder.

»Nein.« Sie sprachen jetzt Deutsch, weil Carmen sich im Spanischen unsicher fühlte, das sie als Kind zwar wie selbstverständlich gesprochen hatte, aber nie systematisch erlernt hatte. Bei den seltenen Besuchen der letzten Jahre war es immer einfacher gewesen, in Vaters Kielwasser beim Deutschen zu bleiben, als Vokabeln zu lernen und in eine Grammatik zu schauen. Von *abuela* hätte sie die Sprache nicht übernehmen können, die fühlte sich als Deutsche und sprach Deutsch. Nur beim Kochen benutzte sie die spanischen Wendungen ihrer Muttersprache. Ein bisschen schämte sich Carmen für ihre Bequemlichkeit.

Angie fasste Carmen am Arm und schob sie in Richtung einer langen Reihe plastikummantelter Restaurantterrassen. Tische und Stühle standen dicht an dicht, bestellt wurde auf Deutsch, es gab Bier, Pizza und Schnitzel. Nur ein schmaler Durchgang war geblieben, den Fußgängerstrom bremsten immer wieder junge Männer, die mit der Speisekarte wedelten, um weitere Touristen in die Lokale zu locken. Ein Kiosk bot neben Zeitungen und Süßkram auch eine Reihe tanzender, blinkender Weihnachtsmänner an.

Viel Touristenrummel umtobte die Plaza del Charco, doch ihrem Charme tat das keinen Abbruch. Dafür sorgten schon die Reihen uralter Ficus-Bäume mit den glänzend dunkelgrünen Kronen, die von den Eingesessenen hartnäckig als *laurel de Indias*, also Lorbeer, bezeichnet wurden. Ähnlich erging es der üppigen Colocasia, die im Brunnen mitten auf dem Platz ihre herzförmigen Blätter der Sonne zuwandte. »Darf ich vorstellen – unsere *ñamera*«, sagte Angie augenzwinkernd. Die *ñamera* war eine Yamspflanze, doch das wurde hier ignoriert. Ein verzauberter Platz, der auf eigenen Regeln bestand.

In früheren Jahrhunderten sei das Gelände eine einzige große Pfütze gewesen, erzählte Angie – die deutsche Bedeutung von *charco. Charco de los camarones*, eine Garnelenpfütze also, wo sich die Bewohner verbotenerweise mit Garnelen versorgten. Eigentlich hatte man den Fischerhafen bis hierher erweitern wollen, doch dann war bei der Ermita de San Telmo ein neuer Hafen gebaut worden. Die alte Muelle Pesquero mit den mächtigen Molen, dem ehemaligen Zollhaus und den kleinen Fischerbooten war aber erhalten geblieben, während man bei San Telmo kein einziges Schiff mehr sah.

»Dorthin gehen wir gleich«, kündigte Angie an, »nach dem Kaffee. Und zu dem, was man als Sünden unserer Väter bezeichnen könnte.« Carmens fragenden Blick ignorierte sie.

»Mein Vater – er hat so seine eigenen Ansichten, weißt du.« Angies Gesichtsausdruck nach war das stark untertrieben.

Carmen nickte verständnisvoll. »Sturheit und Eigensinn: weitere Vornamen Herbert Winkelhoffs.« Sie saßen in der Bar Dinámico und tranken ihren Espresso, während Angie von den Kämpfen erzählte, die es gekostet hatte, bis sie Architektur studieren durfte. Beim Erzählen waren ihre Hände immer in Bewegung. Angies Glück war, dass ihr Bruder für die technische Seite des Baugeschäfts kein Interesse aufbrachte.

Als Angie eine Pause machte, ergriff Carmen die Chance, das

Thema anzusprechen, das ihr auf den Nägeln brannte. »Unsere Väter kennen sich seit ewigen Jahren, Angie, unsere und noch ein paar andere ...« Die jetzt tot sind, wollte sie eigentlich hinzufügen.

Doch Angie unterbrach sie. »Ja, sie sind wie Brüder.« Ein Lächeln, von genervtem Augenrollen begleitet. »Die ganze Clique. Du weißt doch, als Kinder waren wir oft alle zusammen, in den Gärten, am Strand ...«

»Das stimmt.« Carmen war immer ein bisschen außen vor gewesen, weil sie nur in den Ferien da war. Aber auf Jugenderinnerungen hatte sie nicht hinausgewollt.

Angie redete von Kindergeburtstagen, alle fein gemacht am Gartentisch, und Grillfesten, auf denen Carmens Vater dicke Scheiben vom ganzen Kalb gebraten hatte. Bei keinem Fest hatte das Feuerwerk fehlen dürfen. »Und wir Nachgeborenen sollen jetzt die Tradition fortsetzen, deshalb haben sie uns zusammen losgeschickt.« Angie hob ihr Glas. »An mir soll's nicht liegen.«

Carmen lächelte ihr zu. »Habt ihr anderen denn immer noch Kontakt? Mir fallen kaum noch die Namen ein.«

»Klar, wir arbeiten ja alle in der gleichen Branche. Wie unsere Väter und Großväter.« Angie verzog das Gesicht. »Du wirst sie sicher bald treffen. Wetten, dass deine Mutter schon ein kleines Einweihungsfest am Pool plant?«

Nun, gesagt hatte sie davon nichts. Mutter liebte Überraschungen.

Angie schaute einem Schwarzen bei seinen Versuchen zu, garantiert echte Rolex an den Mann zu bringen. Carmen fragte sich, warum sie nicht erwähnte, dass aus diesem engen Freundeskreis mehrere Personen erst kürzlich und überraschend verstorben waren. Wäre jetzt nicht der richtige Zeitpunkt dazu? Vier Menschen mussten doch eine fühlbare Lücke gerissen haben, die auch die jungen Leute betraf.

Auch wenn Angie nicht davon sprach – warum sollte sie dasselbe tun? »Meinst du wirklich, Mutter plant ein Fest, wo doch gerade erst mehrere von Vaters Freunden gestorben sind?«

»Ja, das war wirklich schlimm.« Angie schob ihren Löffel hin und her. »Dann vielleicht nur ein informelles Treffen, um den Neubau vorzustellen. Wir waren ja alle sehr gespannt.«

Nur schlimm? Und dann gleich wieder zum Fest? »Du hast die Verstorbenen doch gut gekannt. Werden sie dir sehr fehlen?«

»Sicher.« Der Löffel hatte seinen Platz gefunden, und Angie sah auf. »Du glaubst nicht, welches Chaos jetzt in den Firmen ausgebrochen ist und damit bei uns, weil alle gemeinsamen Projekte ins Stocken geraten. Der Chef hatte alle Fäden in der Hand, und bis sich die Nachfolger eingearbeitet haben …« Sie seufzte ein wenig theatralisch und lachte. »Komm, lass uns gehen, sonst ist die Sonne weg.« Der Kellner erschien, da hatte sie kaum die Hand gehoben.

Carmen kribbelte es in den Fingern wie in ihrem Garten, wenn etwas um-, ein- oder ausgegraben werden wollte. Unter Angies oberflächlichen Worten lag etwas verborgen, sie hatte ein Loch gebuddelt und es darin versteckt. Jetzt eilte sie voraus, als gelte es, eine feindliche Flotte abzuwehren.

Aber du entkommst mir nicht, María Ángeles, dachte Carmen, als sie ihr langsamer folgte. Du weißt mehr über die Toten, als du zu erkennen gibst.

Carmen atmete durch, als sie den Hafen erreichten und sie auf den Atlantik schauen konnte. Endlich. Der Blick von oben ging weit hinaus, aber das Wesentliche – das, was Meer ausmachte – geschah hier unten. Der leicht modrige Salzgeruch, die fast mannshohen, brausenden Wellen, die Gischt, die von den Felsen und Hafenmauern hoch aufsprühte. Ihr war, als bliese der Wind die bösen Geister aus ihrem Kopf.

Während sie die windumtoste Strandpromenade entlangwanderten mit Blick auf die geradezu erschlagende Hochhauskulisse unterhalb der Martiánez-Klippe, redete Angie über César Manrique, den Künstler, Architekten und Umweltschützer. »Als er auf Lanzarote für den kanarischen Baustil stritt – du weißt schon, höchstens vierstöckig, an die Umgebung angepasst –, setzten die hier sich so etwas in die Landschaft.«

Sie wies auf die in den Himmel ragenden Hotelbauten, die ein weiß-gelb gestrichener Wolkenkratzer noch übertraf. »Sechsundzwanzig Stockwerke, dann war die Großmannssucht endlich befriedigt. Anfang der Sechziger gebaut – war ja noch Franco-Zeit damals.« Nachdem Landwirtschaft – Bananen, Wein, Tomaten – nicht mehr lukrativ war, hatte Franco den Tourismus als neue Industrie gefördert. Vor dem Casino luden große Busse die Besucher aus.

Anfang der Sechziger? Carmen sah moderne Formen und strahlende Farben. »Aber die wirken doch wie neu.«

»Die Fassaden werden ständig modernisiert und künstlich neu gehalten. Alles Tünche«, sagte Angie. Sie musste wissen, wovon sie sprach. »Und nun rate, wer diese Schätzchen hier gebaut hat?«

Ihre Frage platzte mitten in Carmens erfolglosen Versuch, hinter den frisch gestrichenen Fassaden das Alte zu entdecken. »Oh nein, sag nicht …«

»Doch.« Erbarmungslos. »Unsere Großväter, zusammen mit deinem Vater und meinem Vater und noch manch anderen Vätern. Natürlich nicht allein …«

Carmen hatte nichts davon gewusst. Großmannssucht, hatte Angie gesagt. Carmen sah ihren Vater vor sich, wie er die Bauklötzchen höher und höher stapelte, bis seine Türme in sich zusammenfielen.

»Das war lange vor unserer Zeit«, sagte Angie. Es habe für viele Bauten ein Konsortium gegeben, spanische, englische, deutsche Geschäftsleute, die ständig auf der Suche nach lohnenden Investitionen waren. Zur Geldvermehrung war Teneriffa immer schon ein Sehnsuchtsort. Einige aus der spanischen Clique waren sogar in die Politik gegangen, um für die richtigen Beschlüsse zu sorgen.

»Meist war es ja Schwarzgeld, auch unsere Beteiligungen. Mein Großvater hat mir viel über solche Geschäfte erzählt, er nannte das Ausbildung.« Sie rümpfte ihre Nase ein wenig, aber sie lachte. »Unsere Firmen waren dann hier vor Ort für die Abwicklung zuständig – dafür, dass die Genehmigungen zur rechten Zeit und mit dem richtigen Inhalt vorlagen und dass die Bauten im Preisrahmen blieben.«

Vor den Hotels lauerte ein Restaurant neben dem anderen auf hungrige Touristen. »Aber warum habe ich nie etwas davon gehört? Ich meine, das sind doch wirklich eindrucksvolle Bauten, mal vom Technischen und der puren Größe her gesehen.« Mit Vaters Neigung zur Angeberei war seine Zurückhaltung nicht zu vereinbaren.

»Nun ja, als die Hochbauten immer mehr in Verruf kamen, haben sie nicht mehr darüber gesprochen. Ihre Beteiligungen hatten sie längst abgestoßen, als der Tourismus zurückging. Aber vorher haben sie ordentlich verdient, die Investoren, alle.« Angie wedelte mit den Händen, als schaufele sie Geld in die Kasse. »Jahrelang, Jahrzehnte … Anfangs kamen ja jedes Jahr mehr Touristen.«

Sie standen vor der Ermita de San Telmo, einem weißen Kirchlein, wo – einem Anschlag zufolge – die deutsche katholische Gemeinde ihre Messen abhielt. Innen ein dunkler Raum mit einer schönen Kassettendecke und einem goldglänzenden Altar mit einer Heiligenstatue. San Telmo vermutlich. Für einen Eremiten trug er ein ziemlich prächtiges Gewand.

»Ja, alles lange her«, fasste Angie mit einem kleinen Seufzer zusammen. »Und ziemlich scheußlich.« Dann lächelte sie Carmen an. »Aber wenn du sehen möchtest, wie wir heute bauen, sollten wir mal nach Las Dehesas hinauslaufen. Letzten Endes hat sich Manrique ja doch durchgesetzt.«

»Gern.« Und so bald wie möglich. Vielleicht erfuhr Carmen dann, was Angie vorhin vor ihr verborgen hatte.

## 7

»Na, übers Geländer fallen wie unser Freund kannst du hier jedenfalls nicht.«

Die Stimme des Spaniers mit dem faltigen Gesicht, dessen Name Carmen nie einfallen wollte, erhob sich über die Köpfe der Männer hinweg, die Vater eben auf die durch Panzerglas geschützte Aussicht hinwies. Vaters gemurmelte Antwort verstand Carmen nicht, doch sein unbehaglich forschender Blick in ihr Gesicht zeigte ihr, dass ihm ganz und gar nicht egal war, ob sie den Ausruf gehört hatte.

Was hatte Vater denn? So hatte er früher reagiert, wenn sie etwas Unanständiges nicht mitbekommen sollte. Alle wandten sich nun ihr zu.

Natürlich hatte Mutter doch ein Einweihungsfest geplant, wenn sie auch – aus Pietät den Toten und ihren Angehörigen gegenüber, wie sie sagte – nur zur Wohnungsbesichtigung eingeladen hatte. Angie hatte sie richtig eingeschätzt. Eine Champagnerbar war im Kakteengarten aufgebaut worden, und ein Cateringservice hatte ein üppiges Tapas-Büfett geliefert. Langbeinige junge Frauen in schwarzen Miniröcken standen zur Bedienung bereit. Carmen hatte sich eben für das Fest umgezogen.

»*Oh, là, là*, die Tochter des Hauses …« Der Mann mit den Falten eilte mit ausgestreckten Armen auf sie zu, weitere Männer folgten ihm. Seine Kopfhaut schimmerte durchs gefärbte, ondulierte Haar. Auf den ersten Blick wirkte er wie ein ältlicher Lebemann, doch seine Bewegungen waren präzise und dynamisch wie die eines Sportlers.

Carmen wusste, was jetzt kam, aber sie hätte sich wohl in den Pool stürzen müssen, um dem zu entgehen. Gefühlte tausend Feste seit ihrer Kindheit, ob er oder ein anderer – immer war es das Gleiche …

*Piropo* nannten sie das hier, diese alberne, oft anzügliche Art, wie spanische Männer um die Frauen herumscharwenzelten. Und da kam es schon, mit entzückt verdrehten Augen. »*¡Ah, que* *bella figura!«* Mit beiden Händen – wenn auch auf Abstand – fuhr der Faltige Carmens Formen nach. *»¡Guapa!«*

Wie sie das hasste! Und dann der anerkennende Blick zu Vater hinüber, der sich vor Stolz blähte wie ein Pfau. Sie hätte in einer Burka kommen sollen. Carmen entging seiner Umarmung, indem sie einem anderen Freund ihres Vaters die Hand reichte, der ihr kurzes rotes, von Mutter gekauftes Kleid ganz reizend fand.

Warum hatte sie es bloß angezogen? Ihre Beine waren viel zu lang. Nach weiteren Komplimenten – ihr blondes Haar, die großen dunklen Augen, »wie Maria Inés, *sí sí*, 'erberto« – floh Carmen.

Mutter stand mit einigen Frauen zusammen, die sie jetzt ebenfalls begrüßten. Nach ein paar Fragen zu Carmens beruflichen Aussichten nach der bestandenen Meisterprüfung und dem Wohlergehen *abuelas* wandten sie sich wieder den wichtigen Dingen zu. Es ging um ihre eigenen Pools und die anderer Leute und welche Katastrophen man erleben konnte, wenn sie undicht wurden und darunterliegende Etagen verwüsteten. Die genüssliche Vorstellung, wie das Chlorwasser in Maria Inés' Livingroom tröpfelte, war einigen ins Gesicht gemalt.

Von den jungen Leuten war noch niemand aufgetaucht. Ob sie überhaupt kamen? Vaters Prahlerei mit der neuen Dachwohnung konnte so verlockend nicht sein.

Angie hatte angekündigt, dass sie sich verspäten würde. Sie hatte in den letzten Tagen wenig Zeit gehabt, sodass aus dem geplanten Ausflug in die Neubaugebiete Puertos nichts geworden war. Immer noch harrten die Fragen, die Carmen sich vorgenommen hatte zu stellen, ihrer Antwort. War das der Grund für Angies Zeitmangel?

Die Tage unter der kanarischen Sonne waren verflogen wie nichts, schon warteten der deutsche Winter und das Weihnachtsfest bei *abuela* auf sie. Sie hatte den Pool ausgiebig genutzt, war durch die Stadt geschlendert und hatte sich vorgestellt, hier zu wohnen. Es lebte sich entspannter im Warmen, durchaus …

»Na, Prinzessin, geht's dir gut?« Im Vorbeigehen tätschelte Vater ihren Arm.

So war es immer gewesen, Zeit hatte Vater nie. Wenn sie schon einmal mit ihm allein war, redete er über ihre Gärtnerei hier in Puerto, den kleinen Laden, den sie eröffnen könnte und wie viel Erfolg sie damit hätte. »Viele Touristen stehen auf Bio, und davon gibt's hier viel zu wenig.« Über das Gründungskapital brauche sie sich keine Sorgen zu machen, dafür stehe er gerade. »Und wohnen kannst du bei uns.« Na klar.

Nur einmal – beim gemeinsamen Paellakochen – hatte sie ihn fragen können, ob er seine verstorbenen Freunde vermisse. Doch er hatte nur mit beziehungsvollem Nicken gesagt: »Jaja, Carmen, man weiß nie, wann es einen erwischt.«

»Wie meinst du das?«, fragte sie erschrocken.

»Ach, nur so.« Er konzentrierte sich aufs Knoblauchhacken.

Jetzt durfte er ihr nicht entkommen. »Meinst du, dass dir auch etwas passieren könnte?«

»Quatsch. Jetzt fängst du auch schon an wie deine Mutter.« Eisig, wie gehabt. »Angsthasen seid ihr, alle, wie ihr da seid.«

Die Gelegenheit, etwas über die Todesfälle herauszufinden, hatte sich in kalte Luft aufgelöst. Carmen sah vor sich, wie die Knoblauchstückchen über die schneeweiße marmorne Arbeitsfläche spritzten.

Und was war das eben mit dem Geländer gewesen? Was hatte sie da nicht wissen sollen?

Da war Angie. Endlich. Ihr rotbraunes Haar leuchtete ihr voraus.

Auch sie hatte sich für ein Fest gestylt – wie alle anwesenden Frauen. Niemand hatte Mutters schlichte Einladung ernst genommen. In der dunkelgrauen seidig schimmernden Marlenehose und dem knappen schilfgrünen Top sah Angie einfach umwerfend aus. Doch niemand überzog sie mit übertriebenen Schmeicheleien, ihr Anblick war für die männlichen Gäste alltäglich.

Angie kam zu ihr an die Champagnerbar und erzählte vom Essen mit einem wichtigen Kunden, der ein älteres Apartmenthaus gekauft habe und nun entkernen und neu aufbauen wolle. Sie lachte über seine naiven Vorstellungen. »Wenn wir so viele neue Apartments auf dem vorhandenen Raum unterbringen wollen, wie er sich das vorstellt, brauchen wir Außenwände aus Gummi.«

Ihr Bruder Martín sei noch bei einem Treffen in La Tejita, meinte Angie, aber er komme auch bald. La Tejita lag in der Nähe des Südflughafens – ein weiter Weg hierherauf. Bestimmt bringe er noch ein paar Freunde mit, Carmen solle schließlich unter die Leute kommen. Angies Schmunzeln verhieß nichts Gutes. »Ich weiß bloß nicht, ob deine Eltern dabei an diese Leute gedacht haben. Bei meinen gelten sie jedenfalls als Chaoten.«

Bevor Angie erklären konnte, wie das gemeint war, trat Martín aus dem Aufzug. An den drei jungen Männern, die ihm folgten, konnte Carmen nichts Auffälliges feststellen. Na gut, der eine hatte einen schwarz schimmernden Tunnelstecker im Ohrläppchen, fast einen Zentimeter groß, aber das war auch hier nichts Besonderes. Über den T-Shirts trugen sie schlichte Jacketts, was als informeller Abendanzug durchgehen mochte. Zwei Frauen begleiteten sie, eine im engen Rock mit Glitzertop, die andere in einer schwarzen Tunika über der roten Hose. In Berlin sahen »Chaoten« anders aus.

Martín García übernahm die Vorstellung. Der mit dem Tunnelstecker hieß Mariano Manzano und kam Carmen bei näherem Hinsehen vage bekannt vor. Er war groß und kräftig, und mit dem schwarz gelockten Haar und den dunklen Augen erinnerte er an *abuelas* schwarzen Buben, vor dem sie Carmen gewarnt hatte.

»Mariano – schöner Name«, entfuhr es ihr. Fing sie jetzt auch schon an mit dem *piropo*?

»Ja, wie unser verehrter Ministerpräsident.« Marianos spitzbübisches Grinsen war ansteckend. »Nur nicht so …« Was er hatte sagen wollen, ersetzte er – wohl angesichts der vielen Zuhörer – durch eine lockere Handbewegung. Witziger Typ. Er sei Tiefbauingenieur in seines Vaters Firma, verriet Martín noch.

»Ah, dann buddeln wir ja beide in der Erde.« Carmen fühlte, wie sie rot wurde. Was sollte das? Mariano musste glauben, sie sei auf Gemeinsamkeiten aus.

Carmen sei Gärtnerin, erklärte Angie, sie wolle sich hier auf Teneriffa niederlassen. Es war wohl schon beschlossene Sache.

Von den beiden Frauen erfuhr Carmen nur die Vornamen – Julia und Marisol – und dass sie Kolleginnen seien. Die beiden anderen Männer hießen José Fernando Alvarez und Rafael Perez. Beide trugen einen kurz getrimmten Bart, José Fernando eine große Brille mit dunklem Rand, ähnlich der Martíns. Er war etwas kleiner als die anderen. Rafael hatte das schwarze Haar zu einem kleinen strengen Knoten mitten auf dem Kopf frisiert. Hier wären also drei weitere schwarze Buben, nur dass der eine – José Fernando – dunkelblondes Haar hatte und deutlich abstehende Ohren, die ihn Carmen auf Anhieb sympathisch machten. Außer Mariano kam ihr niemand bekannt vor.

Martín erzählte von der Versammlung in La Tejita, wo ein riesiges Fünf-Sterne-Hotel kurz vor der Genehmigung stand. »Direkt neben dem schönen ruhigen Sandstrand, der – als einer der wenigen auf der Insel – von Hotelbauten noch völlig frei ist. Versteh mich nicht falsch, Carmen – wir sind zwar selbst Bauunternehmer, dein Vater ja auch, aber Hotels hat diese Insel nun wirklich genug. Bei den Leerständen …«

Carmen hatte von Vater gehört, dass Luxushotels immer noch gefragt waren. Aber auch die musste man nicht in unberührte Natur setzen. »Und was wollt ihr dagegen tun?«

Diesmal gebe es sogar eine Chance, meinte Mariano, viele politische Gruppen und sogar ein paar Parteien wie Podemos hätten ihre Unterstützung zugesagt. Eine Unterschriftensammlung war in Gang gesetzt worden und für den Februar eine Protestkundgebung geplant.

»Sicher, viel erreichen werden wir nicht, gebaut wird letztendlich doch. Aber wenn wir eine Menge Wirbel machen, werden auch anderswo die Leute wach.« Mariano geriet ins Schwärmen, als er die gefährdete Halbinsel mit ihrem roten Vulkangestein und der wüstenähnlichen Flora beschrieb. Sechsundzwanzigtausend Quadratmeter sollten einfach planiert werden.

»Wir könnten einen Ausflug dahin machen«, schlug Angie vor. »Dann kann Carmen sich ansehen, wie die Martiánez-Ebene vor der generösen Bebauung unserer Altvorderen ungefähr aussah.«

José Fernando – Bart, Brille, Segelohren – nickte. »Da fahre ich mit.« Rafael – Bart und Knopf auf dem Kopf: »Ja, lasst uns ein Picknick machen.«

»Gern«, stimmte Carmen zu. »Aber das geht erst bei meinem nächsten Besuch.« Wann das war, stand in den Sternen …

Weitere junge Leute trafen ein, die Angie mit Carmen bekannt machte, Töchter und Söhne der anwesenden Ehepaare, die zumeist in deren Firmen oder denen von Bekannten Fuß gefasst hatten. Von der hohen Arbeitslosigkeit unter der Inseljugend war hier nichts zu spüren. Eine junge Frau mit langem schwarzen Haar – Consuela Rojas hieß sie – war sogar Managerin eines der größten Hotels im Tal. Eins ihrer Beine schien etwas kürzer zu sein als das andere, was sie ein wenig hinken ließ. Nicht einmal das rief eine Erinnerung in Carmen wach – eine hinkende Spielkameradin hätte sie doch sicher nicht vergessen.

Es war ihr peinlich, dass sie sich kaum jemandes von früher entsann – sie waren doch eine lustige Clique gewesen? Zum Glück kramte niemand in Kindheitserinnerungen.

Einige der Neuankömmlinge erkundigten sich bei Martín und Mariano nach dem Stand der Dinge in La Tejita. Sie waren wohl ebenfalls nicht mit dem Projekt einverstanden.

Carmen hätte gern gefragt, wie sie mit dieser Einstellung in ihren Familien zurechtkamen, doch jetzt war sicher nicht der richtige Zeitpunkt. Es gab vermutlich viel Streit, das hatte ihr schon die Reaktion der Garcías auf Martíns vorsichtige Kritik am Bauwesen seiner Stadt vor Augen geführt. Jedenfalls war von diesen jungen Männern und Frauen, zumeist Erben und Erbinnen erfolgreicher Bau- und Immobilienfirmen, nicht zu erwarten, dass sie seelenlose Hochhauswelten in unberührte Landschaften setzten.

Alle mussten sie mehr über die Todesfälle wissen, bestimmt hatten sie so manche Bemerkung aufgeschnappt. Doch um danach zu fragen, musste sie erst recht den passenden Moment abwarten.

Vater winkte ihr zu, kümmerte sich aber weiter um seine anderen Gäste. Er wirkte aufgekratzt und bester Laune. Mutter war mit einigen Damen in die untere Etage verschwunden, deren kostspielige Details wohl noch nicht alle kannten.

Auf dem Dach konnte von gedrückter Stimmung, die Carmen nach dem unerwarteten Tod enger Freunde erwartet hätte, keine Rede sein. Die Champagnerbar war umlagert, in den Korbsofas saßen Grüppchen zusammen, vor sich Teller mit eingelegten Meeresfrüchten und stets volle Gläser. Die Unterhaltungen der Gäste übertönten das im Hintergrund klimpernde Klavier.

»Unser alter Freund Florentín wäre längst in den Pool gesprungen«, rief der Mann mit dem faltigen Gesicht, sodass alle es hören konnten. »Wie schön das immer geplatscht hat!« Mit einem Mal war alles still, einen Moment lang, dann gingen die Gespräche weiter. Das konsternierte Innehalten war dem Faltigen gar nicht aufgefallen. »Will denn keiner sein Nachfolger sein?«, schob er nach.

Florentín hatte einer der verstorbenen Männer geheißen, doch sosehr Carmen die Ohren spitzte – von den Umstehenden kommentierte keiner die Bemerkung.

Nur Angie beugte sich zu ihr hinüber. »*Sí*«, flüsterte sie. »Und er hätte bestimmt eine von den jungen Frauen mit hineingezogen.«

Mariano Manzano trat einen Schritt näher an sie heran, mit fragendem Gesicht. »Was habt ihr zu flüstern?« Jetzt erst fiel Carmen ein, dass auch einer der Toten den Namen Manzano trug.

»Oh, nichts«, meinte Angie und zog Carmen am Arm mit sich fort. »Du musst mir endlich deine Wohnung zeigen, Carmen. Ich bin gespannt, wie dein Vater das hingekriegt hat.« Sie lachte. »Er wollte ja was Kanarisches bauen – ganz oben auf dem Dach.«

Vom Pool zwischen den Palmen aus sah Carmen zurück auf die feiernden Menschen, die mit einem Mal weit entfernt wirkten. Vater schaute ihr nach, mit nachdenklichem Ausdruck, der sich aufhellte, als er ihren Blick bemerkte. Er hob seine Hand und winkte. Carmen spürte, wie der Champagner in ihrem Kopf kreiselte. Der Wasserfall auf der kleinen Insel mitten im Pool hörte sich an wie fernes Meeresrauschen.

Wieder hatte sie Herbert Winkelhoff ertappt, wie er etwas vor ihr verbergen wollte. Er musste doch wissen, dass seine Heimlichtuerei ihre Neugier anstachelte. Wobei hier von einem

Geheimnis nicht die Rede sein konnte. Es war offensichtlich, was der Faltige gemeint hatte: Jemand war über ein Geländer gefallen, jemand, den alle kannten, und dann doch höchstwahrscheinlich einer der kürzlich Verstorbenen. Vater hatte daraufhin sein Heim gesichert, was seinen Sinn haben mochte.

Allerdings fiel dieser Geländersturz mit anderen Unfällen zusammen, die man kaum für zufällig halten konnte. Vater sah das wohl ebenso. Doch warum verbarg er diesen Zusammenhang vor ihr? Da musste mehr sein, etwas, das sie nicht sehen, auf keinen Fall erfahren sollte.

Es juckte sie in den Fingern. Ein Spaten in der Hand, und sie hätte auf der Suche nach Vaters Geheimnissen sämtliche Palmen seines Paradieses ausgegraben.

»Das hat er wirklich gut gelöst.«

Angie wandte sich um, als Carmen auf sie zukam. »Sehr authentisch.« Sie wies auf die beiden Gästehäuschen im kanarischen Stil. »Die Form des Dachs – genau die richtige Neigung. Und alte Ziegel hat er auch aufgetrieben.«

Carmen öffnete die Tür und ließ Angie ein.

»Hast du hier etwas zu trinken?«

Vater hatte auch Carmens Kühlschrank aufgefüllt.

»Das Zeug macht durstig«, sagte Angie grinsend und trank das erste Glas Champagner gleich leer.

»Hast du eigentlich Mariano wiedererkannt?«, fragte sie, als Carmen nachgefüllt hatte. »Wir waren damals oft zusammen am Strand.«

»Nein, wiedererkannt nicht, jedenfalls nicht richtig. Sein Familienname kam mir bekannt vor. Kann es sein, dass sein Vater vor Kurzem verstorben ist?«

»Ja, das war so.« Angie drehte ihr Glas. »Aber Mariano trauert nicht besonders um ihn, das hast du ja gesehen.«

Carmen wollte fragen, warum das so war und woran Lucas Manzano gestorben war, da wechselte Angie schon wieder das Thema. »An Rafael wirst du aber kaum noch eine Erinnerung haben, stimmt's? Der ist ja etwas jünger als wir.« Rafael war der Schwarzhaarige mit der lustigen Knopf-Frisur.

Während sie ihr Glas hin und her schob, erzählte sie von Julia und Marisol, den jungen Frauen ohne Nachnamen, die beide aus Bergdörfern stammten, und von José Fernando Alvarez, dem mit den Segelohren, von dem Angie wenig wusste, nur, dass er nicht von hier war, in England Geologie studiert und lange in der deutschen Eifel gearbeitet hatte. »Das ist ebenfalls vulkanisches Gebiet, das weißt du ja.« Jetzt betreue er im Auftrag einer Umweltschutzorganisation verschiedene Projekte auf der Insel, und so hätten sich Martín und Fernando kennengelernt.

Als Angie einen weiteren Schluck Champagner trank, nutzte Carmen die Gelegenheit. »Woran ist denn Marianos Vater gestorben? War er nicht ein wenig zu jung dazu? Und warum trauert Mariano nicht um ihn?«

Zu viele Fragen, das merkte sie gleich. Sie mochte gut darin sein, Regenwürmer auszubuddeln, aber das Graben nach Informationen musste sie noch üben. Zumal, wenn jemand durchaus nicht gewillt war, ihrem Zerren nachzugeben.

»Ach, weißt du, Carmen, unsere Väter …« Angie ergriff ihr Glas und rückte ein wenig näher zu ihr hin. Etwas Champagner floss auf den zartgrünen Perserteppich. »Ob Marianos, deiner, meiner …«

Carmen saß stocksteif. Welche Enthüllungen kamen jetzt?

Angie rieb mit dem Finger über den Rand ihres Glases. »Erinnerst du dich noch, wie wir, als wir klein waren, im schwarzen Sand am Bollullo-Strand Burgen gebaut haben?«

Erstaunt schüttelte Carmen den Kopf. Worauf wollte Angie hinaus? Sie waren erwachsen, es ging ums Heute und bestimmt nicht ums Sandburgenbauen.

Angie schaute sich im Raum um. »Weißt du, damals wollte ich immer, dass wir Freundinnen werden.«

»Ach so?« Carmen musste sich eingestehen, dass sie daran wenig Interesse gehabt hätte. Wahrscheinlich hatte sie deshalb Angies kindliche Bemühungen um sie nicht wahrgenommen.

»Ja, glaub mir, das stimmt.« Angie drehte ihr Glas zwischen den Fingern. »Gibt's noch Sekt?« Ein wenig nuschelte sie schon.

Carmen verlor die Hoffnung, heute noch etwas Nützliches

von Angie zu erfahren, schenkte ihr aber trotzdem nach und sich selbst ebenfalls. Sie stießen miteinander an und tranken.

»Und weißt du, warum?«

»Nein, keine Ahnung.«

Angie sah ihr ins Gesicht. »Weil du Mut hattest, Carmen. Du warst richtig mutig damals.«

»Mut?« Den hätte sie mit sich selbst kaum in Verbindung gebracht.

»Ja. Mut. Du warst frech und hast deinem Vater immer Kontra gegeben, wenn er schimpfte.«

War das so gewesen? Irgendwann musste Carmen diesen Mut verloren haben. Oder war es nicht eher so, dass sie die ewigen Auseinandersetzungen satthatte? Nach und nach hatten ihre Ferienaufenthalte sowieso aufgehört.

»Deinen Mut habe ich mir immer gewünscht. Mein Vater …« Angie brach ab, fuhr aber gleich fort. »Dein Bruder Pedro hatte ihn auch nicht, er hat nie widersprochen, und trotzdem hat er Schläge bekommen.«

Pedro – Schläge? »Aber nicht, wenn ich da war.« Pedro hatte jedes Mal gezittert, wenn Vater geschimpft und die Hand erhoben hatte, doch dann hatte Vater auf Carmen geschaut und die Hand sinken lassen. Einen Verdacht, dass das nicht immer so war, hatte sie aber schon früh gehegt, das konnte sie nicht leugnen. Schließlich hatte Vater – wenn man *abuela* glauben durfte – auch Mutter geschlagen.

»Nein.« Angie schnappte sich die Flasche und schenkte sich selbst ein. »Wenn du da warst, hat sich dein Vater zusammengerissen, du warst ja seine Prinzessin. Aber wenn du fort warst, hatte Pedro wieder verheulte Augen.«

Während Carmen froh war, der Insel entronnen zu sein. »War es so schlimm?« Sie hätte es sich vorstellen können …

»Ja, war es.« In Angies Ton lag eine Anklage. »Aber er war in guter Gesellschaft. Meinst du, uns anderen wäre es besser gegangen?« Jetzt sprudelte es geradezu aus Angie heraus. »Wir haben alle Schläge bekommen, und heftig, das sage ich dir. Die Jungs noch mehr. Sogar unsere Mütter …« Sie schniefte, und Carmen holte ihr ein Taschentuch. »Unsere Schläge – das war nicht so schlimm, das verging. Und wir dachten ja auch, wir hätten sie verdient. Aber nachts den Krach im Haus zu hören und Mutter, wie sie schrie und weinte …« Jetzt weinte Angie selbst. »Das zu deiner Frage, warum Mariano nicht um seinen Vater trauert«, brachte sie noch heraus.

Carmen nahm ihre Hand.

Angie putzte ihre Nase und trank ihr Glas leer. »Na ja, irgendwann hat das dann aufgehört. Schreien tun sie immer noch gern, aber seit die Jungs größer sind als sie …« Ihr Kichern hörte sich reichlich betrunken an. »Aber sie wollen immer recht haben, immer.« Sie machte Anstalten, sich aufs Sofa zu legen. »Zu kleines Selbstbewusstsein, würde ich sagen.« Mit fast geschlossenen Augen seufzte sie tief auf. »Du hattest es so gut bei deiner *abuela*, Carmen. Ich war immer neidisch, wenn du wieder abgereist bist.«

Sprachlos nahm Carmen ihr das Glas aus der Hand. Das hatte sie alles nicht gewusst. Aber sie hätte es wohl wissen können …

Angie rollte sich auf dem Sofa zusammen. »Unsere Väter sind einfach Arschlöcher«, murmelte sie und schlief ein.

# 8

»Ich musste heute bei der Polizei erscheinen.« Vater setzte sich zum Essen an den im Wintergarten gedeckten Tisch.

Mutter sah auf die asymmetrische Uhr an der Küchenwand. »Und deshalb kommst du so spät? Dies ist Carmens letzter Abend …« Sie hörte sich an, als müsse ihre Tochter sich am nächsten Tag unter das scharfe Messer eines brutalen Chirurgen begeben – mit ungewissem Ausgang.

»Nein, nein, das war schon am Morgen. So spät bin ich, weil ich noch im *ayuntamiento* war. Aber ich hab mich beeilt.« Im schnieken Anzug sah er imposant aus, aber sein Haar war wie immer windzerzaust. Früher war es strohblond gewesen, das helle Grau hatte sich unmerklich hineingeschlichen. Kahle Stellen sah Carmen nicht.

Wieder Mutters beziehungsvoller Blick auf die Uhr, bestimmt auch ein Designerstück. »Das merke ich.« Sie konnte manchmal echt nörgelig sein. Mit einer Perle ihrer dreireihigen Kette strich sie an ihrer Unterlippe entlang. Mutter sammelte Schmuck wie andere Frauen Schuhe, das Perlenset von heute war nur eines von vielen. An Schuhen hatte sie – ihrer eigenen Meinung nach – nur das Nötigste.

Carmen holte die *sopa marinera* vom Herd, die Señora Árbelo am Morgen vorbereitet hatte. Eigentlich gehörte Brot hinein, aber das war Low-Carb zum Opfer gefallen.

»Du hättest Señora Árbelos Augen sehen müssen, Vater. Als hätte Mutter ihr Kochbuch zerrissen und ins Feuer geworfen.« Carmen selbst hatte durchgesetzt, dass sie Brot zum Essen bekam, und ignorierte seitdem Vaters hungrigen Blick.

Er lachte dröhnend. »Das glaube ich dir sofort.« Seine blauen Augen blitzten. Sie sollte sich als Stimmungsretter bezahlen lassen.

»Erzähl, was gab's im Rathaus?« Mutter hatte beschlossen, wieder mitzuspielen. Carmen war zwar gespannt, was die Polizei von Vater gewollt hatte, doch das würde er schon auch noch berichten.

»Du erinnerst dich doch an Florentín Cabrera, Inés.«
»Sicher. Wir waren doch neulich erst auf seiner Beerdigung.«
Carmen sah von ihrem Teller auf. Cabrera …

»Du wirst ihn nicht mehr kennen, Carmen«, sagte Vater. »Später war er nicht mehr so oft hier.« Cabrera sei in die Politik gegangen und in Madrid sogar Staatssekretär geworden, erzählte Vater. »Er hat ungeheuer viel für Puerto getan«, was für ihn bedeutete, für das Bauwesen der Stadt und speziell sein Geschäft.

»Florentín war so ein guter Mensch«, meinte Mutter. »Er hat viele arme Familien unterstützt …« Ihre Stimme klang, als sei sie noch auf dem Cementerio San Carlos, wo sicherlich nur über Florentíns edle Taten geredet worden war.

»Wie ist er denn gestorben?«, erkundigte sich Carmen.

»Ein Unfall. Bedauerlich.« Mehr sagte Vater nicht, obwohl sie ihn erwartungsvoll anstarrte. Er sah Mutter an. »Jetzt wollen sie eine Straße nach ihm benennen, Inés, stell dir das vor.«

Mutter zeigte sich beeindruckt. »Nach dem alten Florentín, der immer in unseren Pool gesprungen ist? In voller Montur? Das hätte ich ja nie gedacht.«

Der war das also, dachte Carmen. Ein guter Mensch …

Vater nickte. »Avenida de Florentín Cabrera, auf allen Stadtplänen. Ich wette, davon hat er sein Leben lang geträumt.«

»Der gute alte Florentín.« Mutter drehte an ihrem Perlenarmband und schwelgte in Erinnerungen.

»Und was hast du damit zu tun, Vater?«, fragte Carmen.

»Nun, ich … Über die Geschichte ist schon länger geredet worden, und ich bin gefragt worden, ob ich einer der Redner bei der Festveranstaltung sein will. Welche Gesetzesvorhaben er auf den Weg gebracht hat, welche hinderlichen Vorschriften er beiseitegeräumt und wie sehr er in Deutschland den Kontakt zu Politikern und Wirtschaftsgrößen gefördert hat. So was eben.« Er blähte sich ein wenig auf. »Ich bin ja nicht ganz unwichtig hier.«

Jetzt sollten bald Nägel mit Köpfen gemacht werden, das Straßenschild wurde schon gedruckt, und er selbst musste sich an seine Rede begeben. »Im Kopf hab ich schon, was ich sagen will, das diktiere ich einfach Señora Gonzalez.«

Seine langjährige Sekretärin. Sie würde einen ordentlichen Text daraus machen, denn mit dem Schreiben hatte Vater es nicht. Vielleicht würde er Señora Gonzalez auch einmal seine Lebenserinnerungen diktieren, dachte Carmen, während sie die Teller zusammenstellte, sodass sie erfuhr, welche Rolle Vater beim Ausbau Puertos gespielt hatte. Die Selbstbeweihräucherung musste man dann natürlich abziehen …

Mutter zerteilte einen Apfel, von dem sie jedem einen Schnitz auf den Dessertteller legte. Ein wahrhaft gesunder Haushalt war das hier geworden. »Und die Polizei?«, fragte sie nebenher.

»Ja, die Polizei.« Vater steckte sein Apfelstück in den Mund und kaute geruhsam. »Merkwürdigerweise ging es bei der Polizei ebenfalls um Florentín Cabrera. Du wirst es nicht glauben, Inés. Da hat doch jemand tatsächlich behauptet, er sei ermordet worden!«

»Nein. Ist das wahr?« Der obligatorische Griff zu den Perlen.

»Natürlich nicht. Ich meine, dass er … das ist nicht wahr, aber dass jemand das behauptet hat, doch.« Vater blickte ins Orotava-Tal hinaus.

»Wer tut so etwas?« Mutter war richtig entsetzt. »Der arme Mann …«

»Die Polizei nimmt das nicht ernst, klar.« Zufällig – wie immer – kannte Vater den Kommissar, der ihm das im Vertrauen verriet. »Natürlich müssen sie das trotzdem verfolgen, er war ja ein wichtiger Mann. Aber reine Routine, das kennt man ja aus Krimis.«

»Bestimmt ist da nichts dran.« Mutter in vollster Überzeugung.

»Genau. Wer sollte so einen abgehalfterten Gaul auch umbringen? Er hatte ja längst nichts mehr zu sagen.« Er schob die Glaswand zum Kräutergarten auf und pflückte ein paar welke Blättchen ab.

Mutter musste lauter sprechen. »Und was wollte Kommissar Gómez von dir wissen?«

»Na ja, was sie halt so fragen.« Seine Ausbeute in der Hand, stellte Vater sich in die Türöffnung. »Merkwürdige Vorkommnisse in der Vergangenheit, Drohungen, Andeutungen von irgendjemandem, ob er Feinde hatte und so weiter. Ich hab gesagt,

Feinde macht sich doch jeder in der Politik. Man kann es nicht allen recht machen.«

»Eben. Und solche Feinde bringen einen auch nicht um.«

Vater warf die Blätter in den Abfalleimer. »Ich konnte ihnen jedenfalls nichts sagen. Was sollte es auch zu wissen geben bei einem aufrechten Kerl wie Florentín?«

Das *ayuntamiento* sollte sich beeilen mit dem Festakt, dachte Carmen, als sie am Pool entlang auf ihr blaues Kanarienhaus, wie sie es für sich getauft hatte, zuging. Morduntersuchungen – auch das wusste man aus Krimis – brachten es mit sich, dass Verstecktes ans Licht gezerrt wurde. Möglicherweise war da mehr zu entdecken als schlüpfrige Wasserspiele mit jungen Frauen. Für einen Politiker wie Florentín Cabrera hatte es so viel mehr Wege gegeben als für Vater, Menschen Vorteile zu verschaffen oder sie zu benachteiligen, sie zu betrügen oder ihre Karriere zu zerstören …

Carmen schloss die Tür hinter sich und holte ihren Koffer aus dem Schrank.

Die Medien waren verrückt nach so etwas. Hoffentlich musste der gute alte Florentín, wenn die Polizei mit ihm fertig war, sich sein Straßenschild nicht abschminken. Und seine schöne Rede konnte Vater dann in den Müll werfen.

# 9

Sie soll verflucht sein, diese Markise, dachte Herbert Winkelhoff, als er spürte, wie das Wasser um ihn herum kühler wurde. Der halbe Pool lag im Schatten, und schuld war nur dieser elende Steinewerfer. Wenn er den in die Finger bekam …

Er schwamm zurück in den sonnigen Bereich, drehte sich auf den Rücken und stellte sich, während er langsam dahintrieb, genussvoll vor, wie er diesem rücksichtslosen Kerl die Ohren lang zog. Leider gab es kein Gesicht zwischen diesen Ohren, er hatte keine Ahnung, wer die Steine geworfen haben könnte. Nicht die mindeste.

War es Zufall gewesen, dass er nicht getroffen worden war? Das fragte er sich immer wieder. Er war geschwommen wie heute, mit dem Bauch in der Sonne, als mit einem Mal wie aus dem Nichts ein Stein neben ihm ins Wasser platschte, groß wie ein Golfball. Und gleich der nächste. Den Schreck fühlte er jetzt noch in den Beinen.

Daraufhin hatte Herbert sofort das Dach und die Glaswände bestellt. Maria Inés war sauer, er selbst allerdings auch. Der schöne Pool …

Vielleicht hatte er überreagiert, ja, mochte sein. Denn höchstwahrscheinlich war da nur jemand mit seiner Steinschleuder unvorsichtig gewesen. Es war gar nicht so leicht, damit ein Ziel zu treffen, aber Könner schafften leicht zweihundert Meter. So weit entfernt waren einige Dächer nicht mal.

Herbert schwamm zum Wasserfall und ließ sich das Wasser auf den Rücken prasseln.

Es war Ramón Delgado gewesen, der ihm damals gezeigt hatte, wie man mit so einem Gerät umging. Das war keine Kinderschleuder, eine hölzerne Zwille, wie er sie aus Berlin gekannt hatte. Nur ein langes Lederband mit einer breiteren Stelle in der Mitte, die den Stein hielt, während man ihn über dem Kopf kreisen ließ, das Ziel anvisierte und dann plötzlich losließ. Als sie noch jung waren und unverheiratet, war oft die ganze Clique in die Berge gezogen und hatte mit den Dingern geübt. Er war nicht schlecht gewesen – vielleicht sollte er es mal wieder versuchen? Dann konnte er immerhin zurückschießen.

Nach einer weiteren Runde durch den Pool trocknete er sich ab und mixte sich an der Bar einen Casual Friday – das passte doch zum Tag. Gurke war keine da, aber damit fütterte Inés ihn zur Genüge. Er fragte sich allerdings, warum der Steinschleuderer – falls er es wirklich auf ihn abgesehen hatte – nicht einfach ein Gewehr verwendet hatte. Ihn damit zu treffen, als er ungeschützt im Pool schwamm, wäre ein Leichtes gewesen …

Herbert nahm sein Glas und schob den Liegestuhl so zurecht, dass er den Sonnenuntergang hinter dem Teide sehen konnte. Jetzt war Schluss mit den finsteren Gedanken. Es wurde schnell dunkel hier, aber vorher gab es ein großes Spektakel. Viel zu selten konnte er zuschauen, und wenn er mal Zeit hatte, lagen bestimmt dicke Wolken über dem Tal. Die Arbeit hatte ihm Spaß gemacht, das ja, immer, aber zu wenige Sonnenuntergänge hatte es doch gegeben.

Die eben noch schneeweißen Wölkchen am Himmel färbten sich rosa, dann rot, Feuer loderte um sie herum, von Gelb bis Violett in allen Schattierungen. Man konnte direkt poetisch werden. Der Teide kriegte ein rotes Gesicht, als hätte er einen dreckigen Witz gehört. Vielleicht den von der Nonne, den Florentín immer draufhatte. Herbert kicherte. Spaß hatten sie ohne Ende gehabt, damals …

Mit dem Strohhalm rührte er das Eis in seinem Cocktail um und nahm einen großen Schluck. Die Luft war immer noch schön warm. Carmen war abgereist, jetzt war es wieder ruhig bei ihnen. Zu ruhig vielleicht, obwohl … Nein, es war schon gut, dass sie gefahren war.

Die Sonne war verschwunden, nur noch weit im Westen leuchtete es violett. Mit dem Glas in der Hand lehnte Herbert sich zurück. Auf seine Tochter konnte er wirklich stolz sein, ein schönes, großes, starkes Mädchen war sie geworden. Und was für lange Beine sie hatte! Ein schlankes Untergestell, das hatte sie von ihm, die Pereras waren fülliger untenrum. Lag vielleicht auch besser in der Hand. Er stand auf, um noch ein wenig Wodka in seinen Drink zu gießen.

Selbstredend war auch Carmens Gesicht sehenswert – dahin hätten die Kerle auf der Party gucken sollen, als sie in ihrem roten Kleid auftauchte. Wenig von ihm, vielleicht das Kinn, die Nase und – leider – von Opa Winkelhoff die Segelohren. Niemals Ohrringe, das war von Kind an klar gewesen. Gut, dass sie sich mit der Operation durchgesetzt hatte. Aber mit Schmuck hatte es Carmen sowieso nicht.

Und dann ihre Augen – wer die sah, vergaß sie nicht so leicht. Ja, er war ein stolzer Vater, vielleicht ein wenig zu stolz, aber für diese Augen konnte er nichts. Nie hätte man sie damit für eine Deutsche halten können, das war Perera-Erbe, ganz klar. Trotz der blonden Haare, die sie von beiden Seiten haben konnte, waren Carmens Augen dunkelbraun, groß, strahlend und von langen schwarzen Wimpern umgeben. Sie hätte eine total knubbelige Nase haben können oder Warzen überall – diese Augen hätten es herausgerissen. Schon als Baby hatte sie ihn damit angestarrt. Später hatte er oft gedacht, diesen Augen entgeht nichts, die sind so groß, die sehen alles. Manchmal hatte er sich richtig ertappt gefühlt.

Auch jetzt, bei ihrem Besuch, hatte sie ihn ein paarmal so aufmerksam angeblickt, als erwarte sie eine Beichte über sämtliche Schandtaten seines Lebens. Sie hatte sich Gedanken gemacht, das hatte sogar ein so unsensibler Klotz wie er gemerkt. Maria Inés hatte ihr einen Floh ins Ohr gesetzt, bestimmt kam es doch von ihr, wenn Carmen glaubte, dass er wegen der vier Unglücksfälle plötzlich so um die Sicherheit besorgt sei. Warum hätte sie sonst dauernd danach gefragt? Aus Ramirez' blödem Spruch mit dem Geländer hatte seine kluge Tochter bestimmt ihre Schlüsse gezogen.

Natürlich hatte er das Balkongeländer nach Delgados Sturz erhöht – warum auch nicht? Was passieren kann, passiert, hieß es nicht umsonst. Und auch die Steinwürfe – wenn so etwas vorkam, musste man vorsorgen, das war doch ganz klar. Es ging ja nicht nur um ihn, sondern auch um Inés und die Kinder. Vielleicht sollte er aber wenigstens die Markise wieder abbauen lassen, die kam ihm jetzt selbst übertrieben vor.

Er trank den letzten Schluck aus seinem Glas. Genau wie die

Idee mit dem Bodyguard, zu dem ihm Juan García geraten hatte, mit dem er im ersten Schreck über die Vorfälle gesprochen hatte. Das fehlte noch, dass so ein wichtigtuerischer Kerl dauernd hinter ihm herlief. Bewaffnet womöglich. Herbert war vorsichtiger geworden, das wohl. Er arbeitete mehr von zu Hause aus, und wenn er auf einer Baustelle sein musste, hielt er sich möglichst wenig im Freien auf und passte auf, dass er nirgendwo stand, wo er herunterfallen konnte. Das musste reichen. Im Auto war er sowieso sicher. Und wer sagte denn, dass wirklich jemand hinter ihm her war?

Es war fast dunkel, nur auf dem Teide lag noch ein graurosa Schein. Um ihn herum gingen die Laternen an und verbreiteten genau das sanfte Licht, das er sich vorgestellt hatte. Natürlich hatte er sich seine Gedanken gemacht, als die vier – Florentín, Lucas, Ramón und Olivia – so kurz nacheinander abgetreten waren. Es waren schließlich seine Freunde. Und wie sie gestorben waren, bot durchaus Raum für Spekulationen. Aber es gab solche Zufälle, Fügungen des Schicksals, würde Inés sagen, dass sich Unglücksfälle häuften und dann wieder für lange Zeit Ruhe war.

Und jetzt behauptete da jemand, der gute Florentín sei ermordet worden. Die Polizei konnte das wohl nicht ignorieren, nicht wenn es früher oder später in die Presse geriet, was bei den wichtigen Posten, die Florentín mal bekleidet hatte, ziemlich wahrscheinlich war. Sie gingen aber weiterhin von einem Unfall aus, hatte Gómez gesagt. Hoffentlich war das die Wahrheit. Denn wenn sie gründlicher ermittelten – wer weiß, was dann alles zum Vorschein kam. Eine Straße würde dann nach keinem von ihnen mehr benannt.

Ein leiser Wind raschelte in den Palmen, und Herbert stand auf, um sich vor dem Abendessen noch einen letzten Drink zu holen. Er erinnerte sich gut – nicht immer war astrein gewesen, was sie mit Florentíns Hilfe gedeichselt hatten. So mancher war dabei über die Klinge gesprungen. Geld zu verdienen – viel Geld – war nun mal nicht ganz einfach, und wenn jemand seines verloren hatte, trug er daran selbst die Schuld. Investitionen waren riskant und konnten schiefgehen, das wusste jeder. Ein gutes Auge brauchte man dafür, das möglichst auch in die Zukunft sehen konnte, und das hatten manche eben nicht. Er schon, das konnte man wohl sagen. Aber kein vernünftiger Mensch würde doch ein bisschen verlorenes Geld durch einen Mord rächen!

Mit dem Glas in der Hand stellte er sich vor den Rauschopf. Schön, wie die Lichter in seinen Haaren glitzerten. Es waren wilde Zeiten gewesen, damals, und Florentín war immer mittendrin. Sie hatten verdient wie die Könige, auch wenn nicht immer alles so geklappt hatte, wie sie sich das vorgestellt hatten. Was hätten sie tun sollen? Heiß hergegangen war es auf den Baustellen immer – knappste Termine, und dann viel Geld im Spiel. Um Vorschriften und Empfindlichkeiten konnte sich da keiner groß scheren. Florentín – und ein paar andere Beamte und Politiker – hatten da oft mit ihrer Unterschrift aushelfen müssen oder ein paar Worten an der richtigen Stelle, sich das aber auch gut bezahlen lassen.

Maria Inés wusste davon nichts, und auch Carmen durfte es nie erfahren. Doch wenn er an ihre großen, neugierigen Augen dachte, sah er da schwarz. Oder würden sie zu ihm halten, Maria Inés und Carmen? Und Pedro? Pedro mit seinem Gerechtigkeitswahn? Da war wohl jetzt schon klar, wie das ausgehen würde.

Kopfschüttelnd nahm Herbert sein Glas und wanderte auf die Kanarienhäuschen zu, wie Carmen sie nannte. Es hatte ihr wohl gefallen hier, und sie hatte versprochen, ihre Oma zu bearbeiten, dass sie sich bald einmal alles ansah. Auch Pedro sollte öfter da sein, vielleicht gelang es ihnen ja doch, zu einem entspannteren Verhältnis zu kommen …

Am brausenden Wasserfall blieb er stehen und sog nachdenklich an seinem Strohhalm. Niemand hatte gesehen, wie Florentín gestorben war. Ein Sturz, hieß es, von einer Klippe herab, die er seit seiner Kindheit kannte, und dann war er mit dem Kopf auf den Steinen aufgeschlagen. Schon immer war dort Florentíns Angelplatz gewesen, unter ihm ein Streifen Geröll, schmaler oder breiter je nach Wasserstand, und dann ein tiefes Meeresbecken, wo die Fische gut bissen. Oft waren Herbert und die anderen dort gewesen und hatten die Fische gebraten, die Florentín aus dem Wasser zog. Soweit sich feststellen ließ, habe sich zum Zeitpunkt seines Todes niemand in der Nähe aufgehalten, hatte

Kommissar Gómez gesagt, und keinerlei verdächtige Spur war da. Er war erst viel später von seiner Frau gefunden worden, die aber ein wasserdichtes Alibi hatte.

Florentíns Maria, dieses harmlose Huhn, konnte Herbert sich sowieso nicht als Mörderin vorstellen. Aber was war eigentlich mit den Söhnen? Sie seien in Kalifornien, Motorrad fahren und surfen, hatte Florentín mit saurer Miene erzählt. Spätestens jetzt, da ihre Mutter Hilfe brauchte, sollten sie doch eigentlich hier sein.

Den letzten Schluck seines Cocktails schlürfte er vor der Glaswand mit Blick auf die glitzernden Lichter des Orotava-Tals. Das Fatale an der Geschichte war doch: Wenn Florentín durch einen Mord zu Tode gekommen war, dann war es höchstwahrscheinlich, dass dies auch auf die anderen zutraf. Wo gab es das denn, dass einer ermordet wurde und seine Freunde – sozusagen aus Sympathie – harmlosen Unfällen zum Opfer fielen? Und dem Gesetz der Wahrscheinlichkeit entsprach es ebenso wenig, dass alle vier unterschiedliche Mörder gehabt hätten.

Der Einfall kam ihm nicht zum ersten Mal, das musste er – vor sich und hier im Dunkeln – zugeben. Während er langsam weiterging, ließ er die halb geschmolzenen Eiswürfel im leeren Glas kreisen. Ein Mörder also für alle vier, nur mal angenommen. Aber dann musste auch ein gemeinsamer Grund existieren. Er hatte überlegt und gegrübelt, doch bisher war ihm keine Unterschlagung, kein Betrug eingefallen, an der alle vier beteiligt gewesen wären. Es konnte natürlich auch sein, dass er gar nicht wusste, was die anderen getrieben hatten.

Bis auf … Abrupt blieb er vor der Glaswand stehen. Bis auf diese alte Geschichte – von der wusste er sehr wohl. Er selbst und drei der Toten hatten damals vor Gericht ausgesagt, zugunsten des Angeklagten, der nun ebenfalls nicht mehr lebte. García war wohl auch dabei. Schön war das nicht gewesen, aber was war ihnen übrig geblieben? In den Jahren hatte man noch gewusst, was Freundschaft bedeutete, und einen alten Freund konnte man nicht hängen lassen.

Doch wen sollte das heute noch kümmern? Er schlenderte weiter und stellte sein Glas auf der Bar ab. Kein Mensch sprach mehr davon, alles war längst vergessen. Und dass deshalb jemand vier Morde beging, war doch ziemlich unwahrscheinlich. Nachdenklich zog er Hemd und Hose über und suchte nach seinen Schlappen. Wen gab es denn überhaupt noch aus der Zeit, den er nicht in- und auswendig kannte? Niemand sonst hatte mit der Geschichte zu tun gehabt, und ein Mord war keinem seiner Bekannten zuzutrauen. Waren doch alles harmlose Leute, im richtigen Licht besehen …

Mit einem Knacken schaltete sich die Sprechanlage ein. »Kommst du zum Essen, Herbert?« Maria Inés war zurück.

Beim Hinunterfahren schaute er in die Überwachungskamera und war versucht, ihr die Zunge herauszustrecken, wie es Carmen neulich getan hatte. Er hatte es – weil es ihm der Security-Mann gezeigt hatte – genau gesehen. Frech war sie, seine schöne Tochter. Seine Sicherheitseinrichtungen fand sie so übertrieben wie seine Frau.

Aber was war, wenn diese alte Geschichte doch noch eine Bedeutung hatte? Wenn da wirklich jemand unterwegs war, der sich an den Beteiligten rächte? Dann nämlich gehörte Herbert Winkelhoff ebenfalls zu den Zielen des Mörders und konnte froh sein, wenn er ihn mit seinen Vorrichtungen aufhalten konnte.

Beim Hinausgehen warf er der Kamera ein Kusshändchen zu.

## 10

»Weißt du, Carmen, dass der ach so gute Florentín …«

*Abuela* war stehen geblieben, verzog ihr Gesicht, als habe sie Zahnschmerzen, und sprach nicht weiter.

»Florentín Cabrera?« Carmen wartete darauf, dass *abuela* fortfuhr. Doch da kam nichts. Sie stand einfach nur da, hielt sich am Rollator fest und schaute auf den Gehweg. Manchmal bewegte sich ihr Kopf hin und her. War es jetzt so weit?

Der Ostwind fegte kalt über den Marheinekeplatz – nicht der günstigste Ort für Erinnerungen, in die *abuela* offenbar versunken war. Eigentlich wollten sie zur Markthalle gehen, nach einem kleinen Spaziergang um den Platz, auf dem aus den Buden des Weihnachtsmarkts stimmungsvolle Lieder schallten. *Abuela* trug ihren Kunstpelz – echtes Fell hatte sie immer verschmäht –, und um den Kopf hatte sie ein maisgelbes Wolltuch elegant drapiert.

Warm angezogen mit Mütze, Schal und Handschuhen war auch Carmen, doch obwohl es nicht einmal frostig war, zitterte sie vor Kälte. Sie fror, seit sie aus dem Flugzeug gestiegen war, sie fror in ihrem Bett, und sie fror, wenn sie direkt vor der Heizung saß, so sehr, dass sich *abuela* bereits Sorgen um sie machte. Man sollte sich eben im Dezember nicht von der kanarischen Sonne verwöhnen lassen …

Es war schon ein paar Tage her, dass Carmen ihrer Großmutter von Florentín Cabreras Tod erzählt hatte und dem Plan, eine Straße nach ihm zu benennen. Ob *abuela* ihn gekannt habe, hatte sie wissen wollen, doch darauf war sie nicht eingegangen.

»›Der gute Florentín‹? Hat Inés das wirklich gesagt?« Schon da hatte sie heftig den Kopf geschüttelt. »Naiv war sie ja schon immer, aber ich hätte doch gedacht …« Danach hatte sie geschwiegen und Carmens Fragen abgewehrt. Andeutungen zu machen und nicht weiterzureden war eine Spezialität der Perera-Frauen, das sagte Vater oft, wenn Mutter ihre Sätze mit drei Pünktchen beschloss.

Wieso kam *abuela* jetzt darauf zurück? Carmen fasste es nicht, dass ihr ausgerechnet am zugigsten Platz Berlins dieser Inselpolitiker einfiel. Wollte sie Carmen etwa jetzt von ihm erzählen? Es würde Frostbeulen geben, aber das sollte es ihr wert sein, wenn sie erfuhr, warum der gute Florentín doch nicht so gut gewesen war. Doch *abuela* machte keine Anstalten dazu. Sie schaute immer noch zu Boden, wo es golden glänzte.

Die Stolpersteine! Dass Carmen nicht gleich daran gedacht hatte. Regelmäßig blieb *abuela* bei den goldenen Pflastersteinen stehen, auf denen die Namen und Todesdaten von Juden zu lesen waren, die hier an der Nordseite des Marheinekeplatzes gelebt hatten.

»Die liegen hier, damit man an die Leute denkt«, sagte sie, wenn Carmen drängelte. »Da kann man ruhig einen Moment stehen bleiben.«

Doch so lange hatte ihr Gedenken noch nie gedauert.

Endlich sah *abuela* auf, einen Ausdruck im Gesicht, den Carmen nicht kannte. Die zornig funkelnden Augen, die ja, aber nicht den resignierten Zug um den Mund. Sonst presste *abuela* die Lippen zusammen, wenn sie wütend war, für Carmen Alarmstufe Rot.

»Menschen einfach aus den Häusern geholt«, sagte sie, »und umgebracht. So jung …« Umständlich holte sie ein Taschentuch heraus und putzte sich prustend die Nase.

»Ich wünschte, so etwas wie diese Stolpersteine gäbe es bei uns auch«, murmelte sie noch, während sie die Packung in ihrer Handtasche verstaute. »Bei uns sind alle vergessen …«

War es etwa »der gute Florentín«, der *abuelas* Erinnerungen – offensichtlich an die Franco-Zeit – hervorgerufen hatte? Sie gingen ihr immer noch nahe.

»Möchtest du mir nicht endlich mal davon erzählen, *nanoya*?«

*Abuelas* Gesichtsausdruck war die reine Entrüstung. »Hier auf dem Platz? Willst du, dass ich mir den Tod hole?«

Ein klares Nein war das nicht.

Sie setzte ihren Rollator wieder in Gang und strebte mit vorgebeugtem Kopf der Markthalle zu. Carmen folgte ihr, die Hände tief in den Manteltaschen vergraben. Kaum jemals hatte sie den Winter so intensiv gefühlt – sie war doch abgehärtet, hatte sie gedacht, als Gärtnerin musste sie das sein. Die feuchte Kälte setzte auch *abuela* zu, die noch langsamer als sonst ein Bein vor das andere setzte. Bestimmt war wieder ihr Hüftgelenk entzündet.

Bisher hatte Carmen nichts von Vaters Vorschlag erzählt, mit *abuela* nach Puerto zu kommen. Es würde nicht leicht werden, sie zu überreden. Überhaupt war sich Carmen keineswegs sicher, ob sie selbst einen Umzug ertrug. Ihre Heimatstadt Berlin verlassen und – nur als Beispiel – den Marheinekeplatz, auf dem sie praktisch aufgewachsen war? Sicher, nach dem Umbau hatte er nicht mehr viel vom kuscheligen Kreuzberger Bergmannkiez, dessen Mittelpunkt der Platz und vor allem die Markthalle waren. So etwas Ähnliches – einen Mercado Municipal – gab es in Puerto auch, mit einem Flohmarkt wie hier und mit ähnlich ödem Touristennepp in den kleinen Läden.

Ebenso langweilig war der Weihnachtsmarkt, durch dessen eng beieinander aufgebaute Buden sich *abuela* mit ihrem Rollator mühsam kämpfte. Umlagert waren nur die Glühweinstände – sollte das gemütlich sein, in der Winterkälte, mit roten Nasen, die man tief in die dampfende Tasse stecken musste, damit sie nicht abfror? Carmen hatte noch nie Gefallen daran gefunden, und noch weniger am immer gleichen Angebot hinter den Verkaufstheken. Wer kaufte so viel Weihnachtskitsch? Die Wohnungen mussten überquellen …

Laute Gesänge schallten vom Rand des Platzes herüber, die nicht aus den Lautsprechern kamen und sich wenig weihnachtlich anhörten. »Völker, hört die Signale …« Wer sang heutzutage noch so etwas? »Auf zum letzten Gefecht …« Wollte hier jemand den Weihnachtsmarkt abräumen, sozusagen als Symbol des ins Kraut geschossenen Kapitalismus? Carmen spähte durch die Buden zum Rand des Platzes.

Eine ältere Frau mit wirrem kurzen Haar saß da auf einer Bank und sang aus voller Kehle die alte Hymne der Pariser Kommune, deren deutsche Fassung im früher sozialistischen Teil des Landes jedes Kind aus seinen Windeln heraus schmettern konnte. Auch eine Art, sich warm zu halten. Bei »Die Müßiggänger schiebt beiseite …« wurde sie noch etwas lauter – sie musste es wirklich auf die Weihnachtsmarktkunden abgesehen haben. Carmen folgte *abuela*, die schon auf die Eingangstür der Markthalle zusteuerte.

Das würde sie jedenfalls vermissen, falls sie dem Wunsch ihrer Eltern nachgab und nach Teneriffa auswanderte. Die Vielfalt an Menschen, die schrägen Typen, das Bunte – in Puerto gab es so etwas kaum. Sie hatte dort keinen der abgerissenen, aber kreativ gekleideten Punks entdeckt, die hier das Straßenbild belebten, keine vielfarbigen Frisuren, keine Frauen mit abgefahrenen Hüten und schon gar keine Männer im Rock. Das erlaubten sich die Spanier nur im Karneval.

Puerto de la Cruz war eine Kleinstadt, da stach jeder heraus, der ein wenig aus dem Rahmen fiel. Nicht einmal die Touristen in ihren Wanderschuhen und dem ewigen Graubeige brachten Farbe ins Bild. Ein paar Alkis drückten sich in einer Ecke der Charco herum, langhaarige Musiker zogen mit Gitarre und Verstärker durch die Gegend, und wie Hippies gekleidete Straßenverkäuferinnen boten selbst gebastelten Schmuck an. Das war alles, was Carmen bisher entdeckt hatte. Sie hoffte sehr, dass sie das bunte Leben nur übersehen hatte.

Dass es in Puerto für sie noch viel zu entdecken gab, hatte Carmen auf ihren Gängen durch die Stadt schon festgestellt. Langweilig würde es ihr nicht werden, ihre Neugier auf die Geschichte und die darin verscharrten Geschichten der Einwohner würde wohl noch für lange Jahre ausreichen. In Berlin konnte man sein Leben damit verbringen, die Vergangenheit auszugraben, und hatte auch dann nur die oberen Schichten angekratzt. Dafür gab es Historiker. Eine Gärtnerin konnte überall graben, und im Moment erschien es ihr, als biete Puerto den Boden mit den meisten Überraschungen. Was allein ihr Vater alles verbuddelt hatte …

Wie jedes Mal, seit sie zurück in Berlin war, schob sie den Gedanken an Vater sofort beiseite. Sie musste Abstand gewinnen, das hatte sie nach dem Flug beschlossen, nachdem ihr Kopf die ganze Zeit über kreiselnde Blasen produziert hatte. Vater und seine Freunde, die jungen Leute, die Carmen kennengelernt hatte, Kameras, Geländer und Markisen … alles purzelte durcheinander, wenn die Blasen platzten. Schluss damit, hatte sie sich befohlen. Vater sollte sich seine eigenen Sorgen machen, wenn er schon so hartnäckig schwieg. Sie war wieder in Deutschland mit seinen eigenen Skandalen.

Als Carmen aus ihren Gedanken auftauchte, stand sie mit *abuela* schon am Stand ihres Fleischers. Er hatte als einziges Erkennungsmerkmal ein grünes Dach, sonst wäre er von den vielen gleichförmigen Theken kaum zu unterscheiden gewesen.

»Bin sofort bei Ihnen«, rief *abuelas* langjähriger Lieblingsverkäufer herüber, der mit dem schwarzgrauen Pferdeschwanz unter dem blau-weißen Käppi ein wenig spanisch aussah.

»Schade, dass der *jamón*, den du mir mitgebracht hast, schon aufgegessen ist«, sagte *abuela* in nicht eben gedämpftem Ton. »Das schlabberige Zeug, das sie hier verkaufen – kein Vergleich, sage ich dir. Echter *jamón serrano*, den hab ich hier noch nie gekriegt. Festes Fleisch, das auch fest bleibt, wenn man es hauchdünn schneidet, der kernige Biss, der zarte Wacholdergeschmack …«

Es war beileibe nicht das erste Mal, dass Carmen das hörte. Den spanischen Schinken vermisste *abuela* schon ihr Leben lang.

»Geben Sie mir zwei von den *chorizos*«, bestellte *abuela*, als sich der Fleischverkäufer ihnen zuwandte. »Obwohl die hier ja auch nach nichts schmecken«, sagte sie zu Carmen. »So schlapp gewürzt wie die Touristenmenüs auf der Insel.«

Ihr Genörgel kannte der Verkäufer seit Langem, er lächelte trotzdem. Am Schluss konnte er eine dicke Tüte der geschmacklosen deutschen Ware einpacken. *Abuela* war eine Kannibalin, für Carmens vegetarische Anwandlungen hatte sie nur Verachtung übrig. Immerhin wurde der Cholesteringehalt ihres Bluts durch viel Olivenöl in Schach gehalten.

Von minderer Priorität war der Gemüsestand, den sie jetzt ansteuerte. Hier mokierte sie sich über die Kartoffeln, die trotz des breit sortierten Angebots allesamt nicht für *papas arrugadas* geeignet sein sollten. *Abuela* kaufte Paprikaschoten und *pimientos de padrón* für ihr Risotto und suchte Kartoffeln und Zwiebeln aus. Gut genug war ihr alles nicht.

Zum ersten Mal kam Carmen die Idee, dass *abuelas* Genörgel, das sie seit ihrer Kindheit kannte, auf etwas hindeutete, das *abuela* selbst vehement abgestritten hätte: Sie hatte Heimweh. Es gab nämlich noch mehr Dinge, die *abuela* in Deutschland vermisste. Die saubere Luft Puertos erwähnte sie jedes Mal, wenn eine Dunstglocke über Berlin lag, und neulich erst waren es die strohigen Orangen gewesen, die auf Teneriffa jetzt vollreif seien und viel saftiger als hier.

Trotz der üblen Erfahrungen ihrer Jugend gab es offenbar manches, das sie zur Insel zurückzog. Ihren Knochen würde die Wärme guttun, schon deshalb lohnte sich ein Umzug. Wenn es ihrer *nana* dann besser ging, würde sich Carmen mit dem Abschied vom kalten Berlin abfinden können.

Ein eisiger Ostwind fegte vom Südstern her die Bergmannstraße hinab und ließ sie erschauern, sobald sie vor die Tür der Markthalle traten.

Auswandern? Notgedrungen, sozusagen …

Aber dann musste sie eiligst ihr Spanisch verbessern.

# 11

Ein Anlass, die Glocken zu läuten: Endlich war *abuela* bereit, von den Erlebnissen ihrer Jugend zu erzählen. Nach Jahrzehnten des Schweigens, nicht einmal ihre Tochter Inés hatte jemals etwas darüber erfahren.

Lag es an der rührseligen Stimmung des Heiligen Abends? Oder daran, dass Carmen in den vergangenen Tagen kaum ein anderes Thema gekannt hatte als ihren Aufenthalt in Puerto? Die meiste Zeit hatte *abuela* davon gar nichts hören wollen.

Carmen half ihr, das Fußteil ihres Fernsehsessels hochzuklappen, und legte eine Decke über ihre Beine. Ein Gläschen Sherry konnte der Mitteilsamkeit ihrer *nana* ebenfalls aufhelfen. Noch schnell die Heizung aufdrehen und zurück zum Sofa, wo sie ihr eigenes Glas mit Rioja auffüllte.

»Du wolltest mir von Teneriffa erzählen, *nana*. Wie war's denn da früher so?«

»Ach, Kind, wozu willst du das wissen?« Ihre Decke zog sie fast bis zu den Ohren hoch. »So schön war das gar nicht, damals. Und sowieso – ist doch vorbei und vergessen.« Der starre Blick in *abuelas* Augen strafte ihre Worte Lügen.

»Geschichte ist nie vorbei, die lauert im Boden, bis sie wieder hochkommt.« Das hatte Carmen von Opa Claudio.

»Du und deine Gärtnersprüche«, seufzte *abuela*. »Du willst wohl unbedingt etwas ausbuddeln, ja?«

»Sicher, *nanoya*. Du hast mich schließlich neugierig gemacht letztens, mit deinem Florentín. Was war denn mit dem?« Die übrigen Todesfälle hatte Carmen immer noch nicht erwähnt. Ihr Blick fiel auf den Stapel Bücher auf dem Tisch – Weihnachtsgeschenke, darunter auch ein neuer Bildband von Puerto. *Abuela* hatte noch nicht hineingesehen.

»Mein Florentín. Der gute Florentín.« *Abuela* lachte ärgerlich auf. »Eigentlich wollte ich den verdammten Namen nie wieder hören.« Fluchen war sonst nicht ihre Art. Sie richtete sich in ihrem Sessel auf. »Ein Denunziant war er, dein Florentín, wenn du es denn unbedingt wissen willst. Ein widerlicher Denunziant …« Ihr Blick wurde vom dunklen Fernseher gefesselt.

»Und was hat er gemacht?«

Widerstrebend wandte sie den Kopf. »Ach, Carmencita, du weißt ja nicht, wie das damals alles war.«

»Doch, ein bisschen. Opa Claudio hat mir von den Gewerkschaften erzählt. Untergrund, Exil und so.«

*Abuela* nickte versonnen. »Ja, deshalb ist er gleich in die IG Metall eingetreten, hier in Deutschland. Und dringeblieben, als er schon längst zur Führungsschicht gehörte.« Ein Foto von Opa Claudio stand im weißen Regal am Fenster, das schaute sie jetzt nachdenklich an. »Sein Vater war in der UGT, das hat ihm Schwierigkeiten genug gemacht.«

Die UGT war der Allgemeine Bund der Arbeiter – Unión General de Trabajadores –, den es schon im 19. Jahrhundert gegeben hatte. Davon hatte Opa Claudio erzählt. Anfangs sozialistisch, jetzt PSOE-nah und damit auf der Linie der deutschen Sozialdemokraten. Für Opa hatte das Niedergang bedeutet, sein Herz schlug für den Sozialismus, wenn auch nicht für den der DDR.

»Aber das war ja nicht alles.« *Abuelas* Stimme klang belegt, als sie fortfuhr. »Claudio wollte dir sicher keine Angst machen, aber es gab grauenhaftere Dinge als Untergrund und Exil. Obwohl das auch schon schlimm war.« Ihr Blick haftete auf dem Foto. »Untergrund, das bedeutete nämlich Höhlen in den Bergen, wo es nachts und im Winter furchtbar kalt wird. Nichts zu essen, immer abhängig von denen im Tal, und die waren voller Angst. Denunzianten gab es viele, weißt du. Und die im Ausland waren unglücklich und machten sich Sorgen um ihre Familien – mit Recht, das kann ich dir sagen.«

Mucksmäuschenstill hörte Carmen zu. Als fände *abuela* bei ihrem verstorbenen Mann Hilfe beim Erinnern, schaute sie ihn weiterhin an. Sie erzählte von Konzentrationslagern – eines in Santa Cruz beherbergte heute eine Schule, das Colegio la Salle San Ildefonso – und von *sacas*, Aktionen, bei denen die Gefangenen aus dem Lager geholt wurden und nie wieder auftauchten. »Einfach erschossen hat man die, in irgendwelchen *barrancos*, oder von den Klippen ins Meer gestoßen. *Los desaparecidos* – die Verschwundenen. Man durfte ja nicht mal darüber reden. Tausende sollen es allein auf Teneriffa gewesen sein, aber das haben wir erst später erfahren.«

Carmen wusste, dass Franco das Land von allen unliebsamen Elementen – dazu gehörten republikanische Bürgermeister, Sozialisten, Gewerkschafter, Künstler und Theaterdirektoren – gesäubert hatte. Der Dichter Federico García Lorca war damals in einem Massengrab verschwunden.

*Abuelas* Gesicht war traurig, als sie es Carmen zuwandte. »Glaub mir, *chica*, wir hatten immer Angst. Jeden Tag warnten sie uns Kinder: Bloß nicht im Dunkeln auf der Straße gehen, nur am Rand zwischen den Büschen, damit man nicht kontrolliert oder sogar mitgenommen wurde. Bloß schnell ins Haus, wenn die Guardia Civil auftauchte. Besonders, wenn dann irgendwo ein Radio aufgedreht wurde. Alle wussten, das bedeutete, jetzt schlagen sie zu und die Musik soll die Schreie übertönen, und dann wurden auch die Fenster ringsum geschlossen. Nichts hören, nichts sehen …«

So musste es während der Nazizeit den Juden und Sozialisten ergangen sein, wenn die braven Nachbarn die Drangsalierungen nicht wahrnehmen wollten.

»Und was passierte dann?«

»Na ja, was wohl. Die Leute wurden ›befragt‹« – mit spitzen Fingern malte sie Anführungszeichen um das letzte Wort – »unter Schlägen und Geschrei, und dann meist abtransportiert.« Eine Familie in ihrer Nachbarschaft hatte man verdächtigt, den in die Berge geflohenen Bruder des Vaters zu unterstützen. Die Frau war verschont worden, aber den Vater nahmen sie mit, er kam nie zurück.

»Und die Kinder …« Ein tiefer Atemzug, dann leise, fast murmelnd: »Das Mädchen, Catarina, ging mit mir zur Schule. Lange schwarze Zöpfe, das weiß ich noch, und immer zu kurze Röcke, weil sie so schnell wuchs und die Leute kein Geld hatten für dauernd neue Kleider. Sie hatte zwei kleine Brüder, auf die haben wir immer aufgepasst. Ich hatte ja keine Geschwister.« Sie sah in weite Fernen und lachte ein wenig. »Pico und Nico, so haben wir sie genannt, eigentlich hießen sie ja anders. Zwei süße Zwerge.« Dann wurde sie wieder ernst. »Mir hat das Aufpassen immer Spaß gemacht, aber Catarina nicht. Ist ja immer so, wenn etwas zur Pflicht wird …«

*Abuela* schweifte ab, kein Wunder bei den Erinnerungen. »Und was ist aus Catarina geworden?«, fragte Carmen.

»Ja, Catarina …« Wieder der hilfesuchende Blick auf Opa Claudios Bild. Draußen auf der Bergmannstraße grölte eine Horde Betrunkener vorbei.

*Abuela* wartete, bis der Lärm verstummte. »Catarina wurde irgendwann abgeholt, ihre Brüder auch. Es war so schrecklich, Carmen. Zwangsadoptiert, das machte man damals so bei politisch unzuverlässigen Familien. Ich hab nie wieder etwas von ihr gehört.«

»Zwangsadoptiert?« Carmen konnte es kaum glauben.

*Abuela* nickte. »Kam oft vor.« Die Falten in ihrem Gesicht hatten sich tiefer eingegraben. Vergessen konnte sie die Zeit wohl nie.

»Wehrte sich denn niemand?«

»Hätte wohl nicht viel genutzt. Damals nicht und später auch nicht. Noch nicht mal heute – hast du nicht von dem Richter Garzón gehört, der all diese Verbrechen im Nachhinein aufklären wollte und selbst vor Gericht kam?« *Abuela* war gut informiert, aber sie telefonierte auch regelmäßig mit früheren Freundinnen in Puerto. »Erst vor ein paar Jahren, inzwischen ist er suspendiert, der arme Mann. Sogar im Staatsgerichtshof haben sie immer noch die Mehrheit.« Sie nickte vor sich hin.

»Und Florentín? Was hat er gemacht?«

»Florentín.« Ihrem Gesichtsausdruck nach hatte sie etwas Bitteres im Mund, das sie mit den nächsten Worten ausspuckte. »Florentín, dieser Dreckskerl, wohnte damals in derselben Straße wie wir, im Haus neben Catarina. Er hat der Guardia den Tipp gegeben, hat mir später meine Mutter erzählt. Angeblich hätte er den geflohenen Bruder öfter nebenan gesehen.«

Florentín Cabrera sei bei den Falangisten ein und aus gegangen, wahrscheinlich sogar Mitglied gewesen, erzählte *abuela* weiter. In einem der eindrucksvollsten Häuser Puertos hatten sie sich breitgemacht, »die *bichos*«, im Rincon del Puerto an der Charco – das musste das schöne alte Haus mit den innen liegenden Balkonen sein.

»Was meinst du mit *bichos*? Das sind doch kleine schwarze Käfer.«

»Eben. *Bicho negro*, die nennt man auch *falangista*.« Sie lachte hämisch. »Schwarz, unnütz, lästig und treten immer in Massen auf. Dann muss man mit dem Besen ran. Bei den kleinen hilft es ja …«

Cabrera und seine Frau Maria waren linientreue Gefolgsleute ihres geliebten *generalísimo*, den Marias Eltern aus seiner Teneriffa-Zeit kannten und sogar duzten wie später auch Florentín und Maria selbst. »Dauernd erzählten sie von den Treffen mit diesem Kerl, und wie gottgefällig alles ist, was er tut. Sogar der Papst …« Sie brach ab. »Einfach ekelhaft. Heuchler durch und durch, die beiden.«

Nach einem Schluck aus ihrem Sherryglas sprach sie weiter. »Weißt du, Carmen, in Spanien war alles ganz anders als hier. Die Deutschen konnten sich nach dem Krieg zurücklehnen, sie hatten ihre Republik, auch wenn Adenauer nicht das Gelbe vom Ei war. Aber bei uns ging alles so weiter, die Unterdrückung, die Verhaftungen, das ganze Elend. Deshalb sind wir dann auch hierhergekommen. So sollten unsere Kinder nicht aufwachsen, hat Claudio damals gesagt.« Maria Inés hatte noch zwei Brüder, mit denen sie sich aber nicht verstand. »Bereut hab ich das nie. Nicht mal im Winter …«

Und wenn sie sich noch so überzeugt anhörte – ihre Decke brauchte *abuela* immer. Jetzt allerdings schlug sie die obere Hälfte zurück, beim Reden war ihr warm geworden. Carmens heimliche Vorfreude auf einen Umzug in den ewigen Frühling – nur ihrer *nana* zuliebe, klar – wurde blass und blasser. Dabei hatte sie sich schon eine spanische Grammatik zugelegt …

Die Passionskirche an der Ecke des Marheinekeplatzes schickte blecherne Glockentöne herüber.

»Und von Vergangenheitsbewältigung keine Spur.« *Abuela* war wieder in Spanien. »Wie lange sie gebraucht haben, um die Avenida del Generalísimo umzubenennen, unglaublich!«

Carmen sagte nichts davon, dass statt des neuen Namens immer noch der Name des *caudillo* im Puerto-Stadtplan des aktuellen Baedeker-Reiseführers verzeichnet war.

»Immerhin wurde inzwischen das Franco-Denkmal im Esperanza-Wald geschleift«, warf sie ein. Das hatte Mariano Manzano auf Mutters Poolparty erzählt. »Die Trümmer werden zum Straßenbau verwendet.« Vorher hatte es aber viel Streit gegeben. Sogar Mutter hatte vom »Friedensdenkmal« gesprochen.

»Es gibt noch genug andere, da bin ich mir sicher.« Draußen hatte eine Polizeisirene die Kirchenglocken abgelöst.

Carmen pickte eine Kirsche aus *abuelas* selbst gemachtem *turrón*. »Wie konnte Vater nur mit diesem Scheusal befreundet sein?«, fragte sie. »Und Mutter ... Sie müssen doch gewusst haben, was Florentín für einer ist.«

»Das war ihnen ganz egal, glaub mir, *chica*. Für einen Herbert Winkelhoff ist nur wichtig, dass die Geschäfte laufen, und da konnte Florentín bestens behilflich sein.«

»Und Mutter?« Es konnte Inés nicht entgangen sein, was ihr »guter Florentín« in wahrscheinlich nicht nur dieser Familie angerichtet hatte.

»Deine Mutter hat nur darüber nachgedacht, was sie beim nächsten Empfang anziehen soll, du kennst sie doch.«

Carmen nickte. Mutter war immer darauf aus, ihre Freundinnen mit teuren Kreationen auszustechen. *Abuela* trug zwar auch Kaschmir, aber der Pullover war uralt.

Mit bitterem Gesichtsausdruck fuhr sie fort: »Florentín war ja nicht ihr einziger Freund unter dem Pack. Einen Haufen krumme Geschäfte haben die damals gemacht, alle zusammen, und die *bichos* haben geholfen und ihren Teil abgekriegt. Das war kein Geheimnis. Dein Vater hat ja sogar damit angegeben, wenn er getrunken hatte.«

Nicht, wenn Carmen zuhörte. Sie schaute auf *abuelas* Fotosammlung auf dem weißen Beistelltisch. Viele Kinderfotos von Carmen und Pedro, aber kein einziges mit Herbert und Maria Inés Winkelhoff.

So lange Jahre *abuela* auch geschwiegen hatte – jetzt war sie umso redseliger. Alle Schleusen waren offen, es sprudelte nur so heraus. Damals hätten die Bauunternehmer bei den Behörden offene Türen eingerannt, erzählte sie, wenn sie mit immer aberwitzigeren Plänen für ihre riesigen Hotels auftauchten. Es musste gespenstisch gewesen sein: Gewaltige, aus Deutschland eingeführte Planierraupen rückten an und ebneten in kürzester Zeit Bananenplantagen und letzte Reste des *malpaís* ein, des wilden Geländes um den Barranco Martiánez herum, von dem man nie angenommen hätte, dass man es überhaupt bebauen könne. Und dann gleich so hoch! Die reinsten Wolkenkratzer, und das im kleinen Puerto. Die Avenida de Colón, vorher ein steiniger Eselspfad, war mit einem Mal eine Prachtstraße mit Läden, Restaurants und Imbissbuden. Nur noch Touristen waren hier unterwegs.

»Und wofür das alles?«, fragte *abuela.* »Für die Katz. Meine Landsleute sind so arm wie früher.« Francos großer Plan zur Überwindung der Armut auf der Insel war gründlich schiefgegangen; reich wurden nur ein paar wenige Grundbesitzer, Investoren und Unternehmer, für die der allergrößte Teil der *tinerfeños* arbeitete. Zu Hungerlöhnen, immer noch. Auch so etwas erfuhr *abuela* von ihren spanischen Freundinnen.

Eindringlich sah sie Carmen an. »Bessere Löhne zahlt dein Vater auch nicht, *chica*, das kannst du mir glauben. Damals kungelte er mit denen von der Staatsgewerkschaft, das wird heute nicht anders sein.« *Abuela* zuckte bedauernd die Achseln – gern erzählte sie Carmen nicht von den Schandtaten ihres Vaters. »Dein Opa hat ihn mal darauf angesprochen, als Gewerkschafter fühlte er sich dazu verpflichtet. Aber da ist Herbert gleich ausgerastet, kennst ihn ja. Und Claudio hat sich nun mal nicht gern gestritten, der hielt dann lieber den Mund.«

So langsam verstand Carmen, warum ihre Großeltern den Umgang mit Herbert Winkelhoff nicht eben gesucht hatten. Sie hatte den Verdacht, dass Vater vieles geändert hatte, nicht aber seine Art, Geschäfte zu machen.

Carmen leerte ihr Glas. Hoffentlich fiel statt Maria Inés nicht ihm irgendwann der Himmel auf den Kopf.

# 12

»Mich wundert, dass es da noch keine Toten gegeben hat.« Tapfer schob *abuela* ihren Rollator über den Bürgersteig der Friesenstraße.

Nur einmal um den Block, hatte ihr Carmen versprochen, durch weihnachtlich stille Straßen. Jetzt wanderten sie an der Kasernenmauer entlang auf den Flughafen Tempelhof zu, Schritt für Schritt, und nicht einmal das fiel ihrer *nana* leicht. Wenigstens hielten die Kasernen den Ostwind auf.

Carmen war verblüfft über *abuelas* Äußerung. Es hatte in Puerto Tote gegeben, aber davon hatte sie noch gar nichts gesagt. Sie hatte nur Angies bedrückendes Geständnis loswerden und hören wollen, was *abuela* über Pedros offenbar schlimme Kindheit wusste.

»Wie meinst du das denn, *nana*?« Statt der erwarteten Seufzer diese martialische Reaktion?

*Abuela* blieb mitten auf dem Gehweg stehen. »Was du da erzählt hast, *chica*. Ich hab mich immer schon gefragt, warum sich die Frauen nicht wehren, wenn die Männer sie und die Kinder drangsalieren und schlagen.« Sie setzte ihren Weg fort. »So groß kann doch keine Liebe sein.«

Eine ältere Frau führte ihren Pudel aus, dem sie ausweichen mussten. »Du hast gut reden, *nanoya*, mit deinem friedlichen Opa Claudio. Und dein Vater war genauso, nicht?« Uropa Perera war früh gestorben, ihn hatte Carmen kaum gekannt. »Was meinst du, warum es die Frauenhäuser gibt? Doch bestimmt, weil die Männer ihre Frauen nicht gehen lassen wollen. Das ist hier genauso, manchmal.«

Jetzt waren die dampfenden Hinterlassenschaften des Pudels zu umgehen. »Mag sein«, sagte *abuela* mit gerümpfter Nase. »Du hast natürlich recht. Weißt du, zu Hause fand ich das immer furchtbar. Unglaublich unzivilisiert. Die Familie war Eigentum der Männer, manchmal grenzte das an Sklavenhaltung.«

Früher sollen die deutschen Männer nicht viel anders gewesen sein, dachte Carmen. Aber damit hatte die Emanzipationsbewegung aufgeräumt. In Spanien war noch viel aufzuholen.

Der Blick *abuelas* wanderte zu den mittelalterlich erscheinenden Türmchen der früheren Grenadierkaserne hinauf. »Bei Winkelhoffs war das nicht viel anders, auch wenn du nur wenig davon mitgekriegt hast. In dieser Hinsicht hat sich dein Vater perfekt an die spanischen Sitten angepasst, das war wohl leichter, als Spanisch sprechen zu lernen.« Verständnislos schüttelte sie den Kopf. »Wenn ich daran denke, dass sie immer damit angegeben haben, er und seine Unternehmerfreunde, wie sie alle spuren, ihre Familie, ihre Leute ... Da hat niemand gewagt aufzumucken, und wenn, dann wusste er – oder sie – im Voraus, dass es nicht ohne blaue Flecken oder sogar gebrochene Knochen abging.«

Vaters Wutanfälle waren berüchtigt, aber dass er damit angab, statt sich zu schämen, hatte Carmen nicht gewusst. Bei Mutter hatte er sich ständig fast unter Tränen entschuldigt und sie mit neuem Schmuck behängt.

*Abuela* nickte. »So haben sie geredet, das weiß ich von Claudio, und sie haben sicher nicht groß übertrieben.«

Sie blieb stehen und wies mit dem Kopf auf das Gemäuer aus glanzvoll preußischer Zeit. »Wie damals, hab ich oft gedacht, Carmen, wie im 19. Jahrhundert oder dann unter Hitler. Ob hier oder da – nur weil sie reiche Männer mit dicken Zigarren waren, hielten sie sich für Herrenmenschen, mehr wert als Frauen, Kinder und Untergebene. Das konnte in einem Land nicht anders sein, das immer noch einem *caudillo* nachlief. Dem starken Führer, dem starken Mann, der alles durchsetzt, egal, auf wessen Kosten.«

Wehrhafte eiserne Lanzenspitzen schützten das Tor der ehemaligen Kaserne, in der heute die Berliner Polizei untergebracht war. *Abuela* hätte sich wohl nie von einem Mann drangsalieren lassen. »Wusste Opa Claudio eigentlich von den Schlägen?« Carmen konnte sich nicht vorstellen, dass er ungerührt zugesehen hätte.

»Nein. Inés ahnte, dass er dann doch auf Herbert losgehen würde. ›Vater erschießt ihn‹, hat sie immer geheult, ich solle ihm bloß nichts sagen.« Sie lachte krächzend. »Ach, Carmencita, deine Mutter kann einem ganz schön auf die Nerven gehen.«

Wo sie recht hatte, hatte sie recht. »Und Pedro?«

Carmens kleiner Bruder habe ihr immer ganz furchtbar leidgetan, erinnerte sich *abuela*. »Der war so verdruckst, so offensichtlich voll mit Geheimnissen … Es war bestimmt nicht gut, dass er immer bei den Männern sitzen musste. Herbert war ja nicht nur auf dich stolz, *chica*. Pedro war sein Stammhalter, den zeigte er rum, und der sollte früh lernen, worum es ging.«

»Da hat er genau die richtigen Lehrmeister gefunden.« Carmen dachte daran, was Angie von ihrem Großvater gelernt hatte.

»Ja.« Sie hatten den Columbiadamm erreicht, wo ein kalter Wind an der geschwungenen Fassade des Flughafens Tempelhof entlangpfiff. *Abuela* blieb stehen und schloss ihren Mantel bis zum Kinn. »Und sein Vater hat ihm eingeprügelt, wie sich ein Stammhalter zu verhalten hat. Weinen durfte er überhaupt nicht, der arme Junge, denn dann gab's noch mehr Schläge. Das hat Inés mir mal verraten, aber hierherschicken wollte sie den Kleinen nicht. ›Herbert hängt doch so an ihm …‹« *Abuela* verdrehte die Augen und ging weiter. Perera-Augen, sagte Vater. Sie ähnelte ihrer Tochter äußerlich, hatte aber sonst nichts mit ihr gemeinsam.

»›Der Junge wird sein Leben lang Schwierigkeiten haben‹, habe ich zu Inés gesagt.« Gegen den Wind gestemmt schob *abuela* ihren Rollator die backsteinerne Kasernenmauer entlang. »Aber die fand das Quatsch. Pedro werde in die Firma seines Vaters eintreten und ein feines Leben haben.«

Carmen meinte, dass Pedro ein feines Leben hätte. Ihres Wissens drängelte er keineswegs, Vaters Nachfolge zu übernehmen.

»Er hätte längst heiraten sollen.« *Abuela* setzte andere Prioritäten. »So kommt er nur auf dumme Gedanken.«

Was meinte sie – dass er schwul wäre? »Da gab's schon ein paar Freundinnen …« Und Carmen mochte nicht einmal alle kennen.

»Sicher. Aber früher – auch noch, als seine Freunde schon mit den Mädchen herumpoussierten – lief er immer mit seiner Steinschleuder durch die Gegend. Weißt du das noch? Auf so manchem Fest hat er geprahlt, dass er damit jeden Vogel aus den Bäumen schießt.«

Pedros Schleuder hatte Carmen völlig vergessen. Aber klar – das sei seine Waffe, hatte er immer gesagt, damit erschießt er die Feinde. Auch an stiebende Federknäuel erinnerte sie sich jetzt – für Pedro hatten die Feinde wohl in den Bäumen gesessen.

*Abuela* schüttelte den Kopf. »Muss man sich denn um einen pubertierenden Jungen nicht Sorgen machen, der auf lebendige Tiere schießt, statt den Mädchen nachzulaufen?«

»Ach, *nana*, das hat Pedro doch längst hinter sich. Jedenfalls hab ich ihn lange nicht mehr mit der Flitsche gesehen.« Aber damals hatte sie in vielen Hosentaschen gesteckt, obwohl nicht alle Jungs so gut damit umgehen konnten wie Pedro. Gefährliche Zeiten … Wenn das heute noch so war, brauchte Vater sich über fliegende Steine auf seinem Dach nicht zu wundern.

Sie bogen in die Golßener Straße ein mit den alten, von vielen Füßen blank polierten Granitplatten auf dem Gehweg. Gras wuchs in ihren Ritzen. Rechts zog sich die graffitiverzierte Mauer des evangelischen Friedhofs entlang, vielfach gegliedert, weil sie aus den Rückseiten der Mausoleen und Denkmäler bestand.

»Ich hab das eben mit den Toten nicht nur so dahergesagt, *chica*.« *Abuela* schaute auf den meterhohen, dicht gerollten Natodraht oben auf dem Zaun, der auf der anderen Straßenseite die Polizei in der Kaserne schützte. »Würdest du dich denn nicht wehren, wenn dich jemand schlägt?«

Umbringen würde Carmen wohl niemanden. »Doch, sicher. Wenn ich eine Chance hätte.«

*Abuela* nickte. »Du hättest es jedenfalls mir gesagt. Oder es auf andere Weise heimgezahlt.« Sie lächelte Carmen an. »Aber Pedro … Ich hab ihm den Mut ja oft gewünscht, insgeheim, aber er hätte sich nie getraut, beispielsweise mit seiner Steinschleuder auf Herbert zu zielen, wenn der ihn wieder einmal geschlagen hatte.«

*»¡Abuela!«* Sie hatte Carmen unbedingten Pazifismus gelehrt.

»Ach was. Ich hätte deinen Vater oft selbst von der Klippe stoßen können. Inés ist schließlich meine Tochter, und meinst du, ich hätte mir um euch keine Sorgen gemacht?« Sie blieb vor einem Graffito stehen. »Gamze ich liebe dich«, war in ein riesiges knallrotes Herz gesprüht.

Im Weitergehen grinste sie boshaft. »Ein paar ordentliche blaue Flecken hab ich meinem Schwiegersohn gewünscht, da, wo es wehtut. Natürlich hätte ich Pedro nie dazu angestiftet, aber wenn es passiert wäre, hätte ich mir die berühmte klammheimliche Freude nicht verkneifen können. Er hatte ja nur eine kleine Schleuder, viel konnte die nicht anrichten.«

Es war nur eine Phantasie. Carmen sah ihre *nana* vor sich, wie sie mit einer Zwille auf Männerjagd ging. Ihr Kunstpelz konnte als Amazonenfell durchgehen. Herbert Winkelhoff sollte sich vorsehen …

»Gewalt erzeugt Gewalt, das wollte ich damit nur sagen.« Sie sah wieder aus wie Carmens vernünftige *abuela.* »Wenn schon die Frauen nicht den Mut haben, sich zu wehren – die Kinder werden irgendwann groß und schleppen einen gewaltigen Hass mit sich herum. Mich würde es gar nicht wundern, wenn der eine oder andere Sohn – meinetwegen auch eine Tochter – sich mit den gleichen Mitteln revanchieren würde. Oder schlimmer …«

»An Pedro denkst du dabei aber nicht, oder?« Eine der Gedenkstätten an der Friedhofsmauer hatte sogar ein Fensterchen zur Straße hinaus, mit schön behauenen roten Sandsteinbögen. Aber es war zugemauert.

*Abuela* schmunzelte. »Dann schon eher an dich. Du wärst imstande, deinen Bruder zu rächen.«

Dazu hätte Carmen erst einmal von seiner Not erfahren müssen.

In ihrem warmen Zuhause holte Carmen ihr Tablet mit den neuesten Teneriffa-Fotos, die *abuela* bisher kaum angesehen hatte. Sie hatten darauf verzichtet, ihren Spaziergang wie sonst über die idyllischen alten Friedhöfe fortzusetzen, denn *abuela* war es sogar in ihrem Pelz zu kalt.

Auf dem Display war gerade Vaters Dachlandschaft zu sehen. »Das Komische ist, *nanoya*, dass Vater wirklich Angst hat, dass jemand mit Steinen nach ihm wirft.«

Carmen hatte beschlossen, endlich von den Todesfällen auf der Insel zu erzählen, die sie eigentlich hatte vergessen wollen. Ein wenig fürchtete sie *abuelas* Häme, wenn sie von den offenkundig damit zusammenhängenden Befürchtungen Herbert Winkelhoffs sprach.

Sie zeigte auf die Markise über dem Pool und die hohen Glaswände. »Damit niemand getroffen wird, weißt du.«

Ihre Erwartungen wurden voll und ganz erfüllt. Man konnte vielleicht nicht sagen, dass *abuela* in Begeisterungsstürme ausbrach, aber ihr Lächeln wirkte doch ziemlich zufrieden. »Angst hat er? Vor Steinen, die vom Himmel fallen? Hoffentlich trifft ihn einer, ich kann mich da nur wiederholen.«

»Sei gnädig, *nana*, du hättest Vater sehen sollen. Er scheint sich wirklich Sorgen zu machen.«

»Warum denn? Vor ein paar Steinen kann er sich schützen, wie man sieht.«

»Es gibt da noch mehr. Vielleicht hat es ja keine Bedeutung, aber Vater scheint es zu beunruhigen. Mich übrigens auch.« Besser, sie gab *abuela* keine Gelegenheit, Vaters Befürchtungen als unwesentlich abzutun.

Doch diese hörte aufmerksam zu, als Carmen von den Todesfällen berichtete, über die niemand sprach, die Namen nannte, die ihr bis auf den Florentín Cabreras erst einmal nichts sagten, und Angies ausweichende Reaktion beschrieb, wenn Carmen mit ihr darüber reden wollte. »Es sollen alles Unfälle gewesen sein, sagt Mutter.« Carmen tippte weitere Fotos an, zu sehen waren Palmen und Aufnahmen vom Kakteengarten.

*Abuela* sah zu Opa Claudios Bild hinüber. »Unfälle, soso. Es würde mich doch sehr interessieren, was die wahren Ursachen sind.«

Carmen erschrak trotz ihrer eigenen Zweifel. »Ja, meinst du denn …?«

»Dass sie ermordet wurden? Natürlich, *chica*, das sieht doch ein Blinder. Vier Unfälle in nur ein paar Wochen, da muss doch jeder stutzig werden.« Sie schaute Carmen an. »Hast du etwa noch nicht daran gedacht?«

»Vielleicht. Aber ich hab's nicht glauben wollen.« Ohne etwas wahrzunehmen, wischte sie ein Foto nach dem anderen über den Bildschirm.

*Abuela* hielt ihre Hand fest. »Dein Vater denkt daran, da bin ich mir sicher. Der alte Fuchs ist mit allen Wassern gewaschen, eine Gefahr wittert er sofort.«

»Aber wer sollte Vater denn umbringen wollen?«

Mit leicht schräg gelegtem Kopf sah *abuela* Carmen ins Gesicht.

Pedro? Wohl kaum. »Hat Vater jemanden betrogen, der sich jetzt rächt?«

»Mag sein. Ich hab natürlich keine Ahnung, wer in Puerto Leute umbringt – und warum. Aber ich habe schon bei der Nachricht von Florentíns Tod vermutet, dass da jemand nachgeholfen hat. Auch wenn nicht mal die Polizei das zu glauben scheint.« Carmen hatte ihr von Vaters Vernehmung erzählt. »Und wenn einer ermordet wurde, dann ja wohl die anderen auch. Solche Zufälle gibt es einfach nicht. Und ich hab's dir gesagt: In spanischen Familien ist viel Hass, der kann sonst was nach sich ziehen.«

Hatte Angie von den Demütigungen ihrer Kindheit erzählt, weil sie ebenfalls an einen Zusammenhang glaubte? »Florentín hatte zwei Kinder …« Mutter hatte gesagt, dass sie älter wären als sie. Und es existierten weitere Nachkommen.

»Und eine Frau – bestimmt keine liebende, wie ich Florentín kenne. Darüber hinaus gibt es bei dem nun wahrlich Gründe genug für Rache.«

Bei Vater vielleicht auch. Wer weiß, was er während der Franco-Zeit alles angestellt hatte. Ob er, um einen Konkurrenten loszuwerden, vor einer Denunziation zurückgeschreckt wäre? Ganz zu schweigen von den Leuten, die unter ihm zu leiden hatten.

Doch ein Haken war an der Theorie ihrer *nana*. »Es wäre aber ein noch größerer Zufall – falls es denn Morde waren –, wenn bei allen unterschiedliche Mörder am Werk gewesen wären, meinst du nicht?«

*Abuela* überlegte, aber nur kurz. »Kann ich nicht finden. Es gibt Trittbrettfahrer, und nach dem ersten Toten hat jemand vielleicht gedacht, das kann ich auch, und so weiter. So wird das gewesen sein. Du sagst ja, die Opfer waren untereinander bekannt, und dann sicher auch die Mörder. Wenn man in der gleichen Lage ist, kann man sich leicht ausrechnen, was da passiert ist. Und dann: Jeder Einzelne wird angenommen haben, dass die Öffentlichkeit von einem Serienmörder ausgeht, falls die Morde als solche wirklich aufgedeckt werden.« Alles klang plausibel, als wäre *abuela* eine taffe Kriminalistin aus dem Samstagabendkrimi.

Dennoch hatte Carmen das Gefühl, dass es so nicht gewesen sein konnte.

»Nun, was denkst du?«, fragte *abuela.* »Ich tippe jedenfalls darauf, dass ein paar von den Kindern sich an ihren gewalttätigen Vätern gerächt haben.«

Persönlich kannte Carmen nur einen Nachkommen der Verstorbenen: Mariano Manzano, der schwarze Bube mit dem Tunnelstecker im Ohr. Laut Angie hatte er seinen Vater nicht gemocht. Aber ein Mörder? Das war Mariano doch bestimmt nicht.

Wenn sie auf etwas tippen sollte, dann sah sie nur einen Täter, der sicher auch nur einen einzigen Grund für die Taten hatte. Der in den Familien aufgestaute Hass war als Motiv nicht unwahrscheinlich, in der Kindheit hilflos erfahrene Gewalt konnte noch Jahre später explodieren. Dennoch. »Irgendwie muss es einen Zusammenhang zwischen den Opfern geben, *abuela.* An vier unterschiedliche Mörder kann ich einfach nicht glauben.«

*Abuela* seufzte und griff zu ihren Karten. »Wahrscheinlich werden wir es sowieso nie erfahren.«

Genau. Denn sie waren hier im kalten Berlin, während die Mörder es sich unter der heißen Sonne Teneriffas gut gehen ließen.

Gerecht war das nicht, aber so war die Welt.

# 13

Früher als gedacht saß Carmen wieder im Flieger nach Teneriffa. Und – oh Wunder – neben ihr saß ihre *nana* und schaute vergnügt aus dem Fenster. Höhenangst hatte sie nie gehabt.

Nach einer Weile wandte sie sich Carmen zu. »Als Erstes werde ich nach Catarinas Verwandten suchen. Vielleicht hat man doch mal etwas von den Kindern gehört.«

Bisher war *abuela* auf das, was sie an Weihnachten erzählt hatte, mit keinem Wort zurückgekommen. »Hast du denn früher nie nachgeforscht?«, fragte Carmen.

Sie drehte ihren Kopf, als wolle sie eine Verspannung lösen. »Du hast da wohl etwas losgetreten mit deiner Fragerei …« Dann wurde ihre Aufmerksamkeit wieder von dem kleinen Bullauge gefesselt, das nur dichte Wolken sehen ließ. »Und wenn ich zufällig auf Florentíns Mörder stoßen sollte«, murmelte sie so leise, dass nur Carmen es hören konnte, »werde ich ihm die Hand drücken.«

Ihre *nana* war wohl doch eine Amazone, heute ohne Pelz. Aber elegant wie immer: schwarze Hosen und ein Jackett aus feiner kobaltblauer Wolle, ein weißer Kragen blitzte hervor. Nie würde man sie in etwas Praktischem sehen, einer Regenjacke mit Kapuze beispielsweise, wie sie viele der Passagiere trugen. Ein gemütlicher Flug – bisher. Wegen *abuelas* Rollator saßen sie in der ersten Reihe, der dritte Platz war frei geblieben, und auf der anderen Seite des Gangs saß ein junges Paar mit einer kleinen Tochter, die munter im Fußraum herumkrabbelte. Carmen genoss es, die Beine ausstrecken zu können.

*Abuela* hatte genug von den Wolken, packte ihr Nackenhörnchen aus und klappte den Sitz zurück. »Guten Flug«, sagte sie zu Carmen und schloss die Augen. Das war ihre Methode, die langweiligen fünf Stunden zu überstehen. In der Nacht vorher tat sie ohnehin kein Auge zu. Vor Aufregung, hatte Carmen immer gedacht, aber nach dem, was sie von ihrer Jugend auf der Insel erzählt hatte, war es wohl eher Beklemmung.

Schlafen konnte Carmen auf Flügen nicht, sie musste sich anders ablenken. Eine Zeitschrift hatte sie diesmal nicht mitgenommen. Für kurze Zeit genügte der Blick in die Bordküche, wo ein junger, braun gebrannter Flugbegleiter an der mehrstöckigen Mikrowelle hantierte. Klappe öffnen, Mahlzeit rein, Klappe verriegeln. Ein köstlicher Duft breitete sich aus, doch dem war nicht zu trauen.

*Abuela* schlief mit offenem Mund und schnarchte leise. So unattraktiv hätte sie sich bestimmt nicht sehen wollen. Eigentlich schnarchte sie nicht, das behauptete sie jedenfalls. Vater hätte jetzt zum Handy gegriffen und ein Video gedreht, um es ihr später unter Hallo und grölendem Gelächter vorzuführen. Solche Späße liebte er.

Vater und *abuela* hatten nie ein gutes Verhältnis gehabt, sie nervte seine Angeberei, und er fürchtete ihre spitze Zunge. Carmen wunderte sich noch immer, warum *abuela* trotzdem mitgekommen war. Am Schluss hatte sie sogar gedrängt, dass Carmen endlich die Flüge buchen solle.

Höchst verwunderlich, das alles. Nicht mal der Karneval, der jetzt in den Straßen Puertos tobte, schreckte ihre *nana*. Sie mochte den Trubel nicht, aber in La Ranilla waren sie mittendrin. Dabei hatte sie erst gar nicht reagiert, als Carmen von Mutters Wunsch, sie beide auf der Insel zu haben, erzählte. Dass die Initiative von Vater ausging, erwähnte sie lieber nicht.

»Lass uns für eine Weile hinfahren«, schlug Carmen vor. »Nur mal zum Ausprobieren. Du warst so lange nicht dort – vielleicht gefällt es dir ja wieder.« Sie erinnerte *abuela* daran, wie warm es auf Teneriffa war und wie sehr ihr im kalten Berlin die Knochen schmerzten. »Es kehren doch viele zurück, die damals zum Arbeiten nach Deutschland gegangen sind. Willst du denn nicht lieber in der Heimat begraben werden, wenn es mal so weit ist?«

»Das ist mir egal«, meinte sie nur.

Es dauerte Tage, bis sie auf das Gespräch zurückkam. »Ich hab's mir überlegt«, sagte sie, als sie wieder einmal den zugigen Marheinekeplatz überquerten. »Lass uns auf die Insel fliegen. Diese Kälte geht mir auf die Nerven.«

Und dann konnte es ihr nicht schnell genug gehen. Einmal

den Beschluss gefasst, und schon wollte sie los. Diese Ungeduld kannte Carmen von früher, hatte sie aber seit Jahren nicht bemerkt. In langen Telefongesprächen kündigte *abuela* ihren Inselfreundinnen den Besuch an und erzählte freudestrahlend den Berliner Nachbarn, dass sie nach Hause fahre. »Auf die kann ich noch am ehesten verzichten«, meinte sie. »Dieser ewige Tratsch …« Es hörte sich an, als wäre sie fest entschlossen auszuwandern.

Einen Rückflug hatten sie nicht gebucht, weil *abuela* sich nicht auf einen Termin festlegen wollte. Eine Überraschung nach der anderen – was steckte noch alles in der alten Frau?

Der Kaffeewagen kam, Carmen wurde als Erste bedient. *Abuela* wachte nicht auf. Das Laugenbrötchen war noch heiß und knusprig, als Zugabe ein nettes Lächeln des jungen Flugbegleiters. Und dann bald die Inselsonne …

Als ihr Kaffeebecher leer war, klappte auch Carmen ihren Sitz zurück. Eine wohlige Wärme umgab sie, die nach der Landung anhalten würde. Kein eisiger Wind, wenn sie vor die Tür trat. Barfuß und im T-Shirt konnte sie auf der Insel herumlaufen und den Berliner Winter einfach vergessen. In der Reihe neben ihr schlief das Kind mit roten Wangen in den Armen seiner Mutter.

Anfangs war es Carmen schwergefallen, ihre eigenen, bisher eher verspielten Auswanderungspläne ernst zu nehmen. Geradezu überrumpelt hatte sie sich durch *abuelas* plötzliches Interesse gefühlt. Mit einem Mal fiel ihr an jeder Straßenecke ein Detail aus ihrer Kindheit ein: Hier hatten sie sich getroffen, dort Gummitwist gespielt. Trotz der Kälte fuhr sie mit dem Fahrrad in die Hasenheide, um sich an die schönen Sommer dort zu erinnern, und machte einsame Spaziergänge durch den Viktoriapark am Kreuzberg, wo sie und Florian sich zum ersten Mal geküsst hatten.

Alles Ausflüge in längst vergangene Zeiten, das war ihr an einem besonders windigen Tag klar geworden. Ihre Gefühle verzeichneten keinerlei Vorfreude auf den Berliner Sommer, kein: Dann sitze ich wieder mit Katrin im Biergarten – und wenn sie an den kühlen Wannsee dachte, schauderte es sie.

So recht fiel ihr niemand ein, mit dem sie ihre Freizeit hätte verbringen wollen. Katrin, ihre alte Schulfreundin, hatte vor drei Jahren geheiratet und war nach König Wusterhausen entschwunden, im Kopf nichts als Kinder und Kochrezepte. Und Manuela, mit der sie die Meisterprüfung abgelegt und vorher monatelang gebüffelt hatte, war in Karlsruhe in eine große Gärtnerei eingestiegen und schrieb ihr Mails, sie solle doch nachkommen, das Wetter sei viel besser dort. Doch beim Stichwort Wetter läuteten bei Carmen andere Glocken.

Im Betrieb war ihr bald nach den Feiertagen klar geworden, dass sie es hasste, die immer gleichen Primeln und Narzissen heranzuziehen. Mit den Kollegen war sie ohnehin nie warm geworden. Karl Frohwein, ihr Chef, hatte unwirsch reagiert, als sie schon wieder Urlaub beantragte, und ihr empfohlen, sich anderweitig nach einer Stelle umzusehen. Statt sich zu ärgern, war sie mit einem Lächeln nach Hause gefahren. Diesen letzten Anstoß hatte sie gebraucht.

Doch wenn sie daran dachte, was ein Umzug alles mit sich brachte, wurde ihr ganz flau. Fast wünschte sie jetzt, dass *abuela* es sich doch noch anders überlegte …

Der rappelnde Kaffeewagen kam zurück, und Carmen schreckte auf. Sie war wohl doch eingeschlafen. Irgendetwas musste sie geträumt haben, zurück blieb das beklemmende Gefühl, das sie seit ihrem letzten Aufenthalt mit der Insel verband. In Berlin war es fast verschwunden gewesen, bis *abuela* ihre Erinnerungen an Florentín Cabreras Taten ausgebreitet und ihre Mordtheorie entwickelt hatte. War es denn zu glauben, dass auf der Insel – dort, wo sie bald landen würden – ein Mörder herumlief?

Während ihrer Abwesenheit hatte es keine weiteren Unglücksfälle gegeben, kein Stein war geflogen, niemand war von irgendetwas hinabgestürzt. Carmen hatte sich bei Mutter erkundigt, die sie doch sicher nicht belog. Pedro hatte nur drei oder vier Tage bei seinen Eltern verbracht, aber in dieser Zeit hatte er sich mit Vater gut verstanden. »Hier ist alles friedlich, wie immer« – Mutters Worte, die Carmens Unbehagen nur verstärkten.

Wie auf dem Rückflug im Dezember drehte es sich auch

jetzt in ihrem Kopf. Alles kam wieder hoch, was sie erlebt hatte. Sie hörte Vaters eisige Stimme, mit der er seine Ausflüchte vorbrachte, sah den Mann mit den Falten im Gesicht vor sich, der seine Augen nicht von ihren Brüsten lassen konnte, und versuchte, die Namen der jungen Leute, die sie auf Mutters Fest kennengelernt hatte, ihren Gesichtern zuzuordnen. Nur bei Mariano war das kein Problem.

Und dann Angie mit dem verblüffenden Geständnis ihrer unglücklichen Kindheit, für Carmen immer noch ein Ausweichmanöver, um ihre Fragen nicht beantworten zu müssen. Genau wie Vater: Irgendetwas verbargen sie vor ihr.

Carmen lehnte sich in ihrem Sitz zurück und versuchte, die Leute zu ignorieren, die neben ihr darauf warteten, dass sich die Toilettentür öffnete. Der Hass in den Familien, den *abuela* ins Spiel gebracht hatte, war ein überzeugendes Motiv für die Morde, aber es waren wohl auch weitere Gründe möglich. Angies und Vaters Schweigen konnte auch mit den Baufirmen zusammenhängen, die Winkelhoffs und Garcías – dazu die Verstorbenen – machten seit Jahrzehnten Geschäfte miteinander. Und da gab es viele Möglichkeiten, einander zu betrügen, finanzielle Verpflichtungen zu umgehen oder Verbindungen zu jemandes Schaden aufzulösen. Es herrschten raue Sitten auf dem Bau, Vater war das beste Beispiel dafür. Kam daher seine Angst?

In der Sitzreihe neben ihr war das Kind erwacht und reckte seine Arme nach dem Handy seines Vaters. Lachend ignorierte er das Quengeln, was wohl das Beste war. Lange dauerte der Flug nicht mehr.

Carmen streckte ihren Rücken und bewegte die Füße. Auch ohne Vaters und Angies Beteiligung blieben die vier Todesfälle in der Umgebung ihrer Eltern rätselhaft. Für *abuela* war sofort klar gewesen, dass die vier umgebracht worden waren, und eine Erklärung für die Morde hatte sie gleich parat gehabt. Ganz überzeugt hatte sie Carmen nicht. Wenn sie wenigstens einen Zusammenhang sehen könnte, der das eine Motiv für alle Taten lieferte. Ihre Theorie wäre dann schon viel plausibler.

Das kleine Mädchen war ruhig, es hatte einen Keks bekommen. Carmen hatte eine Idee. Immerhin war es möglich, dass die Kinder der Verstorbenen gemeinsam einen Mörder engagiert hatten. Das war *abuela* gar nicht eingefallen. Zu den Kindern gehörte allerdings auch Mariano …

Vor dem Fensterchen zog jetzt blauer Himmel vorbei.

Und wenn es ein psychotischer Serienmörder war? Ganz unwahrscheinlich war das nicht. Es gab immer wieder Irre mit Wahnideen, die sie zu entsetzlichen Taten trieben. Das Fatale war, dass solche Menschen ganz normal wirkten, einer ihrer Mitreisenden beispielsweise. Vielleicht war es einer, der es auf Bauunternehmer abgesehen hatte, weil er die Verschandelung der Insel rächen wollte? So etwas konnte nur die Polizei aufklären. Aber die untersuchte bisher nur einen der Todesfälle, und das halbherzig genug.

*Abuela* schlief immer noch, hatte ihr Schnarchen aber eingestellt und ein seliges Lächeln auf den Lippen. Bestimmt träumte sie vom Leben in der Sonne. Mit ihren Verdächtigungen zur Polizei zu gehen, konnten sie sich wohl sparen. Dort würde man schön lachen über ihre Theorien: die Kinder, die unabhängig voneinander ihre gewalttätigen Erzeuger umgebracht haben sollten, oder der geschädigte Investor, der vier Morde beging, obwohl das Geld längst verloren war. Auch den Serientäter würde man ihr nicht abnehmen. Viel bequemer war es, an Unfälle zu glauben, die in keinerlei Zusammenhang standen.

Nein, wenn sie die Zweifel loswerden wollte, musste Carmen selbst aktiv werden. Dann war es an ihr, herauszufinden, wo es Verbindungen zwischen den Toten gab und was sie irgendwann alle gemeinsam angestellt hatten. Vater durfte sie nicht außen vor lassen, denn besorgniserregend war sein Verhalten auf jeden Fall.

Carmen seufzte leise. Es könnte so schön sein in Puerto, wären da nicht diese bohrenden Fragen.

Schon hatte hinter ihr jemand den Pico del Teide entdeckt. Tief versteckt im schwarzen Sand verbarg die Insel ihre Geheimnisse.

Aber hatte Verborgenes sie nicht immer schon gereizt?

Vielleicht konnte sie Angie doch zum Reden bringen, und auch bei den anderen aus der Clique konnte sie es versuchen. Da stand noch der Ausflug nach La Tejita im Raum, das wäre eine gute Gelegenheit …

Als der Pilot zur Landung ansetzte – zuverlässig der Moment, in dem *abuela* aufwachte –, fasste Carmen einen Entschluss. Sie wollte Klarheit haben, und wenn das bedeutete, dass sie sich beim Graben nach Zusammenhängen und Motiven die Finger schmutzig machte, dann war das eben so.

## 14

»Stell dir vor, Carmen, es ist schon wieder jemand von unseren Bekannten gestorben.«

»Ach.« Noch ein Toter? Am Telefon hatte Mutter doch gesagt, es sei alles friedlich. *Abuela* auf dem Beifahrersitz schaute ebenfalls alarmiert.

In voller Fahrt drehte Mutter den Kopf nach hinten, wo Carmen auf dem Rücksitz des roten BMW-Cabrios saß, das Vater seiner Frau zu Weihnachten geschenkt hatte. Wie es sich gehörte, schien auf Teneriffa die Sonne, stand aber tief genug, um die Augen zu blenden. Mit ihrem Fahrstil setzte Mutter drei weitere Leben aufs Spiel. Das Gesicht halb rückwärts gewandt, wartete sie auf Carmens angemessene Reaktion.

»Sag bloß? Wer denn?« Die Aufklärung hätte durchaus Zeit gehabt, bis sie am sicheren Küchentisch saßen.

Erst musste Mutter einen Bus mit Loro-Parque-Werbung überholen, von der die Insel überschwemmt war. Eben waren sie vor Santa Cruz auf die Autopista del Norte abgebogen, die TF-5, die sie nach Puerto bringen sollte. Bisher war das Gespräch eher schleppend verlaufen, allzu viel hatten sich die beiden da vorn nicht zu sagen gehabt. Mit dem flotten Schal um den Kopf, dessen Enden hinter ihr herflatterten, und der großen Sonnenbrille wirkte *abuela*, als wäre im Cabrio zu fahren ihr tägliches Brot.

Carmen hatte auf die verbrannte Vulkanlandschaft zu ihrer Linken geschaut und sich an den Tabaiba-Büschen erfreut, die sie als Kind für grünwollige Schafe gehalten hatte. Vater hatte sie auf den Arm genommen. »Die sind so grün, weil sie auf den Felsen nichts zu fressen finden.«

Damals hatte Carmen die armen Tiere bedauert. Grün vor Hunger! Dass sie wohlgerundet waren und ziemlich vollgefressen wirkten, musste ihr entgangen sein.

Mutter wandte sich wieder zu ihr um. »Wahrscheinlich kennst du ihn nicht, er ist aus Santa Cruz. Auch ein Bauunternehmer, und außerdem hat er ein Weingut. Wir waren oft zu Weinproben dort.«

Wo Geld war, waren auch Winkelhoffs. Mutter überholte lässig einen Mercedes. »Und woran ist er gestorben?«

»Du glaubst es nicht, Carmen: Er ist ermordet worden! Stand in der Zeitung.« Dann sollte es wohl wahr sein.

»Ermordet worden?« Jetzt hatte Carmen keinen Blick mehr für die Landschaft übrig, da mochten so viele Schafe weiden, wie sie wollten. *Abuela* richtete sich in ihrem Sitz auf.

»Unglaublich, was?« Wieder war Mutter Carmens Reaktion wichtiger als der dichte Verkehr auf der Autobahn. Für einen Angsthasen fuhr sie ziemlich riskant. »Aber die Polizei hat den Fall schon aufgeklärt, ganz fix ging das. Der Neffe ist es gewesen.« Beiläufig sah sie auf die Straße. »Eine richtige Gangstergeschichte. Er hat Bernardo auf offener Straße entführt und ihn in seinem SUV einen Abhang hinuntergestürzt. Dann hat er das Auto angesteckt. Der arme Mann ist verbrannt, ist das nicht schockierend?«

Als Mutter den Neffen erwähnte, drehte sich *abuela* ebenfalls zu ihr um, mit bedeutungsvollem Blick. »Da siehst du's«, lag darin, »bestimmt hat dieser Neffe in seiner Kindheit auch zu viel Schläge bezogen.« Diesmal also vom Onkel.

Vor La Laguna staute sich der Verkehr, wie immer. Die Universität, der Nordflughafen und das große schwedische Möbelhaus schienen das Blech anzuziehen wie Magneten. Im Berufsverkehr stand man hier stundenlang.

»Sie sollten die *autopista* endlich erweitern, damit es hier vorangeht«, sagte Mutter ungeduldig. Bei dem Tempo hätte sie getrost nach hinten blicken können, aber jetzt fixierte sie die Bremslichter vor sich. »Ist doch alles Flickwerk, was das *cabildo* vorhat.«

Die Inselregierung zog es vor, zunächst im Südwesten den Autobahnring zu vervollständigen, was Carmen richtig fand. Die kurvigen, engen Straßen unterhalb der steilen Berghänge waren ihr unheimlich. Erst als sie das Industriegebiet hinter sich ließen, wurde es ruhiger. Und dann wurde endlich auch die Landschaft wieder grün. Hier sollten die Schafe grasen, hatte sie früher immer gedacht.

»Genauso schrecklich ist, was diesem armen Mann in Icod

passiert ist.« Mutter war wieder bei den Inselskandalen. In Icod de los Vinos stand der berühmte Drachenbaum, der – glaubte man den Teneriffa-Krimis – mit seiner mythischen Kraft Leute zu Gewalttaten verführte.

»Etwa noch ein Mord?«

»Ja!« Das war geradezu ein Aufschrei. »Ich weiß gar nicht, was auf dieser Insel los ist. *Abuela* muss ja sonst was von uns denken.« Sie lachte, schaute ihre Mutter aber nicht an. »Eigentlich sollte ich es gar nicht erzählen.«

Das tat sie natürlich doch. *Abuela* steckte so etwas mit weniger Aufregung weg als sie. Ein Fleischereibesitzer aus Icod – diesmal kannten Winkelhoffs ihn nicht persönlich, aber in seinem Geschäft waren sie gewesen – war einer Messerattacke zum Opfer gefallen. »Ein Witwer, ist das nicht furchtbar?«

»Besser, als wenn jetzt seine Frau um ihn trauern müsste«, warf *abuela* ein.

Mutter sah sie an, als wäre sie überrascht, jemanden neben sich sitzen zu sehen. »Ja, das stimmt wohl«, sagte sie nachdenklich und fasste mit der Linken an ihre Halskette.

Auch dieser Mord sei bereits aufgeklärt – das erzählte sie Carmen, nicht *abuela*, die anzusehen bei ihrem Tempo weniger bedenklich gewesen wäre. Die Polizei hatte einen Mann verhaftet, der vom Festland angereist sei, um die Enkelin des Mordopfers zu treffen.

»Erst sechzehn Jahre alt ist das Mädchen, stell dir das vor. Und bandelt mit einem Mörder an.« Sie wandte Carmen ihr völlig entrüstetes Gesicht zu, bevor sie das Lenkrad herumriss, um nicht auf einen Lkw aufzufahren.

Mit der friedlichen Insel schien es nicht so weit her zu sein, wie Mutter vorher behauptet hatte. Zwei Mordtaten während der kurzen Zeit, die sie in Berlin gewesen war! Was Mutter wohl zu ihrer Vermutung sagen würde, auch ihre im letzten Jahr verstorbenen Bekannten seien Morden zum Opfer gefallen? Sie glaubte doch immer noch an die Unfalltheorie. Ein geschlagenes Kind schien hier aber nicht im Spiel zu sein, obwohl ihre *nana* bestimmt annahm, das Mädchen habe seinen Freund angestiftet, um den prügelnden Großvater loszuwerden.

Carmen lehnte sich im Sitz zurück in der Hoffnung, Mutter behielte nun die Straße im Auge. Links, landeinwärts, erstreckte sich bis zum Orotava-Tal der Bosque de la Esperanza mit Francos endlich abgerissenem Denkmal. Mutter hatte erzählt, hier sei Lucas Manzano, Marianos Vater, zu Tode gekommen. Ein kanarischer Urwald mit einheimischen Kiefern, Pinien und Eukalyptusbäumen, mit rosa Zistrosen und Baumheide im Unterholz. Malerisch und romantisch, wäre er nicht ein derart düsteres Symbol. Carmen schauderte es jedes Mal, wenn sie hier vorbeifuhr. Am idyllischen Picknickplatz Las Raices hatte der *generalísimo*, damals Militärgouverneur Teneriffas, am 18. Juli 1936 seine Soldaten antreten lassen und auf sich eingeschworen. Am Fuß des Denkmals war das Wort *paz* eingemeißelt, doch allgemein galt der Tag als Beginn des blutigen Bürgerkrieges mit über achthunderttausend Toten und der nachfolgenden Diktatur.

Mutter tat ihr den Gefallen nicht und drehte sich wieder um. »Es gibt schreckliche Sachen auf der Welt, Carmen, das sage ich dir.« Als reichten ihr die Morde auf der eigenen Insel nicht, packte sie noch einen aus La Palma dazu, wo ein Mann seine Freundin, die ihn verlassen hatte, mit Benzin übergossen und angezündet hatte.

Was war nur in sie gefahren? Geradezu genüsslich breitete sie ihre Horrorgeschichten aus. Carmen kam der Verdacht, dass sie nur von ihrer Angst ablenken wollte, die Todesfälle in Puerto könnten ebenfalls Morde gewesen sein. Der Gedanke musste doch auch ihr längst gekommen sein.

»Hier kann man das Orotava-Tal schon riechen«, behauptete *abuela*, als sie an Tacoronte vorbeifuhren. Carmen wusste, was jetzt kam, oft genug hatte sie mit ihr den Weg nach Puerto zurückgelegt. Jeden an den Ausfahrten angezeigten Ortsnamen las sie laut vor, mit einem Entzücken in der Stimme, das Carmen schon längst als Heimweh hätte identifizieren können. Doch erst heute fiel ihr das auf.

El Sauzal, El Caletón und dann La Matanza, wo man von der Autostraße aus bis hinab zum Strand schauen konnte. »*Matanza* heißt Schlacht«, klärte sie Carmen jedes Mal auf, die wie immer beeindruckt nickte. »Hier haben die Guanchen noch gesiegt, das war der vorletzte Kampf gegen die Spanier. Ein fürchterliches Blutvergießen war das, sie haben die Besatzer ganz schön dezimiert.« Fast hörte es sich an, als sei es gestern gewesen und sie habe von Weitem die Daumen gedrückt.

»Und La Victoria heißt der Sieg«, verkündete *abuela* bei der nächsten Ausfahrt. »Das war die endgültige Niederlage der Guanchen. Den Kanonen und Musketen der Spanier konnten sie dann doch nicht standhalten mit ihren Speeren und Steinschleudern.« Zufrieden mit ihren Schulkenntnissen nickte sie. »Und in Realejo Alto da drüben haben sie den Sieg gefeiert. Die Spanier – die paar übrig gebliebenen Guanchen beweinten sicher ihre Toten.«

Santa Úrsula, La Orotava – und da war auch schon die Hochhauskulisse Puertos. Carmen atmete auf. Nach all den blutrünstigen Geschichten sollte sie wohl froh sein, dem finsteren Esperanza-Wald mit heiler Haut entronnen zu sein.

## 15

Seit drei Tagen war Carmen zurück auf der Insel, und schon hatte sie das Gefühl, urlaubsreif zu sein. Mutter war anstrengend, wenn man sie den ganzen Tag um sich hatte. Jetzt erholte sich Carmen in Vaters Pool und fand, dass sie sich das redlich verdient hatte.

Es war keineswegs überraschend gekommen. »Bald ist Ostern«, hatte Mutter angekündigt, als Carmen am ersten Morgen kaum ihren Kaffee getrunken hatte. Bis Ostern waren es noch sieben Wochen. »Wir müssen einkaufen fahren, ich hab überhaupt nichts anzuziehen.« Das behauptete sie vor jeder neuen Saison.

Also waren sie bis zum Erbrechen durch die Boutiquen der Insel gerauscht, bis Mutter – am zweiten Tag erst – in La Laguna endlich ihr Frühjahrskostümchen fand. Unterwegs kaufte sie so viel ein, dass Carmen sie in Verdacht hatte, das Kostüm sei nur ein Vorwand und sie wisse längst, wo sie es kaufen würde. Carmen wurde natürlich auch bedacht.

Wie Mutter solche Touren nur aushielt auf ihren High Heels? Carmens Füße taten ihr immer noch weh.

Faul drehte sie sich auf den Rücken und ließ die Sonne ihren Bauch bescheinen. Nicht mal einen Badeanzug musste man hier oben tragen. Die Markise hatte Vater inzwischen abbauen lassen. Hautkrebs hin oder her, er wolle die Sonne sehen, hatte er als Grund genannt.

*Abuela* war für ein paar Tage nach Santa Úrsula zu ihrer Freundin María Pilar abgereist, mit der sie zwar oft telefonierte, die sie aber lange nicht getroffen hatte. Jetzt würden die beiden wohl über den Prahlhans von Schwiegersohn herziehen, der sich über den Dächern Puertos einen kleinen Palast gebaut hatte. Mit versteinertem Gesicht, hin und wieder den Kopf schüttelnd, war *abuela* Vaters Führung gefolgt. Auf dem Dach, als sie den riesigen Pool sah, entfuhr ihr ein erschrockenes »Jesus Maria!«. Vaters Gesicht wurde immer länger, als sie bei den Kanarienhäuschen auch noch nörgelte, die wären viel zu neu, so was gäb's hier nicht.

Doch fürs Erste hatte sie das Pedro zugedachte Häuschen gnädig akzeptiert.

»In diesem Schloss will ich aber nicht leben, falls ich auf der Insel bleibe«, hatte sie gesagt, als sie mit Carmen allein war. Nein – ebenerdig und schon gar nicht so protzig wollte ihre *nana* wohnen. Den Pool hatte sie in den letzten Tagen trotzdem eifrig genutzt. Wenn Carmen am Abend abgekämpft heimkehrte, lag sie bequem zwischen den Kakteen auf einer Liege. Wunderbarerweise hatte sie an den stacheligen Pflanzen bisher nichts auszusetzen.

Carmen ließ sich vom Wasserfall den Rücken durchkneten und trocknete sich ab. Gleich wollten Angie und ein paar Freunde vorbeikommen. Vaters Vorschlag: Carmens Rückkehr müsse gefeiert werden. Keinerlei Besorgnis war ihm anzumerken.

Trotz des rosigen Abendlichts, das auf der Terrasse lag, als Carmen herunterkam, sah Vater nicht viel besser aus als im Dezember. Eher hatte er noch mehr abgenommen. An Mutters Low-Carb konnte es nicht liegen, das hatte er längst eingestellt. Hatte er keinen Appetit? Eigentlich undenkbar – so eifrig, wie er Geld scheffelte, stopfte er sich auch die guten Sachen hinein.

Carmen beobachtete, wie er jetzt am Abend noch in Akten blätterte. »Wolltest du nicht kürzertreten, Väterchen?« Mit Blick auf den Teide saßen sie zu dritt auf der Veranda des Abendzimmers. »Du siehst aus, als hättest du tagelang durchgearbeitet.«

Mit schuldbewusstem Gesicht legte er die Ordner beiseite und trank aus seinem Wasserglas.

»Er hat ein bisschen Ärger.« Dauernd meinte Mutter, für ihren Mann das Wort ergreifen zu müssen. »Läuft grad nicht so, wie er will.«

»Ja, die verdammten Linken! Gönnen einem nicht das Schwarze unter den Fingernägeln.« Er musterte seine perfekt manikürten Hände.

Carmen musste ein paarmal nachfragen, bevor sie wusste, worum es ging. Doch diesmal mauerte Vater kein bisschen, sondern erzählte bereitwillig. »Du kennst doch den Teresitas-Strand, Carmen?«

»Natürlich.« Der Strand bei San Andrés oberhalb von Santa Cruz, sie hatten oft Ausflüge dorthin gemacht. Er war etwas ganz Besonderes und hatte Carmen schon als Kind fasziniert. Der helle Sand war nämlich aus der Sahara hergebracht worden, damals zur Franco-Zeit, als gigantisch immer noch zu klein war. Sie hatte sich vorgestellt, wie erst eine endlose Reihe von Lastwagen und dann gewaltig große Schiffe wochen-, monatelang hin- und hergefahren waren, um den riesigen Strand aufzufüllen. Jedes Eimerchen Sand – Sand aus Afrika – war ihr von da an überaus kostbar erschienen.

Natürlich war es beim Sand nicht geblieben. »Da fehlte immer ein Parkhaus«, sagte Vater, »denn wie hätten sonst die vielen Touristen an den Strand kommen sollen? Dann haben wir es endlich gebaut, nach viel Hin und Her, und dann war es auch nicht richtig.« Er zog die Augenbrauen in die Höhe.

»Du und deine Firma habt es gebaut?«

»Nein, das waren andere. Aber mein Geld steckt drin, und womöglich ist das jetzt futsch. Verlass dich auf Politiker, und du bist verlassen, kann ich da nur sagen.«

Sechs Lokalpolitiker und Baufachleute waren für den illegalen Bau verantwortlich, die allesamt zu Haftstrafen verurteilt worden waren. Die Richter waren natürlich auch Linke, laut Vater. Sie hatten den sofortigen Abriss auf Kosten der Verurteilten verfügt und damit die PSOE und die Alternativen von »Sí se puede« auf ihrer Seite. Auch die Einwohner von San Andrés wussten nicht zu schätzen, welches Juwel ihren kostbaren Strand bereicherte. Leider war es innerhalb der Küstenschutzzone errichtet worden, und der Bürgermeister bereitete bereits den Abriss vor.

»Angeblich behindert der Bau den Wasserabfluss vom dahinterliegenden Gelände – so ein Quatsch«, behauptete Vater. »Bei dem bisschen Regen hier, als ob das dann nicht drumherum flösse …«

»Und die anderen Parteien?«

»Da waren die von CC und PP mal vernünftig. Sie meinen, das Gebäude soll erhalten bleiben, und wollen ein Einkaufszentrum daraus machen.« CC und PP waren die Coalición Canaria und die Partido Popular von Ministerpräsident Mariano Rajoy, die eine nationalistisch, die andere konservativ und unternehmerfreundlich und im Zentrum der Ermittlungen wegen Korruption und Filz.

»Aber es gibt doch einen Lichtblick«, warf Mutter ein, wie immer um das Positive bemüht. »Ein Hintertürchen, hast du gesagt, Herbert.«

»Nicht ich, das war einer von den Politikern. Man muss nur im Flächennutzungsplan nachsehen, ob das Gelände nicht sowieso als Parkplatz vorgesehen war. Manche haben schon gute Ideen …«

»Hat man das nicht schon gemacht?« Dort hätte auch das Küstenschutzgebiet verzeichnet sein müssen.

»Dann muss man eben noch mal gucken«, meinte Vater augenzwinkernd.

»Du meinst, mit ein bisschen Geld in der Hand?«

»Ach Quatsch. So läuft das heute nicht mehr. Bestechung kann sich keiner erlauben. Nein, höchstens kleine Gefälligkeiten.«

Das konnte sich Carmen vorstellen: hier ein Häuschen, dort ein Pool …

»Aber das kommt natürlich überhaupt nicht in Frage. Nicht mit mir.« Vater gab den Ehrenmann und warf sich dazu ordentlich in die Brust.

Carmen war sicher, dass am Ende das Gebäude stehen bleiben würde. Wahrscheinlich wurde ein Einkaufszentrum daraus, und weil die Leute ihre Autos unterbringen mussten, stellten sie noch ein Parkhaus daneben. Trotz des trostlosen Anblicks würden die Touristen es genießen, direkt vom Strand aus shoppen zu können …

»Es wird schon alles gut gehen, Herbert«, sagte Mutter mit trostreicher Stimme, während sie den Smaragdring an ihrem Finger hin und her drehte. Wie eine magische Handlung. »Das Geld ist noch nie vor dir davongelaufen und wird es auch jetzt nicht.«

Mutter mochte an den Weihnachtsmann glauben, aber recht hatte sie.

## 16

»Dir ist bekannt, dass die Meeresspiegel ansteigen?«

Mariano Manzano saß neben Carmen und war bemüht, ihr die Umweltprobleme seiner Insel vor Augen zu führen. Die anderen hörten kaum zu und unterhielten sich nebenbei auf Spanisch. Das Thema schien ihnen nicht unbekannt zu sein. Mit ihr sprach Mariano Deutsch, so wie alle, zumeist jedenfalls. Sie hatte darum gebeten, mit ihr Spanisch zu reden, aber sie wurden bald ungeduldig, wenn sie immer wieder nach einem Begriff fragen musste, und wechselten ins Deutsche über. Wie sollte sie so ihr Spanisch verbessern?

»Auch in Berlin liest man Zeitung, weißt du.« Dort hatte Carmen sich unbedroht gefühlt – das Meer war weit. Hier auf der Insel war der Anstieg zweifellos zu bedenken. Sie nippte an ihrem Rotwein und griff nach einem Lachsschnittchen. Natürlich hatte Mutter es sich nicht nehmen lassen, das, was als kleines Treffen nach Feierabend geplant war, zu einer Party aufzupeppen. Im Hintergrund lief gedämpfte Flamencomusik.

»Vier bis acht Meter sind für Teneriffa zu erwarten, das ist hier in Puerto – so nah am Atlantik – eine ganze Menge.« Marianos Augen wetteiferten mit der glänzenden schwarzen Scheibe in seinem Ohrläppchen.

»Das ist wahr«, musste Carmen zugeben. »Nach ein paar Stürmen wäre von Punta Brava nicht mehr viel da.« Ein erschreckender Gedanke.

»*Sí*. Und jetzt wird den *cabildos* und Stadtplanern geraten, nicht mehr in der Nähe von *barrancos* und in erdrutschgefährdeten Gebieten zu bauen.«

Nicht mehr? »Aber die Bodenfestigkeit wird doch auf jeden Fall geprüft, bevor gebaut wird.« Vater hatte über die seiner Meinung nach übertriebenen Behördenanforderungen oft genug geschimpft.

»Schon. Vorschriften gibt es genug. Aber du weißt doch, wie das in Spanien läuft. Vorschriften kann man umgehen, da findet sich immer ein Hintertürchen. So wird alle Sicherheit aufgeweicht, verstehst du?«

Mariano berichtete von Luftblasen im Vulkangestein und lehmgefüllten Kavernen. »Wer sagt denn, dass nicht beim nächsten Sturm so ein Hohlraum ausgespült wird? Man sieht oft genug überraschende Verfärbungen im Meer. Aber dann ist keine Leitung geplatzt, wie manche annehmen, oder ein Fäkalientank undicht geworden. Dann hat das Meer eine Höhle erwischt, die sonst über der Küstenlinie liegt.«

»Und was da obendrauf steht, kann einstürzen.« Juan Martín García soufflierte ihm. Er und Mariano waren unter den Männern die einzigen mit glatt rasiertem Gesicht.

»Exakt. Kannst du dir vorstellen, was passiert, wenn so ein Hotel ins Rutschen kommt?« Mariano lachte auf, was ziemlich bitter klang. »Mein Vater sagte immer, für so was gibt's Versicherungen, wenn ich ihn darauf ansprach.«

»Im Ernst?« Auch Carmens Vater hatte diesen Spruch auf den Lippen gehabt, wenn Mutter wieder mal mit ihren Endzeitszenarien kam. Carmen hatte es für einen Witz gehalten.

Mariano zuckte die Achseln. »Für den wackeligen Boden hier haben sie schon immer ziemlich riskant gebaut. Guck mal von einem hoch gelegenen Punkt ins Gelände, dann siehst du das. Ein Erdrutsch, ein kleines Beben – jederzeit möglich, steht ja oft genug in der Zeitung. Und immer völlig unvermutet, niemand kann vorhersagen, wo genau es passiert. Wie damals auf El Hierro …«

Vor zwei Jahren war fünf Kilometer vor La Restinga ein neu gebildeter Vulkan ausgebrochen, im Meer, nach tagelangen Beben auf der Insel. Damals war die Bevölkerung evakuiert worden, hatte Mutter erzählt, die solche Katastrophenmeldungen sammelte. Vielleicht sollte sich Mariano mit ihr zusammentun.

»Das hätte auch auf Teneriffa passieren können, ist ja alles Vulkangebiet hier. Und dann vielleicht an Land …« Die düstere Miene legte nahe, dass es schon morgen so weit sein könne. Als Tiefbauingenieur musste er wohl mit derartigen Dingen rechnen, was Carmen lieber war als zu viel Sorglosigkeit.

»Das ist doch reine Spekulation«, warf Rafael Perez ein – kurzer Bart, keine Brille. Carmen hatte immer noch Mühe, sich alle Namen zu merken. Als er ankam, hatte er ein Baseballcap getragen, mit dem Logo der Atlanta Braves, das jetzt neben ihm lag. Er war offenbar der Freund von Marisol – oder war es Julia? –, die fast auf seinem Schoß saß. Außer Angie und ihr waren keine weiteren Frauen gekommen. Angie war auffallend still, nickte aber zu Rafaels Worten.

»Pass bloß auf, dass dich die Touristen nicht hören«, meinte Fernando, der eine ähnliche Intellektuellenbrille trug wie Martín. Obwohl er auf Marianos Äußerung reagierte, sah er Carmen an. »Sonst ist die Insel bald leer, und ihr könnt mitsamt euren Hotels einpacken.« Sein dunkelblondes Haar fiel unter den schwarzhaarigen Köpfen der anderen auf. Er trug es lang, sodass es die Segelohren teilweise verdeckte. Hieß er nicht mit Nachnamen Alvarez?

Fernando kam nicht von hier, sonst wüsste er, dass die Touristen den Tanz auf dem Vulkan liebten. Auf dem Pico del Teide zu stehen und sich vorzustellen, wie er ausbrach und die umliegenden Täler mit brodelnder Lava bedeckte, brachte erst den richtigen Kick. Carmen füllte sein Weinglas auf, und er lächelte sie an. Automatisch gab Carmen sein Lächeln zurück.

»Meinst du wirklich, das kann hier passieren?«, fragte Marisol – oder Julia – mit großen Augen. »Ich meine, ein Vulkanausbruch …«

Sie war ein großes, starkes Mädchen, dem Carmen keine Ängstlichkeit zugetraut hätte. Ihr Haar war blond, vielleicht gefärbt. Sie war die Einzige in glitzernder Partykleidung, die anderen – auch Angie – waren in leichten, lässigen Hosen und T-Shirts gekommen. Im Beruf mussten sich alle wohl konventioneller kleiden.

»Natürlich nicht«, beruhigte Rafael sie. »Mariano übertreibt mal wieder, wie immer.« Das Haar hatte er diesmal nicht zu einem Knopf, sondern zu einem Rasierpinsel im Nacken zusammengefasst.

»Aber er hat doch recht«, verteidigte ihn Carmen. »Wer beim Bauen solche Gesichtspunkte nicht berücksichtigt, handelt zumindest grob fahrlässig.« Was sich von Vaters Leichtsinn nicht groß unterschied. »Dieses Hotel da auf den Klippen zum Beispiel – man fragt sich doch, wie das genehmigt werden konnte.«

»Da arbeitet Consuela«, sagte Martín. »Sie ist für ein paar Tage auf Lanzarote, aber sie kann dir bestimmt etwas darüber erzählen.« Nebenbei bediente er sich an Mutters aufwendigem Büfett. »Übrigens ist dort Ramón Delgado vom Balkon gefallen«, fügte er über seine Schulter gewandt hinzu.

Carmen nahm sich vor, Consuela Rojas auf Delgado anzusprechen. Es war bestimmt nicht das letzte Zusammentreffen in Vaters Dachgarten. Geradezu begeistert hatte er ihnen Begrüßungscocktails gemixt und war erst gegangen, als Mutter ihn herunterrief. Consuela war die schwarzhaarige Frau mit der leichten Behinderung; auf Vaters Einweihungsfest war sie Carmen wegen ihrer selbstbewussten Ruhe aufgefallen.

Martín García schluckte den letzten Bissen seines Kanapees herunter. »Wer Florentín Cabrera kannte, hatte mit Genehmigungen sowieso kein Problem.«

»Der gute alte Florentín?«, entfuhr es Carmen überrascht. Sie beschloss, ein wenig zu provozieren; vielleicht erfuhr sie dann etwas mehr über ihn. »Der war doch so ein lieber Mensch, sagt meine Mutter.«

*Abuela* hätte sich bestimmt darüber gefreut, dass jetzt um Carmen herum lautes Gelächter ertönte. Die Beweihräucherung des verdienten Politikers schien so allgemein nicht zu sein. Sogar Angie schmunzelte ein wenig. Fernando kannte Florentín wohl nicht, er stand abseits am Büfett.

»Der gute alte Florentín …« Rafael tat, als wedele er mit seinem Baseballcap einen üblen Geruch fort. »Der war doch korrupt bis in die Zehen. Einer von denen, die der PP ihren schlechten Ruf eingetragen haben.« Über die zuletzt aufgedeckte Bestechung waren mehrere Politiker und Beamte ins Straucheln geraten, einige von ihren Stühlen geflogen, und der Ministerpräsident, der von allem gewusst haben sollte, wurde – wenn auch erfolglos – aufgefordert zurückzutreten. Die wichtigsten Hinweise seien von Florentín selbst gekommen, wurde erzählt. »Und dann hat er alle seine Ämter niedergelegt, was er sowieso tun wollte. War ja alt genug dazu. Allerdings mit großem Tamtam – von wegen beleidigt über die Diffamierungen und so.«

»Ja, aber seine Verbindungen hat er behalten«, ergänzte Martín. »Hat weiter aus dem Hintergrund die Fäden gezogen. Unser Vater kannte ihn ja gut.«

»Und seine Kinder?«, fragte Carmen, die sich jetzt wunderte, warum sie nicht zum Freundeskreis gehörten. »Sind sie nicht ebenso kritisch wie ihr?«

»Keine Ahnung«, meinte Rafael und prüfte mit der Hand den Sitz des borstigen Pinsels in seinem Nacken. »Die sind schon lange weg von hier. Auf dem Festland? In Venezuela? Ich weiß es nicht.« Nach Venezuela wanderten traditionell viele junge Spanier aus.

Angie García nickte, während Mariano durch die Glaswand aufs glitzernde Orotava-Tal blickte. Aus dem Gespräch über Florentín hatte er sich herausgehalten. Dachte er vielleicht an seinen ebenfalls verstorbenen Vater, Lucas Manzano, der Florentín gekannt haben musste, wahrscheinlich auch mit ihm zusammengearbeitet hatte? Es war für Mariano wohl genauso belastend wie für Carmen, sich fragen zu müssen, in welch dunklen Geschäften sein Vater die Finger gehabt hatte.

»Ich kann mir schon vorstellen, dass den jemand ermordet hat.« Das war Martín García, und die anderen stimmten nickend zu – bis auf Angie. Sicher waren ihre Väter genau wie Carmens Vater von der Polizei vorgeladen worden. Doch schienen ihre Nachkommen den unbekannten Tippgeber ernst zu nehmen.

Rafael lachte. »Aber wenn das so ist, wird Kommissar Gómez das niemals herausfinden. Den kann man wirklich einen guten Alten nennen – harmlos wie ein Wickelkind und blind auf beiden Augen.«

»Interessieren würde es mich aber schon, wer uns den Gefallen getan hat. Ach, was sag ich, uns – der ganzen Insel!« Zum ersten Mal mischte Mariano sich ein.

»Dann müssen wir das selbst herausfinden.« Martín sagte das, als sei es das Selbstverständlichste, aber auch das Einfachste auf der Welt.

»Na, das überlassen wir wohl besser der Guardia Civil«, warf Fernando ein. »Die haben die Mittel dazu.« Die abstehenden

Ohrmuscheln waren rot angelaufen. Attraktiv war Fernando wirklich nicht, das machte auch die athletische Figur nicht wett.

Angie nickte, und Marisol – wenn auch weniger vehement – schloss sich an.

»Ach was.« Martín hatte auf seine Schwester nicht geachtet. »Die Polizei hat zwar unsere Väter befragt, aber nicht mal unsere Firmen durchsucht. Ist vielleicht auch besser so – ich möchte nicht wissen, was da alles ans Licht kommen könnte.«

»Und am nächsten Tag steht's dann in der Zeitung.« Angie hatte ihr Stillschweigen aufgegeben.

Martín sah sie an. »Ja, aber wenn wir das selbst machen, erfährt niemand etwas davon außer uns.«

»Und wenn wir den Mörder finden, legen wir ihn gut verschnürt als Fundsache an der Plaza de Europa ab.« Dort – im gleichen Gebäude wie das *ayuntamiento* – befand sich die Polizeistation. »Mit einem Zettel: Hier habt ihr euren Mörder.« Rafaels Kichern ließ den Pinsel in seinem Nacken erzittern. Er war der Witzbold in der Runde.

»Das ist gar nicht so unmöglich, meine ich. Wir sollten uns mal die Firmenarchive vornehmen.« Mariano schaute auffordernd reihum. »Schlauer als die Polizei sind wir doch allemal. Mal sehn, ob der gute Florentín irgendwo auftaucht und wer an solchen Projekten noch alles beteiligt war. Es muss Genehmigungen und Schriftverkehr geben, Protokolle mit Namenslisten, vielleicht auch Notizen unserer Väter …« Seiner habe immer Zettel mit Hieroglyphen vollgeschrieben und abgeheftet. »Da gibt's sicher Motive, wenn jemand Angst hatte aufzufliegen, weil Florentín die Klappe nicht halten konnte.«

Carmen war verblüfft. Wie war das denn gekommen? Sie hatte sich kaum von ihrem Erstaunen erholt, dass hier so einfach von Mord gesprochen wurde, da hatten sie schon die Recherchen organisiert. Kein Wunder, dass ihre Firmen so gut liefen. Aber würden sie das wirklich tun? Es bedeutete viel Arbeit … Und wie sollte sie selbst in Vaters Archiv hineingelangen?

»Du hast gut reden«, sagte Angie aufgebracht. »Dein Vater ist tot. Aber was ist, wenn dabei etwas über unsere Väter herauskommt?«

»Dann ist das eben so.« Mariano blieb ungerührt. »Glaubt denn einer hier, dass sie keinen Dreck an den Fingern hätten?«

»Ihr könnt ja tun, was ihr wollt.« Angies Gesicht färbte sich rot. »Aber auf mich könnt ihr nicht zählen. Vater hintergehen, da mache ich nicht mit. Und du besser auch nicht«, fügte sie an ihren Bruder gewandt hinzu.

Martín zuckte mit den Achseln und blieb still.

»Ich geh dann mal lieber. Hab sowieso noch was vor.« Angie stand auf und schritt zum Aufzug.

Alle schauten ihr nach, bis sich die Tür hinter ihr schloss.

»Wusste gar nicht, dass sie so an ihrem Vater hängt«, sagte Marisol. »Sonst hat sie doch nur auf ihn geschimpft.« Sie hatte wohl beschlossen, ihren Rafael nicht allein auf Mörderjagd gehen zu lassen.

»Lasst sie. In letzter Zeit spinnt sie ein bisschen«, erklärte Martín.

»Wenn Angie nicht will, Martín, kann ich dir helfen«, meldete sich Fernando zu Wort. »Ich hätte ein bisschen Zeit, zwischen zwei Projekten. Euer Florentín und überhaupt – was hier auf der Insel abgeht, das macht mich echt neugierig.« Er sah wieder Carmen an, wollte ihr wohl imponieren. Sie reagierte mit einem nicht zu freundlichen Blick. Seine Ohren glühten wie Feuer.

»Das ist gut«, sagte Martín. »Wenn ich daran denke, wie viele Ordner da stehen … Und leicht zu durchschauen ist das alles bestimmt nicht.« Mit einer Carmen inzwischen vertrauten Geste rückte er seine Brille zurecht. »Das ist das Problem auf dieser Insel: Bei dem ganzen Filz weiß man nie, wessen Gelder hin und her geschoben werden, woher sie kommen und in welche Taschen sie letztendlich fließen.«

Für einen Juristen, der so eine schlaue Brille trägt wie Martín, sollte dieses Problem zu lösen sein, dachte Carmen.

»Ich hatte sowieso vor, mir die alten Unterlagen anzusehen.« Mariano Manzano ließ sich von Angies Abgang nicht beeindrucken. »Muss ich ja ohnehin, als Firmenerbe.« Er verzog das Gesicht. »Aber auch …« Er hielt inne und sah jeden von ihnen kurz an. »Aber auch, weil ich glaube, dass mein Vater ebenfalls ermordet wurde.«

Wortlos schauten alle auf Mariano. Im Hintergrund ertönte eine Klavierversion von Lola Flores' berühmtem »Ay pena, penita, pena«.

»Oh, das tut mir aber leid«, brach Marisol das Schweigen. »Der Gedanke ist bestimmt schrecklich für dich.«

Martín García nahm die Brille ab und nickte so bedächtig, als wäre er ein weiser alter Mann. »Die Idee ist mir ehrlich gesagt auch schon gekommen. Und zwar nicht nur, was deinen Vater und Cabrera betrifft, Mariano, sondern alle, die letztes Jahr gestorben sind. Kam ja ziemlich überraschend jedes Mal, nicht?«

Schweigen. Lange anhaltend. Marisol machte große Augen und rutschte auf dem Korbsofa hin und her. »Du meinst, auch Delgado und diese Frau wurden ermordet?«

Niemand antwortete.

»Sollen wir deren Tod etwa auch untersuchen?« Ein wenig zaghafter als eben hörte sich Rafaels Frage schon an. Er drehte das Baseballcap in seinen Händen.

»Lasst uns erst mal zusammentragen, was uns über die Todesfälle bekannt ist«, meinte Martín. »So fangen sie in den Krimis auch immer an.«

Bis auf Marisol, die staunend, und Fernando, der interessiert zuhörte, steuerten alle ihr Wissen bei. Am Ende wusste Carmen endlich, was sie so mühsam und erfolglos aus Angie herauszuquetschen versucht hatte, wenn auch immer noch nicht, was diese so unbedingt hatte verbergen wollen. Mit ihr hatte das alles doch nichts zu tun.

# 17

*Abuela* war aus Santa Úrsula zurück und platzte vor Neuigkeiten. Aber sie hatte ihren Stolz. So ganz einfach ließ sie sich nichts entlocken.

»Lass uns an die Luft gehen«, schlug sie vor, als gäbe es in Vaters Dachgarten davon nicht genug. »Dann erzähle ich dir was.«

Auf ihren Rollator verzichtete sie neuerdings, lieber ging sie an Carmens Arm. Sie trug ihr dunkelrotes Wollkostüm und hatte sich trotz der Hitze einen Kaschmirschal um den Hals geschlungen. »Noch ist Wintersaison«, meinte sie dazu. Bei den Damen Puertos zählte das mehr als die Temperaturen.

In La Ranilla musterte *abuela* jedes Haus und überlegte, wer früher darin gewohnt hatte. Die vielen »Se vende«-Schilder entsetzten sie ebenso wie Carmen. Auf der kleinen, romantischen Plaza Pérez Galdós, wo die Palmen in phantasievollen Mustern umhäkelt waren – *guerilla knitting* hatte auch Teneriffa erreicht –, stand sie lange mit versonnenem Blick und einem kleinen Lächeln auf den Lippen. Ein Platz wie gemacht für verträumte Stunden. Die alte Frau zu fragen traute Carmen sich nicht.

Kopfschüttelnd umrundete *abuela* die Plaza del Charco und brauchte eine Ewigkeit dafür. »Was sich hier alles verändert hat!« Sie erzählte vom Kino Olympia neben dem Rincon del Puerto, wo sie als junge Frau »Vom Winde verweht« gesehen hatte – noch heute ihr Lieblingsfilm, bei dem sie Tränen vergoss –, und vom Musikpavillon auf dem Platz, wo im ersten Stock die Stadtkapelle saß und die Puertenser zum Tanzen brachte. So einen Pavillon gab es noch in Orotava. »Und in der Bar Dinámico waren immer die heißesten Diskussionen.« Viele Künstler, Schriftsteller und Journalisten waren dort zu Gast, aber man musste auch immer aufpassen, was man sagte, denn die Guardia Civil hatte die Bar und ihre Gäste fest im Blick. Ihre *nana* hatte schon ein bewegtes Leben gehabt.

Jetzt saßen sie auf einer Bank an der Muelle Pesquero, jede mit einem Becher Eis in der Hand aus der angeblich besten

Eisdiele der Stadt. Zwei kleine Mädchen in Karnevalskostümen tanzten um die steinernen Poller herum, mit denen die Fahrspur abgegrenzt war. Der Karneval regierte Puerto.

Heiß schien die Sonne vom Himmel herab – im Februar, das konnte sich ein verfrorener Mitteleuropäer kaum vorstellen. Carmen saß im T-Shirt da. Ein angenehm warmer Wind umwehte sie, das Eis war lecker, aber so langsam konnte *abuela* anfangen, ihre Neuigkeiten auszubreiten. Carmen hatte selbst noch etwas zu erzählen.

»Was habt ihr denn gemacht in Santa Úrsula?«, erkundigte sie sich. Ob *abuela* etwas über die Kinder der Verstorbenen erfahren hatte, die sie allesamt für Mörder hielt? Mariano musste sie davon wohl ausnehmen …

Doch *abuela* war nicht zu Hause. Ihr Blick ging zur gegenüberliegenden Kaimauer, vor der sich eine spanische Familie niedergelassen hatte, mit Kind und Kegel und zwei großen Hunden. »So viele Hunde gab's hier früher nicht«, meinte sie abwesend. Carmen hatte gelesen, dass die Inselbewohner sich erst im letzten Jahrzehnt an Haushunde gewöhnt hatten.

Aber wen interessierte das jetzt? »Nun erzähl schon, *abuela*.« Wenn sie wollte, konnte sie es echt spannend machen.

»Ja, schon gut.« Sie warf einen kurzen Blick auf Carmen. »Über Catarina habe ich leider nichts herausbekommen. Sie hat sich nie wieder hier gemeldet. Auch nicht ihre Brüder. Sind einfach verschollen.« Sie musste ihr Taschentuch herausholen und sich schnäuzen.

»Schade.« Wenn das die große Neuigkeit war, kam sie nicht überraschend.

*Abuela* ließ ihren Blick die Marina entlangwandern. »Ach«, machte sie. »Haben sie das immer noch nicht abgesichert?« Keine Mauer hatte das Hafenbecken dort, wohin *abuela* zeigte. Ein junger Mann saß direkt auf der Kante und angelte.

»Vor Jahren hat ein Mann seine Frau da hinabgestoßen, wurde erzählt. Wer das war – ich hab's vergessen. Und warum … Später hieß es dann, es sei ein Unfall gewesen.« Gedankenverloren löffelte sie ihr Eis. »Damals, Carmencita, kannte hier jeder jeden. Ganz anders als in Berlin, und dauernd wurde getratscht. Aber wenn jemand ein Geheimnis bewahren wollte, dann gelang ihm das auch. Dann hielten alle dicht, die davon etwas wussten.« Sie leckte ihren Löffel ab und stellte den leeren Eisbecher neben sich auf die Bank. »Jedenfalls habe ich nie wieder etwas von der armen Frau gehört.«

*¡O abuela!* Machte sie das absichtlich? Aber sie brauchte eben auch Zeit für ihre Erinnerungen.

»Ja. Also …« Jetzt riss sie sich doch zusammen. »Santa Úrsula. Wir haben viel herumtelefoniert und einiges erfahren, meine ich. So ganz unverdient sind Florentín und Co. nicht gestorben, das sagten alle. Zu Hause waren sie prügelnde Despoten, und die Leute in ihren Firmen hatten auch zu leiden. Von ein paar Geschäftsleuten, die ihr Geld in ihre Projekte gesteckt und nie wiedergesehen haben, weiß ich auch.«

»Und die Namen?«

»Damit wollte keiner herausrücken. Aber wenn wir sie brauchen und ich ein bisschen Druck mache, kriege ich die.«

Sie klang zuversichtlich, aber was hatte sie eben über die Geheimnisse gesagt? So einfach war das hier in Puerto nicht.

Verstohlen zeigte *abuela* auf einen alten Mann mit Hängebauch, der sich ausgezogen hatte und jetzt in flotten Badeshorts und mit roter Badekappe kopfüber ins bleigraue Hafenbecken sprang. Mit kräftigen Kraulzügen schwamm er los. Um diese Jahreszeit war das Wasser nicht wärmer als neunzehn Grad.

»Schwieriger war es«, so *abuela*, »etwas über die Frau herauszufinden, die sie an der Playa Jardín gefunden haben. Aber dann kannte eine meiner Schulfreundinnen, die jetzt in La Laguna lebt, die Familie. Die Tochter – also die Tote – heißt Olivia Maria Sanchez, eine ganz Schöne soll das gewesen sein. Und nun halt dich fest: Ihr Vater war Professor für Baustatik da an der Universität und hat immer für die Bauvorhaben unserer Leute die Gutachten geschrieben. Allzu genau hingeguckt habe er nicht, wurde gesagt. Er ist aber schon länger tot.«

Carmen war beeindruckt – so viel hatten ihre Freunde über Olivia nicht gewusst. Eigentlich gar nichts, wenn man es genau nahm. »Und was ist mit ihr selbst?«

»Sie hat wohl auch irgendetwas Bautechnisches studiert, aber nicht abgeschlossen, weil sie dann ein Kind bekam. Unehelich – du kannst dir denken, wie das damals war. In Deutschland waren sie ja schon viel weiter in den Achtzigern. Olivia ist dann nach Puerto gezogen, weil da der Vater des Kindes lebte, und hat über die Jahre wohl in mehreren Baufirmen gearbeitet.«

Aus der Zeit hatten alle Olivia gekannt. »Aber niemand wusste, wofür sie ihr Geld bekam. Im Büro gesehen hat man sie nie, aber auf allen Partys«, hatte Rafael erzählt. Von dem Kind hatte niemand gesprochen.

»Und dieses Kind, lebte das nicht bei ihr?« Die rote Badekappe hatte inzwischen die Mole erreicht und umrundete sie. Dahinter lag das offene Meer …

»Sie hat es dann wohl in ein Heim gegeben. Heute ist es ja längst erwachsen.« Wenn Carmen *abuelas* Blick richtig deutete, dann setzte er den Satz fort: Und kommt damit als Mörder in Frage. »Aber niemand wusste, wer der Vater war.«

Noch eins der in dunkelster Tiefe vergrabenen Geheimnisse Puertos.

»Hast du zufällig etwas über die Söhne Florentín Cabreras gehört? Ich konnte nicht erfahren, wo sie abgeblieben sind. Ausgewandert, hieß es, nach Spanien oder Venezuela.«

»Bis jetzt nicht. Aber das finde ich noch heraus«, meinte *abuela* frohen Mutes. »Von den früheren Nachbarn sind noch ein paar da.« Mit über die Lehne gebreiteten Armen reckte sie ihr Gesicht der Sonne entgegen. »Nun erzähl du, Carmencita. Was gab's hier in Puerto?« Die Augen hatte sie geschlossen, viel Neues erwartete sie wohl nicht.

Die unaufhörlich heranrollenden Wellen des Atlantiks prallten gegen die Mole und schäumten hoch auf. Die rote Badekappe war weit und breit nicht zu entdecken. Jetzt war Carmen wohl an der Reihe, ihre *nana* auf die Folter zu spannen. Metallisches Hämmern schallte vom Europaplatz herüber, dort wurden die Tribünen für die Wahl der *reina de carnaval* aufgebaut. Ein paar *mascaritas* in bizarren Verkleidungen waren schon jetzt unterwegs.

»Willst du dir denn nicht einmal den großen Karnevalsumzug ansehen, *abuela*?« Er fand immerhin tagsüber statt.

»Zu viel Trubel und Knallerei, weißt du doch. Höchstens sehe ich mir an, wie auf der Charco getanzt wird.« Auch das geschah im Hellen, bei Dunkelheit war sie nicht gern unterwegs. »Wie früher …« Sie bewegte den Kopf ganz leicht, als ließe sie ihr Gesicht von der Sonne streicheln.

Dann richtete sie sich auf und schaute Carmen an. »Karneval hatten wir gar nicht, damals, den hatte Franco ja verboten. Stattdessen gab's das Winterfest, da ging man aber nicht hin. Nur Uniformen und Fahnen und Fackelzüge …« Sie heftete den Blick auf die Promenade, als zöge eben ein Trupp Faschisten vorüber. »Und wenn man ein Wort zu viel sagte – passierte ja schon mal beim Feiern –, standen sie am nächsten Tag vor der Tür.«

Ob die bösen Erinnerungen sie jemals verlassen würden? Carmen versuchte sie abzulenken. »Guck mal, da auf der Mole laufen Leute.« Und zwar dort, wo sie weit in den Atlantik hinausreichte. Wanderschuhe, knielange Hosen und Stöcke in der Hand kennzeichneten sie als Urlauber.

*Abuela* drehte den Kopf in die Richtung und brummte nur.

»Ist das nicht viel zu gefährlich?« Eine Abgrenzung zum Meer hin gab es nicht, dafür ein gelbes Schild mit der großen Aufschrift: *»NO PASAR. Mar peligroso«*. Das runde Siegel der Policía Local machte die Warnung amtlich. Mit Sprachschwierigkeiten konnten sich die Touristen nicht herausreden, das Verbot war ins Englische, Deutsche und Französische übersetzt worden.

»Da sind wir als Kinder auch drauf rumgelaufen. Am liebsten, wenn das Meer schön wild war, dann wurde man nämlich nass.«

»Ist nie mal jemand heruntergefallen?« Die Gischt spritzte über die Mauerkante hinweg. »Oder mitgerissen worden?« Bei etwas höheren Wellen war das leicht möglich.

»Das passiert nur Touristen.«

Klar – Puertenser kannten ihr Meer.

Eine kürzere Mole, über die ebenfalls weiße Gischt sprühte, grenzte den inneren Hafen ein. Gegenüber sah Carmen das nachgebaute Kastell an der Plaza de Europa mit dem kleinen Wachtürmchen an der Westecke, aus dessen Schießscharten man den Hafen übersehen und die tosende See jenseits der Mole beobachten konnte. Dorthin war der alte Mann mit der roten Badekappe unterwegs gewesen und noch nicht zurück …

Ihre *nana* schaute weiterhin mit verschlossenem Gesicht aufs Meer hinaus. Die finsteren Gedanken verfolgten sie immer noch.

»Hier in Puerto war es auch spannend«, beantwortete Carmen endlich ihre Frage. »Wir sind schon eine richtige kleine Ermittlungstruppe.«

»Soso.«

»Und wir haben bereits etwas herausgefunden.« Ein wenig Übertreibung konnte nicht schaden.

Endlich kehrte *abuela* aus der Vergangenheit zurück. »Dann erzähl mal, Carmencita.« Sie nickte Carmen auffordernd zu und wandte ihr Gesicht wieder zur Sonne. Der rosa Wollschal lag in ihrem Schoß.

Carmen berichtete vom Treffen mit dem Bauunternehmernachwuchs in Vaters Dachgarten und wie von ganz allein die Rede auf Florentín Cabrera und die anderen drei Verstorbenen gekommen war. Als sie das Gelächter über den »guten alten Florentín« erwähnte, schmunzelte *abuela*.

»Eine ziemlich coole Clique übrigens.« Von den coolen schwarzen Buben schwieg sie besser. »Und nicht dumm. Sie gehen alle davon aus, dass die vier ermordet worden sind.«

»Da siehst du's. Wer gehört denn dazu?«

»Die Familien kennst du wahrscheinlich.« Carmen zählte die Namen an den Fingern auf. »Juan Martín García und dessen Freund José Fernando Alvarez, Rafael Perez und Mariano Manzano, dessen Vater ebenfalls tot ist.«

»Ermordet wurde«, ergänzte *abuela*.

»Ja.«

Der kleine Finger gehörte Marisol. »Von ihr weiß ich nur, dass sie in der Firma Perez arbeitet und aus einem Bergdorf stammt. Ach ja – sie spielt Baseball, wie ihr Freund. Aber das ist wohl nicht wichtig.«

*Abuela* schüttelte ungeduldig den Kopf. »Da war doch noch die Tochter von Garcías, diese Angie, die auf eurem Einweihungsfest war.«

»Angie, ja – die ist dann gegangen. Bei dem, was wir vorhaben, will sie nicht mitmachen.«

»Wollt ihr die Firmen ausrauben?«

»So ähnlich. Wir wollen in die Archive, ans Eingemachte sozusagen.«

»Guter Einfall«, meinte *abuela*. »Von wem kam der?«

»Von Mariano Manzano.« Erst hatten sie nur nach Florentíns Namen suchen wollen, aber dann beschlossen, alle Mordopfer im Auge zu behalten. »Auch Vater. Er war vermutlich an allen Geschäften beteiligt, irgendwie.«

»Da kannst du recht haben – und mehr als ›irgendwie‹. Bei den krummen Dingern, die sie gedreht haben, hätten schon längst mal Steine fliegen sollen.«

Die sie am liebsten wohl selbst geworfen hätte, so kämpferisch, wie sie guckte. Carmen sah ihre *nana* vor sich, wie sie bei den Berliner Demos im Block der Anarchos und Steinewerfer mitmarschierte. Ihr rotes Kostüm stach aus der durchweg schwarz gekleideten Menge weit heraus.

Sie schmunzelte vor sich hin, bis ihr etwas einfiel. »Aber dann muss ich auch in Vaters Archiv, *nana*. Wird nicht so einfach sein, das ist wohl in Orotava in der Firma.«

»Ist es nicht.« *Abuela* schaute triumphierend zu Carmen. »Du warst schon vorgegangen, als er mir die Büros zeigte, deshalb weißt du das vielleicht nicht.«

Da hatte *abuela* recht. Schon bei der ersten Führung hatten Carmen die Arbeitsräume wenig interessiert. Sie hoffte nur, niemals in so etwas eingesperrt zu sein. »Hat er dir gesagt, wo sein Geldschrank steht?«

»Besser. Er hat auf ein paar Stahlschränke gedeutet und gemeint, die wären voller Geheimnisse, da dürfte keiner dran.«

Stahlschränke. Das nannte *abuela* besser?

»Hat er dir auch gezeigt, wo die Schlüssel hängen?«

»Das nicht. Aber an der Wand war ein kleines Kästchen, da sind sie bestimmt drin.«

Eher eine elektronische Schaltanlage, wie Carmen ihren Vater kannte. Mit einem Code gesichert … Da könnte sie durchaus vor einer Mauer so dick wie die Hafenmole stehen, die seit Jahrhunderten dem mächtigen Ozean standhielt.

»Ich helfe dir beim Suchen, Carmencita, keine Sorge.« Auch *abuela* schaute auf die Hafenmauer, aber mit einem Gesicht, als hielte sie den Schlagbohrer schon in der Hand. »Und wenn wir Florentíns Unterschrift finden, dann spucke ich darauf.«

Carmen lachte auf. »Kannst du gern tun, *nana*. Wenn du vorher die Schränke aufbekommst …«

»Simsalabim. Das wird schon gehen.« Ein wenig schmunzeln musste *abuela* doch, so forsch kannte sie sich selbst nicht. »Aber etwas anderes, *chica*.« Ihr Gesicht wurde ernst. »Meinst du denn, dass du den anderen trauen kannst? Sie werden doch alle die Firmen erben oder sind anders mit den Unternehmen verbunden, auch dieser Fernando, der im Zweifelsfall ja wohl zu Martín halten wird. Ob sie dir wirklich sagen werden, was sie herausfinden?«

Vor allem Mariano sah Carmen vor sich, eine schwarze Locke fiel ihm in die Stirn. »Ich glaube schon. Sie kamen mir offen und ehrlich vor, ganz anders als Angie, die ja nicht das Geringste herauslassen wollte.« Außer dem, was Carmen gar nicht hatte wissen wollen. »Immerhin haben sie von allein mit dem Thema angefangen. Und als ich gefragt habe, wie die Leute gestorben sind, haben sie mir sofort erzählt, was sie wussten.«

»Und das war?«

Carmen berichtete, was sie zusammengetragen hatten. Mariano hatte von seinem Vater berichtet, der im Esperanza-Wald, wo er eine Jagdhütte besaß, in eine Schlucht gestürzt sei. Zusätzlich war ein Steinschlag auf ihn herabgeprasselt. Ein anderer Jäger, ein guter Bekannter der Manzanos, hatte ihn gefunden und gleich Marianos Mutter benachrichtigt, die dafür sorgte, dass die Leiche ihres Mannes nach Hause gebracht wurde. Dann erst war der Arzt gerufen worden, der neben vielen Abschürfungen und Prellungen einen Schädelbruch festgestellt hatte, der sofort tödlich gewesen sei.

»Wie es passiert ist, hat niemand gesehen«, sagte Mariano zum Schluss und zuckte mit den Achseln.

Im Esperanza-Wald. Carmen hatte gewusst, dass dort böse Geister umgingen.

»Habt ihr denn nicht die Polizei gerufen?«, erkundigte sich Fernando. »Oder der Arzt? So ein ungeklärter Tod muss doch untersucht werden.«

»Das hat meine Mutter verhindert«, erklärte Mariano. »Der Arzt ist ein Freund der Familie, den hat sie ins Gebet genommen. Von wegen guter Ruf der Manzanos und so.« Er verzog das Gesicht zu einer unbehaglichen Miene, die Carmen schon kannte. »Dabei weiß jeder, was er dort oben wirklich gemacht hat.«

»Da hat die feine Señora Manzano also kaltblütig einen Mord vertuscht«, merkte *abuela* an. »Wer glaubt denn bei so einem Sturz an einen Unfall? Das war ein Jäger, der sein Gelände kannte!« Sie schaute zum Kai hinüber, wo zwei junge Männer nah der Kante miteinander rangelten. »Vielleicht hat sie den Mord sogar in Auftrag gegeben?« Ihr Blick richtete sich auf Carmen, forschend. »Oder sein Sohn?«

»Die Manzanos haben noch zwei andere Kinder«, sagte Carmen – vielleicht etwas zu schnell. Mariano sollte *abuelas* abstruser Theorie von den sich rächenden Erben nicht zum Opfer fallen.

»Die aber nicht hier sind.«

»Es gibt Flugzeuge, *nana*. Auch von Venezuela aus.«

»Trotzdem, *chica*. Sei bloß vorsichtig. Diese spanischen Männer mit ihrem *piropo* …« Sie ließ ihre Hand in der Luft tanzen.

»Darauf falle ich nicht herein, *nana*, das weißt du doch. Die jungen Männer machen das sowieso nicht mehr.« Jedenfalls nicht an dem Abend im Dachgarten.

Am Rand der Mole wurde ein roter Fleck sichtbar – das war der alte Mann. Carmen atmete auf. Er musste bis La Palma geschwommen sein, seine Bewegungen waren deutlich weniger kraftvoll als beim Start. Am Kieselstrand stand seine Frau mit zwischen den Armen ausgebreitetem Badelaken bereit.

*Abuelas* Schweigen sprach Bände. Als wüsste sie bereits, dass Carmen mit Mariano verabredet war, und zwar ganz allein mit ihm, wie es aussah. Und sie freute sich sogar darauf!

»Lasst uns am Sonntag auf den Taoro hinaufsteigen«, hatte er vorgeschlagen, als alle aufbrachen. »Das ist der einzige Ort in Puerto, wo man dem *carnaval* entgeht.« Doch die anderen hatten bereits etwas vor, und Carmen hatte den Verdacht, dass Mariano davon wusste. »Aber du kommst mit, Carmen?«, fragte er, und ihr fiel nichts Besseres ein, als zu nicken. Karnevalsfans waren ihre neuen Freunde alle nicht, sie besuchten nur am Aschermittwoch die Beerdigung der Sardine. Das allerdings sei Pflicht, meinten sie.

Carmen schreckte auf, als *abuela* sich räusperte, und nahm automatisch die Hand vom Ohr. Vorsicht – Gedankenlesen war eins der Hobbys ihrer *nana*.

»Dann wussten deine Freunde sicher auch, dass Florentín beim Angeln von der Klippe gefallen ist.« Ihre früheren Nachbarn hatten es ihr erzählt.

Carmen nickte.

»Auch das hat angeblich niemand beobachtet.« *Abuela* schüttelte leicht den Kopf. »Ich glaube übrigens, ich kenne den Platz, *chica* – unterhalb der Felsen liegt ein kurzes Stück steiniges Ufer, das dann steil abfällt. Früher sind die ganz Mutigen in dem tiefen Becken geschwommen, das Wasser war wohl kühler dort. Aber meist wurde von der Klippe aus geangelt.« Das Bild sah sie anscheinend vor sich. Dann wandte sie sich Carmen zu. »Und was ist mit den anderen beiden?«

Auch deren Todesursachen waren geklärt. »Ramón Delgado ist vom achten Stockwerk aus über ein Balkongeländer gestürzt, wie ich schon vermutet hatte, und mit dem Kopf zuerst auf dem steinigen Untergrund aufgeschlagen. Wieder so ein merkwürdiger Unfall. Passiert ist es nicht bei ihm zu Hause, sondern in einem Hotel, wo er ein paar Apartments besaß.« Es war das Hotel Atlántico, in dem Consuela Rojas arbeitete. »Delgado scheint alleinstehend gewesen zu sein«, fügte Carmen noch hinzu. »Niemand wusste etwas von Angehörigen: Frau, Kinder – nichts.«

*Abuela* nickte nachdenklich. »Er wird schon irgendwo eine kleine Freundin gehabt haben, denke ich, vielleicht sogar das eine oder andere Kind, von dem niemand weiß.« Ihr Blick folgte einer südwärts segelnden Passatwolke. »Ramón Delgado – irgendetwas klingelt da bei mir.« Was es war, fiel ihr wohl nicht ein. »Und Olivia Sanchez?«

»Wie sie zu Tode gekommen ist, wusste niemand genau«, sagte Carmen. »Aber der Grund war ebenfalls eine Kopfverletzung. Man nimmt an, dass sie in eine der Gesteinshöhlen am Strand gekrochen ist – um sich umzuziehen vermutlich, denn ihre Kleider lagen neben ihr – und mit dem Kopf gegen die Felswand gestoßen ist.«

»Gleich so heftig, dass sie daran stirbt?« *Abuela* drehte ihren Schal zwischen den Fingern.

»Tja.« Olivia sollte sich zwischen den Felsen ausgekannt haben.

»Und wer hat sie gefunden?«

»Die Strandwächter. Sie haben gesehen, dass abends ein Handtuch zurückgeblieben war. Dann haben sie den Strand und die Höhlen abgesucht.« Sie hatten die Ambulanz gerufen und konnten den Sanitätern sogar den Namen nennen, weil Olivia oft an der Playa Jardín war und mit den knackigen Jungs geschäkert hatte. Das hatte Martín beigesteuert, der die »Baywatcher« ebenfalls kannte. Natürlich hatten bis auf Fernando alle Anwesenden an den Bestattungsfeierlichkeiten der vier Verstorbenen teilgenommen, wo die Einzelheiten über die Todesursachen unter den nächsten Angehörigen die Runde gemacht hatten.

»Hat die Polizei Olivias Tod denn nicht untersucht?«

»Sicher. Aber sie waren wohl froh, dass sie ihn als Unfall ad acta legen konnten.«

*Abuela* schwieg noch eine ganze Weile, nachdem Carmen ihren Bericht beendet hatte, und beobachtete ein paar Kinder, die auf der ungesicherten Mole herumliefen.

»Da spielt jemand mit Steinen«, sagte *abuela* unvermittelt.

»Wo?«, fragte Carmen alarmiert und sah sich um.

»Nicht hier, *chica.*« *Abuela* schmunzelte. »Unser Mörder, den meine ich. Siehst du nicht, dass immer Steine – Felsen, Geröll meinetwegen – die Todesursache sind? Entweder sind sie auf Steine gefallen oder die Steine auf sie …«

Carmen verstand. »Florentín Cabrera, Lucas Manzano, Ramón Delgado …«

»Genau. Und Olivia Sanchez hat sich angeblich an der Höhlenwand den Kopf gestoßen – ebenfalls aus Stein. Und was ist deinem Vater um den Kopf geflogen?«

»Hm.« An *abuelas* Überlegung war etwas dran.

»Und Steine lassen sich nun mal gut mit einer Schleuder verschießen«, fuhr *abuela* fort. »Sollte mich nicht wundern, wenn sie wie auf Herberts Dachgarten auch in den anderen Fällen zum Einsatz gekommen wäre.« Sie bückte sich und nahm vom Boden einen kleinen Kiesel auf. »Das würde nämlich erklären, warum ein Jäger in gut bekanntem Gelände in eine Schlucht stürzt, ein Angler von seiner angestammten Klippe fällt, und bestimmt bot Olivia an der Playa Jardín ein gutes Ziel.« Wie früher drückte sie Carmen den Stein in die Hand. Jetzt bist du dran, hieß das.

»Delgado vom Balkon zu schießen hätte er allerdings nicht geschafft.« Carmen gab den Stein zurück.

*Abuela* warf ihn ins Hafenbecken. »Nein. Aber durch Steine gestorben ist er doch.«

Sie hatte natürlich recht – immer waren Steine im Spiel gewesen. »Aber was sagt uns das schon, *nana*?« Carmen zeigte erst auf die leichtsinnigen Kinder auf der Mole und dann auf die Stelle, wo vor Jahren die Frau zu Tode gekommen war. »Sieh dich um – hier liegt doch alles voller Mordwerkzeuge.«

## 18

Viel wert war so ein Stein nicht. Niemand bezahlte Geld für einen schwarzen Kiesel aus Vulkangestein, und wenn er noch so gut in der Hand lag. Schwer und wuchtig und kalt.

So kalt wie der Tod.

Die Hand, die den schwarzen Stein umklammerte, öffnete sich, und er fiel zu Boden, mit einem hellen klackenden Geräusch zwischen seine Brüder und Schwestern. Zu einem schmal geratenen Ei angeordnet lagen sie im schwarzen Sand, Ton in Ton, ein monochromes Bild.

Solange es nicht von den Wellen überspült wurde, die ein neues Kunstwerk schufen. Die versammelten Steine gaben der abfließenden Gischt eine Form, malten ein Muster ins rinnende Wasser. Weiße Schaumstreifen bildeten ein Halbrund, darunter der schwarze fließende Sand, zwei breitere weiße Arme umfassten das Bild. Wie eine Muschel, eine Auster vielleicht, die ihre Perle verloren hatte und nun mit nasser Zunge prüfte, ob die Kiesel ein geeigneter Ersatz wären.

Jede heranstürmende Welle wischte das Bild aus und zeichnete das Muster neu. Eine neue Chance für die Auster – oder war es längst eine andere?

Neue Chancen – immer wieder taten sie sich auf. Ein Stein war noch übrig, wartete auf seinen Platz. Ein Stein von vielen, aufgesammelt in einer Zeit, die andere längst vergessen hatten. Erinnerungen, Symbole – Fetische, wenn man so wollte. Ein Stein für jeden, verborgen zwischen anderen, niemand erkannte seine Bedeutung.

Der letzte Stein. Er lag bereit, wartete …

Weit draußen auf dem Atlantik kreuzte ein Boot mit weißen Segeln. Die zwischen Wolken hindurchscheinende Sonne zauberte glitzernde Flecken ins dunkelblaue Meer. Unverrückbar lagen die Kiesel im Sand, während die gierige Auster unablässig an ihnen zerrte. Keine glitzernden Perlen, nur Steine von glänzendem Schwarz. Steine ohne Bedeutung.

Der letzte Stein – der fünfte, der heilige – hielt die Erinnerung wach. Niemand sonst musste darum wissen. Mein ist die Rache. Der Stein würde seinen Platz finden und niemals vergessen werden.

## 19

Angie war ihr ein Rätsel. Auf einmal wurde Carmen umarmt und bekam Küsschen auf die Wange. Zwei Tage zuvor war sie noch kalt wie Eis gewesen und hatte ihr kaum einen Blick gegönnt.

Das kann doch nicht so bleiben, hatte Carmen am nächsten Tag gedacht und Angie angerufen. Als hätte sie nur darauf gewartet, war sie gleich mit Carmens Vorschlag einverstanden, am Samstag den Ausflug in den Westen der Stadt, den sie ihr schließlich versprochen hatte, zu unternehmen. Angie war ihr noch eine Erklärung schuldig.

Nun gingen sie die Calle Mequinez entlang auf die Promenade zu, die nach Punta Brava und weiter hinaus in die Neubaugebiete führte. Bei schönstem Sonnenschein – noch keine Regenwolke hatte Carmen, seit sie hier war, am Himmel gesehen. Ein außergewöhnlich trockener Winter lasse das Orotava-Tal verdorren, war Mutters Befürchtung, die Landwirte beteten um Regen, und in den städtischen Anlagen wurden die Pflanzen gewässert. Carmen genoss es ungemein, von Mänteln, Jacken und warmen Schuhen befreit zu sein.

Aber auch heute gab Angie ihr kaum Gelegenheit zu einem persönlichen Wort oder auch nur zu einem Blick in ihr Gesicht. War ihr die freundschaftliche Begrüßung jetzt peinlich? Sie stürmte voran, über den Leggins flatterte die durchsichtige Tunika. Ein Muster in Meeresfarben – Angie verstand es, ihr rot geflammtes Haar in Szene zu setzen.

Im Vorbeihasten nahm Carmen wahr, dass viele der hübschen kleinen Häuser Bilder der Jungfrau Maria zierten, oft hinter Glas und mit Blumen geschmückt. Blau und grün gestrichene Türen, aufwendig gedrechselte Fenstergitter – keine Zeit für ein Foto.

»In früheren Jahrhunderten war La Ranilla nicht eben die sicherste Wohngegend.« Angie in lebhaftem Stadtführerton, ihre Hände immer in Bewegung. »Wie oft die Häuser weggeschwemmt wurden, kann man kaum zählen.«

Immerhin war interessant, was sie wusste. Regelmäßig hatten Sturmfluten das Viertel zerstört, und 1838 hatten die Wellen sogar sämtliche Häuser der Calle Mequinez den Hügel hinauf bis zur Calle El Lomo geschoben. *Lomo* hieß Rücken. »Oberhalb des *lomo* wohnten die Leute mit mehr Geld, die wurden nicht nass. Aber die armen Fischer hier unten traf es immer wieder.«

Nach und nach war als Schutz vor den Fluten das Gelände zur Küste hin aufgeschüttet worden, wo heute das städtische Schwimmbad und das Stadion standen, daran anschließend bis zur Muelle Pesquero der große Parkplatz.

»Das wird sich alles verändern«, meinte Angie. »Hat dein Vater noch nichts vom neuen Hafen erzählt?« Amüsiert verzog sie ihr Gesicht. »Sie stehen ja alle schon in den Startlöchern. Das wird ein Riesengeschäft, sage ich dir. Wenigstens anfangs.«

»Was meinst du damit?«, fragte Carmen. Von einem neuen Hafen hatte sie noch nichts gehört.

Er sei schon lange im Gespräch, erzählte Angie, aber jetzt sollte es endlich losgehen. Die Pläne würden demnächst der Öffentlichkeit präsentiert. »Als Architekten haben sie tatsächlich Fernando Menis gewonnen, stell dir das vor!« Carmen sagte der Name nichts, aber Angie sprach ganz begeistert vom Star ihrer Branche. Vor ihrem Studium hatte sie in seinem Architekturbüro in Santa Cruz ein Praktikum gemacht und zusehen dürfen, wie das Kongresszentrum »Magma« in Adeje geplant wurde.

»Wie lange sie allein an der Dachkonstruktion herumgerechnet haben – unglaublich!« Mit seiner Wellenform sollte das Dach ans Meer erinnern, aber innen auch beste Akustik bieten. Als »roh, brutal und charmant« hatte eine deutsche Zeitung das fertige Gebäude beschrieben. »Und genauso ist es«, sagte Angie. »Wie die Insel. Es passt sich bestens in die Lavalandschaft ein.«

Inzwischen hatten sie den Peñón del Fraile erreicht, ein offenes Tempelchen auf einem Felsen, den sie auf steilen Stufen erkletterten. Von hier aus konnten sie vom Castillo San Felipe bis zur Muelle Pesquero das gesamte Gelände übersehen, das demnächst die Hafenanlagen einnehmen würden. Das Meer brauste so aufgewühlt, als ahnte es bereits, was es erwartete.

Angie wies auf Schwimmbad und Stadion zu ihren Füßen,

dahinter die alte Wehranlage mit dem lustigen Steinmännchenfeld, das den Baumaßnahmen wohl ebenso zum Opfer fallen würde wie die städtischen Sportanlagen.

»Das ist es, was den Leuten am wenigsten gefällt«, erklärte sie. »Eigentlich sollte das Schwimmbad olympiamäßig ausgebaut werden, aber jetzt wird es genau wie das Stadion abgerissen. Da kommt nämlich die Baustellenzufahrt hin.« Die Lkws würden also von der Autobahn aus am Mercado Municipal vorbei und entlang des Barranco San Felipe die von Wohnhäusern und Hotels gesäumte Avenida Blas Pérez González herabdonnern und gleich neben dem *castillo* anfangen, ihre staubige Fracht abzuladen. Gebaut werden sollte ab Juni nächsten Jahres. Als Ersatz für die Stadien war der Bau einer neuen »Sportstadt« geplant.

»Aber wann?«, fragte Angie. Die jetzigen Anlagen wurden von der Bevölkerung viel genutzt.

Carmen schaute über La Ranilla hinweg, wo zwischen den Hochbauten ein Stück von Vaters neuem Domizil zu erkennen war. »Es wundert mich echt, dass Vater nichts davon gesagt hat. Sein Pool wird jahrelang unter eine Staubwolke liegen.« Und der Rest Puertos sicherlich auch.

Angie nickte. »Vom allgegenwärtigen Lärm ganz zu schweigen. Aber das nimmt ein Winkelhoff in Kauf. Er hat sicher schon seine Fühler ausgestreckt, damit er eine ordentliche Scheibe vom Bauvolumen abbekommt.« Sie lachte kurz auf. »Sie sind ja alle die dicksten Freunde.«

»Ich werde ihn fragen. Er hat es sicher nur vergessen.« Vater schien anderes im Kopf zu haben. »Was hältst *du* denn von dem Projekt?«, fragte sie vorerst Angie.

»Tja«, machte diese und zog skeptisch die Augenbrauen hoch. »Erinnert mich stark an den Gigantismus der Franco-Zeit. Ich will ja nicht unken, aber es kann genauso schiefgehen wie damals.« Sie sah aufs unruhige Meer wie in eine ebensolche Zukunft. »Sicher – anfangs wird alles gut laufen. Es wird gebaut, die Firmen verdienen, Leute können eingestellt werden. Später kommen dann die Probleme …«

Eines war schon aufgetreten: Das Firmenkonsortium, das die Finanzierung des Ausbaus der Landseite übernehmen sollte, war abgesprungen. Aber die Finanzierung war nur eines der Risiken.

»Glaub mir, wir werden alle atemlos zuschauen, wie das abläuft«, meinte Angie.

Vater sicher auch. Wenn er beim Hafenbau Aufträge übernahm, ging er ebenfalls ein Wagnis ein. Carmen konnte sich vorstellen, welche Schwierigkeiten während der Bauzeit auftreten konnten. Den Geldgebern – den öffentlichen Kassen, den privaten Investoren – ging einem nach dem anderen die Puste aus, und jedes Mal konnten die Baufirmen nicht bezahlt werden. Aber Vater war weitsichtig genug, klamme Kassen roch er von Weitem, sagte er.

»Was für Schiffe sollen denn im neuen Hafen anlegen?«, fragte Carmen. Im Moment war nicht das kleinste Boot zu sehen.

»So ziemlich alles, was schwimmt.« Angie lachte wieder. »Sie rechnen mit fast achthundert Sportbooten, gern auch große Yachten, mit Ausflugsbooten für Touristen, Fähren, Kreuzfahrtschiffen und tatsächlich auch ein paar Fischerbooten.« Sie waren es, die derzeit in Puertos Gewässern kreuzten. »Das Einzige, was fehlt, sind Bohrinseln, die sie ja neuerdings in Santa Cruz reparieren, und Flugzeugträger.«

Um dieses Potenzial abzuschöpfen, sollten hundertsechsundfünfzig Millionen Euro ausgegeben werden. »Das muss auch wieder reinkommen«, sagte Angie. »Viel mehr davon, und das geht nur über gute Geschäfte und die Steuern der Puertenser Unternehmen. Aber da sehe ich ehrlich gesagt schwarz. Die Konkurrenz unter den Häfen ist ja jetzt schon mörderisch.«

Carmen nickte. »Und ich denke nicht, dass die Leute von den Schiffen wirklich so viel kaufen und konsumieren, wie zu hoffen wäre. Sie laufen so viele Städte an, und überall sollen sie Geld ausgeben …«

»Eben.« Angie machte sich an den Abstieg vom Tempelchen des Büßers, *el peñón*, der von diesem Felsen aus aufs Meer geschaut und seine Sünden bereut hatte.

»Ich will ja nicht in allem schwarzsehen«, sagte sie, als sie unten angekommen waren. »Aber ich fürchte, dass der neue Hafen auch in ästhetischer Hinsicht nicht viel hermachen wird. Ich weiß nicht, was sich Fernando Menis für die endgültigen Pläne gedacht hat, aber was ich bis jetzt gesehen habe, hat mit der Kunst des ›Magma‹ nichts zu tun.«

Carmen ließ sich auf der weißen Mauer am Wegrand nieder und lockerte ein Riemchen ihrer Sandale. »Du meinst ›roh, brutal und charmant‹?«

»Genau.« Angie blieb vor ihr stehen. »Was Charme angeht«, erklärte sie, »so habe ich ihn bisher nicht entdeckt. Den Gebäuden auf den Entwürfen fehlt er völlig, die wird er hoffentlich noch überarbeiten. Seine Bauten sollen ja Teil der Landschaft werden, sich ihr unterwerfen, das ist sein Anspruch. Aber soweit ich das sehe, dominieren hier glatte, rechteckige Betonwände. Mag sein, dass er sie mit Lavabrocken verkleidet, wie er es am Regierungssitz in Santa Cruz getan hat.« Ihrem abfälligen Ton konnte Carmen entnehmen, dass Angie von diesem Gebäude weniger hielt als vom Kulturpalast in Adeje. »Es wird, fürchte ich, auf rohen, brutalen Kommerz hinauslaufen«, setzte sie noch hinzu.

Carmen lachte. »Du bist wirklich eine Pessimistin, Angie.« Oder sie kannte ihre Insel nur zu gut.

Die weiße Mauer der Sportanlagen, an der sie jetzt entlangwanderten, war mit Schwärmen bunter Fische bemalt. Angie wies mit dem Kopf darauf. »Wie Spermien, findest du nicht?«

»Mmh.« Auch die armen Tierchen würden dem Bagger zum Opfer fallen. Wie der Oleanderbusch an der Mauer mit den strahlend pinkfarbenen Blüten.

Auf der anderen Straßenseite lagen, eingequetscht zwischen Hochhäusern aus den Achtzigern, zwei Friedhöfe, einer war für die anglikanischen Engländer angelegt worden, der andere, größere, für die Katholiken. Dort waren die Mordopfer begraben worden, von niemandem so recht betrauert, obwohl ihre Grabstätten von Blumen und Kränzen zweifellos überquollen.

»Nun mach dich auf ein wenig Geschichte des alten Puerto gefasst«, sagte Angie, als sie das Castillo San Felipe erreichten, einen wuchtigen Klotz aus schwarzen Feldsteinen, davor eine Kanone. »Das *castillo* – sozusagen der Vertreter Spaniens im Orotava-Tal – hat so einiges mitbekommen.«

Öfter als auf Kriegsschiffe war vom Kastell aus auf Piraten geschossen worden. Die Seeräuber waren die Plage der frühen Bewohner des Orotava-Tals, die lieber in den Bergen gesiedelt hatten, wo sie im Notfall schnell in den Höhlen verschwinden konnten.

»Natürlich gab es auch die schöne Korsarin, die im *castillo* gefangen gehalten wurde«, sagte Angie ironisch lächelnd. »So schön, dass sich der Kommandant in sie verliebte und sie mit auf sein Weingut nahm.« Sie klimperte mit den Augen und warf ihr Haar zurück. »Vielleicht gehört sie ja zu meinen Vorfahren, das Piratenblut in der Familie ist unverkennbar.«

Carmen musste lachen. »Rothaarig, genau.«

Angie lachte ebenfalls und redete weiter. Es hatte sogar einen Seeräuber mit ihrem Nachnamen gegeben – Fernández García –, der so hässlich war, dass man ihn »Cabeza de Perro«, also Hundekopf nannte. »Mit ihm möchte ich lieber nicht verwandt sein. In den Kolonien hat er sich als Sklavenhändler und blutiger Kinderschänder betätigt.« Sie schüttelte sich vor Grausen. In ruhigeren Zeiten sei das Kastell verfallen, und dann habe sich allerlei Gesindel breitgemacht.

Auch ein spektakulärer Mord war hier begangen worden, die Täter wurden gefasst und vor dem *castillo* garrottiert. Bis hin zur letzten Schraube erklärte sie Carmen, wie das schaurige Würgeinstrument funktionierte.

Piraten und Mörder. »Du hast wohl heute deinen makabren Tag?«, erkundigte sich Carmen.

Angie lächelte ein wenig boshaft und führte Carmen am Kastell vorbei auf die Mole des ältesten Hafens der Stadt zu, der dem Fischerhafen an der Charco vorangegangen war. Auch hier ein gelbes Warnschild mit amtlichem Stempel, das Angie lässig umging. Drei lang gestreckte Betonstufen führten weit hinaus ins Meer, umtost von der See, die ihre weiß schäumenden Grüße hoch in die Luft jagte.

»Da hast du dir ja ein friedliches Plätzchen ausgesucht«, meinte Carmen, als Angie kurz vor dem Ende der Mole haltmachte und sich auf den Betonstufen niederließ. Aus der Geröllandschaft hinter ihnen erhoben sich die Steinmännchen, Türmchen aus liebevoll aufgeschichteten Kieseln. Nicht weit entfernt saßen weitere Wagemutige in der Sonne.

»Schau mal dorthin«, sagte Angie und zeigte nach Westen.

Carmen folgte ihrem Finger. »Wow! Das ist ja grandios!«

Angie nickte zufrieden.

Ein atemberaubender Anblick, der auch das trockenste Gemüt in poetische Stimmung versetzte. Großes Theater sozusagen. In schräger Linie erhob sich der Tigaiga-Gebirgszug aus dem Meer wie eine Kulisse für den großen Auftritt des Orotava-Tals. Die schneegepuderte Spitze des Pico del Teide schaute darüber hinweg wie der Puppenspieler, der im Marionettentheater die Fäden zog. Ein paar weiße Schleierwolken hingen in der Szenerie. Im besten Licht standen in Pastelltönen geschminkte Dörfer auf der hinteren Bühne und warteten auf ihr Stichwort. Das waren die Statisten.

Und im Vordergrund die Hauptdarsteller: zwei hohe blaue Hoteltürme, die sich vor der mächtigen Bergkulisse jedoch kaum behaupten konnten. Als Rampensau spielte sich Punta Brava auf, protzte mit farbigen Häusern, die alles Licht auf sich zogen, zu ihren Füßen die malerische Küste in Schwarz, Weiß und Blau. Der Klick mit der Kamera war einfach zu profan.

Angie wies auf die Strände, die in drei großen Bögen vor ihnen lagen. »Die Playa Jardín hat César Manrique noch kurz vor seinem Tod geplant, also vor 1992. Fertig geworden ist sie aber erst kurz vor der Jahrhundertwende.« Sie klaubte einen schwarzen Kiesel aus dem Türmchenfeld. »Du kannst dir kaum vorstellen, wie aufwendig das war. Die ersten zwei Jahre haben riesige Felsbrechmaschinen nur das Vulkangestein aus dem Meer geholt und zu schwarzem Sand vermahlen. Darauf holen die Touristen sich jetzt heiße Füße.«

Immerhin war der Sand nicht übers Meer aus der Sahara gekommen.

Üppiges Grün säumte den Strand. Nichts erinnerte an die afrikanische Wüste, die den Süden der Insel prägte. Zwischen Palmen und zerzausten Araukarien entdeckte Carmen sogar die charakteristischen Fächerkronen des »Baums der Reisenden«, ein Bananengewächs, in dessen paddelförmigen Blättern sich das

Regenwasser sammelte. Halb verdurstet in der Wüste mochte es die letzte Rettung bedeuten – so man noch klettern konnte. Die ertrunkenen Käfer und Fliegen nahm man dann wohl in Kauf.

Obwohl die Sonne schien und kaum ein Wind wehte, war die See in aufgewühlter Stimmung. Mannshohe Wellen stürmten in die Bucht, zur Freude der Badenden, die sich vom schäumenden Wasser zurück an den Strand tragen ließen. Wie die auslaufenden Wellen krabbelten sie die letzten Meter über die Kiesel. Weiter oben lagen Touristen dicht an dicht im fein gemahlenen schwarzen Sand.

Angie lehnte sich an die Betonkante der nächsthöheren Stufe, hielt ihr Gesicht in die Sonne und erzählte weiter von früheren Zeiten. Jahrhundertelang seien die Engländer die Hauptfeinde gewesen, das habe sich erst geändert, als sie das schöne Wetter der Inseln entdeckten. Neben einigen Deutschen hatten Engländer die ersten Hotels gebaut und sich um die Entwicklung der touristischen Infrastruktur gekümmert. Ihre Namen waren auf Straßenschildern verewigt worden.

»Was für die Engländer damals die Katastrophe war, nämlich dass Admiral Nelson hier eine Schlacht und seinen Arm verlor, ist den Einwohnern immer noch einen Feiertag wert«, sagte Angie mit wieder leicht boshaftem Blick. An den Kanaren hatte Nelson sich die Zähne ausgebissen.

»Und Punta Brava da hinten, stand das schon?« Die bunten eng verschachtelten Häuser auf der meerumtosten Klippe kamen Carmen uralt vor, aber nicht eben dazu gebaut, Stürmen, Piratenangriffen und Kanonenbeschuss standzuhalten.

Angie lachte und wandte ihr erhitztes Gesicht Carmen zu. Die Sonne zauberte rötliche Lichter zwischen ihre Locken, ihre Augen waren versteckt hinter Sonnengläsern. »Punta Brava ist aus den Fünfzigern. Früher war das ein kahler Felsen, bis irgendwann die ersten Hütten für die Leprakranken gebaut wurden.« Weitab von der Stadt und den um ihre Gesundheit besorgten Bürgern.

Carmen musste ebenfalls lachen, als Angie von Isidoro Luz erzählte, dem damaligen Bürgermeister, den alle nur »Señor Sí Sí« nannten. Er hatte die Grundstücke Punta Bravas frei Hand vergeben, und wenn jemand mit der Größe nicht zufrieden war, bekam er halt ein anderes. Sein Sekretär – »der arme Mann«, meinte Angie, die sich im Bauwesen auskannte – hatte die waghalsigen Beschlüsse seines Chefs irgendwie umsetzen müssen. Für Sicherheitsbedenken blieb da wenig Raum. Wand an Wand waren die Häuser errichtet worden, bis knapp heran an die Felskante. Die Sturmflut spritzte bis in die Zimmerfenster hinein, und dauernd standen die Terrassen unter Wasser. Wenn das Meer wirklich um mehrere Meter anstieg, wie es die Wissenschaftler prophezeit hatten, blieben von den hübschen bunten Häusern nur mit Salz und schwarzem Sand überkrustete Trümmerhaufen übrig.

Schnell hob Carmen die Kamera und machte mit dem Zoom ein paar Nahaufnahmen.

Angie schaute ihr grinsend zu. »Nur keine Hektik, Carmen. Ein paar Jahre wird es schon noch halten.«

Sie lächelten sich an und lehnten sich zurück, um einträchtig die kanarische Sonne zu genießen. Angie sollte zu den Mördern gehören? Bei Gelegenheit musste Carmen ihrer *nana* gehörig den Kopf waschen.

»Ach, Carmen …«

Erst nach einer Weile setzte Angie sich auf und nahm die Sonnenbrille ab. Die Märchenstunde war offenbar zu Ende. Mit dem Handrücken strich sie leicht über Carmens Arm. »Ich hab mich so gefreut, als du angerufen hast. Ich dachte schon …« Sie wandte den Blick dem Meer zu.

»Was dachtest du?«, fasste Carmen nach. »Dass ich nie wieder ein Wort mit dir reden würde, nachdem du meinen Vater mit dem bösen A-Wort bedacht hast?«

»So ungefähr. Ich hab wohl viel Blödsinn erzählt an dem Abend, oder? Glaub bitte nicht, dass ich immer so viel trinke, aber da … Es kam alles wieder hoch, weißt du?«

»Denkst du an die vier Verstorbenen?«

»Ja, auch. Sie gehörten ja dazu. Obwohl, trauern … Hört sich jetzt nicht nett an, aber sie waren wirklich die größten Ekelpakete, das kannst du mir glauben, auch Olivia, die machte nämlich bei allem mit. Und die anderen, die noch leben, sind es noch. Viel *piropo* mit Anfassen, wenn du verstehst, was ich meine. Immer muss man aufpassen, wo sie ihre Hände haben.«

Carmen wusste, wovon Angie sprach.

»Auch bei Vater?« In ihrer Gegenwart verhielt er sich nicht so.

»Nein, dein Vater nicht. Spanische Männer saugen das mit der Muttermilch ein, bei den Deutschen ist das wohl anders.«

Tatsächlich war Vater Frauen gegenüber eher unbeholfen.

»Vielleicht ist das heute so«, antwortete Carmen. »Aber Mutter hat erzählt, dass in ihrer Jugend ältere deutsche Herren dieses Herumscharwenzeln auch draufhatten.« Die Jungs ihres Alters, so hatte Maria Inés geklagt, mussten damals von »Dr. Sommer« in der Bravo eigens darauf hingewiesen werden, wie hilfreich es sei, einem Mädchen ein Kompliment zu machen, wenn sie es erobern wollten. »Sie meinte, dass es hier romantischer zugehe, es gebe doch auch ganz nette Komplimente.« Es existierten sogar gedruckte Sammlungen von Lobhudeleien, die spanische Männer auswendig herbeten konnten. »Und wenn sie handgreiflich würden, könne man sich elegant entziehen, meinte sie.«

Angie schnaubte empört. »Wenn sie es elegant findet, dauernd jemandem auf die Finger hauen zu müssen …« Sie warf den eiförmigen Stein, mit dem sie gespielt hatte, weit hinaus ins Meer. »Und dann steht ihr *piropo* doch in völligem Gegensatz dazu, wie sie sich zu Hause verhalten. Meinen Vater könnte ich oft an die Wand nageln, mitsamt seinen sexistischen Ansichten und der ganzen Brutalität.« Jetzt war Angies Gesicht nicht mehr nur von der Sonne gerötet. »Es ist doch unglaublich, was heutzutage – im 21. Jahrhundert! – in den Familien abgeht.«

Carmen dachte an Pedro und nickte mitfühlend.

»Weißt du …« Angie griff sich einen neuen Stein und wog ihn in ihrer Hand. »Als du gefragt hast, woran die vier gestorben sind …« Ihr Blick ging zu den gischtumtosten Betonblöcken. »Mich hat damals die Panik erfasst, weil ich doch dachte …« Auch Angie beherrschte die Methode, in drei Pünktchen ganze Romane auszudrücken.

Carmen konnte sich ihre Angst gut vorstellen. »Du hast gedacht, dass sie ermordet wurden?«

»Ja.« Angie wandte sich ihr wieder zu. »Das sind sie wohl auch.

Martín hat mir erzählt, dass ihr alle der Meinung seid. Logisch ist es auf jeden Fall.«

Da steckte mehr hinter Angies Angst. »Und?«, fragte Carmen.

Langsam ließ Angie den Stein von einer Hand in die andere gleiten. »Ich habe halt befürchtet, dass sie jemand umgebracht hat, den ich gut kenne.«

»Mariano?«

Angie nickte. »Nicht nur der. Ich hab wirklich geglaubt, dass sich da jemand für die Prügeleien und Demütigungen rächt. Jemand aus dem Familienkreis.«

Mit *abuela* waren es also schon zwei. »Einer für alle sozusagen?«

»Nein. Eher, dass es nach dem ersten Mord wie eine Welle um sich greift. Dass jeder geschlagene Sohn – natürlich auch die Töchter – oder die Ehefrauen jetzt auf ihre Peiniger losgehen.« Sie lachte auf. »Ich meine, verdient hätten sie es ja. Ich hätte mit den Mördern, den Mörderinnen jedenfalls, mehr Mitleid als mit den Opfern.« Der Stein in Angies Hand kam zur Ruhe, sie schaute Carmen ins Gesicht. »Kannst du das verstehen, Carmen?«

»Sicher«, sagte Carmen sofort. Sie würde weinen, wenn es ihren Vater träfe, aber wenn Pedro dermaßen gelitten und dann gemeint haben sollte, er könne sich nur auf so drastische Art zur Wehr setzen, würde sie es vielleicht verstehen können. »In der Rechtsprechung gibt es ja auch so etwas wie mildernde Umstände.«

»Eben.« Angie warf den Stein hinter sich, wo ihnen ein Rumpeln verriet, dass sie eines der Türmchen zu Fall gebracht hatte. »Weil mir selbst das mit der Welle ziemlich unwahrscheinlich vorkam, hab ich überlegt, ob sie sich etwa alle zusammengetan und einen Mörder engagiert haben.« Sie schüttelte den Kopf über sich selbst. »In Krimis liest man so etwas ja manchmal. Und Mariano wäre bestimmt dazu fähig – organisatorisch, meine ich, versteh mich bitte nicht falsch. Denn töten könnte Mariano bestimmt niemanden, auch nicht bei größtem Hass. Manchmal kann er ziemlich frech sein, aber eigentlich ist er ein lieber Mensch.«

Carmen musste einfach fragen. »Bist du in ihn verliebt?«

Angie lächelte sie ein wenig spöttisch an. »Nein, nein, keine Sorge. Das wäre ja fast so etwas wie Inzest, so eng, wie wir miteinander aufgewachsen sind.«

Carmen lächelte zurück, obwohl sie spürte, wie sie errötete. Jetzt war sie froh, dass sie im fernen, kalten Deutschland groß geworden war.

»Ich musste mich ja auch fragen«, kam Angie auf ihr Thema zurück, »warum ich nichts davon wusste, falls es dieses Komplott gab. Wir – Martín und ich – hätten ja wenigstens gefragt werden sollen, ob wir uns beteiligen. Gründe haben wir ja nun auch. Oder sollte Martín mich nicht eingeweiht haben? Ich war jedenfalls völlig durcheinander.«

Musste Carmen wegen Pedro etwa die gleiche Sorge umtreiben? »Und jetzt nicht mehr?«

»Na ja, Martín hat mich ziemlich ausgelacht, als ich ihm davon erzählt habe. ›Die Verschwörung lachender Erben‹, hat er meine Idee genannt. So was gäb's doch nur im Trash-TV.«

So unwahrscheinlich ist die Theorie nun auch wieder nicht, dachte Carmen. Immerhin war auch ihre kluge *nana* darauf gekommen. Gewalt, Erniedrigung und daraus resultierender tödlicher Hass konnten brutale Energien freisetzen. Dennoch, der Gedanke an einen gemeinsamen Mörder, der nur einen Grund für seine Taten hatte, lag um einiges näher.

Angie hob die Schultern. »Aber dass die Leute aus familiären Gründen ermordet worden sind, glaube ich immer noch. In den Familien ist der größte Hass zu finden. In den Firmen geht es nur um Geld, da muss jemand schon sehr viel verloren haben, um so viele Menschen zu töten.«

Und damit waren die Täter in ihrer nächsten Nähe zu suchen. »Das ist wohl wahr«, meinte Carmen. »Aber solange wir keinen konkreten Verdacht haben …«

»… suchen wir eben in den Unternehmen«, führte Angie ihren Satz zu Ende. »Weißt du, irgendwie kommt mir das vor, als ob man einen Schlüssel nicht dort sucht, wo er verloren ging, sondern da, wo es hell ist.« Sie schmunzelte ein wenig. »Solche Leute kenne ich, echt … Andererseits fällt mir bei den geschäftlichen Gründen tatsächlich einiges ein. Es ist nicht so schwer, jemanden in den Ruin zu treiben, da sind viele Arten von Betrug denkbar. Oder nimm die üble Nachrede – im Geschäft kann sich das katastrophal auswirken, wenn dann jemand keine Aufträge mehr bekommt oder die Bank den Geldhahn zudreht.« Kurz überlegte sie. »Eine andere Möglichkeit wäre ein bisher wertloses Grundstück, auf das mehrere eine Option haben, aber nur einer weiß, dass es bald zur Bebauung aufgelassen werden soll. Dann ist es unter Umständen Millionen wert, für manche lohnen sich dafür ein paar Morde. Nach so etwas solltet ihr suchen«, beschloss Angie ihren Vortrag.

»Willst du denn nicht dabei helfen?«

»Nein. Dazu hab ich dann doch zu viel Angst. Martín weiß gar nicht, was ihn erwartet, wenn Vater das herausbekommt.«

Carmen versuchte, ihre Enttäuschung nicht zu zeigen.

Nach einer ausgedehnten Schweigeminute, in der beide die grandiose Kulisse zu bewundern vorgaben, schaute Angie auf ihre Armbanduhr. »Komm, lass uns ein paar Schritte laufen«, meinte sie und erhob sich. »Ein paar aktuelle Bauten möchte ich dir noch zeigen.«

Sie gingen die Promenade oberhalb des palmengesäumten Strands entlang, bis Angie vor der Brücke über den Barranco San Felipe anhielt. Hier zweigte die Straße ab, die bergauf zum Mercado Municipal führte, dem ungeliebten Ersatz für den gemütlichen alten Markt an der Stelle der heutigen Plaza de Europa.

Angie wies in schräger Linie über den *barranco* hinweg auf die beiden Hügel mitten im Orotava-Tal. Carmen wusste, dass sie vulkanischen Ursprungs waren und dass beim letzten Ausbruch der Montaña de la Horca die glühende Lava über die Plaza del Charco, die es natürlich noch nicht gab, ins Meer geflossen war. *Horca* war das spanische Wort für Galgen. Oberhalb eines ausgedehnten Erdrutsches stand – zum Abheben bereit – ein zweiflügliges Hotel.

»Einen besonders hübschen Neubau siehst du da drüben.« Angie zeigte auf den anderen Hügel, die Montaña de los Frailes. Auf einer Seite prangte ein mehrstöckiger grauer Betonklotz von beeindruckender Breite, dahinter ebenfalls ein Erdabsturz. Ein kahler, kalter Bau, dem die Lebensfeindlichkeit zu den Fensterhöhlen heraussickerte.

»Eine der gröbsten Bausünden hier, würde ich meinen.« Angie schüttelte ihr anspruchsvolles Architektenhaupt. »Nur der Supermarkt da oben ist noch hässlicher.«

Den flachen weißen Industriewürfel hatte man mitten in die Landschaft geklatscht. Carmen schloss sich ihrem Kopfschütteln an.

»Gelungener sind da schon die Hotelanlagen hier vorn.« Angie wies auf die Hotels jenseits des *barranco*, die so, wie sie harmonisch den Hang herabflossen, an riesige Schiffe erinnerten. »Und da hinten in Las Dehesas haben sie wirklich hübsche kleinere Sachen gebaut, Einzelhäuser, kleine Siedlungen, alles im kanarischen Stil. Manche meinen ja, das sei kitschig, mit den Pastellfarben, den Plastikbalkonen und so. Aber wie willst du heute sonst bauen? Die Touristen wollen es billig, aber es soll nach etwas aussehen, damit sie zu Hause damit angeben können.«

Zwischen ausgedehnten Bananenplantagen blitzten hier und da unauffällige rote Dächer hervor. Irgendwo dort im Grünen – Las Dehesas hieß auf Deutsch Wiesengelände – musste das Feld sein, das Vater für Carmens Gärtnerei ins Auge gefasst hatte.

»Nur schade, dass Las Dehesas auf die Art so zersiedelt wird. Aber die Bananenpflanzer warten nur darauf, dass auch die übrigen Flächen aufgelassen werden.«

»Oje.« Carmen sah ihr Stückchen Land schon zwischen pastellfarbigen Hotelbauten verschwinden.

»Kann passieren.« Angie war gnadenlos. »Für Fünf-Sterne-Anlagen scheint es ja wieder Genehmigungen zu geben. Unsere Firma hat hier übrigens auch Interessen«, schob sie etwas kleinlaut nach. »Und ehrlich, Carmen: Ein paar nette kleine Hotels zu bauen würde ich mir nicht entgehen lassen, auch wenn dann weniger Platz für Bananen ist.«

»Es sei dir gegönnt. Hauptsache, du lässt mir mein Rosengärtlein in Ruhe.« Carmen fasste Angie unter und zog sie zum *barranco*. Von Architektur hatte sie genug, nun wollte sie Grünes sehen.

Mitten auf der Brücke blieb sie stehen. Nach Osten zog sich die mit Felsbrocken und kleinen Stützmauern durchsetzte Schlucht weit den Berg hinauf.

»Eigentlich soll er das Wasser von der Montaña aufnehmen«, erklärte Angie. »Aber weiter oben hat man ihn weitgehend zugebaut. Wenn es stark regnet, fließt das Wasser unterirdisch ab.«

»Aha.« Carmen drehte sich zum unteren Abschnitt um, wo die Fluten ungehindert ins Meer strömen konnten. Starke Überschwemmungen schien es in den letzten Jahren aber nicht gegeben zu haben, die Vegetation hatte in Ruhe heranwachsen können. Der kaputte Gartenstuhl aus grünem Plastik schien schon länger dort zu liegen. Eine fast zugewucherte wilde Poinsettie zeigte ihre letzten roten Blätter, und ein großer Busch Bougainvillea leuchtete rot, lila und orangefarben. Stand da hinter dem Steinhaufen nicht sogar ein kleiner Drago? Carmen beugte sich neugierig übers Geländer. Weiter hinten entdeckte sie eine Ansammlung von Tabaiba-Sträuchern und Kakteen.

Angie schaute verstohlen auf ihre Uhr. »Wir können auch hinuntergehen«, schlug sie vor. »Mach deiner Gärtnerseele ruhig eine kleine Freude.«

»Gern.« Carmen folgte ihr, als sie auf eine kleine Grünanlage zusteuerte, wo ein paar Leute Boule spielten. Ein sandiger Weg führte in den *barranco* hinunter.

»Es ist wirklich ein kleiner Drachenbaum.« Entzückt blieb Carmen vor dem Winzling stehen, der nicht einmal Äste ausgebildet hatte. Ein Schopf scharfkantiger, lanzettförmiger Blätter auf einem oberarmdicken Stamm, das war alles. Ein Zeuge der frühesten Flora der Erde, von Eiszeiten, Hitzeperioden und Überschwemmungen verdrängt, aber nicht ausgerottet – das war viel magischer als jeder angeblich tausendjährige Baum. »Ob er wohl so alt wird wie der in Icod?« Der Anzahl seiner Verzweigungen zufolge, denn Jahresringe gab es bei *dracaena draco* nicht, war der berühmte Baum in Icod de los Vinos höchstens ein paar hundert Jahre alt, doch die Legende vom Drago Milenario, dem heiligen Baum der Guanchen, hielt sich hartnäckig, und die Touristen glaubten sie nur zu gern.

»Vielleicht. Wenn er hier so vergessen stehen bleibt …« Angies

Miene war skeptisch. »Irgendwann wird ihn jemand ausgraben für seinen Garten, schätze ich.« So eingehend, wie sie das Drago-Kind musterte, konnte man auf die Idee verfallen, sie spiele selbst mit dem Gedanken.

Der Lauf des *barranco* war mit aufgeschichteten Kieselsteinen markiert worden. Am Ende, wo er in den Strand überging, reckte ein einsamer Säulenkaktus seinen stachligen Finger warnend zwei Meter in die Höhe.

Carmen ging darauf zu, um ihn von Nahem zu bewundern, als sie mit einem Mal einen harten Schlag am Kopf spürte. Die Beine sackten unter ihr weg, sie stürzte zu Boden. Vor ihren Augen flimmerte es. Den nächsten Schlag, der nur noch ihre Schulter traf, nahm sie kaum noch wahr.

»Was ist los, Carmen?« Angies alarmierter Ruf klang wie aus weiter Ferne.

Carmen wollte antworten, doch unaufhaltsam und ohne sich wehren zu können, versank sie in einem endlos tiefen schwarzen Abgrund.

## 20

Ein Drama spielte sich am Himmel ab. Eine Wagner-Oper, mindestens. Finstere Wolken kämpften gegen das Licht. Oder war es umgekehrt? Man meinte, die Walküren über den Himmel jagen zu sehen, in grauen und roten Kleidern, feuergesäumt.

So kannte Juana Perera-Muñoz ihre Insel: Mit spektakulären Sonnenuntergängen hatte sie immer schon geprunkt. Darauf schauten die Urlauber – die Sonne, das Meer, die Palmen und am liebsten rosarot gefärbt. Was sonst geschah, blieb ihnen verborgen.

Ungeduldig wanderte sie über die einsamen Balkone der Winkelhoff'schen Wohnung. Wo sich Carmen nur wieder herumtrieb? Sie hätte längst zurück sein sollen.

Du kannst sie nicht herbeigucken, schalt sich Juana, als sie schon wieder durch die Balkonumrandung hindurch die Straßen tief unten in den Blick nahm. Bis Punta Brava konnte sie sehen, die bunten Fassaden leuchteten im Abendlicht. Von den Cañadas bis zum Atlantik färbte das Licht die am Himmel treibenden Wolken. Unglaublich, wie es die Farben im Tal zum Leuchten brachte. Vor der Tigaiga lag orangeroter Nebel bis nach Realejo Alto hinein, während die Sonne eine glitzernde Straße aufs Meer warf. Auf der anderen Seite war es dunkel, fast schwarz über Orotava, wo es schon wieder regnete.

»Mach dir um Carmen keine Sorgen«, hatte Herbert, ihr Schwiegersohn, gemeint. »Sie kann in Berlin auf sich aufpassen und dann hier erst recht.«

Doch Sorgen machte sich Juana um ihre Enkelin keineswegs. Maria Inés und ihr Mann waren nach Santa Cruz gefahren, wo sie zu einem Essen eingeladen waren, und danach wollten sie im Hotel übernachten. Carmen hätte sie eigentlich begleiten sollen, doch als sie nicht auftauchte, mochten sie nicht mehr warten.

»Wenn sie nachkommen will, kann sie Maria Inés' BMW nehmen. Die Adresse ist im Navi.« Der Ärger stand Herbert ins Gesicht geschrieben, er hätte seine hübsche Tochter wohl zu gern vorgeführt. Juana hatte den Verdacht, dass ebendies der Grund für Carmens Verspätung war.

Juana nahm ihre Wanderung wieder auf, die sie nicht zum ersten Mal vom Wintergarten an Küche und Kräutergärtchen vorbei zum Aufzug und wieder zurück führte. Sturmfreie Bude nannte man das in Deutschland, der Gedanke ließ Juana schmunzeln. Dass sie alte Frau sich noch einmal über so etwas freuen sollte, wäre ihr nie in den Sinn gekommen.

Unvermutet hatte sich die Gelegenheit ergeben, und es wäre zu dumm, sie nicht zu ergreifen. Carmen musste doch wissen, dass ihre Eltern fort waren und das Büro einschließlich des Archivs der Firma Winkelhoff unbeaufsichtigt war. Sie war es, die nach Zusammenhängen zwischen ihrem Vater und den Verstorbenen suchen wollte, allen voran Florentín Cabrera, dessen Schandtaten Juana selbst zu gern aufgedeckt hätte. Eine Straße nach ihm benennen – unglaublich!

Bald schon verblasste das rosarote Licht, die indirekte Balkonbeleuchtung schaltete sich ein. Langsam ging sie weiter Richtung Aufzug. In Berlin dauerten Sonnenuntergänge länger, aber wann bekam sie dort die Sonne zu Gesicht? Den Horizont schon gar nicht. Wo man in Puerto auch wohnte – es waren nur ein paar Schritte bergab zum Meer oder bergauf zum nächsten Aussichtspunkt.

Wie der *mirador* in La Paz. Als Kind war Juana oft den Ziegenpfad hinaufgeklettert, doch heute musste Carmen sie wohl fahren. Wann hatte sie zum letzten Mal von dort oben auf die Stadt geblickt? Kurz vor oder nach Carmens Geburt war das wohl, damals hatte sie ein paar Wochen in Puerto verbracht, um Maria Inés zu helfen. An der Avenida Generalísimo wuchsen noch Bananen, so lange war das her. Sie hatten die Straße umbenannt, endlich, das hatte sie beim Hindurchfahren gesehen, aber auch, dass die Bebauung an den Rändern reichlich marode wirkte. Von Herzen wünschte sie Franco von der Diktatorenhölle aus, in der er hoffentlich schmorte, einen freien Blick auf die vergammelnde Pracht.

Kein Licht am Aufzug zeigte an, dass Carmen zurückkam. Wie lange sollte sie denn noch warten?

Des Wanderns über die Balkone war sie müde, deshalb machte sie es sich mit ein paar Kissen in den Korbstühlen gemütlich und legte die Beine hoch. Die Aussicht hatte auch hier einiges zu bieten. Vor dem jetzt wieder klaren Himmel die dunklen, sich sanft zum Meer neigenden Berge, die Hänge mit Lichtern gesprenkelt, um sie herum die Stadt hell erleuchtet.

Und mitten darin Puertos angeblich größte Bausünde, der Schandfleck von Wolkenkratzer, über den Maria Inés' Freundinnen am Nachmittag gesprochen hatten. Jetzt sah man nur das beleuchtete Treppenhaus, ein senkrechter Streifen bläulichen Lichts, und in den Etagen vereinzelt helle Fenster. Sechsundzwanzig Stockwerke hatte das Buena Vista, rote Lichter obenauf als Warnung für Flugzeuge.

Als es gebaut wurde, hatten alle mit wachsendem Schrecken zugesehen, wie die Etagen immer höher in den Himmel wuchsen. Ende der Fünfziger musste das gewesen sein, Maria Inés ging noch nicht zur Schule. Ihre Brüder hatte der Wolkenkratzer natürlich fasziniert, sie konnten gar nicht oft genug zur Baustelle laufen. Juana gefiel immerhin die Rundung des niedrigeren Baus auf der Ecke zur Carretera Botànico hin.

Erst hatte es sie amüsiert, wie die Frauen heute beim Kaffeekränzchen über das Hochhaus geschimpft hatten, das die Skyline Puertos völlig verschandele. Amerikaner hatten es errichtet, natürlich, aber so viel schöner waren die Hotelbauten nicht, die ihre Väter und Schwiegerväter – Winkelhoff senior, García, Delgado und all die anderen – in die Landschaft gesetzt hatten.

»Wie konnte so eine Scheußlichkeit nur genehmigt werden, damals?«, fragte Elvira Ramirez mit Blick auf Juana, als sei sie als Zeitzeugin mitverantwortlich. Das ärgerte sie ein wenig, schließlich waren es die jungen Leute – jünger als sie –, die sich vor Amerikafreundlichkeit fast überschlugen.

Die Ramirez waren erst in den Achtzigern vom Festland nach Puerto gezogen, ausgestattet mit einer größeren Erbschaft, die damals in aller Munde war. Klein, mollig, mit zu blond gefärbtem Haar und grellrotem Lippenstift sah Elvira aus wie die Karikatur einer zu Geld gekommenen Fleischereiverkäuferin, die sie tatsächlich auch gewesen war. Stefano Ramirez, ihr Mann, war

Juana vor allem wegen der vielen Falten im Gesicht aufgefallen, die seinem Alter nicht entsprachen.

»Das war der Gigantismus der Franco-Zeit«, erklärte Juana nur, weil sie die damaligen Bausünden nicht auf den armen Dr. Luz schieben wollte, der als Bürgermeister vor dem großen Geld aus Übersee und den damit verbundenen Arbeitsplätzen eingeknickt war.

Isidoro Luz war Hausarzt der Familie Perera gewesen, und Juana vergaß es ihm nie, dass er zu Beginn der Franco-Zeit seine Ämter niedergelegt hatte. Erst im letzten Kriegsjahr, als auf der Insel die Leute noch mehr hungerten als sonst, hatte er sich erweichen lassen und war wieder Bürgermeister geworden. Um die Not zu lindern, die er als Arzt wohl besser sah als andere, hatte er als Erstes Lebensmittel und Medikamente verteilt und dann dafür gesorgt, dass die Leute Arbeit fanden. Leider war ihm dazu nicht viel mehr eingefallen, als der vorgegebenen Linie zu folgen und den Tourismus zu fördern, was erst einmal hieß, ganz Puerto in eine Baustelle zu verwandeln.

»War das nicht dieser Bürgermeister, Señor Sí Sí, ihr wisst schon …«, sprach Elvira augenzwinkernd ihre Freundinnen an, um sich dann wieder Juana zuzuwenden, »der alles genehmigt hat, ohne hinzusehen?«

»Nun, der alte Dr. Luz hatte schon seine ästhetischen Vorstellungen«, gab Juana zurück. »Er hat damals viel von der Avantgarde der modernen Architektur gesprochen. Aber das war natürlich auch eine Geldfrage.« Der Architekt, den sich Puerto hatte leisten können, war ein Stümper gewesen, die Pannen auf den Baustellen Stadtgespräch, aber wenn die Damen das nicht selbst wussten, war von Juana keine Aufklärung zu erhoffen.

»Eine Geldfrage war vieles«, meinte Teresa García. »Mein Mann hat erzählt, dass man damals mit ein paar Scheinchen in der Hand einiges erreichen konnte bei den Behörden.«

»Aber nicht bei Isidoro Luz«, verteidigte Juana ihren alten Doktor, an dessen kluges, schmales Gesicht mit dem resignierten Zug um den Mund sie sich gut erinnerte. Sie hätte gern erklärt, dass er der einzige Aufrechte unter all den korrupten Beamten war, die, statt den von ihm verordneten legalen Rahmen auszufüllen, ihn mit unverantwortlichen Genehmigungen sprengten, sobald ein Vorteil für sie dabei heraussprang. Doch angesichts der skeptischen Mienen über den Kuchentellern verzichtete sie darauf.

Ausgerechnet Maria Inés, ihre eigene Tochter, der Dr. Luz damals auf die Welt geholfen hatte, fühlte sich dann bemüßigt festzustellen, dass man nach ihm keine Straße benennen würde. »Da hat unser Florentín wohl mehr für die Stadt getan«, tönte sie, und alle nickten dazu. Juana verschlug es die Sprache.

Immer noch entsetzt schaute sie nun auf das Hochhaus vor ihr, das doch nichts für die Naivität ihrer Tochter konnte. Nur gut, dass Carmen ganz anders geraten war. Der Aufzug rührte sich nicht. War sie mit dieser Angie noch irgendwo eingekehrt?

Ein wenig verwunderlich war diese neue Freundschaft. Als Kinder hatten Carmen und die beiden García-Kinder sich nicht verstanden, was Herbert und Maria Inés ärgerte, aber Claudio und ihr recht gewesen war. Die Garcías hatten als Unternehmer nicht eben den besten Ruf, man munkelte da so einiges, und wie sie mit ihrem Bananenland geschachert hatten, sprach ebenfalls nicht für sie. Freiwillig verkauft hatten sie ihre Plantagen nie, auch nicht für wichtige Bauprojekte und zu besten Preisen, sondern immer abgewartet, bis die Stadt sie enteignete.

Dann hätten sie nämlich höchste Abfindungssummen einstreichen können, hatte Claudio erfahren, die sie bei einem Verkauf nie erzielt hätten, genau wie die Winkelhoffs, denen Juan García eine ganze Reihe Parzellen gnädigst überlassen hatte. Freundschaftshalber, so hatte Herbert es dargestellt, der sonst jederzeit das Prinzip »eine Hand wäscht die andere« vertrat. Irgendeinen Gefallen hatte er García sicher getan, doch welchen, würde sie wohl nie erfahren. Bei den exorbitanten Abfindungszahlungen der Stadt und der Inselregierung hatte sicher Florentín Cabrera seine Hand im Spiel gehabt.

Schon eine gute Weile starrte Juana auf einen Fleck neben dem Wolkenkratzer, und jetzt fiel ihr auch ein, warum er sie irritierte. Er war dunkel, schwarz wie die Nacht und die unergründlichen Geheimnisse dieser Stadt. Die waren auch früher finster gewesen, doch der Berg hatte geleuchtet, solange sie ihn kannte. Wie eine hell strahlende Mütze hatte das Licht die Spitze des kleinen Vulkanhügels oberhalb Puertos bedeckt, der den treffenden Namen El Balcón trug.

Dort oben stand das früher so berühmte Hotel Taoro, noch immer, wie seit über hundert Jahren. Es war längst geschlossen, Juana wusste das, aber wie sich das nächtliche Bild der Stadt durch den Verlust verändert hatte, war ihr bisher nicht aufgefallen. Die große Leuchtreklame auf dem Dach, die weithin strahlenden Fenster, die zahllosen Laternen im Park und auf den Wegen – alles war verschwunden. Nur noch ein dunkler Fleck, wo früher das glitzernde Leben der reichen und schönen Welt, wie man so sagte, Juana und ihre Schulfreunde fasziniert hatte.

Wie oft hatten sie sich auf den steilen Wegen herumgetrieben, um einen Blick auf die im Taoro abgestiegenen Berühmtheiten zu werfen! Staatsoberhäupter und Filmstars, Prinzen und Prinzessinnen aus aller Herren Länder, sogar Mitglieder der Königsfamilie hatten hier ihre Ferien verbracht, und viele von ihnen hatte sie selbst gesehen. Abends hatte Juana von der Dachterrasse ihres Hauses in der Calle San Juan auf die Lichterglocke gestarrt und davon geträumt, wie sie selbst von befrackten Kellnern und uniformierten Zimmermädchen hofiert wurde.

Erst später hatte sie erfahren, warum so viele Deutsche unter den Gästen waren, die in Bussen mit auf die Türen gemalten großen Hakenkreuzen anreisten. Geglänzt hatten sie ebenfalls, die Stiefel und akkuraten Uniformen der Männer, die blumigen Seidenkleider der Frauen und vor allem die auffallend blonden Haare. Sie waren allesamt verdiente Nazis gewesen, denen die Partei zur Belohnung einen Teneriffa-Urlaub spendiert hatte. »Kraft durch Freude« hieß das damals, KdF – das war auf den Bussen ebenfalls zu lesen gewesen. Natürlich hatten die Gäste an Aufmärschen der Falange teilgenommen, wo die blonden Köpfe besonders auffielen, weil sie die meist schwarzhaarigen Spanier überragten. Angesichts der vielen Hakenkreuzfahnen hatte sich Juana gefragt, ob wohl alle Deutschen sie im Urlaubsgepäck mit sich führten.

Inzwischen wusste Juana, dass sich nach 1939 – Francos Machtübernahme – eine ganze Reihe hochrangiger NSDAP-

Mitglieder in Puerto niedergelassen hatten, deren Nachkommen heute die damals gegründeten Unternehmen weiterführten. Die deutsche Gemeinde hatte – neben den Engländern, die aber nach dem Bürgerkrieg Spanien mieden – immer schon eine große Rolle gespielt und neue Mitglieder gern aufgenommen. Auch Winkelhoff senior mit seinen Verbindungen zu den Größen des Dritten Reichs und später dessen Sohn Herbert, der aber von alldem nichts wissen wollte.

Juana schob sich noch ein Kissen in den Rücken, um aufrechter sitzen zu können. Etwas höher als die roten Lichter ganz oben auf dem Buena Vista, das ihr zum Greifen nah erschien, thronte das unsichtbare Taoro auf der dunklen Bergspitze. Sie sah noch die rauchenden Fackeln vor sich, die alle Wege erleuchtet hatten, als General Franco samt Ehefrau, Würdenträgern und Gefolgsleuten in dem luxuriösen Hotel zu Gast war. 1950 musste das gewesen sein, da hatte sie am Martiánez-Strand Claudio Muñoz, ihren späteren Mann, kennengelernt. Für beide war es selbstverständlich gewesen, dem Spektakel fernzubleiben, anders als die meisten Puertenser, die aufgereiht an den mit Blumen und Fahnen geschmückten Straßen dem *caudillo* applaudiert hatten.

Auch Isidoro Luz hatte ihm die Hand geschüttelt, schütteln müssen, aber mit zusammengebissenen Zähnen, das hatte er Juanas Vater erzählt. Beide hatten der gleichen Loge angehört, wo sie sich ein offenes Wort erlauben konnten. Florentín und Konsorten, die gesamte Unternehmerclique wie auch die Bananenpflanzer hatten sich weniger geziert und waren mit großzügiger Förderung ihrer Bauvorhaben belohnt worden.

Wie ein erhobener Zeigefinger stand das Buena Vista in der Landschaft. Niemand hatte geahnt, wie sich die kleine Stadt in den nächsten zehn Jahren verändern sollte. Nicht zum Besten, heute sagten das alle, aber damals hatten sie nur das viele Geld gesehen, das die Touristen in die Stadt spülen würden. Der amerikanische Wolkenkratzer hatte den Schlusspunkt gesetzt – fürs Erste.

Für Juana war das Buena Vista ein Symbol – und seit heute mehr denn je – für die Entwicklung des Tourismus in der Stadt. Zwanzig Jahre lang hatte der Boom angehalten, doch gegen Ende der Siebziger hatte sich in den europäischen Ländern die soziale Lage verschlechtert, und die Touristenbetten waren immer öfter leer geblieben. Außerdem waren die monströsen Bettenburgen aus der Mode gekommen. Vorausschauende Besitzer und Investoren hatten begonnen, ihre Anteile abzustoßen und das Geld in kleinere, aber luxuriösere Häuser zu stecken für diejenigen, die sich den Teneriffa-Urlaub immer noch leisten konnten.

So war es auch dem Buena Vista ergangen, das hatte Juana erst am Nachmittag erfahren. Beim Kaffeekränzchen hatte Elvira Ramirez das von Inés gelieferte Stichwort vom »guten« Florentín und seinen Verdiensten um die Stadt aufgenommen, während Juana noch sprachlos dasaß.

»Für die Stadt vielleicht«, hatte Elvira gesagt, »aber meinen Stefano hat dein Florentín ziemlich reingeritten.«

Das ließ Juana aufmerken – sollte es hier ein weiteres Opfer des verdienten Inselpolitikers geben?

Die Geschichte, die Elvira daraufhin zum Besten gab, bestätigte ihre sämtlichen Vorurteile, was Fairness unter Geschäftsleuten anging, da mochten sie noch so befreundet sein. Keinesfalls durfte Juana vergessen, alles an Carmen weiterzugeben und zu fragen, was sie davon hielt.

## 21

»Meine Schwarzwälder Kirsch war wieder ein voller Erfolg heute Nachmittag.« Maria Inés drehte den Arm mit den Rubinen und erfreute sich an ihrem Glitzern.

Herbert, wie immer selbst am Steuer des Mercedes, warf ihr einen Seitenblick zu. »Deine?«

Na gut – es war *mamás* Rezept, und die hatte es von einer aus Süddeutschland eingewanderten Berliner Freundin. Maria Inés hatte es ihr vor Jahren abgebettelt, doch zubereitet hatte Señora Árbelo die Torte, wie immer. Herbert hätte wenigstens die Mühe würdigen können, die es sie kostete, ihre Haushälterin zu überreden. Wo es doch so gute spanische Kuchenrezepte gab!

»Natürlich hat die Árbelo wieder zu viel Zucker an die Sahne getan.« Das machte sie immer, viel zu süß entsprach dem spanischen Geschmack.

»Aber das haben die Damen gar nicht gemerkt.« Herbert nahm ihr das Wort aus dem Mund.

Verunsichert schaute sie ihn an. Konnte es sein, dass sie dieses Gespräch schon mal geführt hatten? Sein Gesicht war unbewegt. Im Profil war zu sehen, dass sein Doppelkinn in sich zusammengesunken war.

»Du auch nicht, oder?« Herbert liebte es süß. Seine Diät hatte er längst beendet, hoffentlich nahm er nicht gleich wieder zu. »Kannst froh sein, dass wir dir etwas übrig gelassen haben.« Das eine Stück, das der Höflichkeit zuliebe auf der Platte geblieben war, hatte er fast mit einem Happs verschlungen. »Eigentlich sollte Carmen es kriegen.«

»Die kann in Deutschland Schwarzwälder Kirsch essen. Bei uns ist das Mangelware.« Er zeigte dem BMW-Fahrer, der ihn ein wenig gewagt überholt hatte, einen Vogel.

»Glaubst du, dass sie hierbleiben werden, Mutter und sie?« Seit ein paar Tagen trieb der Gedanke sie um.

Nun überholte Herbert seinerseits den BMW. »Vielleicht. Aber noch ein paarmal hin- und herfliegen müssen sie jedenfalls.«

Nach dem Einscheren tippte er mehrfach auf die Bremse, um den BMW-Fahrer zu ärgern. Seine Spielchen!

»Am besten stellen wir ihnen einen Container für den Umzug, was meinst du?«, fragte er.

»Klar. Ist am einfachsten.« Das organisierte sowieso seine Sekretärin.

Für Herbert war die Übersiedlung der beiden schon beschlossene Sache. Maria Inés sah durchs Seitenfenster auf den Teide, der hier oben viel näher wirkte als im vierzig Kilometer entfernten Puerto. Nur ganz wenig Schnee lag auf der Spitze, das war ungewöhnlich für Februar. Der Winter war ausgesprochen trocken gewesen, aber das dicke Ende kam noch, das wusste sie aus vielen Jahren. Um diese Zeit bedeutete Regen im Tal Schnee auf dem Teide, und dann gab es dort oben Minustemperaturen wie im deutschen Winter.

Sicher, der alten Frau mochte es guttun, wenigstens in ihren letzten Jahren der Kälte zu entgehen, und Carmen liebte die Sonne ebenfalls. Wer tat das nicht? Aber bisher war sie in Deutschland durchaus glücklich gewesen, und *mamá* hatte nie geklagt.

Es war nicht einfach, mit *mamá* zurechtzukommen, das wusste Herbert so gut wie sie. Doch ohne ihre *abuela* würde Carmen nie umsiedeln, und wenn er sie in der Nähe haben wollte, musste er seine Schwiegermutter wohl oder übel in Kauf nehmen. Gut gelaunt schlug er mit den Fingern am Lenkrad den Takt zu irgendeinem Musikstück aus dem Radio. Zum Glück hatte er nicht wieder die alten deutschen Schlager aufgelegt, die er sonst beim Fahren hörte.

Mit den Fingern strich Maria Inés über das breite Rubincollier an ihrem Hals. Juana hatte daraufgeschaut, als hätte sie es aus dem Kaugummiautomaten gezogen. Bisher hatte sie mit ihrer Kritik hinter dem Berg gehalten, aber das würde schon noch kommen. Sie hatte eine Art, einen zu beobachten … Allein schon, wie sie von oben bis unten gemustert wurde, wenn sie ihr gegenübertrat. Als suche sie geradezu nach verschmiertem Make-up oder dem Fleck im Kleid. Carmen wurde nie so kritisch beäugt, hatte aber selbst manchmal diesen Blick im Gesicht. Bei beiden – ihrer

Tochter wie ihrer Mutter – kam sich Maria Inés vor wie ein kleines Kind, das zu dumm war, die Welt zu begreifen, und sowieso alles falsch machte.

Und Herbert war genauso, ernst genommen hatte er sie noch nie.

»Idiot. Mach endlich Platz.« Bei La Laguna wurde die Autobahn voll, rasen konnte er jetzt nicht mehr. Bis Santa Cruz würde er nicht aufhören zu schimpfen und immer lauter werden. Dass sie neben ihm saß und bei jedem Fluch zusammenzuckte, merkte er gar nicht.

Manchmal half Ablenkung. »Wir haben heute über das alte Buena Vista gesprochen, Herbert. Hast du da eigentlich noch Wohnungen?«

»Schon lange nicht mehr. Der alte Schuppen ...« Knapp vor einem Lkw wechselte er die Spur. »Hab ich günstig abgestoßen, ist schon Jahre her. Brachte doch nichts mehr.«

»Ach so.«

»Warum fragst du? Haben die Weiber was gesagt?«

»Nein. Nur Elvira. Sie schien sauer auf Florentín zu sein.« Nicht nur auf ihn – dass Elvira sauer wurde, dazu brauchte es nicht viel.

Er lachte. »Was, wegen der alten Geschichte? Quatsch mit Soße. Stefano und er waren so ...« An der Hand, die er ihr vor die Nase hielt, waren Zeige- und Ringfinger eng aneinandergepresst. »Die dicksten Freunde, hast du doch selbst gesehen, als er noch lebte.«

»Das stimmt.« Sie hatten in Ramirez' Garten viele nette Abende verbracht. Mit Feuerwerk, das war immer sein Markenzeichen. Feuerwerk gab es oft auf der Insel.

»Für mich galt das genauso.« Herberts Trommeln am Lenkrad klang jetzt deutlich ungeduldig. »Elvira war doch immer schon ein bisschen zickig. Das musst du nicht ernst nehmen.«

»Wohl nicht.« Elvira war schon beleidigt, wenn man vergaß, ihre neuen Prada-Schuhe zu loben.

Eine Weile war Ruhe, bis auf das Trommeln. Dann schaute Herbert sie an. »Was hat sie denn gesagt?«

»Ach, sie hat von ihrem Barbados-Urlaub erzählt, dem zweiten schon, letzten Herbst waren sie ja auch schon da. Nahtlos braun sei sie geworden, weißt ja, wie sie immer angibt. Hat wieder den ganzen Tag in der Sonne gebraten, als hätte sie nie was von Hautkrebs gehört.« Sich auf Teneriffa in die Sonne zu legen war für Elvira zu profan. Neureich eben, das merkte man in allem. Trotz der teuren Schuhe an ihren dicken Füßen blieb Stil für sie ein Buch mit sieben Siegeln.

»Und worüber hat sie sich dann geärgert?« Herbert klang schon wieder genervt, aber die Fahrt war ja bald zu Ende.

»Sie konnten diesmal nur zwei Wochen bleiben, weil sie neuerdings sparen müssen. Wusstest du, dass Stefano Geldprobleme hat?«

Endlich stellte er die Trommelei ein. »Nur vorübergehend. Er hat sich wohl verspekuliert, das kommt in den besten Familien vor.«

»Bei uns aber nicht.« Obwohl der Bau ihrer Stadtwohnung sicher nicht billig war. Und es wurde viel von Krise gesprochen ... Unwillkürlich fasste sie an ihren Hals mit den Rubinen.

»Wir sind ja auch keine gute Familie.« Herbert grinste sie an. »Aber wart's ab. Wenn erst die Kinder hier sind ... Du weißt ja, sie fressen einem die Haare vom Kopf.«

Die Kinder – und *mamá*. »Du wirst dir das doch leisten können?« Die Umsiedlung konnte noch warten.

»Keine Angst, Inés. Wir bauen den neuen Hafen, weißt du doch. Für Barbados wird's dann auch noch reichen.«

Er hatte noch nie Urlaub mit ihr gemacht. »Ich denke, wir leben auf der Ferieninsel schlechthin?«

»Hab nichts dagegen, mal 'ne andere auszuprobieren. Wenn du willst ...«

»Sicher will ich.« Ob er sich dafür wirklich Zeit nahm?

»Die Kinder können mitkommen.«

Na dann ... »Und *mamá*?«

»Auch, wenn's sein muss.« Er spielte mal wieder den Generösen. Draußen war es dunkel geworden.

Gleich nach der Abfahrt von der Autobahn staute sich der Verkehr. Samstagabend in der Hauptstadt, das war die Attraktion für die Touristen und die im Norden lebenden jungen Leute, wenn sie nicht gleich in den Süden fuhren. Wenn Carmen gefragt hätte, wäre Maria Inés keine Disco eingefallen, in die sie hätte gehen können. Das versiffte, verkiffte Vampis an der Generalísimo hatte zum Glück geschlossen.

Herbert fluchte vor sich hin. »Müssen die alle heute in die Stadt fahren?« Ihn aufzuhalten nahm er als persönlichen Angriff.

Ein neues Gesprächsthema musste her. »Weißt du, wovon wir noch gesprochen haben?«

»Du wirst es mir sagen.« Das knurrte er geradezu. Als wäre sie verantwortlich für den Stau.

»Florentín, der Arme. Alle fanden das gut mit der Straße und sind schon gespannt auf deine Rede.« Alle bis auf Elvira, aber das erzählte sie jetzt besser nicht.

Auf der Tres de Mayo konnte Herbert endlich wieder Gas geben. »Deine Mutter auch?«

»Warum nicht?« *Mamá* hatte allerdings ein merkwürdiges Gesicht gemacht, nachdenklich, versonnen irgendwie. »Sie kannte ihn ja, von früher.« Aus ihr schlau geworden war Maria Inés noch nie. »Meinst du, sie war damals in Florentín verliebt? Schlecht ausgesehen hat er ja nicht.«

Herbert schmunzelte vor sich hin, als hätte er sie gar nicht gehört. Wenn der Verkehr lief, machte ihm Autofahren Spaß.

Vor ihnen kam der Hafen ins Blickfeld. Maria Inés seufzte leise. »Florentín als Vater – das wäre noch was gewesen …« Sie beobachtete gebannt, wie sich das Licht der Laternen im roten Stein an ihrem Finger brach.

# 22

»Es geht mir gut, *nanoya*, wirklich.« Und das war nicht einmal gelogen.

»Das meinst du nur, *chica*.« *Abuela* war hartnäckig um sie besorgt. »Mit so einer Kopfverletzung ist nicht zu spaßen.«

»Nur eine kleine Beule, das ist doch nichts.« Sachte wehrte Carmen ab, als sie ihr schon wieder über den Kopf streichen wollte.

Doch *abuela* ließ nicht locker. »Und der Arzt hat tatsächlich nichts gefunden?«

»Sag ich doch die ganze Zeit.«

Mit der Hand befühlte Carmen die Ausbuchtung an ihrer linken Kopfseite, die immer noch pochte, aber nicht mehr wehtat. Sie konnte es selbst kaum glauben. Eben noch hatten sie heftige Kopfschmerzen geplagt, die jetzt völlig verschwunden waren.

»In der Ambulanz haben sie mir richtig gute Tabletten gegeben.« Das leise Zittern ihrer Knie erwähnte sie nicht. Ihre *nana* machte sich Sorgen genug; wie sehr Carmen die Steine erschreckt hatten, musste sie gar nicht erfahren. Jetzt hatte es jemand auf sie abgesehen, hatte sie gedacht, so wie auf Vater und die anderen. Aber das war der Schock, das bildete sie sich bestimmt nur ein. Warum sollte jemand sie, die doch mit den Inselaffären nicht das Geringste zu tun hatte, töten wollen? Es war wohl nur ein Zufall gewesen. Carmen lehnte sich zurück und genoss die Fürsorge ihrer *nana*.

Natürlich hatte ihr *abuela* sofort, als Carmen aus dem Aufzug trat, angesehen, dass etwas nicht stimmte. Carmen hatte ihr nur die Beule gezeigt – wortlos, weil ihr dann doch die Tränen kamen, und wurde unverzüglich auf ein Sofa im Livingroom gebettet. *Abuela* hatte Eis geholt und es in ein Handtuch eingeschlagen an ihren Kopf gehalten, während Carmen die ganze Geschichte erzählte – von dem Ausflug mit Angie bis hin zu den Steinen, die im Barranco San Felipe wie aus dem Nichts geflogen kamen. Das Handtuch war währenddessen warm geworden.

Es hatte wohl nicht lange gedauert, bis sie aus der Ohnmacht erwachte und als Erstes Angies entsetztes Gesicht erblickte, die sie schüttelte und ihr leicht auf die Wangen schlug. Länger brauchte Carmen, um auf die Beine zu kommen, die immer wieder unter ihr wegknicken wollten. Angie bestand darauf, zu einem Arzt zu gehen, rief ein Taxi und half Carmen hinauf zur Straße. In der Ambulanz wurde sie geröntgt, ohne Befund, und da ihr nicht schlecht oder schwindelig war, nach Hause geschickt.

Ein Schreck, eine Beule und ein blauer Fleck an der Schulter – es hätte schlimmer ausgehen können, da hatte *abuela* recht. Von dem Steinewerfer war weit und breit nichts zu sehen gewesen. Ein Zufall, sonst nichts.

Carmen richtete sich auf und stellte versuchsweise die Füße auf den Boden. Fester Halt, alles war in Ordnung. Nur gut, dass ihre Eltern ohne sie gefahren waren und ihre Ankunft nicht beobachtet hatten. Mutter hätte ihr wieder mit den Gefahren der bösen Welt in den Ohren gelegen und sie beschworen, vorsichtiger zu sein. Vater hätte sich wirklich Sorgen um sie gemacht und sie womöglich sofort ins Krankenhaus transportiert. An jeder Ecke hupend wäre er durch die Stadt gerast, das konnte Carmen sich lebhaft vorstellen.

»Ich dachte, du hättest dich absichtlich verspätet, um deine Eltern nicht begleiten zu müssen«, hatte *abuela* mit schuldbewusster Miene gesagt.

Da war etwas dran. Große Lust auf den Besuch in Santa Cruz hatte Carmen tatsächlich nicht verspürt und deshalb wohl den ganzen Nachmittag lang nicht daran gedacht. Und später – nach den Steinen, als ihr Kopf dröhnte wie ein Flugzeugmotor – war sowieso alles vergessen.

Sie schaute sich im Livingroom um, der ohne Vater auffällig leer wirkte. »Dann ist heute doch die beste Gelegenheit, wenn wir ins Archiv der Firma wollen. Sag, *nana*, was hältst du davon? Oder ist es dir jetzt zu spät?«

»Das nicht.« Wieder ein besorgter Blick in Carmens Gesicht. »Aber du, Carmencita – solltest du nicht besser schlafen? Auch wenn dein Kopf in Ordnung ist, der Schreck –«

Carmen unterbrach sie. »Damit mir im Traum wieder Steine um die Ohren fliegen? Nein, *abuela.* Ein bisschen Ablenkung bekommt mir sicher besser.« Am besten gar nicht an den Steinewerfer denken. Sie stand auf und ignorierte ihre immer noch wie mit Pudding gefüllten Beine. »Und du bist doch selbst gespannt, was Vaters alte Papiere zu bieten haben.«

Geheimnisse schien es in Herbert Winkelhoffs Unternehmerleben nicht zu geben.

Carmen hatte Vaters Schlüsselbund vom edel designten Hakenbrett in der Küche genommen. Völlig unnötig. Die Tür zum Archiv stand einladend weit offen, und auch das Kästchen an der Wand ließ sich ohne Weiteres öffnen. Doch wie Carmen gedacht hatte, fand sich darin eine elektronische Anlage, deren Schaltflächen mit der Systematik der Schrankinhalte beschriftet waren.

»Oh«, machte *abuela.* »Da muss man ein Passwort eingeben.«

»Mal sehen.« Versuchsweise tippte Carmen mit dem Zeigefinger auf das mit »Bauakten 1984–2014« bezeichnete Feld.

*Abuela* fuhr herum, als es hinter ihnen schnurrte.

»Na also«, meinte Carmen zufrieden, als sich aus dem, was wie eine Schrankreihe aussah, ein mannshohes Regal in den Raum schob, angefüllt mit Ordnern und Schubkästen und mindestens drei Meter lang. Ihre Zufriedenheit wich. Wer sollte das denn alles durchsehen?

Auf den anderen Schaltflächen las sie Worte wie »Baugenehmigungen«, »Schriftverkehr«, »Buchführung«, »Materialverwaltung«, »Kontoauszüge«, »Personalverwaltung«. Und »Vermischtes«, ein ganzes Regal. Unterschiedliche Jahreszahlen, ein Teil endete bei 1990. Die neueren Dokumente waren wohl digital gespeichert.

Entmutigt ließ sich Carmen auf einen der Stühle am großen Arbeitstisch fallen. »Das schaffen wir nie, *abuela.* Nicht heute Nacht, und auch nicht in den nächsten zwei Jahren.«

»Hm.« *Abuela* setzte sich neben sie und nahm ihre Hand. »Sollen wir es lieber sein lassen, *chica*?«

Carmen raffte sich auf. »Nein. Ich will wenigstens mal gucken.

Aufhören können wir dann immer noch.« Sie wusste nicht einmal, wo sie anfangen sollte.

»Ich nehme mir die Bauakten vor«, entschied *abuela* und ging zum offenen Regal.

Carmen schaute auf die Schaltflächen und versuchte, ihre Wahl zu treffen. Die Genehmigungen einzusehen war wohl zwecklos ohne bautechnische Kenntnisse, damit konnten Mariano und Martín besser umgehen. Sie kannten sicher auch die Namen von korruptionsanfälligen Beamten. »Buchführung«, »Kontoauszüge«, »Material« klangen ebenfalls nicht vielversprechend. »Personal« vielleicht – ein benachteiligter Angestellter mochte sich rächen. »Schriftverkehr« – hm. Aber da konnte sie sich die Finger wund blättern, bis etwas Interessantes auftauchte. Und falls es illegale Absprachen gab, wurden sie sowieso nicht schriftlich festgehalten.

Sie konnte nur auf den Zufall hoffen. Kurz entschlossen tippte Carmen auf »Vermischtes ab 1970«, und ein Regal ganz am Ende der Reihe fuhr heraus.

Nur drei Ordner standen im obersten Fach, der übrige Platz war mit Schachteln angefüllt. Nach Jahren sortiert, befanden sich darin – jedenfalls verkündeten das die aufgeklebten Schildchen – »Geschenke«. Als Carmen einen der Kästen herauszog, fand sie sorgsam verpackte Kristallfiguren, silberne Tischfeuerzeuge und Kerzenständer, mehr oder weniger edle Schreibsets, Zettelkästen und so weiter, alles bunt durcheinander. Bestimmt interessant, zumal die edlen Spender vermerkt waren. Wenn Vater bankrottging, konnte er mit dem Zeug auf dem Flohmarkt am Mercado Municipal eine Menge Geld machen.

Im ersten Ordner fanden sich von Vaters Firma verschickte Einladungen – Richtfeste, Tage der offenen Tür, Jubiläumsfeiern. Auf angeklammerten Listen waren die Eingeladenen verzeichnet. Carmen fuhr einige Aufstellungen mit dem Finger ab und stieß fast überall auf die gesuchten Namen. Wie auch nicht? Sie arbeiteten zusammen und waren seit Langem befreundet. Der nächste Ordner versammelte die Einladungen, die Vater erreicht hatten. Auch hier die entsprechenden Briefköpfe. Uninteressant.

Der Papierstapel im letzten Ordner war dünner, hier hatte die Sekretärin Anfragen der Presse, Vaters Redemanuskripte, Vorladungen der Polizei nach Verkehrsverstößen und Beschwerden von Einwohnern bei Straßenverunreinigungen abgeheftet. Das reine Sammelsurium. Nirgends tauchten die gesuchten Namen auf. Doch, hier, zumindest einer: eine Vorladung zum Gericht aus dem Jahr 1989. Wenn Carmen es richtig verstand, ging es um eine Anklage gegen Ramón Delgado. Mit Vaters Firma hatte das sicher nichts zu tun, Delgado war sein Freund, den hätte er wohl nicht vor Gericht gezerrt. Die anderen Namen wurden nicht erwähnt.

Sie klappte den Ordner zu, schickte das Regal zurück und stellte sich neben *abuela*, die einen Stapel Pläne auf dem Tisch verteilt hatte. Einen riesigen Bauplan hatte sie teilweise ausgebreitet, es sah nach einem Hochhaus aus. Darauf lag ein Ordner, in dem sie eifrig blätterte.

*Abuela* schaute auf, behielt aber den Finger auf dem Papier. »Guck mal, das könnte etwas sein.« Ihre Stirn und Wangen waren gerötet.

Doch als Carmen sich vorbeugte, um zu lesen, auf was *abuela* zeigte, verschwammen die Buchstaben vor ihren Augen. Sie zog einen Stuhl heran und setzte sich darauf.

»Carmencita!« Mit alarmierter Stimme.

»Es ist nichts, *nana*. Mir ist nur ein bisschen flau.« Außerdem knurrte hörbar ihr Magen. »Ich glaube, ich sollte erst einmal etwas essen.«

*Abuela* stimmte zu. »Aber anschließend machen wir weiter.« Wenn es sie gepackt hatte, konnte die alte Frau erstaunliche Energien mobilisieren.

»Meinetwegen.« Viel Hoffnung hatte Carmen nicht, dass ihre Suche dann von Erfolg gekrönt war.

Angie hatte schon recht, dachte Carmen auf dem Weg zur Küche: Wirklich Belastendes fand man nicht im hellen Licht und in frei zugänglichen Schränken. Die Leichen musste man in dunklen Kellern und Ecken ausgraben. Und den passenden Spaten mitbringen.

»Hier steht es, Carmencita.« *Abuela* war ganz aufgeregt. »Das hat Elvira Ramirez nicht gewusst.«

Carmen schob ihren Finger weg, um die Stelle lesen zu können. Da waren die Namen, alle fünf untereinander: Florentín Cabrera, Ramón Delgado, Lucas Manzano, Olivia Sanchez und Herbert Winkelhoff. In Tiefdruck und alphabetisch sortiert. Vier Freunde und Olivia als einzige Frau – eine irgendwie merkwürdige Zusammenstellung.

»Worum geht es da?« Der Briefkopf über den Namen bezeichnete eine Investmentfirma. »Buena Vista Invest« – hatte Vater die Firma je erwähnt? Nach der Anordnung auf dem Briefbogen gehörte er zu den Besitzern.

»Buena Vista ist das Hochhaus am Anfang der Avenida Generalísimo«, erklärte *abuela.*

»Die heißt jetzt anders, *nana*«, warf Carmen ein. Aber sie hatte schon mehrmals gehört, dass die Puertenser die alte Bezeichnung verwendeten.

*Abuela* räumte den aufgeschlagenen Ordner beiseite und faltete die Bauzeichnung weiter auf. »Weiß ich doch. Aber den neuen Namen kann ich mir nicht merken.«

»Mmh.« Er war auch viel zu lang geraten. Carmen hätte gern gewusst, welche Verdienste um die Stadt sich die Familie Betancourt y Molina erworben hatte, um mit der einstigen Prachtstraße geehrt zu werden. Doch anders als gelegentlich in Deutschland wurde das auf spanischen Straßenschildern nicht erklärt.

»Nach Isidoro Luz haben sie keine Straße benannt.«

Vom früheren Bürgermeister Puertos, ihrem Hausarzt, redete *abuela* oft.

»So.« Sie strich mit der Hand über den aufgefalteten Plan, als führe sie Carmen ein Panorama vor Augen. Ein hoher Turm mit einem halbrunden, niedrigeren Anbau, das war die Außenansicht. Weitere Gebäude schienen dazuzugehören. Eine Geländeskizze zeigte einen Park und einen Swimmingpool im Innenbereich.

»Puertos erster Wolkenkratzer«, sagte *abuela.* »Du kannst dir nicht vorstellen, wie sich die Leute damals aufgeregt haben.«

»Doch, doch, *nana.* Sie tun es ja heute noch.« Der bald hundert Meter hohe Turm des Buena Vista wurde in vielen Teneriffa-Blogs als spektakuläre Bausünde erwähnt. Aber seit Carmen wusste, dass er seit fünfeinhalb Jahrzehnten hier stand, errichtet, als ihre Mutter noch nicht zur Schule ging, schaute sie ihn mit einigem Interesse an. Damals hatte man im Bauhausstil gebaut – die Form folgte der Funktion. Aber hatten halbrunde Fassaden eine Funktion? Sie beschloss, die Rundung als eine Art Zugabe zu betrachten.

Als Carmen genauer hinsah, entdeckte sie in vielen der zimmerbreiten Fenster rot eingezeichnete Kreuze, jedes mit einem großen Buchstaben versehen. C, D, M, S und W. Die Anfangsbuchstaben der fünf Namen. »Heißt das, die Apartments gehören ihnen?«, fragte sie *abuela*.

»Gehörten. Ihnen beziehungsweise der Buena Vista Invest. Aber sie haben sie verkauft. Das ist es, was ich dir erzählen wollte.«

Während *abuela* den Plan sorgfältig zusammenfaltete, berichtete sie vom anfangs amerikanischen Hotel Buena Vista, das zu Beginn der achtziger Jahre apartmentweise an Privatleute verkauft worden war. Dann zog sie den Ordner heran und zeigte auf eine Stelle im Briefkopf. »1980 haben unsere fünf die Investmentfirma gegründet. Wahrscheinlich konnten sie, wenn sie gleich eine Reihe Wohnungen kauften, einen besseren Preis herausschlagen.«

Carmen nickte, das sah Vater ähnlich. Und warum auch nicht? Die Verkäufer ersparten sich viel Arbeit. 1980 – da war sie nicht einmal geboren.

»Sie haben wahrscheinlich auf die deutschen Überwinterer und Residenten gehofft. Damals strömten sie ja noch in Scharen auf die Insel.« Vom fernen Berlin aus hatte *abuela* die Entwicklung der Stadt aufmerksam verfolgt. Carmen nahm sich vor, sie auch über andere markante Gebäude auszufragen.

»Und die Lage ist gut, so mitten in der Stadt«, steuerte sie bei. »Von ganz oben hat man bestimmt einen phantastischen Blick über das Tal. Ich frage mich nur, warum Vater das nie erwähnt hat.«

»Vielleicht war es ihm peinlich? Alle haben ja nur geschimpft über den Schandfleck.«

So kam das Gebäude Carmen jetzt gar nicht mehr vor. Ein Zeitzeuge, der viel erlebt hatte, mit Tausenden von Bewohnern, alle mit einer eigenen Geschichte und ihrem persönlichen Blick auf die Stadt. Was da alles auszugraben wäre …

»Aber es sieht doch aus wie neu«, protestierte sie. »Das Gelb strahlt geradezu.«

*Abuela* lachte sie aus. »Reingefallen, Carmencita. Du kennst dich immer noch nicht aus auf der Insel.«

Ergeben nickte Carmen. Natürlich – die Spanier sind gut im Anstreichen, das Verdikt führten *abuela* und Mutter ständig im Mund. »Meinst du, hinter der Fassade ist alles marode?« Angie hatte das ebenfalls angedeutet.

»Und wie! Das hab ich heute erst gehört.« Sie ließ sich auf einem Bürostuhl nieder.

Carmen zog sich ebenfalls einen Sitz heran und lauschte geduldig dem etwas langatmigen Bericht über das Kaffeekränzchen am Nachmittag. Niemand würde sie stören, allerdings hätte sie sich ein gemütlicheres Plätzchen vorstellen können als Vaters Archiv. Mutters Freundinnen hatten nett sein wollen und ihre Erinnerungen an Leute aus *abuelas* Generation hervorgekramt. Dauernd hieß es: Kennst du den, kennst du die, ohne dass sich jemand fragte, ob *abuela* sich überhaupt erinnern wollte.

»Und dann immer die Torte! Dass sie das Rezept auch gern hätten, und ob sie schmeckt wie in Deutschland.« Sie verzog das Gesicht. »Die Haushälterin macht sie ganz anders, ich fand sie gar nicht gut. Aber das konnte ich doch nicht sagen.«

Geärgert hatten sie besonders die Lobeshymnen auf Florentín Cabrera, ihren früheren Nachbarn. »So schwer erträglich diese Elvira auch ist, Carmen – du kennst sie ja selbst …«

Blonde Löckchen und eine Piepsstimme fielen ihr ein, und eine rundliche Figur, die jedes Kleidungsstück prall ausfüllte.

»… aber jetzt hat sie doch einen Stein bei mir im Brett. Natürlich hat ihr niemand geglaubt, sie haben ja kaum zugehört – außer Teresa García und mir.«

»Und sie hat erzählt, dass die Apartments im Buena Vista marode sind?«

»Nicht nur das. Mit dem, was ich jetzt weiß, war das Ganze eine richtige Räuberpistole. Ihr Mann – Stefano Ramirez, den kennst du ja auch …«

Das war der Mann mit den vielen Falten im Gesicht und dem geföhnten Haar. Das dynamische Ekelpaket. »… hat nämlich die Wohnungen gekauft.«

»Alle?« Weit mehr als fünfzig Kreuze meinte Carmen in den Fenstern des Buena Vista gesehen zu haben.

»Alle. Das ganze Paket. Über vier Millionen hat er an die Investmentfirma gezahlt. Den Namen hatte Elvira vergessen, aber wir wissen ja jetzt, welche Firma das war und wer dahintersteckt.« Sie drehte den Ordner um: »Verkaufsunterlagen Buena Vista, 2001«, stand auf dem Rückenschild.

»Ich kann zwar nicht einschätzen, ob der Preis angemessen ist«, meinte Carmen. »Aber das scheint mir doch ein ganz normaler Verkaufsvorgang zu sein.«

»Ja, auf den ersten Blick ist das so. Aber das Pikante ist …« *Abuela* machte eine bedeutungsvolle Pause, während der sie den Ordner mit der Innenseite nach oben zurücklegte. »… dass Elvira keine Ahnung hatte, wem die Wohnungen gehörten. Ihr Mann wohl auch nicht. Und wenn wir jetzt zwei und zwei zusammenzählen, haben wir den Mörder.«

Carmen rechnete nach. Das waren zum einen die teuer bezahlten, aber maroden Wohnungen – die erste Zwei in *abuelas* Gleichung – und als Weiteres die Tatsache, dass Vater und seine Freunde ihre Beteiligung nicht offengelegt hatten. »Das geht mir zu schnell, *nanoya*. Hast du da nicht einiges vergessen?« Eine Gleichung mit zu vielen Unbekannten …

*Abuela* seufzte wie früher, wenn Carmen ihre Hausaufgaben nicht verstand, ließ sich dann aber herab, Elviras Philippika im Einzelnen wiederzugeben. Es lief darauf hinaus, dass Ramirez' Freunde – eben die fünf Besitzer der Wohnungen – ihm einhellig zu dem Kauf geraten hatten, ja, dass der angeblich todsichere Tipp direkt von ihnen kam. Vater versprach sogar, mit dem Besitzer, den er angeblich gut kannte, über einen Preisabschlag zu reden, und Florentín stellte Fördergelder der Regierung und der EU in Aussicht.

Stefano Ramirez kaufte also die Wohnungen und bemerkte dann erst, wie heruntergekommen sie waren. »Es war nämlich alles neu gestrichen«, gab *abuela* schmunzelnd Elviras Worte wieder.

Die Mieter überhäuften ihn mit Reparaturforderungen, wegen der Mängel musste er Mietabzüge hinnehmen, viele zogen aus, und zu den alten, hohen Mietpreisen ließen sich die nie sanierten Apartments einfach nicht mehr losschlagen. Also steckte Ramirez weiteres Geld in die Renovierung – eigenes, weil die Fördermittel dann doch nicht geflossen waren, beziehungsweise das seiner Frau, denn sie war es, die das viele Geld von ihrem Vater, einem Fleischermeister im Baskenland, geerbt hatte. Schulden machte er außerdem. Nun war er dabei, eine Wohnung nach der anderen zu verkaufen, mit hohen Verlusten.

*Abuela* legte ihre Hand auf den Ordner mit dem Beweis für Vaters Schlitzohrigkeit. »Du kannst mir nicht erzählen, dass unsere fünf Freunde das alles nicht vorausgesehen hätten.«

»Hm.« 2001, das Jahr des Verkaufs, war der Beginn der Krise gewesen, mit einbrechenden Touristenzahlen und absteigenden Immobilienpreisen, die sich aber – so stand es jedenfalls in der Zeitung – in letzter Zeit erholten. Für Ramirez zu spät, und wenn er zufällig erfahren hatte, wer hinter dem Verkauf steckte, konnte es durchaus sein, dass er Rachegefühle hegte. Sie hatten ihm die Misere eingebrockt und davon profitiert.

Carmen schaute nachdenklich zum Fenster und auf den Mond, der von ihnen unbemerkt aufgezogen war. Ramirez war ebenfalls ein Leisetreter, der sich gern unbemerkt anschlich. War er das etwa gewesen im *barranco*? »Die Arglist ist ihm zuzutrauen«, murmelte Carmen.

»Das meine ich wohl auch.« *Abuela* nickte vehement.

Da draußen über den Bergen flackerten sogar ein paar Sterne. Sollten sie hier ihre erste konkrete Spur gefunden haben? »Ich werde mal Angie und die anderen fragen, was sie von Ramirez halten.« Und ob sie etwas von Elviras Geschichte wussten.

»Und ich werde meine Quellen anzapfen«, versprach *abuela*. »Als Erstes müssen wir die Alibis überprüfen.« Die Amazone aus dem Samstagabendkrimi.

Carmen unterdrückte ein Lächeln. Es schien fast, als hätte ausgerechnet ihre *nana*, die sie nie wieder als alte Frau bezeichnen würde, den richtigen Spaten und sogar die dunkle Ecke gefunden, in der das Geheimnis versteckt lag.

## 23

Der Wind musste sich gedreht haben. Die Musik war lauter geworden – oder schien es ihr nur so? Auf dem Europaplatz konnten sie vom Feiern nicht genug bekommen. Die diesjährige *reina* war bestimmt schon gewählt. Ob sie die Familie kannte?

Juana drehte sich im Bett herum und zog die leichte Decke über ihr Ohr. Ihr deutsches Federbett hielt Geräusche besser ab, aber das wäre hier viel zu warm. Es lag ohnehin nicht am Lärm, wenn sie nicht schlafen konnte, nächtliche Musik gab es in Berlin schließlich oft genug. Zu viele Aufregungen für einen Abend, das würde sie wieder die halbe Nacht wach halten. Carmen schlief hoffentlich längst. Juanas Herz pochte, als hätte sie am Abend noch drei Tassen Kaffee getrunken.

Was ihrer Carmencita hätte geschehen können dort im *barranco* – Juana durfte gar nicht daran denken. Der Stein hatte sie nicht mit voller Wucht getroffen, aber hätte er sie ein paar Zentimeter weiter vorn, an der Schläfe erwischt … Reines Glück war das gewesen. Doch Carmen hatte sich gut gehalten – ihre Enkelin! Wehleidig war sie nicht.

Sie hatten schnell noch das Archiv aufgeräumt, bis alles so aussah wie zuvor, und waren zu Bett gegangen. Mehr als diesen wichtigen Hinweis auf Ramirez' Motiv hätten sie kaum finden können, und wenn sie die ganze Nacht gesucht hätten. Es war viel zu viel Papier, das hatten sie beide unterschätzt.

Diffuses gelbliches Licht drang von draußen herein.

Ohne Elviras Eröffnungen vom Nachmittag hätte Juana sicher nicht zum Buena-Vista-Ordner gegriffen, und der Briefkopf der Investmentfirma mit den Namen der Eigentümer wäre ihr völlig unverdächtig erschienen. Zu hoffen war, dass Elvira nie bewusst wurde, wie sie selbst ihren Gatten sozusagen ans Messer geliefert hatte.

Juana sah geradezu vor sich, wie Stefano Ramirez durchs Gebüsch schlich, um Carmen aufzulauern, wie in Stein gemeißelt das faltige Gesicht, die Schleuder schussbereit in den Händen. Es schauderte sie in ihrem Bett, obwohl sich unter der Decke Wärme ausbreitete. Carmen würde den Verdacht, Ramirez habe mit Steinen auf sie geschossen, weit von sich weisen.

»Das war ein Unfall, *nanoya*, sonst nichts«, hatte sie gesagt, mit dem gleichen Gesicht wie ihr Vater bei seinen Beschwichtigungsversuchen Maria Inés gegenüber, wenn die wieder einmal Katastrophen heraufbeschwor. »Warum sollte es jemand auf mich abgesehen haben?«

Dachte Carmen wirklich nicht an einen Zusammenhang mit den Morden?, hatte sich Juana gefragt. Oder wollte sie ihre *nana* nur nicht beunruhigen? Liebenswert, aber nicht realistisch. Und bedrohlich, wenn sie die Gefahr tatsächlich nicht sah.

Eine Warnung war angebracht. »Vielleicht weil es bei deinem Vater nicht geklappt hat, Carmencita, und du ein leichteres Ziel bietest. Und außerdem – das liest man doch oft – fühlen Eltern die Rache, die Strafe viel mehr, wenn es eines ihrer Kinder trifft.« Und die Großeltern wurden gleich mit bestraft, obwohl sie keine Schuld hatten.

Immer noch schaudernd, zog Juana die Bettdecke um sich. Doch dann wurde es gleich zu warm, und sie bebte immer noch. Am besten stand sie auf, schlafen konnte sie ohnehin nicht. Aus der Stadt schallte weiterhin Musik herauf.

Sie stellte die Füße auf den Boden und suchte nach ihren Hausschuhen. Gewiss schlief Carmen friedlich wie ein Baby. Wie früher, wenn sie mit dem Fahrrad gestürzt war oder Liebeskummer hatte, ließ sie sich von ihrer *nana* in den Arm nehmen und erzählte ihr alles, und dann war es für sie vorbei. Juana hingegen lag wach und durchlebte immer wieder Carmens Schreck und ihre Sorgen, die sie ihr wie einen Kartoffelsack aufgeladen hatte. Juana schmunzelte vor sich hin. Ein Lastesel war sie – aber es war doch schön, dass sie noch gebraucht wurde. Viel war es ohnehin nicht mehr, das sie für ihre Carmencita tun konnte …

Leise öffnete Juana die Tür und ging auf die Palmen zu, die Herbert Winkelhoffs Planschbecken umgaben. Wenn jemand sie sah in ihrem weißen Nachthemd und mit dem langen, aus dem Knoten gelösten Haar, musste er sie für einen Geist halten. In dem gemächlichen Schritt, der ihrem Alter entsprach, umrundete sie den Pool. Immerhin konnte sie auf der Insel, wo keine Temperaturschwankungen ihren Kreislauf belasteten, auf den Rollator verzichten.

Der Mond stand nun über Izaña und beleuchtete die Antennen der Observatorien. Bis zu zweitausendvierhundert Meter waren die Berge dort hoch, der höchste Punkt im Osten der Cañadas. Der Pico del Teide war noch dreizehnhundert Meter höher, als schwacher Schimmer zeichnete er sich über der schwarzen Tigaiga ab. Die Aussicht auf die Berge hatte Juana ihr Leben lang fasziniert, doch darin herumgeklettert war sie nur selten. Sollten sich die Touristen als Gämsen betätigen, ihr reichten – zumal in ihrem Alter – die Steigungen in der Stadt.

Wie die fernen Berge waren sie nicht ungefährlich, das hatten sie ja erlebt. Die Höhenunterschiede erleichterten Angriffe von oben, Steine fanden leicht ihr Ziel. Zwischen Palmen und Tabaiba-Büschen, hinter Felsbrocken und Mauern blieb ein Angreifer ungesehen. Er musste nur beobachten, den richtigen Zeitpunkt abwarten und sich dann schnell zurückziehen.

Juanas erster Verdacht, als Carmen von den fliegenden Steinen erzählt hatte, war auf Angie und ihre Freunde gefallen.

»Kann es sein, dass Angie dich in den *barranco* gelockt hat, wo der Steinewerfer auf dich wartete?«, fragte Juana geradeheraus in der Absicht, Carmen zu mehr Vorsicht auch gegenüber angeblichen Freunden zu bewegen. »Sie könnte sich zu einer bestimmten Uhrzeit mit ihm verabredet haben.«

Immerhin stand zu dem Zeitpunkt noch der Verdacht gegen die Kinder im Raum, die sich – einzeln oder in einer gemeinschaftlichen Aktion – für die väterlichen Demütigungen rächen mochten.

Empört wehrte Carmen Juanas Argwohn ab. »Angie war rührend um mich besorgt, *nana*. Du hättest sie sehen sollen, die Tränen standen ihr in den Augen, als ich wieder zu mir kam.« Sie erzählte, wie sich Angie in der Umgebung umgesehen, aber niemand Verdächtigen entdeckt hatte. Passanten waren nicht stehen geblieben, die man hätte fragen können.

»Ein Dummejungenstreich«, meinte Carmen, ohne zu merken, dass sie ein Wort gebrauchte, das sie selbst ihrem Vater nicht abgenommen hatte.

Der leichte Wind bewegte die Palmwedel über ihr, ohne sie zu erreichen. Sie war Herbert dankbar für die hohen Glaswände, so blieb der Dachgarten lange warm. Im Sommer allerdings, wenn eine von der Sonne aufgeheizte Dunstglocke über dem Tal hing, staute sich zwischen den Palmen die Hitze noch mehr als in der Stadt, dann wollte sie hier oben nicht sein. Als undurchdringlicher Wald erschienen ihr die Gewächse, dabei waren sie nur geschickt gesetzt.

Carmens Unfall, wenn man ihn denn so nennen wollte, war in ebenso schlecht einzusehendem Gelände geschehen, an einer Stelle, die zum Strand hin verdeckt war von dicht beieinanderstehenden Palmen, und mit viel Gehölz, das sich bis hinauf zur Straße zog. Juana erinnerte sich an den Ort, das wilde Gelände des Barranco San Felipe kannte sie schließlich von Kind auf. Der Strand war damals noch ein schmaler, mit schwarzen Felsbrocken und Kieseln übersäter Streifen, auf den die Brandung ungebremst donnerte. Hier zu schwimmen war nicht nur wegen der hohen Wellen gefährlich. Man konnte leicht gegen die mit spitzen Muscheln besetzten Felsbrocken gespült werden und sich böse die Haut aufreißen.

Zur Jahrhundertwende hin war dann die Playa Jardín angelegt worden, in drei ausladenden Buchten und mit üppiger Bepflanzung am darüberliegenden Hang. Von üppiger Bepflanzung hatte jedenfalls Herbert gesprochen, als er Juana die Anlagen vorgeführt hatte, stolz wie ein König, als habe er selbst mit daran gebaut. Was wahrscheinlich auch zutraf, dachte Juana jetzt, Herbert hatte doch überall seine Finger im Spiel. Juana hatte nur ein kahles dunkelbraunes Gelände vor sich gesehen, in dem die dünnen Palmen und das mickrige Grün kaum auffielen. Seitdem war sie nicht mehr dort gewesen.

Laut Carmens Bericht war das Grün inzwischen tatsächlich üppig zu nennen, sogar von Dickicht war die Rede. Unter ein paar alten Lorbeerbäumen, an die sich Juana zu erinnern meinte, trafen sich die Boulespieler, und eine ganze Reihe Kinder lief ebenfalls herum.

»Vielleicht haben ein paar Jungs mit ihren Schleudern auf die Kakteen gezielt«, meinte Carmen. »Und das bestimmt nicht zum ersten Mal. Als die Steine geflogen kamen, stand ich davor und dachte, dass sie ziemlich ramponiert aussahen.« Sie versuchte sogar zu lachen, was ihr nicht so recht gelang. »Das gibt's hier offenbar öfter, dass Steine durch die Luft fliegen, *nana*. Denk an Vater. Am falschen Platz zur falschen Zeit, so sagt man doch.«

Carmen konnte ihr viel erzählen, aber einer alten Frau machte man nichts vor.

Juana merkte, wie sie müde wurde, blieb aber noch einen Moment lang vor der Glaswand stehen. Über der Plaza de Europa strahlten nach wie vor die Scheinwerfer, und die Musik war nicht leiser geworden. Wie es wohl wäre, wieder dort unten in der Stadt zu leben? Ob es in der Nähe von San Telmo, wo die Luft am frischesten war, freie Wohnungen gab? Sie sollte sich mit Carmen einmal dort umsehen.

Langsam ging sie zurück zu ihrem Gästehaus, das ihr so gut gefiel, dass sie es am liebsten mitgenommen hätte als neuen Wohnsitz nahe dem Erdboden. In der Calle la Hoya hatte es diese kleinen Häuser oft gegeben, eng nebeneinander nach alter kanarischer Bauart, aber bestimmt waren sie inzwischen abgerissen worden. Für so kleine Wohneinheiten war der Platz in der Innenstadt zu teuer, und wenn sie doch stehen geblieben waren, fielen sie nach und nach dem Verfall zum Opfer.

Vor einigen Häuschen hier in La Ranilla hatte Juana in den letzten Tagen innegehalten und davon geträumt, sie für sich selbst zu kaufen. Doch sie gehörten zumeist wohlhabenden Grundbesitzern, denen es nicht wehtat, wenn sie unbewohnt waren und kein Geld einbrachten, was sie eher in Kauf nahmen, als ihre überzogenen Preisvorstellungen zu senken. Oft genug hatte Herbert Winkelhoff über diese Holzköpfe, wie er sie nannte, geschimpft. So manches Grundstück war darunter, nach dem sich jeder Bauinvestor die Finger leckte und so manche alte Frau darüber hinaus.

Juana trat durch die Tür ihres geliehenen Domizils und schloss als Erstes die Lüftungsklappen, um die Musik auszusperren. Jetzt würde sie schlafen können. Doch vorher sollte sie das Bad aufsuchen, sonst trieb es sie später hinaus. Ihren Verdacht gegen Angie konnte sie nun wohl beiseitelegen, obwohl sie nach wie vor der Ansicht war, dass die explosive Situation in den Familien mit den gewalttätigen Vätern leicht zu Eruptionen, zu weiterer Gewalt führen konnte. Wie sich das entwickelte, blieb abzuwarten.

Durch Elviras Erzählung und ihren Fund im Firmenarchiv war Stefano Ramirez in den Vordergrund getreten, für Juana – und für Carmen wohl auch – stand er weit vor allen sonstigen Verdächtigen. Angie und ihre Freunde stellten dann keine Gefahr mehr dar. Ramirez musste Carmen schon eine Zeit lang beobachtet haben wie vorher die anderen Opfer und hatte nur den richtigen Zeitpunkt, die passende Örtlichkeit abgewartet.

Sie wusch sich noch die Hände. So eine Verfolgung brauchte seine Zeit, die nicht jeder aufbringen konnte, ohne dass es auffiel. Es wäre gut, wenn sie herausfinden könnte, wie Ramirez seine Tage verbrachte.

Als Juana ihr Bett aufsuchte, beschloss sie, gleich morgen wieder nach Santa Úrsula zu ihrer Freundin María Pilar zu fahren. Die Zeit eilte. So bald wie möglich musste dem Mörder das Handwerk gelegt werden, denn allzu deutlich hatte der Angriff auf Carmen gezeigt, dass sein Rachebedürfnis durch die vorausgegangenen Taten keineswegs gestillt war. Pilar kannte so gut wie jeden Bewohner des Tals und weit darüber hinaus, schließlich hatte sie ihr ganzes Leben hier verbracht. Bestimmt fiel ihr jemand ein, der über die Familie Ramirez Auskunft geben konnte.

Bevor sie einschlief, wünschte sich Juana noch, ihre Enkelin einsperren zu können, bis jede Gefahr vorbei war. Wie früher als Kind, wenn die Windpocken unterwegs waren. Aber schon damals hatte Carmen protestiert …

## 24

»Ich bitte dich, *chico* …« Eine weitere Rose musste ihr Leben lassen.

Nichts hasste Mariano mehr, als wenn seine Mutter ihn *chico* nannte. *Chiiico* womöglich – seit frühester Kindheit hatte er ihren Ruf im Ohr, und nicht nur er, sondern auch alle ihre Nachbarn. Seinen Freunden hatte er streng verboten, diese Anrede zu übernehmen, mit einigen hatte er sich sogar prügeln müssen und war trotzdem sicher, dass sie ihn heimlich so nannten.

»… bitte erzähle niemandem von der Angelegenheit«, setzte Maria Dolores den begonnenen Satz fort. »Die Geschichte ist längst vergessen, und Ärger wollen wir doch nicht.«

Sie warf die jüngst verstorbene Rose, nachdem sie ausgiebig an ihr geschnuppert hatte, in den Abfallkorb, den Mariano ihr hinterhertrug, und wandte sich dem nächsten Strauch zu. Der große Garten war das Hobby seiner Mutter, und sie mochte es, wenn der Sohn ihr bei der Arbeit half. Dazu hatte sie ihn am frühen Sonntagmorgen aus dem Bett geholt, nachdem er die halbe Nacht über den Firmenakten verbracht hatte.

Sie befingerte ein paar Rosenblätter und murmelte etwas von Rost und Spritzmittel. Mariano unterdrückte einen Seufzer und schaute in den blauen Himmel. Für Rosen und Hibiskus hatte er wie für alles, was über der Erde wuchs, noch nie Interesse aufbringen können, und schon gar nicht für die Buchsbaumfiguren, die sie täglich sorgsam beschnitt, während es Marianos Aufgabe war, sie regelmäßig zu wässern. Maria Dolores hatte eine Vorliebe für schwierige Gewächse, die im heißen Inselklima nur mühsam überlebten und dauernd nach Pflegemaßnahmen schrien.

Sie lächelte ihn an und warf eine Handvoll Blätter in den Korb. Natürlich lächelte er zurück, doch sein Ärger nahm zu. Hier stand er und fungierte als Handlanger seiner Mutter, während in der Firma zahllose Aufgaben auf ihn warteten. Seinen ewig cholerischen Vater vermisste Mariano nicht besonders, aber in der Bauunternehmung Manzano hatte sein Tod eine große Lücke hinterlassen. Eine Lücke, die er – Mariano – nun füllen sollte. Angesichts der vielen Probleme und der Angestellten, die von ihm erwarteten, dass er sie löste, wäre er am liebsten tief in die Erde gekrochen, wo er als Tiefbauingenieur eigentlich hingehörte.

Er stellte den Korb auf den Boden und hockte sich auf dessen Rand. Woher sollte er wissen, wo dieser Flansch und jener Stein bestellt werden sollte? So etwas hatte Lucas Manzano grundsätzlich selbst entschieden, weil er die Lieferanten kannte und den Grad, in dem sie ihm verpflichtet waren, denn davon hingen die Preise ab.

Mit zunehmend rauchendem Kopf hatte sich Mariano im Archiv vergraben und versucht, sich von den wichtigsten Projekten und Firmenvorgängen ein Bild zu machen. Nebenbei hatte er auf die bewussten fünf Namen geachtet und war auf die Angelegenheit gestoßen, die laut Maria Dolores nicht an die Öffentlichkeit gelangen durfte. Eigentlich sollte er weiterarbeiten …

»*Chiiico*, der Kohorb!« Sie war schon beim ersten der meterhohen Buchsbaumschwäne angelangt, von denen sie eine ganze Familie pflegte, und winkte mit einer Handvoll abgeschnittener Zweige.

Ganz der gehorsame Sohn, hob Mariano den halb gefüllten Abfallkorb an und trottete in ihre Richtung. Maria Dolores lächelte ihm entgegen, wirkte aber in der schwarzen Trauerkleidung und mit dem tragischen Zug um den Mund wie ihr Namensvorbild, die Schmerzensmutter.

Dabei war die Liebe zu ihrem Mann durchaus neueren Datums, geboren am Rand des Grabes, in dem er nun lag. Alle Enttäuschung über die lieblose Ehe, die Angst vor seinen Gewaltausbrüchen und der Ärger über die ewigen Seitensprünge waren mit in die Grube gesunken, und auferstanden war ein wahrer Held. Kein dunkler Fleck durfte das Andenken Lucas Manzanos verunzieren, deshalb musste der Vorgang aus dem Archiv natürlich unter der Decke gehalten werden.

Mariano stellte den Korb zu ihren Füßen ab und setzte sich auf die grün glasierte Steinbank am Rand der Schwanenherde. Wenn sie noch den gesamten Buchsbaumzoo zurechtstutzen wollte, konnte er sich auf eine lange Arbeitszeit als Tierwärter einrichten.

»Sag, *chico*, hast du eigentlich Julia Hernandez in der letzten Zeit getroffen?« Sie warf ihm einen Blick zu, schnipselte aber weiter an der Schwanenmutter herum. Seine Abneigung gegen den albernen Kindernamen war Maria Dolores durchaus bewusst, oft genug hatte er sie gebeten, ihn Mariano zu nennen.

Julia war eine junge Frau aus La Perdoma, mit der er ein paarmal ausgegangen war. Ihrem Vater gehörte eine Gerüstbaufirma, die Marianos Vater, als er noch lebte, über seinen Sohn gern erheiratet hätte. Maria Dolores fühlte sich wohl verpflichtet, das Projekt ihres Gatten pietätvoll weiterzuverfolgen.

Mariano riss einem der Schwanenkinder eine Schwanzfeder aus. »Sie hat keine Zeit«, gab er zurück. »Muss für die Prüfung lernen.«

Das war gelogen, er war vor ein paar Tagen noch mit Julia durch die Discos im Süden gezogen und hatte eine wilde Nacht mit ihr verbracht.

»Ein Mädchen hat immer Zeit für einen jungen Mann wie dich«, behauptete Maria Dolores. »Du hast sie doch nicht verärgert, *chico*?« Sie musterte ihn besorgt, die Schere in der Hand, als sei auch bei ihm Wildwuchs zu beschneiden.

Wenn glänzende Augen beim Abschied Ärger bedeuteten, dann hatte seine Mutter recht. Aber er hatte keineswegs vor, Julia zu heiraten, sie war für ihn viel zu jung. Sie selbst dachte an alles andere als eine Ehe, sie wollte ihr Studium abschließen und dann ins Ausland gehen.

»Nein, nein«, murmelte er. »Alles in Ordnung, *mamá*.«

Zufrieden wandte sie sich dem Buchsbaumbären zu, dem an den Ohren Büschel gewachsen waren. Da kam sie nicht heran, also musste er sich erheben und die kleine Trittleiter aus dem Gartenhaus holen.

Seufzend machte sich Mariano auf den Weg zurück durch den Rosengarten, am Seerosenteich vorbei, dem Lilien- und

Tulpenbeet und der Ligusterhecke, der sie akkurat rechtwinklige Kanten verpasst hatte. Die Pflanzen bezog sie von englischen und deutschen Gartenbaufirmen, über den Katalogen brütete sie tagelang.

Bestimmt konnte ihr Carmen Winkelhoff, die deutsche Gärtnerin, mit so manchem Pflegetipp aushelfen, aber er würde sich hüten, sie seiner Mutter vorzustellen. An Julia und die anderen hatte er kaum noch gedacht, seit er Carmen wiedergetroffen hatte. Gleich hatte er sich an den blonden Pferdeschwanz erinnert, der in früheren Jahren auf ihrem Kopf gewippt hatte, und vor allem an die strahlenden schwarzen Augen. Ein langes, dünnes und etwas ungelenkes Mädchen war sie damals. Heute war sie eine schöne Frau, doch daran allein lag es nicht, wenn er sich auf jede Begegnung freute. Carmen machte den Eindruck, als schaue sie hinter die Dinge oder besser gesagt – angesichts ihres Berufs – als dringe sie gern bis zu den Wurzeln vor. Und witzig war sie außerdem.

Wenn sie in Puerto blieb, würden sie sich häufiger sehen, das war unvermeidlich. Vielleicht engagierte sie sich wie er in politischen Fragen, dann wäre sie auch ein Gewinn für die Insel. Der Kreis aufgeschlossener junger Leute war überschaubar geworden, seit so viele zugunsten besserer Jobs auf dem europäischen Festland oder in Südamerika Teneriffa verlassen hatten. Seine Geschwister zum Beispiel, Carlos und Antonia, dachten nicht daran, jemals auf die Insel zurückzukehren.

Vom Fliederbusch dem Blick seiner Mutter entzogen, ließ sich Mariano auf der besonnten Bank vor dem Gartenpavillon nieder. Auf dem Boden kniend widmete sich Maria Dolores der Pediküre der Bärenfüße, da konnte die Leiter noch warten. Der Bär war ihr Sorgenkind; was ihm struppig zum Fell hinauswuchs, fehlte innen, wo er zunehmend kahl wurde. Er war viel zu groß geraten, und sie sprach schon davon, dem armen Tier den Garaus zu machen.

Carmen hatte ihn nicht täuschen können damals im Winkelhoff'schen Dachgarten, als sie zusammengetragen hatten, was sie über die Todesfälle wussten, und beschlossen, mehr herauszufinden. Ihre Fragen nach den Baugenehmigungen und Florentíns

Rolle auf der Insel hatten die ganze Sache in Gang gesetzt, und wie sie während des Gesprächs von einem zum anderen schaute, hatte ihm gezeigt, dass sie sich bereits ihre eigenen Gedanken über die Fälle gemacht hatte. Bei ihrem Faible für dunkle Ecken und vergrabene Geheimnisse sollte sich vorsehen, wer etwas zu verbergen hatte.

Mariano zupfte ein Fliederblatt aus dem Busch und rollte es zwischen den Fingern. Am Nachmittag war er mit Carmen verabredet, um auf den Taoro zu steigen. Er hatte gewusst, dass die Garcías mit ihren Eltern zu einem Familienbesuch in Garachico waren, und Fernando hatte ebenfalls etwas vor. Rafael und Marisol waren auf einem Baseballturnier. Es würde bestimmt ein unterhaltsamer Ausflug werden.

»*Chiico*, wo bleibt die Leiter?«, rief Maria Dolores quer durch den Garten, so schrill, dass halb Orotava sie hören konnte.

Mariano stand auf und machte sich mit der Leiter auf den Rückweg. Es wurde höchste Zeit, dass er sich eine eigene Wohnung suchte. Aber diesmal war es vielleicht besser, auf seine Mutter zu hören und Carmen nicht zu erzählen, was er in Vaters Archiv gefunden hatte. Wer weiß, was die uralte Vorladung zum Gericht zu bedeuten hatte, auf der Vater auch die anderen Namen notiert hatte. Nicht einmal ihm, dem geliebten Sohn und Firmennachfolger, hatte Maria Dolores verraten wollen, um was es bei dem Prozess gegangen war.

Am Buchsbaumbären angekommen, stellte er ihr die Leiter zurecht und den Abfallkorb neben sie. Dann verabschiedete er sich mit dem Hinweis auf die wartende Büroarbeit und ging zum Haus zurück, um sich umzuziehen.

So erwartungsvoll er dem Treffen mit Carmen auch entgegensah, es war wohl doch besser, ihr erst einmal auf den Zahn zu fühlen, bevor er die Familiengeheimnisse preisgab. Sie war imstande, die alte, längst vergessene Geschichte ans Licht zu zerren wie einen Regenwurm aus dem Komposthaufen. Das bedauernswert zappelnde Tier, das er vor Augen hatte, trug Lucas Manzanos rot angelaufenes Gesicht. Noch als er im Spiegel seine Rasur prüfte, grinste Mariano Manzano, Lucas' Sohn und Erbe, vor sich hin.

Im Hinausgehen nahm er den Autoschlüssel vom Haken. Mal sehn, was Carmen zu dem kleinen gelben Kraftpaket sagte. Ihr Lachen stand ihm vor den Augen. Überrascht stellte er fest, wie sehr ihm daran lag, dass sie ihn mochte.

# 25

Mit Sicherheit ein roter Sportwagen, dachte Carmen und hielt nach einem solchen Ausschau. Vergeblich. Rote Sportwagen schienen in Puerto Mangelware zu sein.

Mariano und sie hatten sich vor dem Buena Vista verabredet, um von dort aus den Aufstieg zum historischen Taoro-Hotel anzugehen. Wie ein altes Schloss thronte der lang gestreckte Bau mit den mächtigen Seitenflügeln auf dem Berg. Den Treffpunkt hatte Mariano vorgeschlagen, weil er in der Nähe lag, aber nach dem gestrigen Abend in Vaters Archiv hatte Carmen zum Buena Vista eine Reihe Fragen an ihn.

Sie staunte nicht schlecht, als er ihr im Vorbeifahren aus einem kleinen, kompakten Auto zuwinkte, bevor er abbog, um auf dem Platz zu parken. Am etwas erhöhten Heck war eine kleine Sonne aufgemalt mit heraushängendem Kabel samt Stecker.

»Ein Elektromobil?«, fragte Carmen, als er sie mit einem Lächeln begrüßte. Sie hatte sich vorgenommen, Spanisch zu sprechen, aber schon dieses Wort hätte ihr gefehlt. Sowieso ließ sie ihre rudimentären Kenntnisse besser zu Hause. Marianos Deutsch war viel zu gut, der schwache Akzent störte überhaupt nicht.

»Mmh. Von der Sonne gespeist.« Zu Hause hatte er sich eine solarbetriebene Ladestation gebaut. Natürlich war das schicke maisgelbe Cabrio eine Tesla-Spezialanfertigung mit einem starken Motor.

»Die Variante Öko-Snob, aha.« Und die lässige dunkelrote Leinenhose hatte er bestimmt nicht bei Lidl gekauft.

Mariano grinste und hob den Daumen.

Carmen lächelte zurück. Wenn man einen Mann mit einem Sahneschnittchen vergleichen konnte, dann hatte sie hier eines vor sich. Sie musste an sich halten, um nicht gleich hineinzubeißen. Bleib cool, Carmencita, sagte sie sich mit der Stimme ihrer Großmutter. Dass er gut aussieht, weiß er schon.

Er wollte gleich den Berg hinaufstürmen, aber vor dem Eingang des Buena Vista hielt Carmen ihn fest. »Warte einen Moment, Mariano. Dieses Haus kennst du ja wohl?« Die Sonnenbrille verbarg seine Augen.

»Sicher. Es war schon alt, als ich geboren wurde.« Er schaute sich im Eingangsbereich um, strich mit der Hand über das üppig in Kübeln angepflanzte Blattgrün und klopfte auf den metallenen Türrahmen. »Den haben sie neu eingebaut. Immerhin.« Dunkelbraun gestrichene verwitterte Holzrahmen hielten die unteren Fenster, die Abluftventilatoren schienen von anno dazumal. »Meiner Familie gehörten diverse Wohnungen darin, bis vor ein paar Jahren.«

Das war Carmen nicht unbekannt. Lucas Manzano war einer der fünf Besitzer der Buena Vista Invest und – so vermuteten *abuela* und sie jedenfalls – wie die anderen aus diesem Grund ermordet worden.

Als Junge sei er oft mit seinem Vater im Aufzug bis aufs Dach gefahren, erzählte Mariano begeistert. »Ein Ausblick, sage ich dir!«

Carmen schielte an dem Wolkenkratzer hoch, und schon dabei wurde ihr schwindelig. Da oben stehen? Ein junger Drago stand im Vorgarten, das musste hier wohl sein, doch ein so hochgewachsenes, mageres Exemplar hatte Carmen nie gesehen. Es schien, als wolle er dem Turm des Buena Vista Konkurrenz machen.

»Aber vom Taoro aus kannst du genauso weit gucken«, meinte er, als müsse er sie wegen der entgangenen Aussicht trösten.

»Ach so.« Höhenangst? Sie doch nicht. In früheren Jahren war sie schon einmal dort oben gewesen, sie erinnerte sich an eine endlose Kletterei über viele steile Stufen. »Aber die Wohnungen habt ihr verkauft?«

Er nickte. »Vor fünfzehn Jahren. Ich hab erst heute Nacht die Verkaufsunterlagen gesehen.« Die halbe Nacht hatte er sich im Archiv seines Vaters um die Ohren geschlagen.

»Hast du etwas über unsere fünf gefunden?«, fragte Carmen.

»Nichts Interessantes, tut mir leid.« Er zog eine zerknirschte Miene. »Nur diesen Verkaufsvorgang, da waren alle fünf beteiligt.« Der lange Stiel des Drago fesselte ihn ungemein.

»Und haben ihre Wohnungen an Stefano Ramirez verkauft«, ergänzte sie. Carmen drehte sich um und ging voraus auf die *carretera* zu, die sie überqueren mussten. Ob er wusste, wie die fünf ihren Freund Stefano betrogen hatten?

»Ach.« Mariano überholte sie mit ein paar langen Schritten. »Du warst in Winkelhoffs Firmenarchiv? Dein Vater gehörte doch auch dazu.«

»Du meinst, zu dieser Investmentfirma?«

Er drehte sich um und ging rückwärts vor ihr her. »Genau.« Mit harmlosem Gesicht. Das dünne Polohemd war ebenso schwarz wie der Stecker im Ohr und die Locken darüber.

»Ist dir an dem Vorgang nichts aufgefallen?«

»Doch, schon.« An der Ampel mussten sie warten. »Der Preis. Er schien mir um einiges überzogen. Ich weiß doch, wie die Wohnungen ausgesehen haben.« Spaßeshalber hatte Mariano nachgeschaut, was sein Vater in den Jahren für die Instandhaltung des Gebäudes ausgegeben hatte.

»Und?«

»Nichts. Keine *peseta*. Die notwendigsten Reparaturen erst, wenn die Mieter mit Klagen drohten, aber keine Erneuerung der Elektroanlage oder der Wasserleitungen, keine neuen Bäder, Lüftungsanlagen – nichts. Ein paar Eimer Farbe vor dem Verkauf, das war alles.« Er lachte auf. »So ist das hier auf der Insel. Lieber bauen sie doch ein neues Hotel.«

So hatte Carmen sich das vorgestellt. Wenn sich der Zustand bis heute nicht geändert hatte, war das Haus ein antikes Schätzchen, aber wohnen wollte sie lieber nicht darin.

Mariano war ihr schon voraus, als die Ampel auf Grün schaltete. Er musste ihr wohl zeigen, wer die längeren Beine hatte.

Mitten auf der Straße erfasste Carmen ein ungutes Gefühl. Unwillkürlich schaute sie zum Buena Vista zurück, dessen Balkone hoch über ihr aufragten. Für herabfliegende Steine bot sie ein gutes Ziel. Eilig folgte sie Mariano zu der engen Treppe, die zum Taoro hinaufführte. Hier schützten sie hohe Mauern.

Schon am Morgen hatte der Schreck sie überfallen, nachdem sie in der Nacht tief und traumlos geschlafen hatte. So gern sie es auch glauben wollte – es war einfach nicht wahrscheinlich, dass die Steine am Barranco San Felipe sie aus reinem Zufall getroffen hatten. Wie bei Vater – gut gezielte Geschosse als Teil der Serie von Angriffen auf fünf ganz bestimmte Leute. Vier davon waren tot, Vater hatten die Steine verfehlt, und jetzt war sie an der Reihe. Aber warum bloß? Sie schrak zusammen, als eine Eidechse über die Mauer huschte. Es konnte durchaus sein, dass der Steinewerfer sie immer noch beobachtete.

In engen Windungen zog sich dieser Teil des Treppenaufgangs den Berg hinauf. Ohne ihn zu sehen, hörte Carmen über sich Marianos schnelle Schritte. Hinter ihr mühten sich weitere Besucher aufwärts, Stufe für Stufe wie sie selbst, zwischen langweiligen, kahlen Mauern aus schwarzen Felsquadern.

Angie gegenüber, die sich am Morgen erkundigt hatte, wie es ihr ging, hatte Carmen die Version vom Unfall beibehalten. Angie war ziemlich kleinlaut gewesen, als sei sie an allem schuld. Sie hatten sich für Dienstag verabredet, dann wollten sie nach La Tejita fahren, wo am noch unberührten Strand das neue Luxushotel gebaut werden sollte. Unterwegs konnten sie über alles reden.

Doch nach dem Telefongespräch war Carmen eingefallen – bestimmt nur wegen ihres reuevollen Tons –, dass Angie während der Zeit in San Felipe ein paarmal auf die Uhr geschaut hatte. Musste man es wirklich merkwürdig finden, wie *abuela* gesagt hatte, dass sie Carmen genau zu diesem Zeitpunkt in den *barranco* geführt hatte? Ihr Geständnis am *castillo*, die Befürchtungen wegen des Familienkomplotts konnten den Zweck gehabt haben, in vorgeblicher Offenheit den wahren Sachverhalt als unwahrscheinlich darzustellen. Und hatte Angie mit der Lobrede auf Mariano nicht ziemlich übertrieben?

Gespenster, dachte Carmen jetzt. Es steckte doch mehr von Mutters Erbe in ihr, als sie gedacht hätte. Stefano Ramirez war ein viel wahrscheinlicherer Täter, ein Gedanke, der sie immens erleichterte. Sie war gespannt, was die anderen über ihn wussten. Aber zuerst musste Mariano Farbe bekennen.

Auf dem nächsten Treppenabsatz wartete er auf sie, reichte ihr die Hand und zog sie die letzten Stufen aufwärts. »Gleich wird es leichter«, meinte er und nahm die nächste Treppe in Angriff.

Sie bemühte sich, mit ihm Schritt zu halten, was ihr nicht ganz gelang. Bald war er hinter der nächsten Biegung verschwunden. Es war die letzte Kurve auf der engen Treppe, die sich auf ein kleines Plateau mit einer hellgrauen Holzbank öffnete. Erste Hilfe für erschöpfte Kletterer, die Carmen verschmähte.

»Puh«, machte sie und holte erst einmal Luft. Über ihr ragte der Berg noch ein ganzes Stück in den blauen Himmel, oben waren sie noch lange nicht. Zwischen niedrigen weißen Mauern zogen sich galerieartige Wege mit kurzen Treppen in Serpentinen den Hang hinauf – das sah schon eher aus, als könne eine Flachlandbewohnerin wie Carmen es mühelos bewältigen.

Mariano drehte sich um und lachte sie an. »Man kann auch mit dem Auto zum Taoro hinauffahren.«

»Nein, nein, nicht nötig.« Die Blöße gab sie sich nicht. Sie musste einfach langsamer gehen. Der Schock von gestern saß ihr noch in den Gliedern.

Sie waren bereits hoch über der Stadt, das spürte sie, als sie ans Geländer trat. Mit beiden Händen hielt sie sich fest und war froh um den Halt. Im Gebirge auf schmalen, ungesicherten Wegen über dem Abgrund zu hängen war gewiss nichts für sie. Ob Mariano auf Klettertour ging?

»Da hast du dein Buena Vista.« Er zeigte auf den gelb-weißen Turm zu ihrer Rechten, auf dessen halber Höhe sie sich inzwischen befanden. »Warum hast du vorhin danach gefragt?«

»Moment.« Carmen überwand die Schwindelgefühle und genoss die Aussicht, die nicht anders als grandios zu nennen war. Weit draußen das blaue Meer, unter ihr die Straßen und Häuser der Stadt, überragt von einigen Hochbauten, und das Buena Vista als Ausrufezeichen. Ihr Blick blieb daran hängen. Allzu belebt sah es nicht aus, die meisten Fenster geschlossen trotz der mittäglichen Hitze, viele Balkone leer geräumt. Dabei war jetzt die Zeit der Überwinterer.

Sie wandte sich Mariano zu. »Ich dachte, du weißt vielleicht, warum Stefano Ramirez sich die maroden Wohnungen hat andrehen lassen. Du sagst ja selbst, dass der Preis zu hoch war.«

Sie wollte noch ein paar Fotos machen, aber weil eine Gruppe Touristen den Aussichtspunkt am Geländer beanspruchte, gingen sie weiter. Später – je höher sie kamen, desto spektakulärer wurde der Blick. Auf den in engen Schleifen angelegten Rampen ließ es sich so leicht gehen, wie es einem Sonntagsspaziergang zukam.

»Stefano ist nicht eben der Hellste, Carmen«, erklärte Mariano ihr, als sie ein Stück von den Leuten entfernt waren. »Und dafür bekannt, dass er Wohnungen sammelt wie andere Leute Briefmarken. Als dann diese schön gestrichenen Apartments auf dem Markt waren, hat er wohl gemeint, er macht ein Schnäppchen.« Er lief ihr schon wieder voraus.

»Geglaubt hat er das. Aber weißt du auch, wer ihm das eingeredet hat?«

»Keine Ahnung.« Er drehte sich zu ihr um. »Weißt du es?«

»Vielleicht.« Den Wegrand säumten niedrige und hohe Palmen, Bäume und viel Gesträuch, von dem Carmen nur die Wolfsmilch-Arten erkannte. Sie musste sich unbedingt Vaters botanische Werke vornehmen. Nicht einmal die Palmengewächse konnte sie sicher unterscheiden.

Mariano schaute sie immer noch an. Wusste er wirklich nicht, wie die fünf ihren Freund hereingelegt hatten? Sein Vater hatte doch dazugehört.

Sie überholte ihn und blieb erst am nächsten Aussichtspunkt stehen. Hier befand sie sich Aug in Auge mit den obersten Etagen des Buena Vista, in dem Stefano Ramirez fast fünfzig Wohnungen besaß. Wartete er jetzt auf einem der Balkone mit seiner Schleuder auf den richtigen Augenblick? Die Scheiben in den Schiebetüren spiegelten den Himmel wider; ob jemand dahinterstand, um unversehens vorzutreten, konnte sie nicht erkennen.

»Vielleicht?«, machte Mariano sie nach. »Was soll das heißen?« Er nahm die Balkone ebenfalls in den Blick. »Du meinst doch nicht meinen Vater und die anderen? Sie waren die Verkäufer, und wenn sie die Wohnungen gepriesen haben, sollte Ramirez gewusst haben, wie das einzuschätzen ist.«

Er schien keine Ahnung zu haben. »Eben nicht. Als Verkäufer ist nur die Investmentfirma aufgetreten. Solltest du wissen, wenn du den Vertrag eingesehen hast.«

»Stimmt«, sagte er nach einer kurzen Denkpause. »Unterschrieben hat ein Prokurist. Aber das ist üblich bei so kleinen Geschäften.«

Vier Millionen ein kleines Geschäft? Unternehmersöhne auf Teneriffa dachten in anderen Dimensionen als eine bescheidene Berliner Gärtnermeisterin. Nebeneinander gehend setzten sie ihren Weg über die Serpentinen fort.

»Hm.« Mariano blieb vor ihr stehen. »Ramirez müsste inzwischen entdeckt haben, dass er mit den Wohnungen keinen so guten Fang gemacht hat.« Wie er Carmen anschaute – mit erhobenen Brauen und verzogenem Mund –, wirkte er tatsächlich schuldbewusst. »Das war wohl der Grund, warum sie nicht offen aufgetreten sind. Die Buena Vista Invest wurde dann aufgelöst, sodass er keinen Ansprechpartner mehr hatte.« Mit der Hand zog er einen Schlussstrich unter die Angelegenheit und ging weiter.

Doch so weit waren sie noch nicht. »Genau. Seinen angeblichen Freunden hätte er wohl die Hölle heißgemacht.« Das hatte Ramirez dann womöglich nachgeholt, aber von dem Verdacht wusste Mariano bisher nichts.

»Vielleicht hätte er ihnen sogar Betrug nachweisen können, weil sie gravierende und ziemlich offensichtliche Mängel verschwiegen haben.« Er nahm ihre Hand und sah ihr in die Augen.

Kam jetzt das bei einem spanischen Mann längst fällige *piropo*?

Doch nein, so einer war er nicht. »Du musst mir glauben, Carmen, ich habe davon nichts gewusst.« Er hielt ihre Hand fest und zog sie weiter. »In meiner Firma wird es so krumme Touren jedenfalls nicht geben.«

Carmen löste ihre Hand aus der seinen und steckte sie in die Hosentasche. »Du warst doch viel zu jung damals.« Trocken und kühl hatte sich seine Hand angefühlt.

Mariano warf ihr einen Seitenblick zu. »Vielleicht. Aber Vater wollte immer, dass ich mich um die Firma kümmere.« Er nickte vor sich hin, als käme ihm eine späte Erkenntnis. »Ich hätte es wissen sollen und ihn davon abhalten.«

Dazu hätte er wohl keine Chance gehabt, nach dem, was Angie über Lucas Manzano erzählt hatte. Ein Typ wie ihr eigener Vater. Sie schaute nach oben, wo mehrere Etagen über ihr ein breit angelegter Wasserfall rauschte. Weitere Terrassen und Galeriewege waren zu erkennen, mit Leuten entlang der Geländer, die ebenfalls die Aussicht bewunderten. Ob darunter jemand war, der nur darauf wartete, dass sie den Blick abwandte und er mit seiner Schleuder auf sie zielen konnte?

Unsinn, Carmen, schalt sie sich. Du solltest aufhören, nach oben zu schauen, sonst läufst du bald herum wie Hans Guck-in-die-Luft.

Neben dem Wasserfall, wo Palmen den Weg beschatteten, stand ein Mann mit einem Baseballcap auf dem Kopf, dessen Statur ihr vage bekannt vorkam.

»Schau mal, Mariano, ist das da oben nicht Fernando?« Der Freund von Martín García, den er zu Mutters Poolparty mitgebracht hatte. Ob er eine Brille trug, war nicht zu erkennen.

»Könnte er sein«, antwortete Mariano. »Diese Segelohren …« Er musste bessere Augen haben als Carmen. Mit beiden Armen winkte er zu dem Mann hinauf, der aber nicht reagierte, sondern sich abwandte und seinen Weg fortsetzte. »Wenn er es war, hat er uns nicht erkannt.«

Carmen folgte ihm um die nächste Wegbiegung. An irgendetwas hatte sie der Mann hinter dem Geländer erinnert, aber sie kam nicht darauf, was es war. Ein Bild, auf dem der Mann nicht die Hauptrolle spielte, das aber wegen etwas anderem in ihrem Unterbewusstsein hängen geblieben war. War das hier in Puerto gewesen? Die Fotos von ihrem letzten Besuch hatte sie immer noch nicht angesehen.

»Es gibt übrigens noch mehr zu berichten«, kündigte sie Mariano weitere Enthüllungen an.

Doch er strebte schon wieder voraus. »Gleich«, warf er über die Schulter zurück. »Erst will ich dir etwas zeigen.« Er wies auf das offene Geländer des über ihnen liegenden Wegs. »Da oben.« Eine Mauer aus Feldsteinen mit einem Landschaftsbild, von den Geländerstäben halb verdeckt.

»Hübsch«, konstatierte Carmen ironisch, als sie vor dem Bild standen. Eine Gruppe Guanchen beim Wasserschöpfen in einem hellblauen See, der sich über die Mauer hinaus im davor angelegten Springbrunnen fortsetzte. Das war eine coole Illusion, aber die Ureinwohner der Insel hatte der Maler ziemlich idealisiert.

Alle waren jung und kräftig, mit edlen Gesichtszügen und langem schwarzen Haar. Sollten sie nicht mehrheitlich blond gewesen sein? Hier hatten sie sich offensichtlich schon mit den Spaniern gemischt. Ein halb nacktes Mädchen warf einem jungen Mann im Fellrock einen kecken Blick zu.

»Na gut«, kommentierte Mariano ihr schräges Lächeln. »Es ist vielleicht ein bisschen naiv.«

»Nein, warum?«, erwiderte Carmen friedfertig. »Es erzählt etwas vom Leben der Leute.« Sie zeigte auf ein paar schwarze Flecken in den hoch aufragenden Cañadas. »Dort oben haben sie gelebt, in Höhlen, das weiß man ja. Aber das Wasser mussten sie von weit unten heraufschleppen. Bestimmt eine mühsame Angelegenheit.« Für den Transport benutzten sie mit einfachen Mustern verzierte Amphoren.

»Deshalb haben sie die jungen Leute geschickt.« Mariano grinste sie an. »Die Alten sitzen oben, zerlegen den Bären und warten auf das Wasser für die Suppe.«

»Während die Kids halb nackt im Pool planschen.« Bären hatte es auf Teneriffa nie gegeben, aber das wusste er selbst.

Er zeigte auf das Mädchen mit dem kessen Blick, das ein tönernes Gefäß auf dem Kopf festhielt und ein weiteres in der Hand trug. Im Bund ihres zotteligen Fellschurzes steckten wie bei einem Handwerker einfache hölzerne Geräte.

Mariano wedelte mit der Hand vor ihrem Bauch herum. Wollte er sie darauf hinweisen, wie knackig die Brüste der Kleinen waren? »Das ist eine Schleuder, Carmen, siehst du das?«

Sie trat näher heran. Er hatte recht – das war eine Zwille, wie sie Pedro als Kind in der hinteren Hosentasche steckte. Auch die des Guanchenmädchens war aus Holz und hatte die allgemein bekannte Ypsilonform. Ein ähnliches Modell hatte sie in der Calle la Hoya in einem Andenkenladen gesehen, mit einem Gummiband und einem Lederstück für das Wurfgeschoss.

»Damit haben sie ihre Bären erlegt.«

»Ach so.« Von Lanzen und Speeren mal abgesehen. Gummibänder hatten sie damals noch nicht – konnte Leder so elastisch sein?

»Du weißt ja, dass Pelinor auch eine Steinschleuder hat?«

Pelinor war einer der neun Menceys der Guanchen, ein König oder Anführer, das musste man auf Teneriffa wissen. Carmen kannte die riesigen, lebensechten Figuren, die in einer eindrucksvollen Reihe am Strand von Candelaria versammelt waren. Sie schüttelte ihren Kopf. So genau hatte sie die bronzenen Jungs nicht mehr im Blick. Aber sie erinnerte sich an Speere, Stangen und andere für die Insel typische Geräte in ihren Händen.

»Wenn wir nach La Tejita fahren, zeige ich es dir.« Candelaria lag auf dem Weg.

»Ach, du fährst mit?« Jetzt nur nicht zu freudig grinsen, *chica*.

»Klar. Die Firma gibt mir frei.« Mariano lachte so ansteckend wie immer. »Und dort unten muss man auch mal nach dem Rechten sehen. Wer weiß, was die Piraten alles anstellen.« In kurzen Worten erzählte er Carmen von der Strandbar Pirata, die im Zentrum des Protests gegen das Hotel stand. Anscheinend war sie der Treffpunkt aller widerständigen Menschen auf der Insel.

Dann schaute er wieder das Mädchen auf dem Bild an. »Aber bei Pelinor ist es ein anderes Modell. Nicht so eine Kinderschleuder, wie wir sie früher hatten.« Er tat, als wickele er ein Lederband um seinen Arm und ergriff einen imaginären Stein. »So wie auf den Balearen. Da tragen sie Wettkämpfe aus im Steineschleudern.«

Carmen nickte, das war mal im Fernsehen gekommen. Jetzt sah sie auch den bärtigen Guanchenkönig vor sich, der in der Linken einen faustgroßen runden Stein hielt. Sie hatte ihn fotografiert, musste aber zugeben, dass sie den Fokus eher auf Pelinors nackte, muskulöse Oberschenkel gerichtet hatte als auf das Lederband an seinem rechten Handgelenk. Der Fernsehbericht hatte gezeigt, wie die Schleuder um den Kopf gewirbelt wurde, und auf einmal flog der Stein und traf. Verstanden hatte sie es nicht: Wie machte man das?

»Braucht jahrelange Übung, bis man etwas trifft«, erklärte Mariano. »Und die Leute tüfteln ewig herum, bis sie die richtige Schleuder für den richtigen Stein haben. Aber wenn man einmal so weit ist, ist es ein perfektes Mordgerät. Lautlos und unauffällig.« Er bewegte die Hand über das Bild wie ein Scheibenwischer. »Ob nun dieses Modell oder das von Pelinor – bestimmt hat unser Mörder die Idee mit der Schleuder von den Guanchen übernommen. Alttestamentarische Rache oder so etwas.«

»Meinst du, er hat jedes Mal eine Steinschleuder verwendet?« Daran hatte bereits *abuela* gedacht.

»Wäre naheliegend. Die Verletzungen können leicht übersehen werden. Eine Beule am Kopf, sogar ein Schädelbruch können bei einem Sturz entstanden sein.«

So wie bei ihr am vorigen Nachmittag, denn hingefallen war sie auch. Unwillkürlich fuhr Carmen mit der Hand über die empfindliche Ausbuchtung an ihrem Kopf. Ein wenig abgeschwollen war sie ja. Mit aufflackerndem Argwohn schaute sie Mariano an. Er hatte sich offensichtlich die Gedanken des Mörders gemacht. Lief das jetzt auf ein Geständnis hinaus?

»Wir sollten nach jemandem suchen, der perfekt mit so einem Gerät umgehen kann«, sagte er stattdessen. »Ich werde mich mal auf der Insel umhören, ob es entsprechende Sportgruppen gibt.«

Carmen hoffte, dass ihr Lächeln nicht allzu erleichtert wirkte, denn den Grund hätte sie Mariano nicht erklären mögen.

Sie musterte noch die auf dem Guanchengemälde dargestellte Inselflora, als sie merkte, dass er sie von der Seite her ansah. »Hast du da etwas am Kopf?«, fragte er. »Du hast so gepeinigt geguckt, als du eben dorthin gefasst hast.«

Carmen beschloss, ihm die Angie-und-*abuela*-Version zu erzählen. »Nur eine Beule. Mir ist gestern ein Stein an den Kopf geflogen.« Sie zeigte mit dem Finger auf die Stelle.

Mit sachten Händen schob er ein paar Haarsträhnen beiseite und besah sich den Schaden. »Ein ziemliches Ding. Ein Stein, sagst du?«

»Mhm. Von irgendwoher, ganz plötzlich.« Kurz fasste sie den Vorfall im *barranco* zusammen.

Mariano zeigte auf die Schleuder des Guanchenmädchens. »Von irgendwoher kommen Steine auf dieser Insel nicht geflogen, darin waren wir uns doch einig.« Carmen schreckte zurück, als er seine Hand der Stelle näherte, aber er strich nur ganz zart darüber. »Du hast sicher einen ordentlichen Schreck bekommen.« Er legte den Kopf schief und schaute besorgt.

Carmen fühlte, wie ihr die Tränen in die Augen stiegen. Mitleid vertrug sie nicht. Er legte den Arm um sie und zog sie an sich. So standen sie eine Weile vor der friedvollen Landschaft. Ein Mann zum Wohlfühlen. Irgendwo musste ein Haken sein.

»Komm, Carmencita«, sagte er dann, nahm ihre Hand und zog sie zum Geländer. Dort ließ er sie los und breitete beide Hände aus, als lege er ihr Puerto zu Füßen. »Ist das eine Aussicht?« In direkt enthusiastischem Ton.

Angesichts des Panoramas war das nicht übertrieben. Ohne Höhenangst und Tränenflor vor den Augen schoss sie freihändig eine Reihe Fotos von der in allen Farben leuchtenden Stadt. Zu Hause im tristen Berlin würde sie diesen Anblick brauchen. Und dieses Licht – hoffentlich fing die Kamera es ein. Kaum vorstellbar, dass in diesem Licht so viele Geheimnisse verborgen blieben.

»Von hier oben sehen sogar die Hochhäuser winzig aus«, rief sie Mariano über die Schulter hinweg zu. Blauer Himmel spiegelte sich in den Scheiben des halbrunden Anbaus des Buena Vista, dessen ursprünglich verglaste Wintergärten teilweise in Balkone umgewandelt worden waren. Mit freiem Blick auf das Privatleben der Bewohner. Sie vermied es, mit dem Zoom genauer hinzusehen.

»Wolltest du mir nicht noch etwas erzählen?«, fragte Mariano ihren Rücken.

»Ja, doch.« Das Wichtigste.

Mit der Kamera in der Hand drehte sich Carmen um und machte schnell auch von Mariano ein Foto. Sicherlich ebenfalls eine Sehenswürdigkeit. »Ich glaube zu wissen, wer da mit deiner Steinschleuder herumschleicht.«

»Ach so?« Er deutete auf eine der am Rand des Plateaus aufgereihten Bänke. »Lass uns ein bisschen in der Sonne sitzen.«

Aber gerne. Um es spannend zu machen, erzählte sie von Mutters Kaffeekränzchen, der Schwarzwälder Kirschtorte, die sie ihren begeisterten Freundinnen gern auftischte …

»Die kenne ich«, warf Mariano ein. »Schmeckt wie unsere Torten, immer viel zu süß.« Er feixte. »Nichts für richtige Männer.«

Soso.

… von Elviras Klagen über das verlorene Geld, dem Zorn ihres Mannes auf die betrügerische Investmentfirma und die Freunde, die ihm vehement zum Kauf geraten hatten.

Mariano hörte gespannt zu. »Und jetzt hat Stefano herausbekommen, wer hinter der Firma steckt und ihn hereingelegt hat«, schloss er ihren Bericht ab. »Wie ich's gesagt habe – alttestamentarische Rache.« Er zwinkerte ihr zu. »Um Geld geht es doch immer.«

# 26

»Du glaubst nicht, worüber sich Touristen alles beschweren.« Consuela Rojas war diejenige, die sich im Hotel Atlántico mit den Widrigkeiten auseinanderzusetzen hatte. Carmen hoffte allerdings auf wichtigere Informationen.

Für die Managerin eines so großen Hotels war Consuela ziemlich jung, hatte sie gedacht, als sie sich an der Rezeption trafen. Sie kannten sich von Vaters Einweihungsparty her, und auf Angies Vorschlag hin hatte Carmen sie angerufen. Consuela war gleich bereit gewesen, ihr etwas über das Hotel zu erzählen, in dem sie arbeitete. Dass es Carmen in erster Linie um Ramón Delgado ging, der hier im Hotel zu Tode gekommen war, hatte sie am Telefon nicht erwähnt und wartete nun auf eine Gelegenheit, Consuela darauf anzusprechen.

Dennoch war Carmen fasziniert von der Logistik des großen Hotels und den oft bizarren Problemen, die dessen Führung mit sich brachte. Sie schaute sich in der Lobby um, wo sie in bequemen Sesseln Platz genommen hatten. »Gibt es denn so viel Grund für Beschwerden?«, fragte sie. Vor ihnen auf dem Tisch standen zwei Kaffeetassen und Wassergläser, die eine Angestellte eben serviert hatte.

»Anspruchsvolles, aber gemütliches Ambiente«, so hieß es in der Hotelwerbung. Auf die weitläufige Lobby traf das zu. Hell, sauber und stilvoll eingerichtet, woran die wuchtigen, aber mit dicken, zart geblümten Kissen gepolsterten Sessel einen großen Anteil hatten. Schwarz lackiert wie die Sesselkanten waren auch die kleinen Tische, helles Sonnenlicht, das durch die teilweise verglaste Decke fiel, spiegelte sich darin. In einem halbrunden Wasserbassin schwammen Seerosen zwischen Büscheln sattgrünen Zyperngrases. Sogar die fetten Goldfische machten einen zufriedenen Eindruck.

»Keineswegs. Wir sind ja ein deutsches Haus.« Darauf schien Consuela stolz zu sein. In dem dunkelblauen Kostüm mit dem unauffälligen Hotellogo auf der Brusttasche – drei rote Ringe in einem goldenen Kreis – sah sie ausgesprochen attraktiv aus. Es saß so gut, dass es wie eigens für sie geschneidert wirkte. Auf stilvoll gekleidete Angestellte schien der Hotelbetreiber ebenfalls Wert zu legen. Unter dem kurzen Rock trug Consuela selbstbewusst die Schiene an ihrem rechten Bein zur Schau, und das Nachziehen ihres Beins hatte sie nicht kaschiert, als sie eben Carmen voraus durch die Lobby gegangen war. Weil ihr Gang schwungvoll und sicher war, konnte man die leicht ungelenke Art sogar als reizvoll bezeichnen.

In diesem Hotel war alles etwas anders als im Buena Vista, das merkte Carmen bald. Der Verwalter legte deutsche Maßstäbe zugrunde, alles war gediegen und gut erhalten.

»Das muss auch so sein«, meinte Consuela. »Ich will die Spanier bestimmt nicht schlechtmachen – mir persönlich ist ihre Art sogar angenehmer, nicht so perfekt und durchorganisiert wie bei euch Deutschen.«

Sie lächelte Carmen an, was ihr etwas strenges, schmales Gesicht erhellte. Ihr welliges schwarzes Haar lag locker um ihren Kopf und war im Nacken mit einer breiten Spange zusammengefasst. Auf Consuelas Wunsch hin sprachen sie Deutsch, obwohl Carmen sich wieder einmal vorgenommen hatte, ihr eingerostetes Spanisch zu üben. So ging es ihr hier oft: Viele *tinerfeños* sprachen Carmens Muttersprache, weil sie häufig mit Touristen zu tun hatten, und freuten sich, wenn sie es üben konnten. Consuelas Deutsch war exzellent und fast akzentfrei.

»Aber es sind eben viele deutsche Touristen im Land, und wenn man sich ihren Erwartungen nicht anpasst, verbringen sie den nächsten Urlaub anderswo.« Mit den Engländern war leichter umzugehen, sie waren zufrieden, wenn die Sonne schien. Im Moment warf sie schräge Strahlen in den Raum, in denen nicht ein Stäubchen tanzte.

»Die Deutschen sehen alles«, fuhr Consuela fort, »oder meinen, es zu sehen. Viele suchen geradezu nach Mängeln. Moniert wird, wenn irgendwo Holz ein bisschen verwittert ist oder ein Stein bröckelt, ein paar Blätter in den Pool geweht sind, ein paar Haare im Abfluss liegen …« Sie verdrehte die Augen. »Sogar das Meer: Da haben sie für teures Geld den schönen Meerblick gebucht, und dann rauscht es so laut unter ihrem Balkon, dass sie nicht schlafen können. Und prompt verlangen sie ihr Geld zurück, weil das der Beschreibung im Internet nicht zu entnehmen war.«

Ihrem Chef mochte es nicht gefallen, wenn sie so offen über Hotelangelegenheiten sprach. Doch als Angies Freundin gehörte Carmen dazu, so war das in Spanien, man pflegte einen familiären Umgang und verließ sich auf die Diskretion.

»Es sind wohl viele Rentner unter den Hotelgästen?«, fragte Carmen, weil sie vor allem ältere Herrschaften an der Rezeption hatte vorbeigehen sehen.

»Ja. Auch viele Überwinterer und Residenten mit eigenen Wohnungen. Die meisten sind ja liebe alte Menschen, aber einige ... Sie machen aus der Mücke einen Elefanten, weil sie sonst keine Themen mehr haben, über die sie reden können.«

»Weil sie sich für nichts interessieren und höchstens die Zeitung mit den großen Buchstaben lesen«, warf Carmen ein. Ein oft gehörter Spruch ihrer *abuela*, wenn sie über ihre sie langweilenden Nachbarinnen lästerte.

»Eben.« Consuela nickte ein paarmal und sah zur Rezeption hinüber, wo ein paar Gäste mit Koffern angekommen waren. Sie wurden unverzüglich bedient.

»Ein großes Thema ist auch immer die Sicherheit.« Jetzt schüttelte sie verständnislos den Kopf. »Weil das Hotel so schmal und hoch ist und so nah an der Klippe steht, bilden sich manche ein, sie hätten gespürt, wie es wackelt.« Es hörte sich charmant an, wie sie »wackelt« aussprach. »Besonders wenn sie erfahren haben, dass es irgendwo ein Erdbeben gab, wie damals auf El Hierro. Dann höre ich von den Servicekräften, dass im Restaurant über nichts anderes geredet wurde, und an der Rezeption fragen plötzlich alle nach der Versicherung. Allen Ernstes: Was ihnen zusteht, wenn ihnen etwas passiert, wollen sie dann wissen. Oder – im Todesfall – ihren Angehörigen.«

»Makaber«, kommentierte Carmen. Sie durfte ihr eigentliches Anliegen nicht aus den Augen verlieren, aber was Consuela erzählte, fesselte sie durchaus. »Und dann sitzen sie auf ihren Balkonen und warten auf den finalen Erdstoß.« Doch auf die Art war Delgado sicher nicht zu Tode gekommen.

Carmen überlegte, wie sie die Rede auf ihn bringen sollte, aber Consuela blieb bei ihrem Thema. »Ich verweise dann auf den deutschen Standard unseres Hauses, und sofort sind sie beruhigt.« Sie lachte auf. »Dabei sind das nur Worte. Nachprüfen können sie es sowieso nicht.«

»Wie alt ist das Hotel denn?«, fragte Carmen.

»Da gibt es zwei Versionen. Erbaut wurde es 1973, zumindest der Rohbau. Übrigens wieder eine typisch spanische Geschichte: Der Investor ging pleite, und als Andenken stand jahrelang das Betongerippe in der Landschaft.« Consuela goss ihnen Wasser nach und trank selbst einen Schluck.

Carmen erinnerte sich an die Bauruine am Teresitas-Strand, in die auch Vater sein Geld gesteckt hatte. Eine Familie mit Kindern ging vorbei, die offensichtlich bereits vom Strand kam. Alle mit Sonnenbrand auf Armen und Schultern. Sogar im Februar hatte die Sonne diesen afrikanischen Biss.

Consuela sah ihnen ebenfalls nach. »Ein paar Jahre später ist dann ein deutscher Hotelunternehmer eingestiegen und hat das Haus fertig gebaut«, erzählte sie. »Anfang der Achtziger war die Eröffnung, dieses Datum nennen wir, wenn jemand fragt. Danach ist es immer gut renoviert worden – und nicht so, wie es die Spanier verstehen, also irgendwie geflickt und übergestrichen. Wasserleitungen, Elektroinstallationen, alles, was die Sicherheit betrifft – es ist alles auf dem neuesten Stand.«

Sie wies auf die Raumdecke über der Rezeption, die Carmen wegen des hier typischen Kassettenmusters bereits aufgefallen war. »Was schön ist an dem alten Haus, hat der Eigentümer aber so gelassen«, sagte Consuela. »Nicht alles so gesichtslos modernisiert, wie es heute hier üblich ist.«

Bereitwillig schloss Carmen den Mann in ihr Herz. Die gitterartig durchbrochenen Holzwände, die, obwohl sie durchlässig wirkten, einen gewissen Sichtschutz boten, gefielen ihr ebenfalls. »Man will schließlich sehen, dass man auf Teneriffa ist«, meinte sie. Es kostete sicher viel Mühe, die Schnitzereien staubfrei zu halten, doch das dunkle Holz glänzte wie poliert.

»Ja, das sollte man annehmen«, antwortete Consuela. »Aber manche würden am liebsten ihr langweiliges Ibis-Hotel hierher versetzen, und das Personal gleich mit. Das spricht dann wenigstens perfekt Deutsch und muss nicht dauernd korrigiert werden, wie sie es hier gern tun.« An ihrem verschwörerischen Lächeln erkannte Carmen, dass Consuela es genoss, vom manchmal verletzenden Verhalten ihrer Gäste zu berichten.

Neugierig geworden, folgte sie Consuela gern, als sie vorschlug, Carmen das Hotel zu zeigen. Statt die Arbeit ihren Hilfskräften zu überlassen, räumte sie das Kaffeegeschirr zusammen und trug es zur Bar hinüber, die von frühmorgens bis in die späte Nacht geöffnet hatte. Ein paar ältere Leute saßen am Tresen und auf der verglasten Terrasse, genossen farbenfrohe Cocktails und den Blick auf die heranrollenden Wogen des Atlantiks. Auch hier die schweren Lackmöbel, doch in dem düsteren Raum wirkten sie erdrückend. Sicher war das abends anders, wenn sich bunte Lichter darin spiegelten.

»Wir haben auch Smoothies auf der Karte«, sagte Consuela mit Blick auf die munteren Rentner, die sie freundlich gegrüßt hatte. Aber gesunde Gemüsedrinks waren offensichtlich nicht gefragt.

Der Barmann machte einen altgedienten Eindruck, mit tiefen Furchen im freundlich lächelnden Gesicht, als Consuela ihn im Vorbeigehen mit einem »*¡Hola! Buen' dia'*, Carlo'« bedachte. Obwohl sie laut Angie nicht von der Insel stammte, hatte sie deren Sprachgewohnheiten übernommen und verschluckte die s-Laute am Wortende. Carmen hatte Jugendliche vor dem Weinregal sogar *lambru'co* sagen hören, obwohl sie in der Schule sicher ordentliches *castellano* gelernt hatten. Man beharrte hier ziemlich auf der Eigenständigkeit dem Festland gegenüber.

Erst als Consuela sie hinaus auf die zum Meer gewandte Terrasse führte, fand Carmen Gelegenheit, ihr eigentliches Thema anzusprechen. Über ihnen ragten – um einiges weniger hoch als das Buena Vista, das man auch von hier aus sah – die in hellem Grün gestrichenen Balkone in den blauen Himmel. Ein Kopf zog sich zurück, als sie hochschaute, doch Carmen verbot sich jeden Gedanken an den Steinewerfer. Sicher nur jemand mit am Morgen noch nicht präsentabler Frisur.

»Ich dachte mir schon, dass du wegen Ramón Delgado gekommen bist«, kommentierte Consuela Carmens Eröffnung. »Angie hat erwähnt, dass ihr herausfinden wollt, wer ihn und die anderen getötet hat.« Sie standen in der am weitesten vom Hotel entfernten Ecke der Terrasse, wo niemand sie hören konnte. »Es ist mir ganz lieb, dass du fragst, mir war sein Tod ebenfalls unheimlich. Und dann noch Olivia …« Ihre Stimme klang weich, als sie den Namen aussprach.

Beide habe sie gut gekannt, erzählte Consuela. Auch in diesem Hotel hatten Delgado ein paar Apartments gehört, und eines davon hatte er Olivia Sanchez geschenkt. »Nicht, dass sie es nötig gehabt hätte. Sie hatte ja ihren Vater beerbt – du weißt, wie er zu Reichtum gekommen ist?«

Carmen nickte. Die gefälschten Gutachten. Sie wollte eben fragen, was Olivia mit Delgado verband, da redete Consuela schon weiter.

»Davon hat sie auch die Apartments im Buena Vista gekauft. Ich muss leider sagen, dass sie sich von da an als der Immobilienhai schlechthin aufgeführt hat. Dauernd hatte sie am Gericht zu tun, weil die Mieter angeblich unverschämt wurden.« Mit einer Handbewegung deutete sie viel Wirbel an. »Delgado hat sie beraten, daran lag es wohl. Sie selbst war eigentlich umgänglich und stritt sich nicht gern.«

Trotz des Altersunterschieds hatte Olivia die freundliche Consuela, die offenbar mit allen langjährigen Bewohnern einen vertrauten Umgang pflegte, als Kummerkasten angesehen. Deshalb wusste Consuela auch, dass sich Olivia im Atlántico nicht besonders wohlgefühlt hatte. »Da hat sie ihre schöne Wohnung in Punta Brava aufgegeben, um zu erleben, dass sie in der neuen zumeist allein ist.« Delgado hatte ihr dann einen kleinen Sportwagen geschenkt für Fahrten an ihren Lieblingsstrand, die Playa Jardín, wo sie gestorben war.

Consuela sprach offenbar gern über Olivia, denn Carmen musste ihr geradezu ins Wort fallen, um ihre Frage loszuwerden. »Du erwähnst dauernd Delgado in einem Atemzug mit Olivia – hatten die beiden denn etwas miteinander zu tun?« Sie war sicher, dass bisher niemand eine Verbindung auch nur angedeutet hatte.

»Ach so«, gab Consuela zurück. »Das kannst du ja nicht wissen.«

Das war mal eine Neuigkeit, dachte Carmen beeindruckt, als Consuela endlich die Hintergründe aufdeckte. Delgado war nämlich Olivias Liebhaber gewesen und Vater ihres unehelichen Kindes, was aber niemand erfahren durfte, weil er immer noch – Jahrzehnte nach dem Tod seiner Frau – den trauernden Witwer spielte. Allerdings war die Beziehung im Lauf der Zeit abgekühlt; stattdessen hatte Delgado in einem anderen Apartment eine neue Geliebte untergebracht, eine junge Brasilianerin aus der Reisebranche, die er im Hotel kennengelernt hatte.

»Das hat Olivia leider erfahren – es wird ja ungeheuer viel getratscht in diesem Hotel«, sagte Consuela mit einem Schulterzucken. »Und von da an sollte ich ihr berichten, was diese Frau so trieb. Ich habe Olivia natürlich beruhigt, manchmal sogar angelogen. Aber sie wurde immer wütender, und als Delgado so unvermutet starb, habe ich befürchtet …« Für einen Moment irrte ihr Blick über die Meereswogen vor der Terrassenmauer. »Als Olivia dann auch zu Tode kam, war ich noch mehr beunruhigt. Was, wenn in diesem Hotel ein Mörder herumlief? Von den anderen Toten wusste ich damals noch nichts. Erst als mir Angie sagte …« Sie brach ab, schüttelte leicht den Kopf und sah entlang der Balkone in den Himmel.

Carmen folgte ihrem Blick, entdeckte aber nichts Besonderes. Keine runde Kontur wie beispielsweise ein Kopf unterbrach die Geometrie. Ein eindrucksvolles Foto wäre ihr sicher, hätte sie ihre Kamera dabei.

Consuela kam nicht auf Angie und den Inhalt ihrer Mitteilung zurück, sondern zog mit dem Finger eine Linie von einem der Balkone bis zu einer Stelle am Fuß des Hotels, die von der Terrasse aus über zwei Treppen zu erreichen war.

»Dort unten ist Delgado aufgeschlagen.« Und war auf Felsbrocken und Kieseln zu Tode gestürzt.

»In den Jahren seines Bestehens hat unser Hotel viele Höhen und Tiefen erlebt«, sagte Consuela mit etwas lauterer Stimme als vorhin, als sie von Delgados und Olivias Tod gesprochen hatte. Jetzt sprach sie Spanisch. Mit einer unauffälligen Bewegung ihrer Augen wies sie Carmen auf eine Gruppe hin, die eben die Terrasse betrat.

Carmen beobachtete sie verstohlen, während Consuela weitersprach. Touristen waren das nicht, die liefen legerer herum. Den fein gekleideten Leuten voraus ging ein schlanker, weißhaariger Herr im dunkelblauen Anzug mit roter Fliege und gleichfarbigem Einstecktuch. Mit der Hand auf der Brust verbeugte er sich vor Consuela, die mit einem Lächeln und erhobener Hand zurückgrüßte. Dann wandte sich der elegante *caballero* wieder seiner Gruppe zu.

»Das ist der Besitzer«, flüsterte Consuela ihr zu. Er war Deutscher, das wusste Carmen, aber mit den ihn begleitenden Leuten sprach er flüssiges Spanisch. Ob Vater ihn kannte? Sie sollte ihm den alten Herrn als leuchtendes Beispiel vor Augen führen.

Consuela war nun die Hotelmanagerin, die einem wichtigen Gast höchstpersönlich die Hoteleinrichtungen zeigte und ihn über seine Geschichte informierte. Carmen spielte mit und hörte aufmerksam zu in der Hoffnung, bald auf Delgado zurückkommen zu können. Es waren noch viele Fragen offen, und Consuela wusste offenbar mehr Antworten, als Carmen vermutet hätte. Bei ihrem ersten Treffen in Vaters Dachgarten hatte sie eher zurückhaltend gewirkt.

Zu Beginn des 19. Jahrhunderts habe es in Puerto die ersten Zimmervermietungen gegeben, referierte Consuela weit ausholend. Offenbar spulte sie ein Referat ab, das sie schon öfter gehalten hatte. Als sie die Namen der frühesten Hotels aufzählte – das Grand Hotel Taoro sowie das Martiánez, das Monopol und das Marquesa –, merkte der alte Herr auf und kam näher.

»Ah, Señora Rojas«, sagte er, »wie ich höre, berichten Sie gerade über die Entwicklung des Tourismus in unserer Stadt. Da würden unsere Besucher sicher gern zuhören.« Er winkte seine Begleiter herbei und stellte sie als Vertreter südamerikanischer Reiseunternehmen vor.

Consuela richtete sich auf und begann auf Spanisch von vorn. Carmen sah, wie einige der Besucher verstohlen ihre Beinschiene musterten, dann ihre Figur in dem blauen Kostüm mit der engen schneeweißen Bluse darunter, bis der Blick an ihrem lebhaften Gesicht hängen blieb. Sie hatte ein charmantes Lächeln aufgesetzt und unterstrich ihre Worte mit Gesten, wie man es im Rhetorikkurs lernte.

Carmen folgte konzentriert ihrem Vortrag und verstand immerhin die wichtigsten Angaben. Der Boom hatte begonnen, als 1955 die spanische Regierung Puerto zum »Ort von touristischer Bedeutung« erklärt und entsprechende Fördermittel zur Verfügung gestellt hatte. Dass sie vor allem in die nicht weit entfernten Monsterbauten auf der Martiánez-Klippe gesteckt worden waren, erwähnte Consuela nicht, doch Carmen wusste es aus Angies Bericht.

Um das Jahr 1985 herum war der Boom zu Ende gegangen, und die Besucherzahlen waren kontinuierlich gesunken. Das relativ neue Atlántico hatte es weniger hart getroffen, zuerst hatten die älteren, schlecht renovierten Häuser leer gestanden. Carmen dachte an ein ehemaliges Hotel mitten in der Stadt, das seitdem zur Ruine verfallen war. Es hatte sich wohl weder gelohnt, es abzureißen, noch, es wieder zu eröffnen.

Der alte Herr lächelte Consuela wohlwollend zu, als sie die hohen Maßstäbe der deutschen Hotelleitung erwähnte, die kontinuierlich das Niveau angehoben und einen Niedergang verhindert hatte. Dann ging es um den erneuten Bauboom zu Beginn unseres Jahrhunderts, den der Baustopp eines behördlich verordneten »Tourismus-Moratoriums« kaum aufhielt. Die neu entstandenen Luxushotels entzogen den älteren Häusern die Gäste, aber dank des hohen Standards zu vernünftigen Preisen konnte das Atlántico überleben. Man schaue hoffnungsvoll in die Zukunft, beschloss Consuela ihren Vortrag, da seit etwa fünf Jahren die spanische Wirtschaft sich erhole und mit ihr das touristische Gewerbe.

»*Muchas gracias*«, sagte der Hotelbesitzer freundlich und verbeugte sich wieder vor seiner Angestellten. Vater konnte sich von ihm wirklich eine Scheibe abschneiden. Als er mit seinen Besuchern weiterging, hörte Carmen ihn von den Sicherheitsvorkehrungen des Hotels reden und dass seit Jahren kein Unfall mehr vorgekommen sei.

Kein Unfall, aber ein Mord. Die Touristen würden ein neues Thema haben und sicher auch einen Grund zur Beschwerde finden, wenn sie davon erfuhren.

»Hast du die junge Frau in dem roten Kleid gesehen?«, fragte Consuela, als die südamerikanischen Besucher außer Hörweite am Pool stehen blieben.

Carmen suchte nach ihr, konnte sie aber nicht entdecken.

»Das war Delgados neue Freundin, Maria Acosta. Ihrem Vater gehört ein Reisebüro in Rio. Er war auch in der Gruppe.« Consuela erzählte, dass Maria nach dem Tod Delgados nach Brasilien zurückgekehrt sei und eigentlich nie wieder hatte herkommen wollen. »Das hat sie sich wohl anders überlegt.«

Zu gern hätte Carmen die junge Frau gesehen, doch die anderen Leute versperrten ihr den Blick.

»Lass uns wieder hineinschauen«, schlug Consuela vor. »Ich werde hier nicht gebraucht, wichtige Verhandlungen führt der Herr der Ringe allein.« Sie spielte auf das Hotellogo mit den drei roten Ringen an.

»Wir fahren zu Delgados Apartment hoch. Du willst bestimmt den Tatort sehen.« Sie zwinkerte Carmen zu. »Das wollen Ermittler in den Krimis doch immer. Und dort haben wir unsere Ruhe.«

Im Vorbeigehen öffnete sie eine Holztür mit geschwungener Oberkante. »Hier haben wir noch ein ganz besonderes Schmuckstück.« Es handelte sich um die Damentoilette. Fliesen in leuchtendem Kobaltblau mit ein wenig Schwarz darin bedeckten die Wände, die Einbauten und die Umrandung des großen Spiegels präsentierten den Charme der siebziger Jahre. Auch hier das durchbrochene Schnitzwerk.

»Man sollte es unter Denkmalschutz stellen.« Carmen öffnete eine der kassettierten Holztüren. Die Kloschüsseln waren neueren Datums, sie strahlten geradezu vor Sauberkeit. Und statt Türklinken dicke Messingknöpfe zum Drehen.

Über schimmernde Flächen edlen Marmorbodens, die Carmen schon in der Lobby aufgefallen waren, liefen sie am Restaurant vorbei zu den Aufzügen. Bevor sie auf einen der Knöpfe drückte, zeigte Consuela auf die marmorne Treppe in die oberen Etagen, die auf jedem Absatz durch wandgroße Spiegel erhellt wurde. Schön geschnitzte Pfeiler und Stäbe am wie neu glänzenden Geländer.

So kann ein altes Haus auch aussehen, dachte Carmen. Erneuert, was nötig ist, und das Alte liebevoll gepflegt. »Besitzt mein Vater ebenfalls Wohnungen in diesem Hotel?«

»Nicht, dass ich wüsste.« Consuela holte eine Schlüsselkarte aus ihrer Jackentasche und drückte auf die Acht. Vom Stil her schien der Aufzug ebenfalls alt zu sein, doch er fuhr ohne den kleinsten Ruck an und glitt nahezu lautlos in die Höhe. »Die Motoren und die Stahlseile sind mehrfach erneuert worden«, erklärte Consuela.

Delgados Apartment am Ende eines langen Flurs öffnete sie ebenfalls mit dem Plastikkärtchen. Zwei dicke Schlösser sicherten die Tür zusätzlich, doch die waren wohl nicht abgeschlossen. »Die Wohnung wird jetzt über das Hotel vermietet, aber zurzeit steht sie leer.« Links und rechts waren zwei große helle Räume einzusehen mit Balkonen zum Meer und zur Landseite.

»Gibt es keinen Erben?«, erkundigte sich Carmen.

»Doch, schon …« Mit ihrem Zeigefinger kontrollierte Consuela wie ein argwöhnischer Tourist, ob auf den Garderobenmöbeln Staub lag. »Olivia hat mir gesagt, dass Delgado Kinder aus erster Ehe hatte, aber niemand weiß, wo sie sind. Nach seinem Tod hat unser Anwalt sein Möglichstes getan, um sie zu finden, aber vergeblich.«

Carmen betrat den Raum zur Meerseite hin. Durch die gläserne Balkontür war deutlich zu hören, wie die Wellen gegen die Felsen schlugen. Das war sicherlich gewöhnungsbedürftig. »Was ist denn mit Olivias Kind?« Dessen Vater ebenfalls Delgado war, wie sie eben erfahren hatte. Delgado hatte Olivia die Wohnung geschenkt, sie ging also an deren Erben.

Consuela war ihr gefolgt und sah hinaus. »Die Tochter? Wo sie lebt, wusste nicht einmal Olivia selbst. Sie hat sie aufs Festland in ein katholisches Waisenhaus gegeben und sich nicht mehr um sie gekümmert.« Sie trommelte mit den Fingern gegen die Scheibe. »Und dann war Olivia tot, bevor sie sich auf die Suche machen konnte.«

»Forscht der Anwalt nicht auch nach diesem Kind?« Carmen schob die Balkontür auf, blieb aber in sicherer Entfernung zum Geländer stehen. Nach einem kurzen Blick auf den tief unter ihr liegenden Atlantik drehte sie sich um.

»Das liegt nicht im Interesse des Hotels.« Consuelas Gesicht blieb unbewegt.

»Sagt wer?«

»Der Herr der Ringe. Uneheliche Kinder zählen für ihn nicht.« Mit steinerner Miene, als wäre sie selbst betroffen. Vielleicht war sie selbst ein uneheliches Kind? Das strahlende Bild des *caballero* bekam einen Knacks.

Carmen versuchte sich vorzustellen, wie sich der Mord an Delgado abgespielt hatte. Eine Steinschleuder konnte hier jedenfalls nicht zum Einsatz gekommen sein; wenn jemand von unten heraufgeschossen hätte, wäre Delgado rückwärts auf den Balkon gefallen und nicht über das Geländer nach unten. Sie ging an Consuela vorbei in den Wohnraum zurück. Wenn der Mörder überhaupt eine Schleuder benutzt hatte, dann von hier aus. Wahrscheinlicher aber war, dass er Delgado eigenhändig vom Balkon gestoßen hatte.

»Jedenfalls muss er in der Wohnung gewesen sein.« Sie fasste für Consuela ihre Überlegungen zusammen. »Kannst du dir vorstellen, wie er hereingelangt ist? Delgado wird einen Fremden doch nicht ohne Weiteres eingelassen haben.«

»Das glaube ich auch nicht.« Consuela kam ihr nach und nahm auf dem weißen Ledersofa Platz. »Gerade Delgado war immer auf Sicherheit bedacht, geradezu ängstlich. Hast du die zusätzlichen Schlösser gesehen? Und sein eigenes Haus ist geschützt wie eine Raubritterburg.« Sie griff nach einem der bunten Kissen und umklammerte es mit den Armen. »Sicher ist es hier auch, wir sind ja ein Hotel, und da melden sich fremde Besucher in der Regel an der Rezeption. Deshalb achten die Angestellten auf jeden, der einfach so vorbeiläuft. Und der Aufzug funktioniert nur mit einer Schlüsselkarte.«

Carmen setzte sich Consuela gegenüber auf einen Sessel. »Und die Treppe?«

»Die ist kameraüberwacht, weil es schon passiert ist, dass

Hoteldiebe sie benutzt haben. Nach Delgados Tod – nachdem mir der Verdacht gekommen war, dass da etwas nicht stimmt – habe ich die Aufnahmen durchgesehen, auch die vom Eingangsbereich. Mir ist jedoch niemand aufgefallen, der nicht einen guten Grund gehabt hätte, an dem Tag hier zu sein.« Consuela legte das Sofakissen auf ihre Knie und strich mit der Hand darüber. »Aber ich könnte mir etwas anderes vorstellen.«

Sie klärte Carmen über eine Vereinbarung des Hotels mit den Wohnungseigentümern auf, die eine Vermietung der Wohnungen nicht vorsah. Nur über den Pool des Hotels, was für die Besitzer nicht eben günstig war. Deshalb umgingen viele die Regel und vermieteten in eigener Regie. »Ich verstehe das ja, aber ich vertrete das Hotel und muss gegebenenfalls kontrollieren, wer die Wohnungen benutzt.«

Verwandte und Freunde waren erlaubt, wenn kein Geld floss, aber wenn das nicht glaubhaft gemacht werden konnte, ging das Hotel von einem Verstoß aus und war laut Vertrag berechtigt, eine Konventionalstrafe zu verhängen. Dann war es Sache des Eigentümers, nachzuweisen, dass er nicht gegen die Abmachung verstoßen hatte.

»Gerade mit Delgado habe ich in der Hinsicht viel Ärger gehabt«, sagte Consuela. »Nicht wegen dieser Wohnung, hier lebte ja Olivia, aber die anderen hat er gern unter der Hand vermietet, über Kleinanzeigen in der Zeitung. Wenn er also einen Interessenten hatte, könnte er ihn über den Personaleingang hereingelassen und mit nach oben genommen haben.«

Und diesmal war der Interessent sein Mörder. »Wäre er nicht mit ihm zu der Wohnung gegangen, die vermietet werden sollte?«

»Vielleicht war sie belegt«, vermutete Consuela. »Das kann ich nachprüfen. Oder er war hier, um den Vertrag zu unterschreiben, allein, weil Olivia am Strand war. Das hat sie mir später erzählt. Für den Aufzug nach unten brauchte der Täter keine Schlüsselkarte, und die Personaltür lässt sich von innen öffnen.«

»So könnte es gewesen sein.« Carmen stand auf und wandte sich zur Meerseite. »Und dann sind sie auf den Balkon getreten, um die Aussicht zu bewundern.«

Mit ausgestrecktem Arm hielt Consuela sie auf. »Heruntergefallen ist Delgado auf der anderen Seite. Hier wäre er von der Klippe ins Meer gerollt, dann hätten wir ihn nie gefunden.«

»Ach so.« Sie durchquerten die mit weißen Möbeln eingerichtete Wohnung, und Carmen schob die Balkontür zur Landseite hin auf. Der Mörder musste hier gewesen sein und hatte hinter Delgado gestanden wie jetzt Consuela hinter ihr. Unwillkürlich wandte sie den Kopf, doch ein Mörder stand dort natürlich nicht.

Aber sie nahm wahr, dass Consuela bedrückt wirkte, sogar Tränen meinte sie in ihren Augen zu sehen. Trauerte sie um Olivia? Es war bestimmt nicht leicht, auf so schreckliche Weise einen Gast zu verlieren, und Olivia gleich noch dazu, die sie gut gekannt haben musste. Es war ihr sicher nicht recht, dass Carmen ihre unprofessionelle Sentimentalität bemerkte.

Deshalb trat sie ans Geländer und schaute vorsichtig hinunter. Im nächsten Moment kam etwas geflogen, knapp an ihrem Kopf vorbei, und knallte gegen die Wand. Carmen schrak heftig zusammen und wandte sich unwillkürlich um. Doch da polterte das Geschoss schon über die Fliesen und rollte mit einem Dröhnen, das in ihren Ohren immer lauter wurde, auf sie zu, es wuchs und wuchs und erschlug sie.

## 27

»Sie riechen nach Knoblauch, *jefe.*« Pikiert wedelte die Gonzalez die verseuchte Luft von ihrem gerümpften Näschen fort.

»Tu ich doch immer.«

Herbert Winkelhoff beugte sich über die Schulter seiner Sekretärin, um zu sehen, was sie ihm auf dem Bildschirm zeigen wollte. Frau Gonzalez war unter allen Spaniern, die er in seinem Leben kennengelernt hatte – und das waren wahrlich nicht wenige –, der einzige Mensch, der keinen Knoblauch mochte.

»Was gibt es denn da?« Listen mit Daten und Stichwörtern – sah nach dem Ablagesystem der Gonzalez aus. Ach, das waren die Aufzeichnungen des elektronischen Schließsystems im Archiv, es verzeichnete sogar, welche Schränke geöffnet worden waren.

Mit dem Finger tatschte sie auf den Monitor. »Hier ist etwas Komisches, Señor Winkelhoff.« Hörte sich immer noch witzig an, ihr W. Die Spanier lernten es nie. »Waren Sie am Samstag noch im Büro?«

Am Samstag … »Wann denn?« Er schaute selbst, wohin sie zeigte. Warum konnten sie sich nicht an mitteleuropäische Uhrzeiten gewöhnen? Zwanzig Uhr zwanzig war das, nicht acht Uhr zwanzig p.m.

»Zwanzig nach acht, hm …« Da war er mit Inés in Santa Cruz bei dieser langweiligen Essenseinladung. Wer konnte im Archiv gewesen sein? Bestimmt doch seine neugierige Tochter. Oder Oma, die steckte ihre Nase in alles, was sie nichts anging.

»Doch, da war ich noch mal hier. Wollte was nachschauen.«

Ruckartig hob die Gonzalez den Kopf und sah ihn an.

»Ist was?« Herbert öffnete die Tür zum Archiv.

»Schon gut.«

Das wollte er meinen. Natürlich wusste sie von der Einladung, sie hatte ja selbst die Zusage abgeschickt. Aber er war der Chef, *jefe*, wie sie hier sagten, und sein Wort galt.

In den Bauakten und im Schrank »Vermischtes« hatten sie herumgestöbert, wahrscheinlich alle beide, wie er sie kannte.

Die Neugier hatte Juana ihrer Enkelin vererbt, Maria Inés hatte davon nichts abgekriegt. Sie nahm alles hin, wie sie es vorgesetzt bekam, fragte nicht nach und hinterfragte schon gar nicht. Völlig aus der Art geschlagen, seine Frau.

Aber das war in Ordnung so. Nicht, dass Madame jetzt auch noch anfing herumzuschnüffeln …

Er öffnete den Kasten mit der Steuerungsanlage. Eigentlich eine Frechheit, ohne sein Wissen in seinen Unterlagen zu wühlen. Er sollte sich Carmen vorknöpfen – aber nicht ausgerechnet jetzt, wo er selbst etwas zu beichten hatte. Wonach sie wohl gesucht hatten? Es mochte mit Florentín Cabrera zu tun haben, sein Tod war ja in aller Munde. Vielleicht hatten sie wissen wollen, ob Herbert mit ihm Geschäfte gemacht hatte. Sie hätten ihn einfach fragen können …

Aber er war selbst schuld. Er hatte es ihnen leicht gemacht, so sorglos hätte er eigentlich nicht sein dürfen. Wenigstens abschließen hätte er hier sollen. Auf die Gonzales konnte er es nicht schieben, die war am Samstag vor ihm gegangen. Aber wer rechnete schon damit, dass die eigene Familie einen ausspionierte? Bestimmt hatte Oma seine Tochter angestiftet, die hatte Florentín gehasst. Sie hatten doch wohl keinen Hinweis auf die alte Geschichte gefunden? Soweit er sich erinnerte, hatte er die Prozessunterlagen vernichtet, wie sie es abgesprochen hatten.

Herbert ließ das mit »Vermischtes« bezeichnete Regal herausfahren. Wichtig war das alles nicht, nur altes Zeug, aber die Gonzalez musste ja alles abheften, was ihr in die Finger kam. Geradezu zwanghaft war das. Neulich hatte sie sogar einen Vorgang aus seinem Papierkorb gefischt, obwohl er ihn zerrissen hatte. Das Altpapier sollte sie durch den Schredder jagen, aber sie hatte alles schön zusammengeklebt und abgeheftet. Wer weiß, was alles zwischen die ollen Klamotten geraten war.

Mit dem mit Spucke befeuchteten Mittelfinger blätterte er oberflächlich die Ordner durch. Eigentlich war er im Haus geblieben, weil er mit Carmen reden wollte. Auf der Baustelle in Garachico warteten sie auf ihn, er musste so bald wie möglich dorthin. Doch nach dem, was er gestern gesehen hatte, musste er Carmen unbedingt warnen. Sie durfte niemandem trauen, niemandem …

Maria Inés wusste auch nicht, wo Carmen hingegangen war, aber die wusste sowieso nicht viel. Herbert stellte den letzten Ordner zurück und zog einen der Kästen halb heraus. In die Stadt, hätte Carmen gesagt, aber die Stadt war groß. Die Beule am Kopf vom Samstag hätte ihr eine Lehre sein sollen, aber jetzt war sie schon wieder unterwegs, und mit wem, wusste niemand. Oma konnte er nicht fragen, die war schon wieder in Santa Úrsula.

Er schielte unter den Kistendeckel – jede Menge Krimskrams, den keiner brauchte. Die Gonzalez hatte tatsächlich jeden Aschenbecher, jeden Kuli gesammelt, der irgendwann auf seinem Tisch gelandet war. Sollte sie alles mal ausmisten, nahm ja nur Platz weg. Dass man die Kinder auch nicht mehr anbinden konnte!

Bei den Bauakten, die Herbert sich nun vornahm, sollte alles koscher sein, darauf musste man achten heutzutage. Die EDV machte alles durchsichtig, da konnte man nicht einfach ein Blatt herausnehmen, und weg war es. Vielleicht sollte er Carmen mal nach einem gewieften Hacker fragen, in Berlin gab es solche Leute doch. Wurde Zeit, dass die Kinder sich fürs Geschäft interessierten.

Höchstens dies hier. Herbert zog einen Ordner heraus und blätterte darin herum. Ein bisschen anrüchig war das schon gewesen, und wie immer hatte Florentín mitgemischt …

Aber da wären sie sowieso nicht durchgestiegen. Er stellte den Ordner zurück und schloss das Regal. Wegwerfen konnte er den noch nicht, wer weiß, was da noch nachkam. Er schloss die Archivtür hinter sich ab.

»Haben Sie gefunden, was Sie gesucht haben, *jefe*?« Die Gonzalez mit zuckersüßer Stimme. »Oder kann ich Ihnen behilflich sein?«

Er winkte nur ab und verließ das Büro.

Am Pool war Carmen nicht und in der Wohnung auch nicht. Unruhig zog Herbert durch die Räume. Kam sie nun noch, oder sollte er doch lieber fahren?

Und wenn ihr wieder etwas passiert war? Da lief ein Mörder in Puerto herum, und jetzt hatte er es auf sein Kind abgesehen.

Bei seinen Kräutern blieb er stehen und zupfte ein Blättchen von der Zitronenverbene ab. Die hatte Carmen gefallen. Herbert rollte das Blatt zwischen den Fingern und roch daran. Er sollte bald mal wieder kochen, für die ganze Familie. Wenn sie denn mal da war …

Der Schnittlauch sah gut aus. Er riss ein paar Halme aus und kaute darauf herum. Ein Dummejungenstreich, hatte Carmen gesagt, als sie ihm und Inés von den Steinen im *barranco* erzählte und ihre Beule präsentierte. Ganz frech hatte sie ein Auge zugekniffen. Dem Mädchen konnte man nichts vormachen, das wusste genau Bescheid. Er musste Carmen endlich alles erzählen, die ganze alte Geschichte, dann würde sie wohl vorsichtiger sein.

Herbert griff zur Gartenschere und lichtete die ausgewachsenen Triebe der Pfefferminze aus. Die Blätter konnte Inés heute Abend in die Mojitos tun. Die Garcías hatten sich angesagt, aber er selbst würde wohl erst spät zurück sein. Ein Richtfest konnte dauern, und als Bauherr drückte man sich nicht vor ein paar Schnäpsen. Alle würden da sein, und er musste mit einigen Leuten reden. Auf Festen machte man die besten Geschäfte. Er holte ein Wasserglas, um die Zweige hineinzustellen.

Am Sonntag war er bei der alten Frau gewesen wegen der Geschichte damals, und seitdem spukte ihm dieses Foto im Kopf herum. Sie hatte ihn verflucht, ihn und die anderen, aber jetzt war die alte Geschichte endlich begraben. Hatte der Alten wohl gefallen, dass er Blumen mitbrachte und sich demütig für alles entschuldigte.

Er musste Pepe sagen, dass er mit dem Dünger sparsamer sein sollte. Das Basilikum setzte schon Blüten an, die mussten ebenfalls ab. »Der Übeltäter ist tot, deshalb wollen wir alles vergessen und vergeben«, hatte sie gesagt. Mit frommem Blick auf ihre Maria, die schon seine Blumen gekriegt hatte. Die Schere in der Hand, suchte Herbert nach weiteren Opfern.

»Was ist eigentlich aus den Kindern geworden?«, hatte er die alte Frau gefragt. Das war schließlich der Grund, aus dem er hergekommen war. Aber sie tat, als hörte sie nichts, und fummelte an den Blumen herum. Er riss ein paar Basilikumpflanzen heraus, die den jungen Trieben das Licht nahmen.

Als er sich dann im Raum umsah, entdeckte er das Foto. In einem Silberrahmen auf der Anrichte, ein Gruppenfoto von früher, die ganze Clique versammelt. Auch er selbst, mit Frau und Kindern wie die anderen. Bei welchem Anlass war das gewesen? Die Garcías konnte er erkennen, den alten Florentín, Delgado, Olivia und Lucas Manzano. Sogar Elvira die Schreckliche und Stefano Ramirez waren da, darüber wunderte er sich. Waren die schon so lange in Puerto? Stefano hatte den Arm um Juan Garcías Schultern gelegt.

Herbert stand auf und wollte eben nach dem Foto greifen, da drehte die Alte sich um. Was hatte sie noch gesagt? Die alten Zeiten sind begraben, die werden nicht wieder ans Licht geholt, oder so. Ein Ton wie ein alter Feldwebel. Dann war sie ihm voraus zur Tür gegangen. Ein richtiger Rausschmiss war das.

Aber er hatte schon genug gesehen. Das war es, was er Carmen erzählen wollte, aber sie war immer noch nicht da.

Herbert sah auf die Uhr, länger konnte er nicht mehr warten. Niemand würde ohne ihn mit dem Essen anfangen. Er schob die Schere in den Halter zurück und wusch sich die Hände.

Vielleicht war es auch gut so. Er würde es Carmen später sagen, oder morgen … Konnte durchaus sein, dass er sich irrte, und dann machte er umsonst die Pferde scheu. Reichte ja, dass Maria Inés aus jeder Mücke einen Elefanten machte.

# 28

Stein für Stein für Stein.

Einen Stein auf den anderen setzen, so viele wie möglich übereinander, ein origineller Schlussstein als Krönung. Dieser hier sah aus wie ein Vogel, der kam obenauf. Und dann der nächste Turm.

Schweißtreibende, wohltuende Arbeit. Möglichst große Steine als Basis, auch wenn sie kaum zu tragen waren. Dennoch ein gutes Gefühl, sie in den Händen zu halten, warm, gerundet. Nicht leicht, sie auszubalancieren. Ein weißer Feuerstein als Abschluss, geformt wie ein Menhir. Nun nach rein schwarzen Steinen suchen.

Eine Mondlandschaft mit Zipfeln bedeckte das Gelände hinter dem Castillo. Zipfel, die spitze Riesenfinger aus dem Geröll gezupft hatten. Nur wenig entfernt hatte sie dort drüben auf den Stufen gesessen und die Gefahr nicht bemerkt. Die Steine hatten gewartet, auf den richtigen Moment, den richtigen Ort – um dann ihr Ziel nicht zu finden.

Doch die Steine hatten Geduld. Lavagestein, Granit, Basalt und Kalk – auf der Insel in Millionen von Jahren gewachsene Felsen, zerstört, zerkleinert und abgeschliffen. Flache Scheiben oder kartoffelförmig, rund wie ein Ei, übersät mit Narben und Pusteln, mit Kerben und Dellen. In strahlendem Weiß, Grau und Braun in allen Schattierungen, gesprenkelt, gestreift. Und in Schwarz. Schwarz war die Farbe der Insel.

Die Steine waren Freunde, sie enttäuschten nie. An ihnen lag es nicht, wenn die Konzentration gefehlt hatte. Zeit und Ort waren schlecht gewählt. Sie war jetzt gewarnt, doch eine neue Chance würde kommen.

Ein Schritt zur Seite, und ein Turm fiel um. Laut polterten die Steine übers Geröll und rissen andere Türme zu Boden. Leute sahen her. Ein Lächeln, ein Zucken mit der Schulter: nicht zu ändern. Was zerstört war, wurde wieder aufgebaut. Neu anfangen, immer wieder.

Wie aus der Zeit gefallen standen Hunderte filigraner Türmchen ringsum, archaische Zeichen vor dem ewigen Meer. Männer, Frauen, Kinder bauten ständig neue, verewigten sich mit eigenen Bauwerken, versahen sie mit Namen und Daten. Alle anders gebaut, und doch die gleiche Form. Klein wie Zwerge, groß wie Menschen. Nur wenige weiße Türme leuchteten heraus – rein weiße Steine waren selten und begehrt.

Ebenso wie die von reinem, glänzendem Schwarz, nur wenige ließen sich finden. Einsprengsel und Verfärbungen, die waren nicht zu gebrauchen.

Auch der große Plan war gestört, gleich zwei Fehlschläge waren zu verzeichnen. Lag es am falschen Ziel? Die Tochter traf keine Schuld, sie hatte die Strafe nicht verdient. Eigentlich war es schade um sie. Das Gewissen, das tief vergrabene Unbewusste, konnte tückisch sein und die Hand zum Zittern bringen.

Nun stand der schwarze Turm, gekrönt von einem rötlichen Kiesel. Ein gelungenes Werk. Hier waren die Steine gefügig.

Ein Turm mit zwei Spitzen war jetzt an der Reihe, Stein für Stein für Stein. Eine neue Herausforderung.

Oder war es ein Zeichen zum Aufhören, dass die Steine nicht mehr trafen? Das Risiko stieg mit jedem Anschlag.

Ein geäderter Granitbrocken war die Basis, darauf breit gelagert flache Steine. Man sollte meinen, dass sie jetzt weniger neugierig wäre. Entdeckt hatte sie nichts – oder niemandem etwas gesagt. Sie würde weitergraben, versuchen, alles herauszufinden, so tief verborgen es auch sein mochte.

Das musste verhindert werden. Zwei viereckige Steine kamen auf die Spitzen des Turms, und er wirkte wie ein trutziges, mit Zinnen bewehrtes Schloss. Es gab noch andere Wege zum Erfolg.

# 29

»Hier, Carmen, schau dir das einmal an!« Mutter, bewaffnet mit ihrem Katastrophenordner.

Sie störte, merkte sie das nicht? Carmen hatte auf ein wenig Ruhe gehofft und sich auf das sichere Dach hinter die Kakteen zurückgezogen. Consuelas unglaubliche Geschichte spukte ihr im Kopf herum, weit mehr als der polternde Stein auf dem Balkon. Maria Inés hatte sie gar nicht erst davon erzählt. Wenn die erfuhr, was Consuela nach dem Steinwurf berichtet hatte, wusste bald ganz Puerto davon.

Mutter legte den Ordner auf den Beistelltisch und schlug ihn auf. »Du weißt gar nicht, wie gefährlich diese Insel ist.«

»Ach. Meinst du?« Carmen blieb nichts anderes übrig, als sich aufzurichten, aber sie gähnte demonstrativ. Mutters Ordner war gefürchtet, und das nicht wegen der gesammelten Schreckensmeldungen. Wenn ihre Lieben absolut nicht erkennen wollten, wie gefährdet ihr kostbares Leben war, bestand sie darauf, die Zeitungsartikel vorzulesen, erbarmungslos. Doch es war nicht die Insel, die Carmen ans Leben wollte.

»Meine ich.« Mutter nickte überzeugt. »Du musst nur mal sehen, wie oft hier Steinschlag vorkommt. Man sollte annehmen, dass es öfter Tote gibt und nicht immer so glimpflich ausgeht wie bei Vater und dir.« Sie wollte nicht wahrhaben, dass diese Steine nicht wie aus heiterem Himmel gekommen waren.

»Glimpflich?« Carmen schaute auf den Rauschopf mitten zwischen den Kakteen und fuhr mit der Hand leicht über die Beule an ihrem Kopf. Im Kakteengarten hatte die Pflanze nichts zu suchen, doch Vater mochte sie, weil abends die Blattenden im Sonnenuntergangslicht flimmerten. Verletzt hatte er sie heute nicht, der Mistkerl, aber so erschreckt, dass ihr für kurze Zeit schwarz vor Augen geworden war. Nach den Aufregungen der letzten Tage waren ihre Nerven angespannter, als sie vermutet hätte. Wären sie Haare, stünden sie wohl so aufrecht wie die gezahnten Rauschopfblätter, denen auch niemand zu nahe kommen durfte.

»Nur eine kleine Beule, Carmencita, das geht vorbei.« Putt, putt, putt, hatten Pedro und sie früher gesagt, wenn Mutter sich wie eine gackernde Henne aufgeführt hatte beim Versuch, ihre Küken zu trösten. »Es hätte doch viel schlimmer ausgehen können.« Sie blätterte in ihrem Ordner. »Hier, schau, in Tacoronte.« Das war nur ein paar Kilometer von Puerto entfernt. »Da ist sogar ein zehn Tonnen schwerer Felsblock auf den Strand gestürzt.« Mit weit aufgerissenen Augen sagte sie das, als sei er gleich nebenan auf die Plaza gefallen.

Einen Riesen mit einer Steinschleuder sah Carmen vor sich. »Zeig her«, sagte sie, plötzliches Interesse mimend. Der Artikel vermeldete, dass der Strand inzwischen gesichert worden war. »Nur gut, dass der Fels nicht bis Puerto gerollt ist.« Was leicht passieren konnte, wenn Riesenkinder mit Steinen spielten.

»Ach, du.« Mutter schaute empört. »Du nimmst mich nicht ernst.« Hektisch schlug sie eine Dokumentenhülle nach der anderen um, in denen sie ihre Funde geborgen hatte. »Dabei hättest du allen Grund dazu.« Sie tippte mit dem Finger auf einen Artikel aus der deutschen Kanarenzeitung, die Vater abonniert hatte. »Das war erst im letzten November. Starke Niederschläge und Riesenwellen …« Nachdem sie den ersten Abschnitt vorgelesen hatte, überflog sie murmelnd den Rest, bis sie zum letzten Satz kam. »Hier hast du es: ›… während im Norden Teneriffas aufgrund von Regenfällen und Steinschlag die Teno- und die Martiánez-Straße gesperrt wurden.‹« Geradezu triumphierend sah sie auf. »Ganz in der Nähe, Carmen. Die Straßen unterhalb der Klippen sind einfach nicht sicher.«

Carmen nahm ihr den Ordner ab und blätterte selbst, um die Tortur abzukürzen, während Mutter langatmig vom Schauder erzählte, der sie erfasste, wenn sie dort entlangfahren musste, und dass sie dann statt des Cabrios Vaters Mercedes nehme. Mit neongelben Klebezetteln hatte sie die Artikel markiert, in denen von Steinschlag die Rede war. Es waren gar nicht so wenige, fünf oder sechs Meldungen allein im vorigen Jahr, die immer mehrere Inselorte betrafen. Bei jedem stärkeren Regen schienen sich Steinbrocken aus den Felswänden zu lösen.

Mutter saß neben ihr auf der Liege, las mit und kommentierte.

»Und hier, Carmen …« Sie legte die Hand auf ein Blatt, das Carmen eben umblättern wollte. »Noch gefährlicher ist es, im Meer zu schwimmen.« Sie zog den Ordner zu sich und las vor, dass es im Süden – »da sind ja die vielen betrunkenen Engländer« – zu mehreren tragischen Unfällen gekommen war. »Versprich mir, Kind, dass du immer auf die rote Fahne achtest! Und auch sonst: Schwimm nie zu weit hinaus und pass auf die Felsen auf.«

Diese Tirade hatte Carmen seit ihrer Kindheit im Ohr. Auch hier im Norden gab es eine Menge Wagemutiger, die trotz Warnungen der Strandwächter – oder eben deswegen, denn die rote Fahne signalisierte aufregend hohe Wellen – ins Wasser gingen. Sie selbst schwamm so gut wie nie im Atlantik, der ihr durchaus Respekt einflößte, und jetzt, da der Steinewerfer hinter ihr her war, schon gar nicht. Viel zu leicht konnte sie dort getroffen werden, von einem Mörder, der sich hinter den Felsen gut verbergen konnte. Vaters Pool dagegen schimmerte verlockend durch die Palmen.

Sie holte sich den Ordner zurück und blätterte lustlos weiter, aufmerksam beobachtet von Maria Inés, die bei jedem aufgeschlagenen Artikel in Carmens Gesicht sah und auf beeindruckte Reaktionen wartete. Ein paar der markierten Seiten überschlug Carmen, bis ihr Blick an einer Überschrift hängen blieb. Das Erdbeben auf El Hierro – davon hatte Mariano gesprochen. Ende Dezember 2013. Nachdenklich schaute sie durch Vaters Glaswand auf La Orotava, das oberhalb eines Steilhangs lag. Erdrutsche konnten die Folge sein, darum war es gegangen – bei dem Anblick ein nicht eben erquicklicher Gedanke. Das bisher stärkste Erdbeben des Jahrhunderts, hieß es hier in der Zeitung. Das Jahrhundert war noch lang – es konnte durchaus übertroffen werden.

Mutters Finger kam wieder zum Einsatz, er tippte auf das Blatt. »Erdbeben haben wir oft, das hast du, glaube ich, noch gar nicht erlebt.« Das war richtig, während ihrer kurzen Ferien und bei Familienfesten hatte die Erde zum Glück stillgehalten. »Steht ja auch öfter in der Zeitung«, ergänzte Mutter. »Und ich hab selbst erlebt, dass sich dabei Steine und Felsbrocken gelöst haben.« Erlebt – sie hatte es höchstens nachträglich in Augenschein genommen.

Sie wollte nach weiteren Artikeln suchen, doch Carmen hielt ihre Hand fest. »Vulkanologische Aktivität ist vollkommen normal«, las sie gerade. Tröstlich, wenn man auf dem Dach eines Hochhauses saß. Auf Inseln vulkanischen Ursprungs sei es »anormal«, wenn sich nichts bewege, erklärte eine Wissenschaftlerin und zählte ungerührt ein paar stärkere Beben der letzten Jahre auf, darunter eine »seismische Serie« in Icod de los Vinos. Zum Glück für die Touristen hatte es den Drago Milenario nicht getroffen. Immer lagen Jahre dazwischen.

Was hatte Mariano noch gesagt – für den wackeligen Boden hier hätte man immer schon ziemlich riskant gebaut? Gut, dass ihr Steinewerfer so ein Erdbeben nicht einfach bei Amazon bestellen konnte. Oder gebraucht bei eBay.

Einige Artikel über die Kriminalität auf der Insel hatte Mutter ebenfalls angemerkt. Carmen überflog ein paar und blätterte schnell weiter, bevor sie zu Erklärungen und Warnungen ausholen konnte. Vor allem Leserbriefe: Auf Parkplätzen am Teide waren Touristen bestohlen worden, verschiedene Tricks der Diebe wurden beschrieben und Verhaltenstipps gegeben. Die Polizei bot eine App an, über die sie schnell erreichbar war. Gut zu wissen.

Weit in den Jahren zurückreichend enthielt der Ordner Artikel über die immer gleichen Themen in wiederkehrender Folge. Carmen schlug ganze Dokumentenbündel um, ohne genau hinzusehen, und wollte den Ordner schon zuklappen, als ihr ziemlich weit hinten in einer Überschrift ein bekannter Name auffiel. »Ramón D. aus dem Gefängnis entlassen«, hieß es da. Ein Artikel aus dem Jahr 1997. War das Ramón Delgado?

»Warum hast du das hier abgeheftet, Mutter?«, fragte Carmen. Mit Steinschlag hatte der Bericht nichts zu tun.

Maria Inés schaute auf die Überschrift. »Ach das – weil das so ein typischer Unfall war. Typisch für die Insel«, fügte sie hinzu. »Überall kann einem etwas Schlimmes passieren.«

»Aha. Und was ist Ramón D. passiert?« In dem Artikel war von einer sieben Jahre vorher erfolgten Verurteilung wegen Mordes die Rede.

»Ihm nicht, seiner Frau. Sie ist an der Marina von der Mauer ins Hafenbecken gestürzt, direkt auf die Felsen.« Mutters Miene zeigte Erschütterung, ihre Hand klammerte sich um das Platinhalsband. »Ramón Delgado ist das übrigens, der jetzt auch gestorben ist.«

War das der angebliche Unfall, von dem *abuela* an der Muelle Pesquero gesprochen hatte? Die Mauer war durch kein Geländer abgesichert. An den Namen hatte sich *abuela* nicht erinnert. Mochte sein, dass die näheren Umstände nicht bis zu ihr im fernen Berlin gedrungen waren.

»Sie war gleich tot, die arme Josefina«, fuhr Mutter fort. »Ein Glück, dass sie nicht leiden musste, aber die Kinder hat es damals hart getroffen. Wenn du gesehen hättest, wie blass sie bei der Beerdigung waren …« Sie machte ein Gesicht, als bräche sie gleich in Tränen aus.

Delgados verschollene Kinder. »Was ist denn aus ihnen geworden?«

»Das weiß ich nicht, Carmen.« Sachte wie über den Kopf eines Kindes strich Maria Inés mit der Hand über die Dokumentenhülle mit dem Artikel. »Sie waren ein bisschen älter als ihr, deshalb kannte ich sie nicht so gut. Frag Vater oder deine Großmutter, die erinnern sich vielleicht.«

»Nicht so wichtig.« Delgado hatte also wegen des Mordes an seiner Frau im Gefängnis gesessen. Hatte Consuela davon nichts gewusst? Gesagt hatte sie es nicht. Die Überraschungen rissen nicht ab an diesem Tag.

»Der arme Ramón«, sagte Mutter im Klageton. »Da hat er auf so schreckliche Weise seine Frau verloren, und dann wurde er noch des Mordes angeklagt. Völlig unschuldig, das weiß ich genau. Er hat doch sein Leben lang um Josefina getrauert.«

Und nebenbei im Atlántico seine Liebesnester unterhalten.

# 30

*Abuela* war zurück, doch obwohl es Carmen auf den Nägeln brannte, ihr von dem aufschlussreichen Vormittag im Atlántico zu berichten, musste erst zu Mittag gegessen werden.

»Nur einen kleinen Salat«, kündigte Mutter an, zubereitet von Señora Árbelo, weil Maria Inés vom Kochen keine Ahnung hatte. Knusprige kleine Pilzkroketten gab es dazu und eine Schale gegrillter Pimientos. Was das Essen anging, fühlte sich Carmen auf Teneriffa heimisch, denn *abuela* kochte genauso. Mittelmeerküche, deshalb war sie wohl so gesund.

Dennoch – nach dem Essen müsse eine alte Frau schlafen, kündigte *abuela* an, zwinkerte Carmen aber mit einem Auge zu.

»Ich glaube, ich muss auch ein Mittagsschläfchen halten«, sagte Carmen eilig. »Die Seeluft macht müde.«

Mutter nickte verständnisvoll und meinte, sie lege sich ebenfalls hin. »Aber den Ordner lasse ich hier, Carmen. Da darfst du gern noch einmal hineinschauen.«

»Ihre Katastrophensammlung?«, fragte *abuela* auf dem Weg nach oben.

»Mmh. Aber diesmal habe ich darin etwas Interessantes gefunden.«

»Na, da bin ich aber gespannt«, erwiderte *abuela*, die – kaum war Maria Inés außer Sicht – einen recht munteren Eindruck machte.

Auf dem Dach bedienten sie sich an Señora Árbelos Zitronenlimonade, die im Barkühlschrank immer bereitstand. Eiswürfel waren ebenfalls da. Dann machten sie es sich im Kakteengarten auf den Liegen gemütlich, wo Carmen gechillt hatte, bis Mutter mit ihrem Ordner auftauchte. Den Blick in den schwarzgrundigen Steingarten mit den rundlichen Formen der mattgrünen Kakteen hatte sie als überaus beruhigend empfunden. So konnte die Insel auch sein, und nicht nur voll herumschleichender Mörder mit Steinschleudern.

»Was gibt's Neues aus Santa Úrsula?«, erkundigte sich Carmen nach *abuelas* Rechercheerfolgen in Sachen Ramirez und kam sich vor wie in einer Lagebesprechung der Kriminalpolizei.

*Abuela* berichtete von den Telefonaten, die sie und María Pilar, ihre Freundin, geführt hatten. »Alles läuft«, meinte sie zuversichtlich. Jemand kannte die Haushälterin der Familie Ramirez – das hörte sich vielversprechend an –, und die Schwiegertochter einer anderen Freundin arbeitete in dem Kosmetiksalon, den Elvira immer aufsuchte. Weder Stefano noch Elvira schienen sonderlich beliebt zu sein, sodass mit boshaften Enthüllungen zu rechnen war. Ihre Freundinnen würden weiter herumfragen – sie hatte ihre Truppen in Marsch gesetzt.

»Aber jetzt erzähl du, Carmencita. Ich sehe dir doch an, dass wieder etwas vorgefallen ist.« Sie drehte sich ein wenig auf ihrer Liege und blickte forschend in Carmens Gesicht. »Da war nicht nur der Fund in Inés' Katastrophenordner.« So besorgt gingen echte Kriminalisten nicht miteinander um.

»Du hast recht, *nana.*« Carmen fasste nach *abuelas* Hand und drückte sie. »Obwohl er aufregend genug ist. Wusstest du, dass Ramón Delgado wegen Mordes im Gefängnis gesessen hat?«

»Was? Tatsächlich? Wen hat er denn umgebracht?« Mit verblüffter Miene hielt sie inne. »Doch nicht seine Frau? Die Tote an der Marina?« Geradezu blitzartig hatte ihre *nana* den Namen Delgado mit der fehlenden Erinnerung verbunden. »Dann war das doch ein Mord.« Sie nickte nachdenklich. »Kein Wunder, die Stelle lädt ja direkt dazu ein.«

Carmen berichtete von der königlichen Amnestie, die Delgado vorzeitig aus dem Gefängnis befreit hatte. Er war zu zwölf Jahren verurteilt worden, von denen er aber nur sechs abgesessen hatte.

»Der weiße Elefant war nie wählerisch bei seinen Amnestien«, behauptete *abuela* und erzählte wieder einmal die Geschichte vom Putschversuch 1981, in dem König Juan Carlos eine zweifelhafte Rolle gespielt hatte. Er sollte die hinter den Putschisten stehende militärische Autorität – der »weiße Elefant« – gewesen sein, die im besetzten Parlament angekündigt, aber nicht erschienen war. Ganz Spanien hatte den Atem angehalten, und Opa Claudio und *abuela* hatten in Berlin mitgefiebert. Die am Putsch beteiligten

Offiziere, deren Ziel es war, die Diktatur zurückzuholen, waren zwar zu langen Haftstrafen verurteilt, aber bald begnadigt worden.

»Gnadenakt, wenn ich das schon höre! Die inhaftierten Gewerkschafter haben die Gnade des Königs ganz anders zu spüren bekommen.« An ihrer Unterlippe nagend legte *abuela* eine Gedenkminute ein. *»Esta tierra es jodida, siempre fue, siempre va a estar«*, murmelte sie dann, einen Slogan zitierend, den sogenannte »Chaoten« schon mal auf Teneriffas Hauswände sprühten. Die Übersetzung war nicht stubenrein.

Dann kam *abuela* endlich zu ihrem Thema zurück. »Die Delgados waren bekannt auf der Insel, weißt du, mit riesigem Grundbesitz und entsprechend großem Einfluss. Das durfte doch nicht alles brachliegen, nur weil der gute Ramón sich nicht zu benehmen wusste!« Erbittert lachte sie auf. »Ich bin sicher, dass auch da unser alter Florentín seine Hand im Spiel hatte.« Die Netzwerke aus der Zeit der Falange blieben Spanien lange erhalten.

»Weißt du, was aus den Kindern geworden ist?«, fragte Carmen. »Mutter sagt, sie wären etwas älter als Pedro und ich gewesen.«

»Nein, *chica*«, sagte *abuela* bedauernd. »Ich hab nie wieder etwas von der Geschichte gehört. Hab aber auch nicht danach gefragt, weil mich die Delgados damals nicht interessierten. Ich wusste ja nicht einmal von dem Mordprozess.« Abrupt richtete sie sich auf und zuckte zusammen, weil eine alte Frau sich nicht mehr ruckartig bewegen sollte. »Die Kinder, sagst du? Delgado hatte auch Kinder? Weißt du, was das bedeutet, *chica*?«

»Sicher, *nanoya*. Das heißt, dass wir jetzt noch mehr Verdächtige haben. Wenn wir nur wüssten, wo sie sind und wie sie heute aussehen …« Drei Kinder, so gesichtslos wie die drei verschieden großen Fingerkakteen in Vaters Steingarten. Wenn sie überhaupt noch auf Teneriffa waren, konnte es jeder junge Mann, jede junge Frau sein, die auf der Straße an Carmen vorbeiliefen.

»Sie könnten an dem Komplott beteiligt sein, und dann müssten deine Angie und die anderen sie kennen.« Vorsichtig legte *abuela* sich zurück auf die Liege.

Aber genau dann würden sie Carmen nichts davon sagen. »Ich werde sie fragen«, kündigte sie an. »Morgen treffen wir uns ja.« Am Strand von La Tejita würde es nicht eben wenig Gesprächsstoff geben.

*Abuela* schnarchte leise. Ein kleines Nickerchen, das brauchte sie schon mal.

Carmen erhob sich vorsichtig, ging zur Glaswand hinüber und schaute über das Orotava-Tal hinweg auf die fernen Cañadas, die im hellen Sonnenlicht lagen, während weiße Passatwolken die Hänge verdeckten. Wer darunterstand, konnte die Berge nicht sehen, wohl aber das von der Sonne beschienene Meer. Sie dachte an den ereignisreichen Vormittag im Atlántico. Verhielt es sich mit Consuela ähnlich? Zog sie Wolken vor das Wesentliche, während sie alles andere offen erzählt hatte?

Nachdenklich ging Carmen zum Kakteengarten zurück und stellte sich vor den Wachsfackelkaktus, der trotz seiner Jugend schon ihre Höhe erreicht hatte. Ihre unglückliche Vergangenheit hatte Consuela vor Carmen ausgebreitet, aber sie fragte sich immer noch, woher der Steinewerfer gewusst hatte, dass sie zu dieser Zeit auf Olivias Balkon auftauchen würde. Consuela hatte vermutet, dass Carmen sie wegen Delgado angerufen hatte, und könnte dem Täter einen Tipp gegeben haben. Sie ging in die Hocke, hob ein paar schwarze Kiesel auf und legte einen davon auf die gerundete Kante des weißen Gartenmäuerchens.

Wenn das nicht so war, musste der Angreifer Carmen dauernd beobachten und wissen, wozu sie das Atlántico aufgesucht hatte. Dann wusste er von ihren Recherchen, und das konnte nur so sein, wenn er Carmen kannte oder ihre Mitstreiter ausfragte. Ein zweiter Stein kam hinzu.

Oder selbst zu ihnen gehört, würde *abuela* jetzt sagen. Das Komplott der lachenden Erben. Der dritte Stein – den legte Carmen ein wenig abseits. Delgados Erben schienen wenig am Nachlass ihres Vaters interessiert zu sein, was bedeuten konnte, dass sie gar nicht von seinem Tod erfahren hatten. Vielleicht aber meldeten sie sich erst, wenn sie annahmen, dass Gras über ihre

Taten gewachsen war. Diese Erkenntnis war wohl keinen Stein wert.

Sie wog die restlichen Steine in den Händen. Folgte man der Theorie des Familienkomplotts, musste Carmen ausgeschaltet werden, weil sie als einzige Außenstehende zu viel wusste. Und ihre *nana* – aber dass sie eingeweiht war, hatte Carmen niemandem erzählt. Aus Erleichterung darüber legte sie alle Steine in einer Reihe auf die Mauer und richtete sich auf.

Ein netter Anblick, das schwarz gepunktete Weiß, aber weitergebracht hatten die umsortierten Steine sie nicht. Mögliche Mörder schien es ihr so viele zu geben wie die wächsern blaugrünen Arme des Wachsfackelkaktus vor ihr, der seine Heimat in Südamerika hatte. Vielleicht waren Delgados Kinder und die Florentín Cabreras ebenfalls dorthin ausgewandert? Wie Marianos Geschwister und so viele andere. Consuela hatte ebenfalls lange Jahre in Rio gelebt.

Der Kaktus musste wohl schneller wachsen und mehr Arme ausbilden, um alle Verdächtigen darzustellen. Es sei denn, der mittlere, längere und stärkere Arm trug ein Schildchen mit dem Namen Ramirez. *Abuelas* Trupp alter Freunde sollte bitte einen Schritt zulegen und ihnen bald den Beweis für seine Taten liefern. Von ihren neuen Bekanntschaften wollte Carmen niemanden im Gefängnis sehen, schon gar nicht die arme Consuela, die sie eben erst kennengelernt hatte.

»Wo läufst du denn wieder herum, Carmencita?«

*Abuela* war erwacht und wollte wie üblich nicht zugeben, dass sie geschlafen hatte. »Ich warte schon die ganze Zeit darauf, dass du mir erzählst, was dir heute zugestoßen ist.«

Schmunzelnd füllte Carmen ihre Gläser mit frischer Limonade und nahm wieder ihren Platz auf der Liege ein. »Hab uns nur etwas zu trinken geholt, während du weggesehen hast, *nana*.«

»Wenn du dich noch über eine alte Frau lustig machen kannst, wird es so schlimm ja nicht gewesen sein«, nörgelte *abuela* und sog durstig an ihrem Strohhalm.

»Ich hab's überlebt«, sagte Carmen und erzählte von ihrem Besuch bei Consuela Rojas im Atlántico, wie sie durch das Hotel gegangen und dem *caballero* begegnet waren und was ihr Consuela über Olivia und Delgado erzählt hatte. Dass die beiden ein Paar gewesen waren, überraschte *abuela* nur wenig.

»Tja, und dann kam wieder ein Stein geflogen, *nana*, aber erschrick nicht. Er hat nur die Wand getroffen.« Ihren Schock, der sie hatte zu Boden gehen lassen, behielt sie für sich, doch *abuela* ahnte wohl etwas, denn sie sah ihr wachsam ins Gesicht.

Carmen sprach schnell weiter. »Und danach hat mir Consuela ihre Geschichte erzählt. Es ist nicht zu fassen, *nanoya*, wie manche Eltern mit ihren Kindern umgehen.« Sie nahm einen großen Schluck aus ihrem Glas und wandte sich *abuela* zu. »Sie hat geweint, als wir auf den Balkon hinaustraten, das hat mich gewundert, aber auch ein bisschen erschreckt, denn sie wirkte sonst so taff. Und zuerst – also nach dem Steinwurf – habe ich wirklich einen Moment lang gedacht, dass sie weint, weil sie wusste, was gleich passieren wird, und irgendwie doch Mitleid mit mir hatte.«

Natürlich nickte *abuela* ahnungsvoll.

»Aber da ist nichts dran, *nana*«, sagte Carmen geschwind. »Die Tränen hatten einen ganz anderen Grund.« Ihre eigenen Befürchtungen, was eine Mittäterschaft Consuelas anging, schob sie beiseite.

Consuela hatte ebenso entsetzt reagiert wie Angie im *barranco*, als Carmen dort die Steine erwischt hatten. Sie hatte Carmen aufgeholfen, sie schnell und umsichtig zum Sofa geführt und sie genötigt, sich hinzulegen.

»Was war das?«, fragte sie. »Du bist doch nicht getroffen worden?«

Carmen konnte nur den Kopf schütteln. Sie fühlte sich wie unter Wasser, ihr Tunnelblick nahm nur Consuelas Gesicht wahr. Es war ganz fahl unter der leichten Bräune, ihre Augen geweitet, mit schwarzen Spuren, wo die Wimperntusche verschmiert war. Die Tränen … und dann der Stein.

»Bleib liegen«, sagte Consuela, ging wieder zur Balkontür hinaus und kam mit dem Stein zurück, den sie Carmen behutsam in die Hand legte.

Warm und glatt fühlte er sich an und völlig ungefährlich.

Carmen setzte sich auf und legte den Stein auf ihre Handfläche. Er war schwarz mit einer rötlichen Ader, als wäre glühende Lava von zwei Basaltschichten zusammengepresst worden. Ein besonders schönes Exemplar hatte der Mörder ihr zugedacht. Der Stein war fast rund und nur wenig größer als ein Golfball. Ein perfektes Wurfgeschoss. Aber es hatte sie nicht getroffen. Carmen beschloss, den glücklosen Stein als Glücksbringer zu behalten.

»Mir ist nichts passiert«, sagte sie zu Consuela. »Es war nur der Schreck. Schon das zweite Mal …« Kurz berichtete sie von dem Vorfall im *barranco*. »Unser Mörder scheint eine Vorliebe für Steine zu haben.« Es konnte durchaus eine Mörderin sein. Wie Carmen neuerdings wusste, hatten schon die Guanchenmädchen Steinschleudern benutzt.

Consuela nickte. »Er – oder sie – wirft mit Steinen oder schleudert sie, und wo das nicht geht, lässt er seine Opfer auf Steinen zu Tode stürzen wie Delgado.« Angie hatte ihr erzählt, wie die anderen zu Tode gekommen waren.

»Ja, so sieht es aus.« Carmen stand auf, ging zum Balkon auf der Meerseite und sah auf den weiten tiefgrünen Atlantik hinaus. Beruhigend, so hinter der geschlossenen Tür. »Und Olivias Kopf hat er gegen die Felsen gestoßen, dort, wo sie in der Höhle am Strand gefunden wurde.«

»Ich glaube eher, dass er eine Steinschleuder benutzt hat.« Consuela stellte sich neben sie. »Sie brauchte die Höhlen nicht, um sich umzuziehen, weißt du? Ihren Bikini hatte sie nämlich schon an, und er trocknete ja auch schnell. Und von den Treppen herab bot sie ein leichtes Ziel. Immer lag sie an der gleichen Stelle, an jedem schönen Tag, weil sie das Gewusel am Pool nicht mochte. Das muss dieser Mensch gewusst haben.« Consuela sah sich im Raum um, dessen weiße Einrichtung von farbigen Bildern kontrastiert wurde. »Sie hat die Sonne so geliebt …« Ihr Gesicht versteinerte, aber in ihren Augen standen Tränen.

»Du hast Olivia wohl lange gekannt?«, fragte Carmen vorsichtig.

»Das kann man so sagen.« Consuela gab einen Laut von

sich, der tieftraurig klang und dennoch wie der Ansatz eines Lachens. »Sie war ja meine Mutter.« Dann begann sie wirklich zu weinen.

»Deine Mutter!«

Carmen brauchte einen Moment, um sich zu fassen, dann nahm sie Consuela in den Arm. »Deine Mutter, nein.« Fast hätte Carmen gefragt, ob sie das ernst meinte. Immer noch schluchzend, ließ Consuela sich zurück zum Sofa führen. Ihre Mutter. Kein Wunder, dass sie weinte. Und Delgado war ihr Vater. Das Kind, das in ein Heim gegeben wurde. Olivias Kind.

Carmen holte ein Handtuch aus dem Bad und wischte sacht über Consuelas mit Tränen und Make-up verschmiertes Gesicht. Langsam beruhigte sie sich, griff nach dem flauschig weißen Tuch und rieb alles ab. »Es tut mir leid, Carmen«, sagte sie. »So überfallen wollte ich dich eigentlich nicht. Obwohl ich dir alles erzählen wollte, vorhin schon, bevor der Stein kam.« Sie lächelte ein wenig. »Du erschienst mir vertrauenswürdig, und ich dachte, dass du wissen musst, wie alles zusammenhängt.«

Daher also die Tränen vorhin. Carmen nickte erleichtert und hörte zu. Bisher hatte Consuela mit niemandem über ihre Trauer gesprochen, und natürlich öffneten sich die Ventile dann explosionsartig. Was sie berichtete, war ein Romanstoff und trotzdem aus dem wahren Leben gegriffen. Die Geschichte von echten Rabeneltern, die ihr behindertes Kind verstoßen hatten. Carmen konnte es kaum glauben.

Consuela war noch klein gewesen, als man sie im Waisenhaus katholischen Nonnen übergab, aber dass Delgado sie Hinkebein nannte, hatte sie durchaus registriert. Es war ja nicht nur einmal, dass sie das Wort hörte. Ihre Mutter hatte sie als lieb in Erinnerung, aber sie konnte Delgados Druck wohl nicht standhalten, so hatte Consuela sich das jedenfalls später zusammengereimt. Carmen musste immer wieder den Kopf schütteln. Im Kinderheim hatten ihre Eltern sie nicht ein einziges Mal besucht.

Mit zehn Jahren war Consuela von einer Rechtsanwaltsfamilie aus Rio de Janeiro adoptiert worden und erst als Erwachsene nach Teneriffa zurückgekehrt, nach Puerto, wo sie ihre Eltern gesucht und gefunden hatte. Es passte dann gut zusammen, dass sie Hotelfachfrau war und die beiden – er zumindest zeitweise – im Atlántico lebten. Consuela hatte sich um eine Stelle beworben und war bald zur Managerin des Hotels aufgestiegen.

»Aber ich hätte auch als Putzfrau angefangen«, sagte sie. »Ich wollte doch endlich in ihrer Nähe sein. Wenigstens das …« Sie schaute auf ein golden gerahmtes Wandbild, das die Farben der See aufnahm. »Ich hatte ja kaum eine Erinnerung an sie.«

Für Delgado konnte es nicht die reine Freude gewesen sein, als die verachtete Hinkebein-Tochter nach all den Jahren vor ihm stand. »Und wie war das, als ihr euch wieder getroffen habt?« Olivia immerhin mochte sich gefreut haben.

Consuela zuckte mit den Achseln und sagte nichts. Ihre steinerne Miene verriet, dass sie wieder mit den Tränen kämpfte.

Carmen ließ ihr Zeit und sah selbst das Bild an. Ein grünblau schillernder See mit farbigen Tupfern. Eins von Monets Seerosenbildern, wie schön. Der goldene Rahmen hätte nicht gar so protzig sein müssen. Sie tippte darauf, dass Olivia das Bild und Delgado den Rahmen ausgesucht hatte.

»Ja, das war nicht so einfach für mich, Carmen.« Consuela wandte den Blick wieder zu ihr. »Aber ich hatte wohl zu hohe Erwartungen. Mein Leben lang habe ich mir vorgestellt, wie es sein würde, wenn wir uns begegnen.« Sie lächelte traurig. »Natürlich mit Tränen, aber auch voller Wiedersehensfreude. Wie im Märchen …« Sie seufzte tief auf. »Aber sie haben mich nicht einmal erkannt.«

»Wie bitte?« Zumindest Mütter hatten ihre Kinder zu erkennen, wie viele Jahre auch vergangen waren. In jedem Roman war das so.

»Nein. Die ganzen Jahre nicht. Nicht einmal an dem hier.« Sie zeigte auf ihr Bein. Olivia hatte manchmal mit nachdenklichem Blick auf die Schiene geschaut, aber nichts gesagt. Eine Erinnerung an ihr behindertes Kind, ohne zu ahnen, dass es vor ihr stand. »Als ich klein war, sah das Bein noch schlimmer aus. Meine Zieheltern haben dann dafür gesorgt, dass es gerichtet wurde.«

»Hast du dich denn nicht zu erkennen gegeben?«

»Zuerst wollte ich das. Aber als ich sah, wie es um die beiden stand, habe ich mir gedacht, lass es lieber sein. Wenn ich Delgado jetzt wieder das Hinkebein zumute, verlässt er Olivia ganz. Sie war ja völlig abhängig von ihm.« Consuela sah wieder zum Seerosenteich hinüber. »Manchmal, wenn ich mich noch einsamer fühlte als früher, habe ich mit dem Gedanken gespielt, es zumindest Olivia zu sagen. Dann hätte ich doch wenigstens eine Mutter gehabt.« Ihr Blick schweifte durch den Raum, bis er an der echten See hängen blieb. »Aber dann war sie tot …«

»Ja, so war das, *nanoya*.«

Mit einem Seufzer beschloss Carmen ihren Bericht über den aufwühlenden Vormittag. »Ist das zu glauben? Ihre Eltern haben sie einfach vergessen. Bei den Nonnen abgegeben und vergessen.« Ihre eigenen Eltern – Herbert und Maria Inés Winkelhoff – mochten dem bürgerlichen Idealbild auch nicht entsprechen, aber sie hatten sie bei *abuela* gut untergebracht und sich immer gefreut, wenn sie sich sahen.

»So sind sie, die spanischen Männer.« *Abuela* schüttelte ihr weises Haupt. »Familie, Kinder sind für sie da, nicht umgekehrt. Wenn sie lästig werden, räumt man sie beiseite wie Möbelstücke, sie werden auf dem Speicher verstaut und vergessen. Oder gleich ins Hafenbecken geworfen …«

Weil Carmens Mund sich wie ausgetrocknet anfühlte, stand sie auf, um neue Getränke zu holen. »Ich hoffe doch sehr, das gilt nur für Prachtexemplare wie Delgado.« Nie würde Carmens eigener Vater so weit gehen, und die jungen Männer, die sie bisher kennengelernt hatte, wirkten keineswegs machohaft. Oder veränderten sie sich mit dem Alter? Passten sich an? Mit den kalten Gläsern in der Hand blieb sie vor ein paar kugeligen Kakteen stehen. Hübsch rund, aber voller Stacheln.

»Vielleicht.« *Abuela* war eine Skeptikerin. »Jedenfalls haben wir hier eine weitere Kandidatin für das Familienkomplott, Carmencita. Sie hatte nun wirklich allen Grund, ihre Eltern zu hassen.«

Das musste ja kommen. »Du wirst Consuela kennenlernen, *nana*. Sie wirkt absolut ehrlich.«

»Kann Tarnung sein. Im Hotel hat sie gelernt, das Gesicht zu wahren.«

Aber gerade das hatte Consuela nicht getan. Ganz offen hatte sie über die widerstreitenden Gefühle gesprochen, die sie Olivia und Delgado gegenüber hegte. »Sie war enttäuscht von ihren Eltern, aber sie hat sie nicht gehasst. Hör mir zu, dann weißt du, was ich meine.«

Am Morgen hatte Consuela eine Weile gebraucht, um sich wieder zu fangen. »Jetzt muss ich meine Hoffnung begraben, jemals Eltern zu haben«, hatte sie dann gesagt. »Und seien es noch so schlechte.« Mit einem sehnsüchtigen Ausdruck in den Augen erzählte sie, wie sie als Kind sich ihre Eltern zurechtgeträumt hatte – natürlich waren sie edel und gut, aber zu arm, um ihr Kind zu versorgen – und wie sie später versucht hatte, das Gute in ihnen zu finden und ein bisschen Wärme.

Carmen hatte ihre Worte noch im Ohr. »Trotz allem mochte ich die beiden, wirklich, Carmen, besonders Olivia.« Sie hatte Consuela leidgetan, weil sie bald mitbekam, wie Olivia manipuliert und ausgenutzt wurde. Sie schien so etwas wie eine nützliche Idiotin gewesen zu sein – niemand nahm sie ernst, und besonders intelligent war sie wohl auch nicht. Doch weil ihr Vater immer für ein gefälschtes Baugutachten gut war, wurde sie in den Firmen herumgereicht, bekam sozusagen als Belohnung für den guten Willen ihres Vaters lukrative Jobs mit wenig Arbeit. »Aber ich glaube, das war ihr gar nicht bewusst. Ein bisschen naiv war sie schon.«

»Wie hat sie denn ausgesehen?«, fragte Carmen. Bestimmt war Olivia auch auf Vaters Festen eingeladen gewesen. Sie war um einiges jünger gewesen als die Männer in der Freundesclique, hatte Carmen von den anderen gehört. Das Kind – Consuela – hatte sie fast noch als Teenie bekommen.

»Oh, nicht schlecht«, gab Consuela zur Antwort. »Sie wanderte viel in den Bergen, das hielt sie fit. Wirklich, eine gute Figur, bei Spanierinnen über vierzig ist das ja selten, und für ihre Kleidung hatte sie ein gutes Auge. Nur ihr Haar war immer ein bisschen zu blond, das fand ich manchmal peinlich. Delgado mochte das.« Sie zog eine Grimasse. »Er hat auch versucht, seine brasilianische Freundin zu Blond zu überreden. Aber da hat er wohl auf Granit gebissen.«

Consuelas Beschreibung traf auf einige der Frauen zu, die sich um Mutter geschart hatten. Spanische Männer mochten Blond, wenn auch lieber an fügsamen spanischen Frauen als an selbstbewussten Nordeuropäerinnen. Doch das änderte sich. Auf den Köpfen junger Spanierinnen fand man das künstliche Blond kaum noch.

»Olivia hat mir ja immer alles erzählt«, fuhr Consuela fort. »Ich hätte gern geglaubt, dass es doch irgendeine Bindung zwischen uns gab, aber es lag wohl daran, dass ich in meinem Job gut bin.« Sie lächelte eher verlegen als stolz. »Du weißt schon, auf den Gast eingehen und ihm das Gefühl geben, er sei unter guten Freunden.«

»Und Delgado?« Sie hatte gesagt, dass es wegen der Wohnung manchmal Ärger gab. »Hast du dich denn sonst gut mit ihm verstanden?«

»Nun ja.« Consuela nahm eine moderne Skulptur in den Blick, die auf einem Sockel stand und wohl ein kopulierendes Paar darstellen sollte. »Es war schon schwierig mit ihm. Er hatte so eine väterliche Art an sich, die ich eigentlich hasse.« Ihrem Gesichtsausdruck nach galt im Moment ihre Abneigung dem Kunstwerk. »So anbiedernd und übergriffig, wenn er zum Beispiel nach meinem Freund fragte oder sich erkundigte, ob ich eine angenehme Nacht verbracht hätte, und mir dabei zuzwinkerte, als wüsste er genau, was ich nachts treibe.« Consuelas Augen wanderten wieder zum beruhigenden Seerosenbild Claude Monets.

Diese Sorte Mann fand sich unter Vaters Freunden häufiger, da fiel Carmen nicht nur Stefano Ramirez ein. Aber mit Delgado verband sie kein Gesicht.

Consuela umfasste mit den Armen ihren Oberkörper und sah Carmen an. »Ich habe mir dann vorgestellt – ziemlich albern, ich weiß –, dass er das wirklich väterlich meint, so, wie sich halt ein Vater um seine Tochter sorgt. Auch wenn er mir Geld anbot …« Oft hatte er nämlich versucht, sie gegen das Hotel und dessen Besitzer zu beeinflussen und sie in Streitfällen auf seine Seite zu ziehen. »›Ich weiß doch, wie schlecht ihr hier bezahlt werdet‹, hat er dann gesagt, ganz fürsorglich, und versucht, mir einen Hunderter in die Tasche zu stecken.« Sie lachte ein wenig. »Ich gebe zu, allzu oft ist es mir nicht gelungen, ihn als Vater zu lieben.«

*Abuela* hatte aufmerksam und interessiert zugehört, aber dann kam doch wieder die Skepsis durch. »Trotzdem, *chica* – es ist der gleiche Fall wie bei Angie. Consuela ist eines der Kinder der Toten und kann am Familienkomplott durchaus beteiligt sein. Du sagst selbst, dass sie mit Angie und den anderen befreundet ist.«

»Aber warum sollten sie mich umbringen wollen, *abuela*? Ihre Rache hätten sie gehabt, wenn es so ist, wie du vermutest.«

»Weil du so neugierig bist und schon viel zu viel weißt, *chica*, deshalb. Ich will ja nur, dass du vorsichtig bist.«

Carmen spürte, wie sich ihre Stacheln aufrichteten wie die der Kugelkakteen. »Schon gut, Oma«, sagte sie, weil sie genau wusste, dass *abuela* das Wort hasste.

»Phh«, machte diese und legte sich beleidigt auf ihrer Liege zurück.

Das konnte Carmen auch, zumal ihr eben ein unangenehmer Gedanke gekommen war, so finster wie die Wolken, die über dem Meer aufzogen. Die an *abuelas* Familienkomplott beteiligten Kinder der Toten hätten sich gerächt, hatte sie gesagt – warum also noch die Anschläge auf Vater und sie? Mochte sein, dass der Täter Carmen im Visier hatte, weil sie zu viele Fragen stellte und ihm vielleicht schon zu nahe gekommen war, ohne es selbst zu ahnen. Eventuell auch, wie es *abuela* vermutet hatte, um Vater durch ihren Tod zu treffen. Aber eigentlich konnten sie an seinem Tod doch kein Interesse haben. Es sei denn, Pedro wäre an ihrem Plan beteiligt. So weit hatte *abuela* sicher nicht gedacht.

Nur mal angenommen, ihre Theorie sei begründet. Wenn Carmen objektiv sein wollte wie ein richtiger Detektiv, musste sie davon absehen, dass Pedro ihr kleiner Bruder war, den sie liebte, obwohl sie ihn kaum kannte, und ihn dem Kreis der Verdächtigen zurechnen. Sie sah zu den Palmenwipfeln auf, die ein leichter Wind bewegte, der sie aber hinter der Hylocereus-Hecke, die den Kakteengarten abschirmte, nicht traf.

War Pedro zu einem Mord überhaupt fähig? Nun ja, besonders empathisch war er nicht. Er hatte durchaus Grund, Vater zu hassen.

Ihr fiel der schwarz-rote Stein ein, der sie auf dem Balkon des Atlántico fast getroffen hätte. Obwohl die Gefahr längst vorbei war, hatte ihr Unterbewusstsein den Stein ins Riesenhafte wachsen lassen und den Schock, die Bedrohung so gesteigert, dass sie einfach umgefallen war. Mit Vernunft hätte sie ihre Reaktion nicht steuern können.

Ähnlich war es vielleicht für Pedro – oder wer auch immer die Schleuder in der Hand hielt. Sie konnte sich vorstellen, wie es war, wenn das Gefühl der Ohnmacht das ganze Leben überschattete, weil es niemanden gab, der helfen konnte, der Situation zu entkommen oder später das erlittene Leid wiedergutzumachen, und wie der Hass auf die Verursacher immer neu belebt wurde. So etwas konnte noch so tief vergraben sein – wie Unkraut kam es immer wieder hoch und beeinträchtigte Glück und Zufriedenheit. Wuchs auch im Lauf der Jahre, wenn sich kein Ventil fand. Bis es dann endgültig durchbrach und den Stein ins Rollen brachte, zum übermächtigen Bedürfnis wurde, sich zu rächen, Entlastung zu finden, die nur der Tod möglich machte.

Aber Pedro?

Um *abuelas* Aufmerksamkeit nicht zu wecken, unterdrückte Carmen einen Seufzer. Von ihr unbemerkt, hatte sich der Himmel grau bezogen, der Wind war kühler geworden. Sonnenschein hätte auch gar nicht zu ihren Überlegungen gepasst.

Sie wusste viel zu wenig von ihrem Bruder, das musste sie zugeben, hatte nicht einmal geahnt, dass er Gefahr lief, aus seiner unglücklichen Kindheit Schäden davonzutragen. Und wenn ihr das bei ihrem Bruder nicht auffiel, merkte sie es bei fremden Menschen noch weniger. Immerhin hätte Pedro gar nicht selbst zum Mordwerkzeug greifen müssen. Er konnte sich sogar einbilden, er habe mit allem nichts zu tun, weil er im fernen Madrid saß und einen anonymen Mörder sein Werk tun ließ …

Carmen schauderte es, woran der Wind nicht schuld war. Nur gut, dass *abuela* von ihren geradezu bösartigen Gedanken nichts ahnte.

Sie richtete sich auf und legte versöhnlich ihre Hand auf den Arm ihrer *nana*. »Du solltest zusehen, *nanoya*, dass deine Freunde Ramirez zu fassen kriegen. Sonst verdächtigen wir beide uns noch gegenseitig.«

# 31

»Das soll ein unberührter Strand sein?«

Ringsum Baustellen in der staubigen Landschaft, ein roter Bagger ratterte hinter einem kilometerlangen Bauzaun. *»Construye un hotel, destruye un paraíso«*, hatte jemand in riesigen schwarzen Lettern auf das gelb gestrichene Metall gesprüht. Oberhalb des Zauns lag eine lange Reihe neu erbauter Apartmentblocks. »Ein Paradies ist das nun wirklich nicht.«

Guter Einstieg, Carmen – erst jetzt merkte sie, dass Mariano ein pikiertes Gesicht zog. Da hatte sie wohl ein Fettnäpfchen erwischt. Er opferte seine Freizeit, um diesen angeblichen Garten Eden zu erhalten, und sie machte ihn gleich mit ihren ersten Worten herunter. Und dann noch auf Deutsch. Sie hielt den Mund und half Angie mit den Picknickkörben. Der Wind zerrte an ihrem Haar, das sie mit einem schmalen Schal um den Kopf festgebunden hatte.

In zwei Autos waren sie nach La Tejita gefahren, Carmen mit Martín García und José Fernando Alvarez in Angies großem Mercedes-SUV, und Mariano hatte Rafael Perez, Marisol und Consuela Rojas mitgenommen. Mit sonnigen lateinamerikanischen Rhythmen im Ohr waren sie über die *autopista* gedüst, und Carmen hatte sich auf einen Nachmittag am palmengesäumten, idyllischen schwarzen Strand gefreut. Nun stand sie hier im schlammgrauen Geröll, keine Palme weit und breit.

»Mach dir nichts draus«, sagte Angie, ebenfalls auf Deutsch. Ihre dichten rotbraunen Locken flatterten im Wind. Sie war die Ungeduldigste von allen, Carmens holprige Sätze ertrug sie nicht lange. »Für Mariano ist das hier sein zweites Zuhause.« Ihr Deutsch war aber auch fast perfekt, sie hatte zwei Jahre an der TU Darmstadt studiert.

»Ach so.« Ein Stück voraus auf dem mit Felsbrocken markierten Weg zum Strand hinunter schleppte er eine Kühltasche. Hinter ihm Marisol mit bauchfreiem Top und knappen Shorts und Consuela in einem knielangen Strandkleid.

Mit einem warmen Gefühl erinnerte sich Carmen an ihre herzliche Umarmung bei der Begrüßung. Verschwörerisch hatten sie sich zugezwinkert. Consuela hatte ihr vertraut, und jetzt teilten sie ein Geheimnis. Ihr Gesicht war blass und angespannt, und als Carmen ihr nachsah, schien es ihr, als habe ihr Hinken sich verstärkt. Es war wohl nicht leicht für sie, im sandigen Geröll zu gehen. Das schwarze Haar hatte sie zu einem strengen Knoten zusammengefasst, dem der Wind nichts anhaben konnte.

Die jungen Männer, die Carmen weiterhin kaum auseinanderhalten konnte, hatten sich mit den Körben bepackt. Fernando – inzwischen erkannte sie ihn an den Segelohren – war der große Dunkelblonde mit dem kurz gehaltenen Bart, wie der im Gesicht des dunkelhaarigen Rafael, der wieder das Baseballcap mit der streitbaren Axt der Atlanta Braves trug. Der schwarzhaarige Martín, Angies Bruder – ebenfalls mit Cap – war glatt rasiert, trug aber wie Fernando eine Brille mit dunklem Rand. Heute sollte sie wohl lernen, sie ohne die oberflächlichen Merkmale zu unterscheiden. Mariano hatte sich ein verwegenes Piratentuch umgebunden.

»Dir ist schon wieder ein Stein um den Kopf geflogen?« Angie hatte es von Consuela erfahren. »Das kann aber kein Zufall mehr gewesen sein.«

»Nein, wohl nicht.« An den Steinewerfer wollte Carmen hier im freien Gelände nicht denken. »Ich erzähle später davon, wenn alle dabei sind.«

»Gut.« Angie blieb stehen und schüttelte den Sand aus ihren Flipflops. »Gleich gibt's weniger Steine, dann können wir barfuß laufen.«

Obwohl seit Langem befreundet, war Angie Consuelas Lebensgeschichte nicht bekannt. Beim Abschied im Atlántico hatte sie Carmen gebeten, auch den anderen nichts davon zu erzählen. »Ich möchte nicht, dass es in Puerto herumgeht.« Das konnte Carmen verstehen. Die Information war ohnehin nur im Zusammenhang mit *abuelas* angeblichem Familienkomplott wichtig, und davon sollte sie tunlichst schweigen.

Am Boden neben dem Weg fristete ein unauffälliges pelziges Kriechgewächs sein kümmerliches Dasein. Wüstenflora – sie waren im heißen Süden Teneriffas. Aus weiten Flächen trockenen Gestrüpps hatten sich einzelne Triebe gerettet und stellenweise sogar ausgebreitet, weiße fedrige Blüten leuchteten heraus. Das beeindruckte Carmen nun doch. Überlebenskünstler waren auch die grauen drahtigen Sträucher, die nur stellenweise grün ausschlugen und an die Wüste Arizonas erinnerten mit ihren durchs Gelände wirbelnden Geisterbüschen.

Und am Horizont Las Vegas. Die nächsten Wohnanlagen waren im Bau, bunte Reklametafeln versperrten die Aussicht. Ein weitläufiges Einkaufszentrum mit verspielt angeordneten Buchstaben an der Fassade, die wohl von der Größe ablenken sollten. La Tejita hieß es, wie sonst. Ein weiteres riesiges Gebäude – das geplante Luxushotel mit hundertsiebzig Zimmern und Suiten – konnte hier nicht groß stören.

Mariano sollte sich nicht so haben, er hatte Carmen an der Nase herumgeführt: von wegen paradiesisch. Zu allem Überfluss schob sich vom nahen Flughafen her ein Flugzeug schräg in die Luft, fast zum Greifen nah und entsprechend laut. Für die Belegung der edlen Bettenburg sah Carmen schwarz. So etwas fand sich sofort im Internet.

Das Familienkomplott war also tabu, rief sie sich ins Gedächtnis, doch was die anderen erfahren mussten, waren die Informationen über Stefano Ramirez, und dann war zusammenzutragen, was sie über seine Geschäfte wussten. Über den Mordprozess gegen Ramón Delgado sollte sie besser nicht reden. Consuela wusste nichts von der finsteren Vergangenheit ihres Vaters, sonst hätte sie es sicher erwähnt. Jedenfalls musste Carmen erst mit ihr darüber sprechen. Aber falls sie unauffällig nach den anderen Kindern Delgados fragen konnte, sollte sie das tun.

Mariano war stehen geblieben und hockte sich auf den Boden. Als Angie und Carmen näher kamen, sahen sie, dass er vor einem Feld mit Kieselsteinen kauerte, einige aufhob und in der Hand wog. Steine in allen Farben lagen hier, Carmen erkannte rötlich gesprenkelte Granitkiesel, grauschwarzen Basalt und helle flache Kalksteine, auch ein paar aus weißgrauem Marmor, alle mehr oder weniger rund geschliffen. Das Arsenal des Steinewerfers. Carmen erfasste ein leiser Schauder.

»Ich habe meine alte Steinschleuder mitgebracht.« Mariano sah auf und deutete auf seinen Arm, der mit einem geflochtenen Lederband lose umwickelt war. »Die können wir gleich ausprobieren. Mal sehn, was wir noch draufhaben.« Ein paar für gut befundene Kiesel legte er beiseite und begutachtete die übrigen.

Als er genug Steine beisammen hatte, stand Mariano auf und barg sie in der Seitentasche seines Rucksacks. Dann wickelte er die Lederschnur von seinem Arm. Sie war gut anderthalb Meter lang und hatte in der Mitte eine verdickte Stelle.

»Gibst du jetzt den Pelinor?« Martín und die anderen waren zurückgekommen und sahen Mariano zu, wie er – noch ohne Stein – die Schleuder über dem Kopf schwang. In Carmens Augen konnte sein Körperbau mit dem des athletischen Guanchenkriegers am Strand von Candelaria locker mithalten.

Mariano hielt die Schleuder an. »Das könnt ihr alle üben, später. Bin gespannt, wer von euch der beste *hondera* ist.« Er grinste in die Runde, als sei klar, dass der Sieger Mariano hieß, und ging weiter. An den Beinen trug er eine knielange, ausgefranste Seeräuberjeans und lief barfuß. Fehlte nur das Messer zwischen den Zähnen.

Carmen blieb in seiner Nähe und hörte mit leichtem Unbehagen zu, wie er von den historischen *foners* und *honderas* der Balearen erzählte, die in römischen Heeren gefragte Söldner waren, und den Wettkämpfen, die derzeit auf Mallorca wieder auflebten. *La honda* hieß die Schleuder auf Spanisch, und im Katalanischen *fona*. Mariano hatte wohl Gefallen an dem Sport gefunden, denn er wollte weiterüben und sich auf Mallorca zum Wettkampf stellen.

»Es gibt Verrückte, die schießen damit sogar Böller in die Luft«, sagte er lachend.

Nach einer Weile ließ Mariano sich zurückfallen und die anderen vorgehen, während er Carmen mit der Hand an ihrem Arm aufhielt.

»Du hättest mit deiner Nörgelei warten können, bis du das hier siehst«, sagte er mit einem kleinen Lächeln. Er drehte sich um und führte ihr mit großer Geste das Panorama vor. Der Wind brachte sein Hemd zum Flattern, das locker über der Hose hing.

Doch. Das hatte etwas. Vor dem tiefblauen Meer mit einem

brodelnden Rand aus strahlend weißer Gischt erstreckte sich zu ihrer Linken ein breiter, völlig einsamer Strand. Carmen spürte, wie ihre Enttäuschung wich. Weit hinten ein kleiner Hain aus mit Palmwedeln bedeckten Sonnenschirmen, daran anschließend und zum Meer hin aufsteigend die Montaña Roja. Auf Palmen konnte sie da wohl verzichten.

Ein kleines Paradies konnte man diesen Strand ohne Weiteres nennen. »Aber das Hotel wird doch sicher nicht direkt am Meer gebaut?«

»Nein, dort drüben.« Mariano wies mit der Hand in Richtung der Apartmentblocks, die in der Nähe des Atlantiks ihren Anfang nahmen.

»Siehst du, das meine ich.« Carmen lächelte ihm zu. »Das ist doch hässlich, Mariano, und eine weitere Scheußlichkeit fällt da kaum auf. Gebaut wird sowieso, das hast du selbst gesagt.«

»Nicht so voreilig, Carmencita«, sagte er freundlich, aber mit Ironie in der Stimme. »Du hast noch nicht alles gesehen.«

Fernando hatte auf sie gewartet und ihnen bei den letzten Sätzen zugehört. »Ihr redet von dem neuen Hotel?« Er nahm die dunkle Brille ab und wischte mit einem Zipfel seines weißen T-Shirts ein paar Sandkörnchen fort.

Mariano nickte knapp, aber Carmen hatte auch für Fernando ein Lächeln übrig. Er trug kein Piratentuch und auch nicht wie Martín und Rafael ein Baseballcap, sondern ließ sein dunkelblondes Haar vom Wind zerzausen. Carmen konnte sich nicht erinnern, dass sie ihre Ohren, als sie noch abstanden, jemals so offen dem Blick freigegeben hätte. Unwillkürlich fasste sie an ihr empfindliches linkes.

»Ich meine ja auch, dass es gut ist, wenn das Hotel gebaut wird«, sagte Fernando.

Auch? Von gut hatte Carmen nichts gesagt. Überflüssig war so ein Hotel allemal, egal, wo. Bei den Leerständen …

Sie wollte protestieren, aber Fernando redete gleich weiter. »Du weißt selbst, wie viele Arbeitsplätze so ein großer Betrieb schafft. Und nach Arbeitsplätzen ruft ihr hier auf der Insel doch immer.« Wieder sprach er mit Blick auf Carmen, als käme es nur auf ihre Reaktion an.

»Arbeitsplätze sind gut und schön«, erwiderte Mariano. »Aber willst du die Bevölkerung der gesamten Insel zu Putzfrauen und Kellnern degradieren?« In so aufgebrachtem Ton, als müsse er gleich selbst seine Schicht hinter der Theke antreten und den Touristen zur Happy Hour Cocktails servieren.

Fernando schüttelte vehement den Kopf. »Wir wissen doch beide, dass der Tourismus die einzige Industrie ist, die hier funktioniert«, sagte er. »Alles, was versucht wurde – Bananen, Wein –, scheiterte letztlich an der Entfernung zum Festland. Da ist es doch besser, seine Kunden hierherzulocken.«

Wieder erhob sich mit lautem Motorengeräusch ein Flieger in die Luft. Mariano sah ihm nach, während er redete. »Aber nicht um den Preis einer Monokultur, Fernando, die verschandelt inzwischen die ganze Insel.« Er wandte sich wieder Fernando zu. »Es braucht einfach mehr Phantasie und den Willen, es anders, besser zu machen. Zum Beispiel könnte es viel mehr Werkstätten und Fabriken geben und damit Arbeitsplätze, wenn nicht alles, was wir brauchen und benutzen, vom Festland importiert würde.« Mariano rasselte seine Rede herunter, als hielte er sie nicht zum ersten Mal. »Oder nimm den Sozialbereich und das Gesundheitswesen, die man hier am langen Arm verhungern lässt. Sicher, es kostet Geld, das auszubauen, aber wenn man die Fördergelder für den Tourismus umschichtet, wäre das schon ein Anfang.«

Fernando behielt das kleiner werdende Flugzeug im Blick. »Das ist doch unrealistisch, Mariano. Nicht, wenn der Ministerpräsident wieder Rajoy heißt, womit zu rechnen ist.« Seine Ohren waren schon wieder knallrot.

Damit mochte er recht haben, dachte Carmen. Mariano Rajoy, der bei den anstehenden Neuwahlen gute Chancen hatte, sein Amt zu behalten, gehörte der konservativen Partido Popular an, deren Augenmerk nicht unbedingt dem Wohlstand der kleinen Leute galt. Doch mehr als alles andere wollten die Spanier eine stabile Regierung ohne jede demokratische Auseinandersetzung, die von vielen als Parteiengezänk gewertet wurde.

»Eben.« Mariano tat, als werfe er einen Stein zum Himmel hinauf. »Deshalb müssen wir ihn zum Teufel jagen.«

Auch keine schlechte Position.

Fernando lachte auf. »Das wäre was ganz Neues, wenn eine Krise die Wähler nicht in die Arme der Rechten treiben würde.«

»Die Krise ist zu Ende, *amigo*. In der Wirtschaft geht es aufwärts, und die Wähler werden vernünftig genug sein zu sehen, wer das Geld in ihre Richtung schiebt und nicht nur in die Taschen der Touristikunternehmer und Bananenpflanzer. Denen gehört ohnehin schon die ganze Insel.« Mariano bückte sich nach einem echten Stein und ließ ihn von einer Hand in die andere fallen.

»Du hörst dich an wie der Rufer in der Wüste, *amigo*.« Beim letzten Wort verzog Fernando das Gesicht.

Carmen konnte beides nachvollziehen, Fernandos Skepsis und Marianos Utopie. Aber eigentlich standen sie doch auf der gleichen Seite – warum also dieser spitze Ton?

Fernando wandte sich ab und ging den anderen nach, die eben um eine Ecke der mit Slogans und Tags bedeckten Metallwand verschwanden. Carmen und Mariano folgten seinem Beispiel. Es tat ihr leid, dass sie diesen Streit losgetreten hatte, doch offensichtlich trugen sie ihn nicht zum ersten Mal aus. Männer – ließ man sie hinaus auf den Hof, wurden sie gleich zu Gackhähnen.

Ein *barranco* teilte den Strand. Rechts ging es schmaler weiter, vorbei an vergammelten Bunkeranlagen und den grässlichen Bauzaun entlang.

»Hier muss man durch«, meinte Mariano. »Schau einfach aufs Meer, dann entgehst du dem Anblick.« Er blieb stehen und sah dorthin zurück, woher sie gekommen waren. »Ich weiß selbst, wie es hier aussieht, Carmen. Aber trotzdem, große Bereiche der ursprünglichen Küstenlandschaft sind immerhin frei geblieben. Eins der letzten halbwegs intakten Dünenökosysteme, so steht es auf der Infotafel, die du sicher gesehen hast.«

»Mmh.« Carmen war schnell daran vorbeigegangen. Nicht noch Verbotsschilder, hatte sie gedacht.

»Trotz der schlechten Bedingungen – Wind, Hitze, Trockenheit, das Salz – gibt es in dieser Küstenwüste mehr als hundert verschiedene Pflanzenarten, darunter viele weltweit einzigartige. Sie haben sich bestens angepasst und überleben seit Jahrtausenden.«

Ein solches Gewächs hatte Carmen gesehen. Jetzt stieg ihre Hochachtung vor den pelzigen Trieben, die unverdrossen ihre Blüten in die Welt schickten. Sie nahm sich vor, es auf dem Rückweg zu fotografieren und nachzuforschen, um welche Pflanze es sich handelte.

»Zusammen mit der Vogelpopulation und den Tausenden von Zugvögeln, die sich hier regelmäßig niederlassen, sind das einmalige natürliche Werte.« Jetzt zitierte er wohl wieder die Infotafel.

Carmen nickte. Auf Teneriffa, wo so gut wie alles bewohnbare Gelände verbaut war, musste man auf die letzten Reste ursprünglicher Landschaft wohl achtgeben.

Mariano blickte über den Strand hinweg auf den in der Sonne rot glühenden Berg. »Der letzte natürliche Strand auf Teneriffa, der nicht so zugepflastert ist und an dem es nicht so kommerziell zugeht wie überall. Schau dir El Médano an, Carmen, dort sah es mal genauso aus wie hier. Jetzt reicht die Promenade bis an den Strand, und dahinter stehen riesige Hotelbauten samt Imbissbuden und Klamottenläden. Natürlich braucht unser neues Hotel hier so etwas auch, dazu Parkplätze, Zufahrten, ein Parkhaus, eine Minigolfanlage …«

Er wies auf das wilde Gelände mit den unerschrockenen Gewächsen. »Das ist dann alles weg. Und dann kommt das nächste Hotel und so weiter. Dieses Einkaufszentrum ist ja nur so groß geraten, weil sie auf Mengen von Touristen hoffen. Übrigens immer dieselbe Investmentfirma – die Apartments, die Läden und jetzt das Fünf-Sterne-Hotel. Für die liegt das Geld im Sand.«

Das nächste Flugzeug zog seine schräge Bahn entlang der Cañadas zum Himmel hinauf. »Aber du selbst verdienst doch daran, wenn auf der Insel viel gebaut wird.«

Mariano schüttelte den Kopf. »Die Firma Manzano wird nur noch Altbauten sanieren. Das habe ich mir an Vaters Grab geschworen.«

Er nahm Carmens Hand und zog sie am Bunker vorbei. Zur

Tarnung hatte man ihn mit Lavabrocken beklebt. »Und jetzt zeige ich dir ein ganz besonderes Biotop.«

Sie bogen um eine Ecke des Bauzauns und standen vor zwei braunen Toilettencontainern. Eine Tür war mit *caballeros* beschriftet und bemalt mit einem Totenkopf, der eine Augenklappe und wie Mariano ein seitlich geknotetes rotes Piratentuch trug. Das weibliche Gegenstück hatte am knöchernen Schädel eine blutrote Schleife. Ein handgemaltes Hinweisschild wies auf die Chiringuito Pirata hin, eine Seeräuberbraut mit Dreispitz und in hochhackigen Stiefeln zielte mit Säbel und Pistole auf die Besucher.

»Da fühlt man sich doch gleich zu Hause«, sagte Carmen lachend. Der Strand war hier schmaler und mit Felsbrocken durchsetzt. In kleinen Buchten spielten Kinder, Nackte lagen im Sand und sonnten sich. Das sollten sie an der Playa Jardín mal wagen.

»Hier kann jeder tun und lassen, was er will«, erklärte Mariano, der ihrem Blick gefolgt war. »Nirgends deutsche Rentner, die sich an allem stören.«

In einer Ecke der Felswand unterhalb des ersten Apartmentblocks stand wie ein heimliches Schmugglernest die Bar, umgeben von Tischen, Bänken und Stühlen, die in keiner Weise zusammenpassten. Gartenstühle aus Plastikgeflecht und mit Alugestell umstanden einen Wohnzimmertisch, den man in Deutschland als Gelsenkirchener Barock bezeichnet hätte. Urig, würde Mutter sagen und angewidert den Blick abwenden. Carmen gefiel es. Von der Bar schallte Reggaemusik herüber.

»*¡Hola*, Carmen!« Angie winkte ihr von einem langen, abseits stehenden Tisch her zu, wo die anderen bereits Platz genommen und den Inhalt der Picknickkörbe auf der blau-weiß karierten Plastikdecke verteilt hatten. Carmen setzte sich auf den freien Platz zwischen Angie und Fernando, während Mariano weiterging zur Bar, um seine Freunde dort zu begrüßen. Auf Barhockern aller Stilrichtungen saßen echte Piraten mit geknoteten Kopftüchern und Cowboyhüten. Statt Schlangenlederstiefeln für den Landgang trug man aber Trekkingsandalen.

»Du befindest dich hier im zukünftigen ›La Tejita Luxury

Beach Resort«, klärte Martín García, der Carmen gegenübersaß, sie auf.

»Soll hier das Hotel gebaut werden?«, fragte Carmen erschrocken. Marianos kleines Biotop erschien ihr durchaus schützenswert. Es war nicht eben das ultimative Umweltparadies, aber von authentischem Flair.

»Mmh«, machte Martín. »Aber keine Sorge. Bestimmt gibt es darin eine neue Bar Pirata – man hat ja Sinn für Tradition –, wenn auch von anderen geführt als unseren Freunden hier.« Er wies zur Bar, wo drei ältere *caballeros* am Werk waren. Auf ihren T-Shirts prangte das Totenkopf-Pärchen. »Und dann super gestylt und teuer, wie es sich gehört.«

Mariano kam mit einem Tablett zurück, auf dem acht Gläser mit eisgekühlter Sangría standen. »Ein Gruß des Hauses«, sagte er grinsend. An der Bar wurde die Musik lauter gedreht.

»Dieser Stein war es.« Carmen legte ihren schwarz-roten Glücksbringer in den grauen Sand. »Ich kann froh sein, dass er mich nicht getroffen hat.«

»Der ist aber schön.« Angie griff nach dem Stein und sah ihn sich von allen Seiten an. »Den würde ich gern in meiner Sammlung haben.«

Marisol nahm ihn ihr ab. »Der lächelt geradezu. Seht ihr das?« Sie hielt den Stein in die Runde. Den roten Streifen konnte man für ein Lächeln halten. »Den könnte ich gebrauchen, wenn ich mal wieder hinter dem Castillo Steinmännchen baue.« Marisol gab den Stein an Rafael weiter.

Carmen beobachtete, wie er von Hand zu Hand ging. Sie saßen – jetzt alle in Bikinis und Badeshorts – im Schatten zwischen den Felsen, wo sie sich nach dem Essen niedergelassen hatten. Dem Wind entgingen sie nicht, er trieb Sandkörner über ihre Haut und ersparte ihnen ein Peeling. Carmen hatte eben von dem Steinewerfer im Atlántico erzählt, den Consuela und sie, als sie anschließend Park und Gelände absuchten, nicht gefunden hatten. Niemand, den sie fragten, hatte etwas Verdächtiges gesehen und schon gar keinen Mann mit tiefen Falten im Gesicht. Aber falls Ramirez der Übeltäter war, hätte er längst das Weite gesucht.

Als Fernando – der Geologe – den Stein in der Hand hielt, erklärte er, wie die Schichtung zustande gekommen sein musste, er sprach von basischem Ergussgestein, erkaltendem Magma und andersfarbigen Einsprenglingen, die bei Basalt aber selten zu finden seien. Er schloss die Finger darum, als wolle er ihn behalten.

Mariano nahm ihm den Stein aus der Hand und nickte. »Wirklich ein ganz besonderes Stück«, sagte er. »Das kannst du uns glauben, Carmen. Steine sind sozusagen unser tägliches Brot, die meisten von uns sind ja vom Fach.«

»Man könnte direkt sagen, wir lieben Steine«, sagte Martín mit einem Augenzwinkern. »Einige von uns – nicht nur Marisol, die sich ja schon geoutet hat – gehen sogar regelmäßig auf die Klippe hinter dem Castillo und betreiben ihr Work-out, indem sie Steintürmchen bauen.« Er rückte seine Brille zurecht und grinste in die Runde. »Aber ich verrate niemanden, keine Sorge.«

Es musste an der Sonne und der Sangría liegen, dachte Carmen, wenn niemand das Bedürfnis zeigte, die Suche nach dem Mörder der drei Männer und Olivias fortzusetzen. Stattdessen spielten sie mit Steinen.

»Möchtet ihr vielleicht wissen, wen ich für den Mörder halte?«, fragte sie ein wenig gereizt.

»Stefano Ramirez«, gab Martín träge zurück. »Mariano hat mir schon alles erzählt.« Sie hätten gemeinsam überlegt, was sie von Ramirez wussten, waren aber auf nichts Wesentliches gekommen, weil er mit ihren Firmen nicht in Verbindung stand. »Man sagt aber, dass er oft im Casino anzutreffen sei und dass er die schreckliche Elvira nach Strich und Faden betrügt.«

Vielleicht war da noch mehr. Carmen nahm sich vor, diese Information an *abuela* weiterzugeben.

»Ich weiß nur, dass Stefano früher Baseball gespielt hat«, meldete sich Rafael zu Wort. »Er war in unserem Verein. Im Vereinsheim hängen Fotos von ihm, ein Champion, sagt man.« Marisol nickte zu seinen Worten.

»Ach so.« Baseball, na ja. Carmen wandte sich wieder Martín zu. »Hast du über den Verkauf der Buena-Vista-Apartments in euren Akten auch etwas gefunden?«

»Nein. Daran waren wir nicht beteiligt. Aber etwas anderes habe ich gefunden, das mit unseren fünf Freunden zu tun hatte.« Etwas langatmig erzählte er von der heimlichen Suche im Archiv seines Vaters, deren Ergebnis mehr Fragen aufwarf als beantwortete.

Es war die Vorladung zum Gericht in Sachen Delgado, die Carmen auch im Winkelhoff'schen Archiv entdeckt hatte, aber Vater García hatte darauf die Namen der anderen drei Toten und den Herbert Winkelhoffs notiert. Mit García selbst waren es also sechs Beteiligte.

»Weißt du etwas von Angriffen auf deinen Vater?«, fragte Carmen.

»Gesagt hat er nichts«, gab Martín zurück. »Aber du hast recht: Wenn es um diesen Prozess geht, müsste er ebenfalls in Gefahr sein.«

Angie hob erschrocken ihr Gesicht, ohne etwas zu sagen.

1989 – da musste es um den Mordprozess gegen Ramón Delgado gegangen sein. Carmen hatte den Bericht darüber in Mutters Artikelsammlung gefunden, aber nicht an Vaters Gerichtsvorladung gedacht. Sie behielt den Zusammenhang Consuelas wegen für sich. Außer Delgado selbst hatte das Gericht fünf Zeugen geladen – weil sie den Mord beobachtet hatten? Hatte es der Mörder deshalb auf sie abgesehen?

»Vielleicht sollten wir damit zur Polizei gehen«, schlug Fernando vor. »Die könnte herausbekommen, worum es sich da handelt. Wir allein haben doch keine Chance.«

»Das finde ich auch.« Marisol zupfte ihren Bikiniträger zurecht. »Mir ist gar nicht wohl dabei. Was ist, wenn der Mörder erfährt, dass ihr nach ihm sucht?« Sie schmiegte sich an ihren Rafael. »Dann bringt er euch womöglich auch noch um.« Es ging offenbar noch enger. »Ihr seht doch, was Carmen passiert ist.«

Da hatte sie ja ein schönes Ermittlertrüppchen beisammen, dachte Carmen. Die einen nahmen die Recherchen nicht ernst, andere hatten Angst oder wollten sie der Polizei überlassen, die bis jetzt keinen Finger gerührt hatte. Die Causa Florentín Cabrera war längst zu den Akten gelegt worden, hatte Vater erzählt. Ein wenig hilflos sah sie in die Runde.

»Ihr habt eben von Ramón Delgado gesprochen«, meldete

sich Consuela zu Wort, die bisher kaum etwas gesagt hatte. »Er hatte doch Kinder – wisst ihr vielleicht, was aus ihnen geworden ist?« Sie nahm eine Handvoll Sand auf und ließ ihn herabrieseln. »Delgado besaß in unserem Hotel ein paar Apartments, die jetzt auf seine Erben warten.« Ganz ruhig sagte sie das, als hätte sie mit Delgado nichts sonst verbunden.

Fragende Blicke wurden gewechselt, Köpfe schräg gelegt und Lippen geschürzt. »Wir müssten sie eigentlich gekannt haben«, meinte Angie. »Aber das ist so lange her – ich kann mich jedenfalls nicht erinnern, dass ich damals jemanden vermisst hätte. Sonst hätte ich vielleicht gefragt …«

Allgemeines Nicken. »Aber wir könnten uns bei unseren Eltern erkundigen, was meinst du, Angie?« Martín grub mit den Fingern Furchen in den Sand.

»Das tun wir«, gab Angie zurück und stand auf. »Ich gehe jetzt ins Wasser, den Sand abspülen. Kommt jemand mit?«

Allgemeiner Aufbruch. Mariano verkündete noch, dass er seine Mutter ebenfalls nach Delgados Nachwuchs fragen werde, aber Carmen merkte ihm an, dass er sich nicht viel davon erhoffte. Mit dem übermütigen deutschen Ausruf »Jetzt gehen die Guanchen planschen« stürzte er sich in die Wellen. Bei seinem Akzent hörten die Worte sich witzig an.

Mit einem unterdrückten Seufzer und einem forschenden Blick übers Gelände folgte Carmen den anderen. Der Strand war übersichtlich und leer, dennoch konnte sich hinter den niedrigen Felsen jemand verbergen, Stein und Schleuder schussbereit …

Doch der Einzige hier, der eine Steinschleuder mit sich führte, war Mariano. Nach dem Bad im Ozean – natürlich war es in eine wilde Planscherei ausgeartet, an der sich sogar Consuela lachend beteiligte – holte er das lederne, so harmlos wirkende Gerät hervor und die eben aufgesammelten Steine.

»Da hinten können wir üben«, sagte er und zeigte auf eine abseits gelegene Bucht, die von Felsen umgeben war. »Treffen können wir dort niemanden, auch wenn – was bei euch Experten ja zu erwarten ist – jemand in eine völlig falsche Richtung schießt.« Die den Strand abschließende Felswand sollte das Ziel sein.

Bevor alle aufbrachen, ließ Carmen sie sich aufstellen und schoss ein Erinnerungsfoto. Mariano mit Schleuder und Stein in der Hand, der bedrohlich auf die Kamera zielte, die anderen um ihn herum wie halb nackte Guanchenjägerinnen und -jäger auf der Pirsch. Sie selbst hatte beschlossen, nicht an dem Spektakel teilzunehmen. Sicher würde sie jedes Mal zusammenzucken, wenn ein Stein durch die Luft schoss.

Carmen legte sich hinter einem Felsbrocken in die Sonne, ein rotes Strandlaken unter sich, weil auch hier der Sand ziemlich heiß war. Vom Wind verzerrt, waren Rufe wie »In Deckung!« zu hören und das beruhigend weit entfernte Knallen der Steine gegen den Fels.

Sie nahm sich vor, die Fotos von heute noch am Abend herunterzuladen und dann auch die ihrer letzten Besuche in Puerto durchzusehen. Ihr war, als sei sie dem in ihrem Kopf versunkenen Bild ganz nahe, und sie war fast sicher, dass es zur Aufklärung der Morde beitragen würde. Aber beeindruckt hatte sie nicht der auf dem Foto abgebildete Mann, an den sie die Gestalt mit dem Baseballcap auf einem der Taoro-Wege erinnert hatte, sondern ein anderes, auffälligeres Detail, das ihr einfach nicht einfallen wollte. Sie würde sich mit ihrem Tablet in ihr Kanarienhäuschen zurückziehen, wo sie ihre Ruhe hatte.

Carmen schreckte hoch, als ein Schatten auf sie fiel. War sie eingeschlafen? Eine schwarze Silhouette verbarg die Sonne, stand unbeweglich vor ihr. Sie brauchte einen Moment, um zu erkennen, dass es Mariano war, die Steinschleuder immer noch in der Hand. Wenn er wollte, konnte er ausholen und ihren Kopf treffen, bevor sie in der Lage war zu reagieren. Schnell richtete sie sich auf.

»Oh«, machte er. »Ich wollte dich nicht wecken.« Er hockte sich neben sie in den Sand. Das Piratentuch hatte er abgenommen, die schwarzen Locken flatterten. »Nur fragen, ob du mit zum Chiringuito kommst. Wir wollen noch eine Sangría trinken.«

»Mmh.« Carmen war noch ganz benommen.

Auf dem Weg zur Bar gingen die anderen an ihnen vorbei, nur Rafael schaute her. Sein Baseballcap saß verkehrt herum auf dem Kopf. Marisol schien wieder an ihm festgeklebt.

Mariano sah ihnen nach. »Die sind gut, die beiden. Rafael und Marisol meine ich. Besonders Marisol – ein Naturtalent.« Anfangs hätten sich alle ziemlich ungeschickt angestellt, erzählte er. Die Bewegungsabläufe beim Steineschleudern mussten eben erst gelernt werden. Als Erste hatte Marisol den Bogen herausgehabt. »Das konnte Rafael nicht auf sich sitzen lassen. Man merkt, dass die beiden Baseball spielen.«

»Wieso?«

»Beim Baseball lernt man ebenfalls, gezielt und weit zu werfen, und vor allem, die Kraft zu entwickeln. Der Mörder muss also nicht unbedingt eine Steinschleuder benutzt haben. Wenn er ein guter Werfer ist ...« Mariano hatte selbst Baseball gespielt, es aber aufgegeben, als er in seines Vaters Firma eingestiegen war. Das Training war ziemlich anstrengend, nicht nur körperlich. Er sprach von Konzentration, Körperhaltung und Krafteinsatz und dem perfekten Wurf, der Anfängern nur selten gelang. »Aber wenn man so weit ist, schafft man ziemliche Distanzen.«

Das ließ Rafaels Information in einem neuen Licht erscheinen. »Ramirez war ein Könner«, erinnerte Carmen ihn. Mit einem unauffälligen Stein in der Hand konnte sie ihn sich eher vorstellen als mit der Steinschleuder.

»Deshalb erzähle ich das.« Mariano hielt seine *honda* immer noch in der Hand. »Aber so gut kann er nicht mehr sein. Immerhin hat er dich nicht richtig getroffen.«

»Mir hat's gereicht.« Carmen stützte sich auf ihre Ellbogen. »Und bei den ersten vier Opfern hat er es geschafft. Eine ganz gute Trefferquote, meine ich. Und er kann es weiter versuchen.«

Ein Indiz, aber kein Beweis. Doch die Wahrscheinlichkeit nahm zu, dass Ramirez sich als Mörder entpuppen würde. Dann konnte sie endlich aufhören, nach fliegenden Steinen Ausschau zu halten und jeden zu verdächtigen, der in ihre Nähe kam.

Mariano vergaß die Sangría und legte sich neben sie in den Sand, den Kopf in die Hand gestützt. »Es ist gut, wenn einer Sport treibt und in einem Verein ist«, sagte er. »Der hat wenigstens kein Problem mit seiner Freizeit.«

»Hast du das denn?«, fragte Carmen überrascht.

»Nun, jetzt nicht mehr.« Mit dem Finger im Sand zog er eine

Linie von sich zu Carmen. »Hab ja plötzlich eine Firma zu leiten. Aber früher war mir oft langweilig.«

»Du hättest Sport treiben können.« Carmens Linie, die sie neben seine legte, geriet ein bisschen kurvig.

Er lächelte sie an. »Hab in meinem Beruf Bewegung genug. Abends wollte ich chillen, möglichst nicht allein, und tanzen. Leute kennenlernen, die nicht am nächsten Tag wieder abreisen.« Sein Blick ging über sie hinweg. »Aber in Puerto ist das kaum möglich.«

»Du meinst Frauen.«

»Sicher. Jeder braucht mal was fürs Herz.« So wie er sie anschaute, brach er im nächsten Moment Carmens Herz.

Mariano nahm eine Handvoll Sand und ließ ihn in dünnem Strahl auf ihren Bauch rieseln. Das ist doch mal ein angenehmer Schauder, registrierte Carmen. Hoffentlich gab's Sand genug am Strand von La Tejita.

Nebenbei erzählte er in leisem Ton von seinem Leben in Puerto, das den Touristen – vor allem den älteren – alles bot und der eigenen Jugend so gut wie nichts. Eine Handvoll Diskotheken gab es, aber sie öffneten erst spät am Abend und dann bis zum Morgen.

»Wo bitte schön soll die arbeitende Bevölkerung feiern gehen?«, fragte er. Der Sand rieselte in kleinen Kreisen auf Carmens Bauch, sie fühlte jedes Körnchen. Manchmal sei er im Vampis gewesen, ein ziemlich abgefahrener Nachtclub an der früheren Avenida Generalísimo, wo sich neben vielen Ausgeflippten auch die alternative Szene Puertos traf. »Da war immer was los, und der DJ war spitze. Aber jetzt hat es geschlossen.«

Er erzählte von bösen Leserbriefen in der Zeitung. Es hatten sich wohl viele Anwohner – mehrheitlich ältere deutsche Residenten und Urlauber – über die angeblichen Kiffer und Chaoten aus dem Umland beschwert, die nicht einmal Touristen seien und kaum das Geld für den Eintritt hätten.

»Aber das ist es ja gerade«, sagte er aufgebracht. »Die jungen Leute müssen ihr Geld einteilen, schließlich leben sie ständig hier. Nicht nur vierzehn Tage wie die Touristen, die einmal im Jahr ihr Spargeld auf den Kopf hauen.«

Ihm selbst hatte es an Geld nie gefehlt, er war dann eben übers Wochenende nach Santa Cruz oder La Laguna gefahren oder in den Süden, wo er sogar ein eigenes Apartment besaß. Aber eher zu beruflichen Zwecken, betonte er und strich sachte den Sand von ihrem Bauch fort.

Carmen hielt seine Hand fest und fuhr mit der ihren über seine Finger, während sie von ihrem Leben erzählte. In Berlin hätte sie jeden Abend eine andere Disco aufsuchen können, und alternative Lokalitäten wie das Chiringuito Pirata gab es ebenfalls. Allerdings fehlte das Tacheles an der Oranienburger, lange Jahre Mittelpunkt der Künstlerszene.

Sie konnte gut verstehen, dass Mariano um dieses seltene Biotop hier trauerte, in dem Originalität und freies Leben gedeihen konnten.

»Weißt du, was ich am liebsten täte?«, fragte er träumerisch. »Das alte Hotel Taoro kaufen und dort einen Treffpunkt für junge Leute einrichten, eine Disco, gemütliche Räume zum Chillen, gute Musik … Irgendwann mache ich das mal.«

»Du hast Pläne …«

»*Sí*, Carmencita.« Er lächelte sie an. »Aber bis dahin …«

Mariano beugte sich über sie, aber näher kam er ihr nicht. Wieder schob sich eine schwarze Silhouette vor die Sonne – Fernando. Die Ohren verrieten ihn.

»Wollt ihr nicht langsam mal zu uns an die Bar kommen? Wir sind schon beim zweiten Glas.« Gab es schwarze Schatten, die nörgelten?

»Ich trinke keinen Alkohol. Muss fahren.« In Marianos Gesicht spiegelte sich, was er eigentlich hatte sagen wollen.

»Und du, Carmen?« Fernando spielte wohl ihren Schutzengel. Aber hatte sie darum gebeten?

»Ich komme gleich.«

Fernando gab die Sonne frei und drehte sich um.

»Ach«, rief ihm Mariano nach und setzte sich auf. »Wo du schon hier bist, Fernando – ich wollte dich etwas fragen. Fiel mir eben ein, als wir vom Taoro sprachen«, fügte er an Carmen gewandt entschuldigend hinzu.

»Was denn?« Fernando hockte sich zu ihnen in den Sand.

»Am Sonntag, warst du da auf dem Taoro? Ich meine, ich hätte dich dort gesehen. Mit einem Baseballcap.«

Fernando sah zur Montaña Roja hinüber. »Auf dem Taoro? War ich seit Jahren nicht. Und schon gar nicht mit Baseballcap.« Er verzog angewidert das Gesicht. »Am Sonntag war ich in Santa Cruz. Bei meiner Freundin, wenn du es genau wissen willst.«

»Schon gut. Brauchst nicht ins Detail zu gehen.«

»Bin dir wohl auch keine Rechenschaft schuldig.«

»Nein, nein. So war das nicht gemeint, Fernando. Ich dachte nur ... Aber er sah dir wohl nur ähnlich.« Mariano legte sich wieder in den Sand.

»Es gibt noch mehr Leute mit Henkelohren«, sagte Fernando eisig, erhob sich und ging.

Sie sahen ihm nach, wie er durch den Sand stakste. Mariano grinste ihr zu. »Eine Freundin hat er gar nicht.« Halb aufgerichtet, stützte er sich auf seinen Ellbogen. »Übrigens war er der Ungeschickteste von allen. Fernando trifft alles, nur nicht das, worauf er zielt. Aber dann mit Schmackes.« Er nahm ihre Wasserflasche und trank daraus.

Carmen schmunzelte. Den Ausdruck musste er auf einer deutschen Baustelle aufgeschnappt haben. Sie nahm ihm die Flasche weg und trank selbst.

»Sangría brauchen wir wohl nicht«, konstatierte Mariano. Er lächelte sie an, und wieder brach ihr Herz. »Das Wichtigste bei der Arbeit ist das Anfangen, hab ich gelernt. Das sollten wir erwägen.«

Carmen musste lachen über den altmodischen Ausdruck mit dem auch für ihn schwierigen W. »Dann hiss die Segel, *pirata.*« Sie zog seinen Kopf näher zu sich. Wie es ein Seeräuber sollte, roch er nach Wind, Salz und Meer.

»Aye, aye, Käpt'n«, murmelte er nah an ihrem Mund. Zum Salutieren kam er nicht mehr.

## 32

Eine mit grauem Sand bedeckte, wilde Horde Eingeborener in bunten Badesachen, die sie aus einem Kleiderschrank der Zukunft stibitzt hatten. Carmen musste lachen, als das Foto auf dem Monitor erschien. Mariano fletschte die Zähne und zielte mit der Schleuder auf sie, doch Angst einjagen konnte er Carmen nicht. Nicht mehr …

Sie vergrößerte sein Gesicht und sah ihm in die Augen. Ihr schien, als sei zum richtigen Zeitpunkt der richtige schwarze Bube in ihr Leben getreten. *Abuelas* Karten würden das einsehen müssen. Es blieb abzuwarten, was daraus wurde, aber nichts sprach dagegen, alles zu genießen, was schön war.

Furcht jagte ihr eher Fernandos Miene ein, als Mariano und sie Hand in Hand auf die Bar zuschlenderten. Die anderen hatten geschmunzelt, gefeixt, sich gegenseitig angestoßen. Consuela und Angie lächelten Carmen entgegen. Fernando schaute Mariano an, als wolle er ihm die Schleuder aus der Hand nehmen und sie gleich anwenden. Carmen lag auf der Zunge zu sagen: Du triffst ihn ja doch nicht. Es ärgerte sie, dass er aus ein paar freundlichen Worten, einem gelegentlichen Lächeln gleich Besitzansprüche ableitete.

Für Mariano und sie war noch eine Sangría abgefallen, doch danach waren sie bald aufgebrochen. Am Parkplatz verabredeten sie sich für Mittwoch, wenn in Puerto als Höhepunkt des *carnaval* die Sardine beerdigt wurde. Sie musste von allen Bewohnern ausgiebig beweint werden, erklärte Angie. »Sonst schickt sie dir ein Unglück.«

Ein alter Fischerglaube, aber Carmen beschloss, sich dem Brauch anzuschließen. Ihr Bedarf an Ungemach war fürs Erste gedeckt. Sie war nicht überrascht, als Fernando ankündigte, er habe in Santa Cruz zu tun.

Carmen hatte noch die Chiringuito Pirata geknipst und alles, was es dort zu sehen gab. Nur zu bald würde sie Geschichte sein, dann waren ihre Fotos von historischem Wert. Sie schrieb eine

Mail an Angie und Mariano und hängte die schönsten Aufnahmen an, auch die der Guanchenjäger mit der Steinschleuder. Auf einem zog Angie ein Gesicht, als wolle sie Carmen auf dem Rost braten und fressen. Echt coole Freunde hatte sie hier in Puerto gefunden.

Sie schloss den La-Tejita-Ordner und musterte die Namen der nächsten. »Taoro«, »La Ranilla«, »Ausflug mit Angie« eins und zwei – alles neuere Fotos. »Puerto Dezember 2015« mit Aufnahmen von Vaters bescheidener Mansardenwohnung. Nichts klingelte in ihrem Gedächtnis.

Vaters Geburtstag, aha. Vater selbst in allen Posen, die Familie, das Fest. Ein paar Tage war sie noch in Puerto geblieben, das waren Aufnahmen aus der Stadt. Die Marina, wo Delgados Frau zu Tode gekommen war, sogar die ungesicherte Mauer war da. Das hier sah nach Strand aus – ach ja, da war sie mit Mutter zur Playa Jardín gefahren, für einen kleinen Spaziergang barfuß im feuchten Sand, erholsam für Füße, die den ganzen Tag in High Heels verbracht hatten. Mutter hatte in Punta Brava geparkt, und auf dem Weg zum Strand hatte Carmen von der Promenade aus die Fotos geschossen. Ein grandioses Panorama – der schwarze Sand, das Meer, die Felsen … Langsam klickte sie sich durch den Ordner.

Es sprang sie geradezu an. Wie elektrisiert saß Carmen vor dem Tablet. Dieses Bild hatte sie gemeint, eindrucksvoll genug, um im Speicher des Unterbewusstseins hängen zu bleiben. Ein blutroter Fleck im schwarzen Sand, das schillernde blaue Meer, die dunkle Felswand mit den Treppen. Niemand war zu sehen.

Für die nächste Aufnahme hatte sie die Position gewechselt und den Fleck herangezoomt. Ein zerknautschtes rotes Badelaken, leer, ringsum nur Sand. Wie schwarze Löcher die Höhlen im Fels. Und oben – genau wie auf dem Taoro-Berg – stand der Mann mit dem Baseballcap.

Unwillkürlich musste sie lachen. Da hatte sie heute auf ihrem eigenen roten Strandlaken gelegen und sich der diffusen Erinnerung ganz nahe gefühlt. Sie hätte nur unter sich blicken müssen.

Obwohl es ihr auf den Mann nicht angekommen war, vergrößerte sie den Ausschnitt. Aber das war doch Fernando! Mit dem

Blick zu ihr auf den Treppenstufen zur Promenade hinauf. Das Gesicht war unscharf, Bart und Brille jedoch zu erkennen. Unter dem Baseballcap deutlich abstehende Ohren. Die Körperhaltung wie auf dem Taoro – leicht vornübergebeugt, als blicke er auf etwas, das unter ihm lag. Es musste auch dort Fernando gewesen sein – warum hatte er gelogen? Und widerten Baseballcaps ihn nicht an?

Genau unterhalb der Felswand war Olivias Lieblingsplatz gewesen, hatte Consuela erzählt, da, wo die Abendsonne sie noch erreichen konnte. Hier war sie kurz nach Vaters Geburtstagsfest, das sie noch mitgefeiert hatte, zu Tode gekommen. Das Strandlaken war leer – war es etwa das ihre? Und sie selbst lag tot in der Höhle?

Carmen lief es kalt den Rücken herab, als ihr die nächste Frage einfiel. Fernando – was tat er dort oben? Man konnte annehmen, er kontrolliere mit einem Blick nach unten, ob Spuren zurückgeblieben waren.

Sie sah auf das Datum des Fotos und die Uhrzeit und rief Consuela an, die ihr bestätigte, dass genau zu dieser Zeit Olivia an der Playa Jardín gestorben war.

»Ich muss dir etwas zeigen«, sagte Carmen zu ihr und versuchte, nicht allzu aufgeregt zu klingen. »Am besten kommst du gleich mal her.« Per E-Mail wollte sie ihr das deprimierende Foto nicht zusenden. Consuela musste noch arbeiten, versprach aber, in zwei Stunden bei ihr zu sein.

Carmen stand auf und lief unruhig im Raum umher. Viel zu eng war es hier für den Aufruhr in ihrem Inneren, deshalb ging sie hinaus und wanderte zwischen den Palmen am Pool entlang. Von allen ihren Freunden, zu denen sie Fernando gezählt hatte, kannte sie zumindest die Eckdaten ihrer Lebensgeschichten. Über Fernando hatte Angie geäußert, dass er – so hatte er es dargestellt – zuletzt auf dem Festland gearbeitet hätte und vorher in Deutschland. Woher er ursprünglich kam, konnte sie nicht sagen, nur, dass er nicht von der Insel stamme.

Auch darin konnte er gelogen haben. Er baute eine Mauer um sich und seine Herkunft, und das wohl nicht ohne Grund. War es gar kein Zufall, dass er sich Martín García und den anderen angeschlossen hatte? So lange konnte das nicht her sein, die La-Tejita-Connection war erst vor wenigen Monaten zustande gekommen.

Er war etwas älter als Carmen – das hatte Mutter auch über die Kinder Delgados gesagt. Und über die Kinder Florentín Cabreras ebenfalls. Es konnte durchaus sein, dass er zu einer der Familien gehörte und ohne sich zu erkennen zu geben auf die Insel zurückgekehrt war. Den Job bei der Umweltorganisation hatte er als Grund genannt. Carmen war geneigt, Fernando überhaupt nichts mehr zu glauben.

Und gleich war auch wieder das Misstrauen ihren neuen Freunden gegenüber da, die *abuela* immer noch für fähig hielt, an ihren gewalttätigen Vätern Rache zu üben. Es tat Carmen weh, aber daran denken musste sie doch. Hatten sie Fernando in ihr Familienkomplott aufgenommen? Ihn vielleicht sogar als Mörder angeheuert? Er sah aus, als könne er Geld gebrauchen, doch wenn er seinen Vater – wer auch immer es war – beerbte, hatte er wohl ausgesorgt.

Am brausenden Wasserfall blieb sie stehen. Aber wenn das so war, dann war Carmen einem großen Schwindel aufgesessen, einer teuflischen Scharade, an der auch Mariano seinen Anteil hatte. Das konnte nicht sein, so trog ihr Gefühl sie nicht. Er mochte den wilden Guanchenjäger spielen, aber jemanden töten konnte er ebenso wenig wie die anderen. Pedro eingeschlossen. Und auch nicht töten lassen. *Abuelas* Familienkomplott war für Carmen gestorben. Langsam machte sie sich wieder auf den Weg. Wenn jemand so gravierende psychische Schäden davongetragen hätte, müsste ihm das anzumerken sein.

Ein leichter Wind war aufgekommen, Carmen strich über ihre mit Gänsehaut überzogenen Arme. Und wenn Fernando einen anderen Grund hatte, Vater und die vier anderen zu ermorden? Konnte es mit dem Mordprozess zusammenhängen? Damals war Fernando noch ein Kind gewesen, doch wenn er ein Sohn Delgados sein sollte, war es immerhin seine Mutter, die zu Tode gekommen war. Carmen konnte sich vorstellen, dass er seinen Vater im Visier hatte, der als Mörder verurteilt worden war. Die anderen – ihr eigener Vater, Florentín Cabrera, Lucas Manzano und Olivia Sanchez – waren Delgados Freunde gewesen. Was hatten sie im Prozess ausgesagt? Konnte da der Grund für einen Rachefeldzug liegen? Dann war zu fragen, warum Juan García bisher nicht angegriffen worden war, schließlich war er ja auch vor Gericht geladen worden. Oder hatte er nur nichts davon gesagt?

In den Marmorplatten, mit denen der Weg um Vaters Pool gepflastert war, musste sich längst eine Trittspur abzeichnen, so oft war Carmen ihn, ohne es zu merken, entlanggelaufen. Vater hatte ebenfalls eine Vorladung zum Gerichtsprozess bekommen – er und Juan García waren die Einzigen, die jetzt noch darüber Auskunft geben konnten.

Sie holte ihr Tablet und machte sich auf den Weg zum Aufzug. Vater könnte inzwischen von seinem Geschäftsessen zurück sein. Sie musste ihn zum Reden bringen, dieses Mal entwischte er ihr nicht. Wenn es nötig war, würde sie sogar zu ihrer gemeinsten Waffe greifen. Den Tränen seiner Prinzessin hatte Herbert Winkelhoff noch nie widerstehen können.

# 33

Tränen waren dann gar nicht nötig.

»Gut, dass du kommst, Prinzessin«, sagte Vater, als sie ihn auf der Terrasse des Abendzimmers fand, wo er in den Sternenhimmel starrte. Maria Inés war schon zu Bett gegangen, sie brauchte ihren Schönheitsschlaf. »Ich wollte dir etwas erzählen, das du unbedingt erfahren musst. Obwohl es mir nicht leichtfällt.«

Es handelte sich tatsächlich um den Mordprozess gegen Ramón Delgado, die »alte Geschichte«, wie er sagte. »Ich habe da ein Foto gesehen …«

Ein Foto – das hatte sie ebenfalls. Carmen nahm ihr Tablet, zoomte Fernandos Gesicht heran und zeigte es Vater. »Ein Foto von ihm?« Sie wies auf die abstehenden Ohren, die sich gegen den Himmel abzeichneten.

Vaters Erstaunen hielt sich in Grenzen. »Hab mir doch gedacht, dass du es herausfinden würdest. Meine kleine Wühlerin …« Er schien direkt stolz auf sie zu sein.

Aber herausgefunden hatte sie noch gar nichts. »War Delgado sein Vater?« Das war die wichtigste Frage.

Und Vater bejahte sie. Tatsächlich.

Als Erstes fiel ihr Consuela ein – Fernando war ihr Halbbruder! Carmen musste es ihr ganz vorsichtig beibringen.

Vater erzählte von dem Foto, das er auf der Anrichte in der Wohnung von Fernandos Großmutter gesehen hatte. Eine Aufnahme im Freundeskreis, alle waren versammelt. Die Segelohren des kleinen Fernando waren ihm schon aufgefallen, als alle noch Kinder waren, schließlich hatte er selbst ein Paar solcher Exemplare in der Familie.

»Und daneben stand ein Foto des erwachsenen Jungen – die gleichen Ohren. Und da fiel mir ein, dass ich ihn auf unserem Dach gesehen hatte, als deine Mutter ihr Einweihungsfest gab, und dass er zum Freundeskreis der Garcías gehört, mit denen du dich immer herumtreibst.«

Ungeduldig fragte sich Carmen, was denn nun mit Fernando

war. »Erzähl mir endlich von der ›alten Geschichte‹, wie du sie nennst, Vater. Was ist damals bei dem Prozess passiert?« Sein schuldbewusstes Gesicht ließ Carmen eine Katastrophe erwarten. »Und warum weiß ich nicht längst davon?«

»Ich wollte den richtigen Moment abwarten«, gab er kleinlaut zurück. Mit einem kleinen Ruck richtete er sich auf. »Und ich gebe zu, dass ich Angst hatte, Carmen. Habe ich immer noch. Du wirst deinen alten Vater wahrscheinlich verachten, wenn du die ganze Geschichte hörst.«

Worin war er bloß verwickelt? Nun bekam Carmen selbst Angst. »Erzähl schon. Ich reiße dir nicht den Kopf ab, versprochen.« Das hatte Vater früher zu ihr gesagt, wenn sie mit etwas, das sie angestellt hatte, nicht herausrücken wollte.

Er zögerte immer noch.

»Fang mit dem Prozess an. Du, Juan García und eure toten Freunde waren als Zeugen geladen?«

»Das weißt du auch?«

»Ja. Aber nicht, warum. Und was ihr ausgesagt habt.«

Er seufzte tief auf. »Darum eben geht es. War nicht schön, was wir da getan haben.«

Es war sogar ausgesprochen hässlich und lief darauf hinaus, dass Vater und die anderen vier gleich nach dem Mord, bei der ersten Befragung durch die Polizei, Delgado ein gutes Leumundszeugnis ausgestellt hatten und Delgados Frau – die zu Tode gestürzte Josefina – in den Schmutz gezogen, sie als zänkisch, untreu und als schlechte Mutter dargestellt hatten. Am nächsten Tag hatte das alles in der Zeitung gestanden. Delgado hatte auf mildernde Umstände plädieren wollen, und da hatten die Freunde ihm helfen müssen. Florentín Cabrera hatte zusätzlich seine Fäden gezogen, und so war Delgado im Prozess das Lebenslänglich erspart geblieben.

Für einen Moment war Carmen sprachlos. Eine Frage beantwortete Vaters Bericht immerhin, nämlich die, warum auf Juan García keine Anschläge verübt worden waren. Nach Vaters Worten hatte er sich herausgehalten, hatte vor Gericht nicht ausgesagt. Er hatte die Frau wohl gemocht und war vermutlich deshalb dem Tod entgangen. Immer vorausgesetzt, der Prozess war die Ursache der Morde.

Aber auch wenn nicht … »Das ist einfach ekelhaft, Vater«, platzte es aus Carmen heraus. »Wie konntest du da nur mitmachen?«

»Ich weiß.« Er nickte mit bedrückter Miene. »Heute weiß ich das. Aber zu der Zeit … Wir waren Freunde, Carmen, das zählte damals mehr als jede Frau. Und Josefina war schließlich tot, daran war nichts mehr zu ändern.«

»Freunde!« Carmen spuckte das Wort geradezu aus. »Und die Kinder haben dir gar nicht leidgetan?«

»Doch. Natürlich. Wie sie da am Grab standen … Keines von ihnen hat geweint, sie haben nur auf den Sarg gestarrt.« Er sah zum Himmel hinauf, der sich grau bezogen hatte. »Und wie uns die Großmutter angeschaut hat, Josefinas Mutter … als ob sie uns ermorden wollte.« Nach fast jedem Wort ein Seufzer. »Und anschließend, beim Leichenschmaus, hat sie uns verflucht. Ich bin sicher, sie hat dem Jungen eingeredet, dass er sich rächen muss.«

Sie waren tatsächlich beim Leichenschmaus aufgetaucht, nachdem sie die arme Josefina so flegelhaft verunglimpft hatten! »Womit er noch nicht fertig ist.«

»Nein.« Von unten herauf schaute er Carmen an. »Wäre ich nur früher auf die Idee gekommen.«

»Ach, Vater.« Jetzt musste Carmen seufzen. »Erzähl mir nicht, dass du es nicht geahnt hättest.« Er hätte sie ruhig warnen können. Sollte sie ihm von dem neuerlichen Steinwurf erzählen? Er würde es sich nie verzeihen …

»Geahnt vielleicht. Aber von da bis zum Wahrhaben-Wollen war es ein schwerer Schritt, das kannst du mir glauben. Doch als du dann angegriffen wurdest, musste ich etwas tun. Deshalb bin ich gleich am nächsten Tag zu der alten Frau gefahren, weil ich herausfinden wollte, was aus Josefinas Kindern geworden ist. Und jetzt habe ich dir alles erzählt.«

Mit so etwas wie Erleichterung im Gesicht wandte er sich ihr zu und nahm ihre Hände in die seinen. »Du glaubst nicht, wie leid es mir tut, Prinzessin, dass du in die Geschichte hineingezogen worden bist.«

Das konnte er sich jetzt schenken. Carmen entzog ihm ihre

Hände. »Und was ist aus den Kindern geworden?« Nicht einmal der Rechtsanwalt des Hotel Atlántico hatte sie finden können.

»Ja, das war auch nicht schön. Wenn ich das alles vorher gewusst hätte …«

Es war so abscheulich wie Consuelas Geschichte, was Vater nun noch von sich gab. Carmen hatte nicht gewusst, dass in Spanien ein Vater nicht einmal, wenn er seine Frau ermordet hatte, das Sorgerecht für seine Kinder verlor. Delgado hatte die drei Kinder Josefinas – getrennt voneinander – im Kinderheim untergebracht und später zur Adoption freigegeben. Wie Consuela, und wie diese musste Fernando sich als Erwachsener aufgemacht haben, seine echten Verwandten zu suchen. Wusste er vielleicht sogar, dass Consuela seine Schwester war?

Und Consuela selbst? Kaum vorstellbar, dass sie zusammen an einem Tisch saßen und sich nicht erkennen sollten.

»Aber es waren doch drei Kinder. Gab es von den beiden anderen keine neueren Fotos bei der Großmutter?« Fernandos Schwestern waren jünger gewesen als er.

»Gesehen habe ich sie nicht«, antwortete Vater. »Und auf meine Frage hat sie nicht geantwortet.« Als wäre er halb verdurstet, stürzte er ein Glas Wasser hinunter. Carmen mochte ihn kaum ansehen. Zu allem anderen hatten er und seine Freunde mit keinem Wort versucht, Delgado zu einem fürsorglicheren Verhalten seinen Kindern gegenüber zu bewegen. Er hatte sie doch gebraucht! Vater und die anderen hätten Bedingungen stellen können …

Sie trat ans Geländer und schaute über die erleuchtete Stadt hinweg. Es waren also noch zwei Unbekannte im Spiel. Nur dass es sich keineswegs um ein Spiel handelte, sondern um ein Drama, in dem – mit Consuela – vier unschuldige Kinder geopfert worden waren. Wenn Fernando wirklich die Morde verübt haben sollte, konnte Carmen ihm, so unangenehm er sich heute auch aufgeführt hatte, ihr Mitgefühl nicht versagen. Sogar die Steinwürfe auf sie selbst würde sie ihm vielleicht verzeihen können – möglicherweise sogar leichter als Vater die Mitwirkung an der bösartigen Posse vor Gericht.

Das Meer da draußen lag schwarz unter dem dunklen Himmel,

kein Stern war zu sehen. Konnte Fernando wirklich so hinterhältig sein? Ihr den Verliebten vorspielen und sie gleichzeitig töten wollen? Aber vielleicht hatte er deshalb nicht getroffen, war es, weil Gefühle im Spiel waren, zu halbherzig angegangen. Bei den anderen Anschlägen hatte sich der Täter kaltblütiger verhalten. Oder hatte er einfach Glück gehabt? Aber Glück konnte man es wohl nicht nennen – für die Opfer sowieso nicht, und den Mörder erwartete die gerechte Strafe. Falls sie herausfand, wer es war.

Sie drehte sich um, schaltete das Tablet aus und ging ohne Abschied zum Aufzug. Ein Gute-Nacht-Küsschen würde Vater so bald nicht wieder bekommen.

»Carmen«, rief er ihr nach, mit einer Verzweiflung im Ton, die sie dann doch ein wenig erweichte.

»Später. Ich muss erst mal nachdenken.«

Carmen sah eine schlaflose Nacht auf sich zukommen, in der vor ihrem inneren Auge Fernando, Stefano Ramirez und ein paar gesichtslose Gestalten einander jagten. Wie war sie da nur hineingeraten? Am besten flog sie gleich morgen nach Berlin zurück und vergaß alles, was Vater erzählt hatte. Die Insel sollte ihre Mörder ohne sie suchen.

# 34

»Der Mann heißt Cabrera?« Fast wäre Carmen das Messer aus der Hand gefallen, mit dem sie ein Radieschen zerschneiden wollte.

»Ja. Hab ich das nicht gesagt?« Obwohl sie abwehrte, goss Vater ihr Orangensaft nach.

Gerade eben hatte er den Namen zum ersten Mal genannt. Carmen war sicher, dass vorher nur vom Besitzer der Bananenplantage die Rede gewesen war, die er für ihre Gärtnerei kaufen wollte. War das Absicht?

»Ist das ein Sohn von Florentín Cabrera?« Eigentlich hatte sie gar nicht auf das Vorhaben eingehen wollen.

»Sicher.« Vaters Schulterzucken legte nahe, dass er dem keine Bedeutung zumaß. »Er verhandelt im Auftrag seiner Mutter, die hat ja alles geerbt.«

Bei Florentíns Namen horchte auch Maria Inés auf. »Wollen sie verkaufen? Was hat Maria denn vor?«

Vater verdrehte genervt die Augen. »Sie geht zu den Jungs nach Kalifornien. Der Kleine ist hier, um alles zu regeln.«

»Ach so. Ja, dann …« Sie verbreitete sich darüber, in wie vielen Vereinen und Kirchengremien Maria fehlen würde und welche Vorstandsposten dann verwaist wären. Nur gut, dass *abuela* noch schlief und sich die Lobeshymnen nicht anhören musste.

Carmen gab vor, sich ihrem Frühstück zu widmen, bekam aber kaum einen Bissen hinunter. Sonst frühstückte Vater nie mit ihnen, aber heute hatte er auf Carmen gewartet. Und sie gleich mit der Nachricht überfallen, dass er einen Termin mit dem Besitzer der Bananenplantage gemacht habe. Es sei ein wenig eilig geworden, weil Cabrera nur für ein paar Tage auf der Insel war.

Jetzt reichte Vater ihr schon wieder die Käseplatte an, aber Carmen winkte ab. Außer dieser beflissenen Fürsorge war ihm nichts anzumerken von dem, was gestern zwischen ihnen vorgefallen war. Carmen gingen sein finsteres Geständnis, die Folgen seiner Lügen nicht aus dem Kopf. Nur Mutters Anwesenheit hinderte sie daran, ihm weitere bittere Vorwürfe zu machen, womit er sicher gerechnet hatte.

In einer großen Tasse bereitete sie sich einen doppelten *leche y leche* zu. Den zusätzlichen Zucker brauchte ihr Gehirn. Gestern hatte sie noch stundenlang mit Consuela zusammengesessen und überlegt, welche Schlüsse aus der Szene an der Playa Jardín auf ihrem Foto und Vaters Bericht vom Prozess gegen Ramón Delgado zu ziehen waren. Sie hatten sich nicht einigen können, und den Rest der Nacht hatte Carmen mit weiterem Grübeln verbracht. Den Sprung in den Pool hatte sie sich versagt, weil sie eigentlich von Vater kein Stück Brot mehr annehmen wollte.

»Kommst du nun mit, Carmen?« Vater drängelte. »Es gibt noch andere Interessenten für das Grundstück.«

Beim Brot war sie sich schon untreu geworden, da konnte sie auch dem Reiz nachgeben, den der Name Cabrera ausübte. »Das heißt nicht, dass ich zustimmen werde.« Nach dem Gespräch mit Consuela schien ihr, als sei die Liste der Verdächtigen noch nicht abgeschlossen, auch wenn Carmen es längst leid war, nach ihnen zu forschen.

»Ist gut.« Er war ja richtig kleinlaut.

Mutters Tasse klirrte beim Abstellen. »Aber Carmen! Wenn Vater es dir doch schenkt …«

»Ich weiß, dass du nicht mit mir reden willst«, sagte Vater, als sie den Barranco San Felipe überquerten.

Carmen hatte gar nicht gemerkt, dass sie schon so weit gekommen waren. »Lass uns zu Fuß gehen«, hatte Vater vorgeschlagen. »Das ist ein Spaziergang, den ich von früher kenne.«

Sie war sofort einverstanden gewesen. Ein frischer Wind wehte, der ihren Kopf freipustete. In eisigem Schweigen hatten sie den Weg durch La Ranilla und das Wohnviertel San Felipe zurückgelegt, während Carmen sich im Geiste noch mit Consuela auseinandersetzte.

»Aber lass mich nur so viel sagen, Carmen.« Wie er so neben ihr stand, schien es ihr, als sei er kleiner geworden. Vielleicht nicht gerade geschrumpft, aber er überragte sie auch nicht mehr wie ein Berg. Er nahm die Sonnenbrille ab, unter den müden Augen waren Tränensäcke.

Sie wich der Hand aus, die er auf ihren Arm legen wollte. Über den Verlauf des *barranco* hinweg konnte man bis zu der Stelle oberhalb der Playa Jardín sehen, wo der erste Stein Carmen getroffen hatte.

Vater atmete hörbar ein. »Ich werde es wiedergutmachen, das verspreche ich dir, Carmen. An den Kindern Delgados oder sonst wie. Du kannst von mir verlangen, was du willst.«

Carmen sah ihn an, sagte aber nichts. Um Vater wollte sie sich jetzt keine Gedanken machen und schon gar kein Verständnis für ihn entwickeln. Wiedergutmachung war ein Angebot. Sie würde von ihm verlangen, dass er Fernando half, wie es ein richtiger Vater tun würde, und alles versuchte, die anderen Kinder Delgados zu finden. Weiteres würde sich finden, wenn sie in der Lage war, darüber nachzudenken. Er konnte ruhig ein wenig schmoren.

Ihm voran ging Carmen auf die Hotelanlagen zu, die sie auf dem Weg nach Las Dehesas durchqueren mussten. Sie verbot sich jeden Blick hinauf zu den Balkonen, wo neben Ramirez jetzt auch Fernando stehen konnte, der sein Versagen mit der Steinschleuder am Strand von La Tejita vielleicht nur gespielt hatte. Ein kalter Schauder lief ihren Rücken hinab, wie so oft in den letzten Tagen. Es wurde höchste Zeit, dass sie aus dieser Unsicherheit, der Angst herauskam, aber alles wurde nur immer verworrener.

Vorgestern war es noch Ramirez gewesen, und gestern – nach dem Gespräch mit Vater – hatte Carmen fest daran geglaubt, dass Fernando der Täter war. Aber Consuela meinte, nur aufgrund eines Fotos und Vaters Verdacht wegen der Segelohren dürfe man ihn nicht zum Mörder stempeln. Er könnte ganz zufällig oberhalb der Stelle gestanden haben, wo Olivias Leiche später gefunden worden war. Hatte Consuela damit recht? In Carmens Kopf drehte es sich, sobald sie versuchte, über alles nachzudenken.

Die Straße führte schnurgerade zwischen Hotels und Apartmenthäusern hindurch. Consuela mochte voreingenommen sein, nachdem Carmen ihr kurz vorher erzählt hatte, dass Fernando wahrscheinlich ihr Halbbruder war und dass Delgado dessen Mutter von der Kaimauer gestoßen hatte. Überrascht hatte sie das wenig, aber doch ziemlich entsetzt. Beim Anblick von Olivias verlassenem Handtuch am Strand hatte sie wieder geweint.

Ohne sich nach Vater umzusehen, wich Carmen den Stühlen eines Straßencafés aus. Später hatte Consuela noch die Rede auf die unbekannten Kinder Florentín Cabreras gebracht, die ebenfalls ein Motiv für die Morde haben mochten. Die ganze Zeit über hatte Vater gewusst, wo sie sich aufhielten. Sie ging immer schneller, doch ihren Zorn wurde sie nicht los.

Maschendrahtzäune und hohe Mauern umgaben die Wohnanlagen, Palmen und Lorbeerbäume verwehrten die Sicht nach oben. Am liebsten hätte Carmen gegen einen Blumenkübel getreten, hätte denn einer im Weg gestanden. Außer Vater und ihr war niemand auf den Bürgersteigen zu sehen. Er sollte in den nächsten Tagen besser eine Tarnkappe aufsetzen, damit sein Anblick ihren Zorn nicht immer wieder anfachte. *Abuela* hatte sie gar nicht erst von Vaters schändlicher Tat erzählt, sie wäre bestimmt gleich abgereist. Irgendwann musste sie es erfahren, aber erst, wenn Carmen selbst besser damit klarkam.

Nun übernahm Vater die Führung, weil er sich im Plantagengelände hinter den Hotelanlagen auskannte. Auf schmalen Privatwegen wanderten sie zwischen Bananenstauden bergauf, die Carmen nur als grüne Wand wahrnahm.

*Abuela* hatte sie mit Neuigkeiten über Stefano Ramirez überrascht, nachdem sie den halben Vormittag mit ihrem Handy auf der Liege verbracht hatte. Es war überhaupt kein Geheimnis, dass Stefano das Geld seiner Frau im Casino verspielte und sie darüber hinaus betrog. Elvira selbst hatte das gewusst und mit ihr der halbe Kosmetiksalon. Und die Haushälterin erzählte von Streit zwischen den Eheleuten, den sie zwar nicht vor ihr austrugen, aber es sprach doch Bände, wenn am nächsten Morgen die Abendmahlzeit samt zerschlagenem Geschirr im Abfall lag und das Bettzeug aussah, als hätten zwei gerauft. Carmen wusste nicht, was sie von diesen Informationen halten sollte.

Mit Bananen ließ sich Geld verdienen, das zeigten die inmitten der Pflanzungen errichteten Wohnhäuser im spanischen Stil, die mit Bauernhäusern nichts mehr gemein hatten. Wo die Besitzer draußen standen, grüßte Vater sie. Manche Ruine eines kanarischen Hauses passierten sie ebenfalls. Blüten und dunkelgrüne Fruchtstände hingen an den Stauden, die reiferen Bananen waren in blaue Plastiksäcke gehüllt. Carmen wusste, dass sie innen mit Insektiziden beschichtet waren.

Sie bogen in einen langen Weg ein, dessen grüne Wände in der Ferne aufeinander zuliefen, als rückten sie Carmen immer näher und schlossen sie dann zwischen sich ein. Ein Ausweg war nicht in Sicht. Was sollte sie tun mit ihrem Wissen, ihren Vermutungen über Ramirez und Fernando? Die Polizei würde sie wohl auslachen, in beiden Fällen, und erst recht, wenn sie mit *abuelas* Familienkomplott käme. Den Freunden mochte sie – vorerst jedenfalls – von ihrem Verdacht gegen Fernando nichts erzählen. Sie würden reagieren wie Consuela, und dann stand Carmen da als eine, die neu in eine Gruppe kam und gleich mit dem Finger auf eines ihrer Mitglieder zeigte. Und es konnte immer noch sein, dass jemand mit Fernando unter einer Decke steckte …

Vater hielt mühelos Schritt, obwohl Carmen wahrlich nicht nach langsamem Gehen zumute war. Schweigend lief er neben ihr her und hing seinen eigenen Gedanken nach, von denen Carmen nichts wissen wollte. Am Abend sollte sie Angie und die anderen treffen, bei einem mystischen Spektakel, *el entierro de la sardina*, das Carmen bisher unbekannt war.

Consuela, die nicht kommen wollte nach allem, was geschehen war, hatte angekündigt, dass die anderen in Karnevalsmasken erscheinen würden. »Du wirst sie nicht erkennen, aber keine Angst, sie erkennen dich.« Carmen mochte sich nicht verkleiden.

Neben ihr räusperte sich Vater und sah sie an. Jetzt fehlte nur noch, dass er wie ein Schuljunge um Erlaubnis bat, zu sprechen.

»Carmen«, begann er. »Wir müssen darüber reden. Zumindest über diesen Fernando. Mich wundert ja, dass hier noch keine Steine geflogen sind, aber er wird sicher nicht auf halbem Weg aufhören.« Er strich mit der Hand über ein Bananenblatt. »Vielleicht ist es besser, wenn du bald nach Deutschland zurückfliegst.

Und vor allem heute nicht mit den anderen zur Beerdigung der Sardine gehst. Das ist so eine wilde Geschichte, jeder Mörder kommt da auf Ideen.« Er legte den Kopf schräg und sah sie mit einem Ausdruck an, dem nur die bittend zusammengelegten Hände fehlten.

Sie konnte schon selbst auf sich aufpassen. »Fernando Alvarez ist heute gar nicht in Puerto. Und hättest du mir seine Rache nicht eingebrockt ...« Auch an dem Betrug an Stefano Ramirez war Vater beteiligt, darüber stand die Auseinandersetzung noch aus. Den doppelten Ärger konnte er ihrem Blick entnehmen.

Er holte tief Luft und stapfte weiter voran.

Ein Mann mit dunkelblonden Rastalocken saß in einem Rollstuhl und zielte mit Pfeil und Bogen auf etwas, das wie ein Wahlkampfplakat aussah. Als Carmen näher kam, sah sie, dass er braun gebrannt war bis auf die Narben, die seine nackten Beine bedeckten. Sie waren vom Hauptweg aus durch ein Tor gegangen und nach gut hundert Metern auf eine gemähte Wiese gestoßen. Das Plakat war an einer Hauswand angebracht und von zahllosen Löchern durchbohrt, aus denen weiße Styroporkügelchen rieselten.

»Ein Motorradunfall«, erklärte der Mann mit Blick auf seine Beine und gab Carmen die linke Hand, während er mit der anderen Pfeil und Bogen hielt. »Aber ich trainiere für die Paralympics.« Er sah jung und fit aus, war jedoch sicher über vierzig. Vater hatte ihn als Miguel Cabrera vorgestellt.

»Florentín Cabrera«, war in roten Buchstaben am oberen Rand des Plakats zu lesen, unten das blaue PP der Partido Popular. Das Zerfledderte dazwischen musste sein Kopf gewesen sein. Carmen sah sich um, während Vater und Miguel über das Grundstück sprachen. Sie wollte sich jedes Interesse versagen, doch was sie sah, gefiel ihr durchaus. Die Bananenstauden standen auf gepflegten Terrassen, und sie hatte schon mehrere Eidechsen gesehen, was für einen geringen Vergiftungsgrad des Bodens sprach. Für den Bio-Anbau wäre natürlich einiger Aufwand nötig ...

Die Hauswand mit dem zerschossenen Kopf gehörte zu einem zweistöckigen Gebäude aus leicht verwitterten hellen Feldsteinen mit einem kanarischen Zeltdach und einer nach Südwesten gewandten, großen Terrasse. Eine Seite war von tiefroter Bougainvillea überwuchert.

Vater hatte einen melancholischen Ausdruck in den Augen, als er darauf schaute. Verbanden ihn Erinnerungen mit dem Haus? Es musste seinen Grund haben, dass er sich hier so gut auskannte.

»Unsere Mutter möchte dieses Objekt so bald wie möglich verkaufen«, sagte Miguel gerade zu ihm. »Als Freund der Familie wissen Sie sicherlich, warum.« Beide sahen zu dem zerschossenen Plakat hinüber. Das Grundstück war mehr als einen Hektar groß und hatte von der *carretera* aus eine Zufahrt.

Miguel wandte sich an Carmen. »Eigentlich stammt das Haus aus der Familie meiner Mutter, aber vor allem hat es unser Vater genutzt.« Mit der bogenbewehrten Hand zeigte er in dessen Richtung. »Eine Gärtnerei in diesem Haus wäre Mutter sehr angenehm. Blumenduft gegen böse Geister, verstehen Sie.« Er grinste sie ein wenig boshaft an. »Oder haben Sie Angst vor Geistern?«

Sie wollten ihr also Florentíns Liebesnest andrehen. Carmen schüttelte den Kopf und nahm in Kauf, dass Vater die Geste als Zustimmung wertete. Kaufen würde er das Grundstück sowieso. Er wusste noch nicht, dass seine Wiedergutmachung seit eben die Forderung enthielt, die Benennung der Straße nach Florentín Cabrera zu stoppen.

## 35

Mit einem schrillen Klageschrei stürzte sich ein halb nackter Mann auf Carmen und umschlang mit beiden Armen ihren Hals. Erschrocken fuhr sie zusammen. Das groteske Make-up des Unbekannten war wie von Tränen verschmiert, die grellrote Perücke verrutscht. Der massige Körper im trägerlosen schwarzen Fummel bebte gegen den ihren.

Wehrlos hob Carmen ihre Hände, die sich zwischen Trösten und Wegschieben nicht entscheiden konnten. *»La sardina«* und *»muerto«* war das Einzige, das sie verstand aus dem Sermon schluchzend hervorgestoßener spanischer Worte. Mit einer tragischen Handbewegung strich sich der Mann eine rote Plastiklocke aus dem schmerzerfüllten Gesicht. Die vorherrschenden Geruchsnoten waren Rotwein und kräftiger Männerschweiß.

Wegschieben, wenn auch äußerst pietätvoll, war angezeigt. »Mein herzlichstes Beileid«, sagte Carmen mit angemessen betroffener Miene und machte sich vorsichtig los. Mit einem letzten, herzzerreißenden Schluchzer und hoffnungsvollem Augenaufschlag wandte der Mann sich von ihr ab. Im biederen Anzug hätte er ein Bankdirektor sein können.

»Eine wilde Geschichte«, hatte Vater diese Veranstaltung zur Beerdigung der Sardine genannt. Jetzt wusste Carmen, was er gemeint hatte. Sie hatte von den trauernden Witwen im Gefolge der toten Sardine gehört, aber nicht damit gerechnet, dass sie kreischten und sich suhlten im gespielten Leid und darauf bestanden, es mit allen zu teilen. Zahllose Männer hatten sich in bizarre Frauenkleider gezwängt und stöckelten Handtäschchen schwenkend über das unebene Pflaster der Marina. Mit Besen bewehrte Hexen, der Tod mit weißer Maske und Kirchenleute mit Weihrauchfässern warteten ebenfalls auf die Beerdigung.

An der Mauer vor dem Hafenbecken blieb Carmen stehen. Hier in der Nähe des bronzenen Fischermädchens war sie mit Angie und Mariano verabredet, falls sie sich im Trauerzug verfehlen sollten. Carmens Lust, daran teilzunehmen, hielt sich in

Grenzen, so leicht freundeten Berliner sich mit dem Karneval nicht an. Aber sie wollte auch kein Spielverderber sein, und zu Hause – mit Vater in der Nähe und ihrer Gedanken lesenden *nana* – hätte sie es ohnehin nicht ausgehalten.

Am Nachmittag hatte sie beiden ausweichen können, weil Mutter sie überredet hatte, mit ihr die Einrichtungshäuser der Insel abzufahren. Angeblich gab es zu wenig Licht in der Wohnung: »Hier wird man ja depressiv«, rief sie theatralisch aus. Mehr Lampen mussten her, und in jedem Geschäft griff Mutter zielstrebig nach dem teuersten Modell.

Licht vermisste Carmen ebenfalls – einen Tausend-Watt-Strahler gegen die Finsternis, in der sich die Lösung der Mordfälle immer wieder verbarg. Sie hatte sich dann verboten, darüber nachzugrübeln, und in den wenigen Pausen, die Mutter ihr gönnte, an Mariano gedacht, der den Tag auf einer Baustelle in Santa Cruz verbracht hatte. Mittags war auf ihrem Handy eine kleine Bildergeschichte angekommen, die sie als Blick in die Zukunft gedeutet hatte: tanzen, reisen, essen gehen und dazwischen immer mal ein rotes Herz. Er mochte den niedlichen kleinen Strip schon hundertmal verschickt haben, aber den Spaten hatte er ihretwegen eingefügt. Eine Steinschleuder suchte sie zum Glück vergebens.

Carmen hatte erwartet, dass an der Muelle Pesquero, wo die groteske Leichenverbrennung stattfinden sollte, mehr Betrieb wäre. Der Zug mit der Hauptdarstellerin war noch nicht einmal in Sicht, doch vom Europaplatz her schienen dumpfe Trommelschläge ihn immerhin anzukündigen. Gruppen tanzender *mascaritas* kamen die Calle Santo Domingo herab, die an den Rändern aufgereihten Touristen zückten Fotoapparate und Handys. Keine der verkleideten Figuren zeigte Interesse an ihr.

Viel lieber als hier herumzustehen, hätte Carmen den Abend weitab vom Trubel mit Mariano verbracht. Zum Beispiel in einem der netten Lokale in der Calle Cruz Verde bei einer Fischplatte und einem guten Wein oder bei einem Spaziergang am ruhigen Strand, wo sich weitere von Marianos Emojis hätten verwirklichen lassen. Ans Schwimmen dachte Carmen nicht unbedingt …

Vielleicht war es besser so. Sosehr sie sich von Mariano angezogen fühlte – und ihm erging es offenbar ähnlich –, sie sollte sich in nichts verstricken lassen. Zumindest nicht, solange die Möglichkeit bestand, dass sie bei der Aufdeckung der Mordfälle unliebsame Überraschungen erlebte. Ja, sie fühlte sich wohl bei Mariano, das schon, sein gutes Aussehen war nicht ausschlaggebend. Er war intelligent, witzig und mit mehr Herzenswärme ausgestattet als viele andere.

Aber was, wenn alles nur gespielt war? Gedankenverloren strich sie mit der Hand über die unebenen Steine der Hafenmauer. Nicht mal zu einem winzigen Prozentsatz wollte sie riskieren, so genarrt zu werden. Die *abuela* in ihrem Hinterkopf klatschte Beifall zu so viel Vernunft, aber Carmen konnte es nicht lassen: Insgeheim freute sie sich doch auf das, was die bunten Emojis versprachen.

Dem weiteren Kontakt mit trauernden Witwen ausweichend, ging sie ein paar Schritte bis zu einem Mauerstück abseits der aufgekratzten Trauergesellschaft. Von hier aus konnte sie den Platz übersehen und auf ihre Freunde warten. Einige Meter entfernt stand mit Blick auf das Hafenbecken eine hochgewachsene *señora* in schwarzer *mantilla* über goldblondem Haar und nackten Schultern. Ihre Haltung drückte tiefe Trauer aus. Die Puertenser – einige von ihnen – schienen das glückbringende Brandopfer wirklich ernst zu nehmen. In früheren Jahrzehnten, Jahrhunderten hatte die Sardine, der Fisch allgemein, ihren Lebensunterhalt garantiert.

Entspannt lehnte Carmen ihren Fuß gegen die Wand. Vom Wasser her blies ein kühler Wind, gut, dass sie eine Jacke trug. Eine schwarze Jacke – und sie stand vor einer weißen Wand. Schräg über ihr Balkone. Auch das dunkle Baseballcap, durch dessen Öffnung sie ihr Haar geschlungen hatte, bot ein gutes Ziel. Erleichtert atmete sie aus: Der Steinewerfer war heute nicht in der Stadt.

Auf dem Platz hinter ihr war eine Bühne aufgebaut, eine Band spielte Partymusik aus ihren Kinderjahren. Eigentlich war Carmen hier, um sich ablenken zu lassen, doch ihrer Besorgnis war das egal. Inzwischen war sie davon überzeugt, dass Fernando derjenige war, vor dem sie Angst haben musste. Bei keinem der bisher Verdächtigten passte alles so zusammen wie bei ihm. Er allein hatte ein Motiv, das alle fünf Opfer umfasste und kein Konstrukt war wie das Familienkomplott *abuelas*. Und sicher war sein Beweggrund – die Rache für den Tod seiner Mutter und den an ihr begangenen Rufmord – in seiner Intensität stärker und zwingender als der finanzielle Verlust, den Stefano Ramirez zu rächen hatte.

Zu gern hätte sie mit Angie oder Mariano über ihren Verdacht gesprochen, doch bisher war niemand, der ihnen ähnlich gesehen hätte, auf dem Platz aufgetaucht. Unter den meisten Masken hätte sie sowieso niemanden erkannt. Was hatte Consuela gesagt: Sie werden dich erkennen.

Eine Gruppe Männer in gelben Tüllröckchen zog im Gänsemarsch durch die Menge und wedelte mit beleuchteten rosa Gummidildos vor den Nasen der Touristen herum. Konsterniertes Zurückweichen und Köpfeschütteln, verlegenes Lachen. Diese Eingeborenen!

Carmen richtete ihren Blick zur gegenüberliegenden Mole, die von jeder Welle mit leuchtend weißer Gischt überspült wurde. Sie wechselte den an die Mauer gelehnten Fuß. Die würdevoll trauernde *señora* stand immer noch da, unbewegt wie eine Statue.

Am Morgen, bei dem Besuch in der Bananenplantage, hatte Carmen noch überlegt, ob sie Miguel Cabrera ebenfalls verdächtigen müsse. Der Hass auf seinen Vater war von dem zerstörten Plakat abzulesen gewesen. Aber obwohl sein Rollstuhl ein Hightech-Modell war, schien er ihr nicht geeignet für Verfolgungsfahrten. Er hätte einen Helfer gebraucht, der ihm vor den Anschlägen den richtigen Ort und Zeitpunkt verriet. Doch für ihn galt dasselbe wie für alle Verdächtigen: Er hatte nur in Bezug auf seinen Vater ein Motiv, es sei denn, eine ebenso gut verborgene »alte Geschichte« wie die Fernandos war noch irgendwo auszugraben …

Nein, im Moment sah es so aus, als wäre Fernando derjenige, auf den sich alles zuspitzte. Carmen machte ein paar Schritte, bis sie sich auf einer Mauer niederlassen konnte. Fernando hatte sie auf dem Taoro-Berg beobachtet und das später abgestritten, und egal, was Consuela sagte – seine Anwesenheit auf den Felsen ausgerechnet zum Zeitpunkt von Olivias Tod konnte kein Zufall sein. Nicht vor dem Hintergrund dessen, was sie inzwischen über die Geschichte seiner Familie wusste, die sein Vater auf grausamste Weise zerschlagen hatte.

Was sollte sie tun, wenn sie Fernando das nächste Mal begegnete?

Sie ging zurück an den vorherigen Platz und lehnte sich wieder an die Wand. Er war ein Mörder, wenn sie recht hatte, aber das ursprüngliche Verbrechen, das der Anlass zu alldem war, lag Jahre zurück, das war von Delgado und seinen Freunden begangen worden. Sie hatten dem Mörder von Fernandos Mutter geholfen, einer gerechten Strafe zu entgehen, hatten ihr Andenken beschmutzt und das Schicksal der Kinder ignoriert. Statt Delgado in seinem egomanischen Wahn aufzuhalten, ihn wenigstens daran zu hindern, sie voneinander zu trennen und in Heime zu verbannen, hatten sie ihn unterstützt.

Das war der Stein, der alles ins Rollen gebracht hatte. Carmen hatte Pedro verdächtigt, aber für Fernando galt dasselbe. In dem einsamen kleinen Jungen, der womöglich alles mitbekommen hatte, konnte sich über die Jahre ein gewaltiger Hass aufgestaut haben, der letztendlich in den mörderischen Anschlägen explodiert war. Vom Opfer zum Täter – ein nachvollziehbarer Weg. Der Stein war zur Lawine geworden, unaufhaltsam für jede Vernunft.

Fröstelnd schlug Carmen ihre Arme um sich. Eine Strafe hatten die fünf sicherlich verdient, aber den Tod?

Sie würde mit Fernando reden müssen …

Die Musik brach ab, und von der Santo Domingo her waren Trommelschläge zu hören, dazu misstönende Posaunen und Trompeten mit einer überhitzten Melodie. Die Sardine war von hier aus nicht zu sehen, aber in die *mascaritas* auf dem Platz kam Bewegung. Auch die schwarze Witwe auf dem Kai gab ihre würdevolle Trauerpose auf und wandte sich zu Carmen um. Ihr Gesicht war unter dem Schleier nicht zu erkennen.

Die fremde Frau würde ihr doch jetzt nicht ihre Trauer aufdrängen? Carmen wechselte das Bein und setzte ihr abweisendstes Gesicht auf. Der Wind presste das schwarze Abendkleid an den knochigen Körper. War das wieder ein verkleideter Mann? Goldene Abendschuhe schauten unter dem Kleid hervor.

Carmen erschrak, als die Lautsprecher in ihrem Rücken mit Salsamusik einsetzten. Bis die Sardine mit ihrem Tross erschien, konnte es noch dauern. Sie entfernte sich ein paar Schritte von der unheimlichen Frau. Als Carmen sich wenig später umdrehte, stand sie da und schaute ihr nach.

# 36

Seine Tochter war in Gefahr, das spürte Herbert ganz deutlich. Und nichts konnte er tun, nicht das Geringste. Geradezu mörderisch war das Gedränge, die Meute um ihn herum völlig entfesselt. Delgados Sohn konnte sich die Gelegenheit nicht entgehen lassen, zumal ihm bekannt war, dass Carmen sich hier aufhalten würde. Von Herbert wusste er das nicht. Aber um sich hatte er keine Angst.

Hinter jeder dieser verrückten Masken konnte Fernando stecken. Herbert hatte es längst aufgegeben, nach ihm zu suchen, er hielt nur Ausschau nach Carmen. Verkleidet war sie nicht, wollte aber mit ihren Freunden am Zug teilnehmen. Hier war ein guter Standort, jeder musste an ihm vorbei. Bei ihrer Größe stach sie aus der Menge heraus, aber er hatte sie noch nicht entdeckt.

Ihm war schon schwindelig vom rasenden Takt der Trommeln und den in ihrem Rhythmus wippenden Leuten. Der Tod mit auf die Maske gemaltem Menjoubärtchen, porzellanene Puppengesichter, ein riesiger roter Fächer – alles wippte vor ihm auf und ab. Ob Garcías Kinder oder Lucas Manzanos Sohn hinter einer dieser Masken steckten? Aber dann hätte Carmen in der Nähe sein müssen.

Von violetten und türkisen Lichtern beleuchtet, rollte die komische Sardine, die sie heute beerdigen wollten, mit ihrem knallrot geschminkten Knutschmund auf ihn zu. Wie eine Meerjungfrau rekelte sie sich in der Sardinendose, den Schwanz graziös zur Seite geschlagen. Ein so elegantes Vieh hatten sie seit Jahren nicht gehabt. Herbert wartete ungeduldig, dass sie vorbeizog, damit er unter dem Volk, das ihr folgte, weiter nach Carmen suchen konnte.

Zu Hause vor dem Fernseher mit Inés hatte er gegrübelt, bis er es nicht mehr ausgehalten hatte. Carmen hatte recht – er hatte ihr die Sache eingebrockt. Ohne ihren gedankenlosen Vater wäre sie nicht in Gefahr geraten. Was er konnte, wollte er wiedergutmachen, und als Erstes wollte er besser auf seine Tochter aufpassen.

Die Touristen um ihn herum knipsten wie wild, vorhin schon hatten sie jede kreischende Tunte und besonders eifrig die pimmelschwenkenden Witwen aufgenommen. Glückliche Gesichter – mit solchen Fotos ließ sich zu Hause angeben. Endlich war der schillernde Fisch vorüber, und sie konnten ihre Handys wieder auf die Masken richten. Herbert suchte nur nach einem blonden Pferdeschwanz, der durch eine Baseballkappe gezogen war. Nichts, nichts und wieder nichts. Carmen war nicht zu finden.

Dafür entdeckte ihn eine trauernde Witwe mit einer fülligen Figur in einem Pelzmantel. Wie eine Ertrinkende lechzte sie vor seinem Gesicht, flatternde Lider über feucht glänzenden Augen. Herbert schaute über ihre Schulter hinweg weiter in die Menge, aber sie zog seinen Kopf herab und öffnete das Leopardenfell. Ein fetter Mann mit roten Strapsen. Herbert schob ihn von sich, gar nicht mal unfreundlich, aber der Fette rächte sich mit einer wüsten Schimpfkanonade, bei der ihm die Spucke aus dem geschminkten Mund flog. Zu Karneval kamen hier sämtliche Schwulen aus ihren Löchern gekrochen. Zum Glück verstand er kein Spanisch, sonst hätte es wohl noch eine Schlägerei gegeben.

Und zwischen diesem wie bekloppt wippenden Volk trieb sich seine Tochter herum. Er hatte gewusst, warum er sie früher nur zu den Kinderzügen hatte gehen lassen. Heute war es allerdings gefährlicher, heute war es möglich, dass ein Mörder auf sie lauerte und nicht nur ein paar durchgeknallte Typen.

Jetzt kamen noch ein paar Nachzügler und der Krankenwagen. Er hatte Carmen wohl verpasst.

Aber dann war sie vielleicht schon auf dem Platz unten am Fischerhafen, wo die Sardine verbrannt werden sollte. Ein Durchkommen war hier nicht, alles staute sich neben dem Wagen mit dem Fisch. Herbert blieb am Anfang der Santo Domingo stehen und versuchte, in der dicht gedrängten Masse unter ihm Carmen zu finden. Das war aussichtslos.

Aber dort hinten, unter der Laterne – war sie das nicht? Ein weißes T-Shirt unter einer schwarzen Windjacke und eine Baseballkappe, so war sie losgezogen. Das Gesicht ihm zugewandt. Ihre Augen konnte er nicht erkennen, aber er war sicher, dass er Carmen entdeckt hatte.

Jemand rempelte Herbert an, und er verlor sie aus dem Blick. Kaum hatte er sich wieder orientiert, musste er beobachten, wie eine schwarze Gestalt auf Carmen zutrat und ihr von hinten die Hand auf die Schulter legte. Sofort stürmte er vorwärts, stieß aber auf eine unnachgiebige Wand aus wippenden Menschenleibern. Jedes Vordringen war unmöglich. Hilflos musste Herbert zuschauen, wie Carmen zusammenzuckte, sich umdrehte und dem Mörder ins Gesicht sah. Sein kleines Mädchen, und er war nicht da …

# 37

Carmen fuhr herum. Eben wollte sie weitergehen, da spürte sie eine Berührung, und auf ihre Schulter legte sich eine Hand. Hinter ihr stand, immer noch tief verschleiert, die schwarze Witwe. Carmen erstarrte vor Schreck, ihre Gedanken rasten. Die Musik schien sich zum Crescendo zu steigern.

Die Frau musste sie die ganze Zeit beobachtet haben, aus den Augenwinkeln, sodass Carmen es nicht merkte. Sie hatte nicht, wie Carmen gedacht hatte, ihre rituelle Trauer um die Sardine vollzogen, sondern hatte ihretwegen an der Mole gestanden. Und bestimmt nicht deshalb, weil sie ihr jetzt das Leid um den verlorenen Fischgatten klagen wollte. Nur einer hatte Grund, Carmen zu beobachten …

Mit einer schnellen Handbewegung wischte Carmen den Schleier hoch und schaute in ein über und über angemaltes Gesicht. Bevor die Frau reagieren konnte, fasste Carmen mit beiden Händen in ihr blondes Haar und hatte eine Perücke in der Hand. Darunter abstehende Ohren.

Carmen wunderte sich selbst, dass sie mit einem Mal ganz ruhig wurde. »Du kannst dir die Schminke abwischen, Fernando«, sagte sie und gab ihm die Perücke zurück. »Ich weiß, dass du Delgado heißt und nicht Alvarez.« Sie musste fast schreien, um die Musik zu übertönen.

Fernando nickte nur. Mit schwarzem Jettschmuck und den goldenen Schuhen aufgeputzt wie eine Diva stand er vor ihr. Wirres Haar, zerlaufene Schminke und ein Gesichtsausdruck wie Frank N. Furter aus der »Rocky Horror Picture Show« kurz vor dem finalen Sturz. Fremd und exotisch – das war nicht der Fernando, den Carmen kannte.

Aber eins war sicher. »Und ich weiß auch, was du getan hast. Am besten gehen wir gleich zur Polizei.«

Er umfasste ihren Arm. »Nein, Carmen. Warte …«

Sie schüttelte Fernandos Hand ab. »Worauf? Dass du mich doch noch umbringst?«

Die Musik brach ab. »Nein.« Das hatte Fernando noch laut gerufen. Leute sahen her. Leiser fuhr er fort: »Das wollte ich dir gerade erklären. Ich hatte vor, dich zu töten, Carmen, das stimmt. Aber das ist vorbei.«

»Und meinen Vater?«

»Den auch nicht. Es geht nicht mehr.« Sein Blick wanderte übers Hafenbecken. Anfangs habe sie sterben sollen, erklärte er zögernd, weil er an ihren Vater nicht mehr herankam, und als er dann spürte, dass sie ihm auf den Fersen war, gab es eine weitere Notwendigkeit. »Nach alldem, dachte ich, kommt es auf einen weiteren Toten nicht an. Aber dann warst du so nett, Carmen, hast mich angelächelt ... Immer wenn der Stein fliegen sollte, stand mir dein Gesicht vor Augen.«

Vorsicht, Carmencita, das könnte eine Falle sein, rief etwas in ihr – Vaters Stimme, während *abuela* besorgt, aber neugierig zuschaute. Er wird dich irgendwohin locken wollen, wo niemand ist, und dann sein Werk zu Ende bringen.

Carmen schaute sich um – der Platz hatte sich mit feiernden Menschen gefüllt. Eben schwebte ein riesiger leuchtend roter Kussmund auf die Marina zu – das musste die Sardine sein. Carmen hatte Fragen an Fernando, obwohl die wichtigste schon beantwortet war: Fernando war der Mörder der vier und für die Anschläge auf Carmen und ihren Vater verantwortlich. Den Grund meinte sie zu kennen. Offen war aber, wer ihm bei seinen Taten geholfen hatte, und vor allem, welche Rolle die beiden Garcías und Mariano spielten.

»Erzähl mir alles«, sagte Carmen. »Wir setzen uns dorthin.« Sie deutete auf die steinerne Abgrenzung zur Landseite des Kais, wo nur ein paar ältere Leute Platz genommen hatten. Sie hatten wohl keine Lust zu feiern, wollten aber die Sardine brennen sehen. Gefährdet fühlte Carmen sich hier nicht – der Weg bis zum Wasser war beruhigend lang, und überall waren Menschen in Rufweite.

Wie Carmen es erwartet hatte, geriet Fernandos Bericht zu einer bitteren Anklage gegen seinen Vater und dessen Freunde. »Sie haben meine Mutter als Hure dargestellt, es stand in allen Zeitungen.« Carmen hörte sich alles geduldig an, das schien sie

Fernando stellvertretend für Vater schuldig zu sein. »Dabei war es mein Erzeuger, der sie dauernd betrog.« Seine Mutter sei ganz fromm und sanft gewesen.

»Welche Rolle hat denn Olivia Sanchez gespielt?«

»Sie war Vaters Freundin, ich wusste das. Mutter nicht, aber ich habe ihm nachspioniert. Und dann hat sie vor Gericht ausgesagt wie die anderen. Das hat mir meine Großmutter später erzählt.« Olivia hätte er am meisten gehasst, meinte er. Sie habe immer so getan, als sei sie Mutters Freundin, aber dann mit Vater herumgemacht. »Am Strand habe ich sie gesehen, und dann verschwanden sie in ihrer Wohnung. Da wusste sogar ich Knirps, was da lief.«

Fernandos Worte kamen stockend, als er vom Tod seiner Mutter berichtete. Er musste einen schweren Schock erlitten haben. Der damals neunjährige Junge hatte den letzten Streit zwischen Delgado und Josefina beobachtet und zugesehen, wie sein Vater sie von der Marina hinab ins wasserumtoste vulkanische Geröll stieß. Jetzt saßen sie der Stelle genau gegenüber, dorthin hatte die trauernde Witwe, die Fernando war, die ganze Zeit gestarrt. Die Steine schimmerten im flackernden Licht der in Meeresfarben getauchten Sardine, die sich langsam auf das Hafenbecken zubewegte.

Als Fernando gestand, dass er Carmen die ganze Zeit verfolgt und auch heute beobachtet hatte, machte er ein verlegenes Gesicht. »Aber dann schien mir, dass es kein Zufall war, dass du genau hier auf die anderen gewartet hast. Als würde Mutter dich in Schutz nehmen.« Nach und nach entdeckte Carmen unter der wüst verteilten Schminke Fernandos eigene Gesichtszüge. Die Brille fehlte, den Bart hatte er abrasiert. »Mir war dann nur noch wichtig, dass du alles erfährst, Carmen. Verständnis erwarte ich gar nicht. Aber erklären wollte ich es dir. Nur deshalb bin ich auf dich zugegangen.«

Carmen nickte. Sonst wäre sie an ihren Fragen wohl auch erstickt.

Fernando atmete tief ein und sprach weiter. Er hatte die Tat seines Vaters mitansehen müssen, weil er zu dem Zeitpunkt oberhalb des Hafens im runden Wachhäuschen Soldat gespielt und mit seiner imaginären Flinte auf Eindringlinge gezielt hatte. Er war sofort losgerannt, aber da war seine Mutter schon tot. Nach der Beerdigung war er hinuntergeklettert und hatte am Sterbeort eine Handvoll Steine aufgesammelt, die er sein Leben lang mit sich herumgeschleppt hatte. Einen nach dem anderen hatte er auf seinem Rachefeldzug zurückgelassen.

»Deiner – der mit dem roten Einschluss – war einer davon«, sagte Fernando. »Der letzte. Meinetwegen kann er dir Glück bringen.« Er sah zu dem kleinen Geröllhaufen unterhalb der Mauer, der jetzt im Trockenen lag. »Du siehst, auch die Steine haben mir gesagt, dass ich aufhören muss.«

Steine waren da noch genug, er konnte sich jederzeit Nachschub besorgen. Doch dafür, so schien es Carmen, lag zu viel Erleichterung in seinem Blick. Sie beschloss, ihren lächelnden »Glücksstein« zu den anderen zurückzuwerfen. Dort konnte er an Josefina erinnern, bis er wieder ins Meer gespült wurde.

Die gespenstisch leuchtende Sardine wurde von der Marina ins Hafenbecken hinabgeschoben und alles zu ihrer Verbrennung vorbereitet. Auf den Straßen ringsum feierten die Spanier, sangen mit, wenn irgendwo Musik ertönte, sangen weiter, wenn sie aufhörte. Sie klatschten im Takt und wurden immer lauter. Fernando erzählte, dass er schon lange Kontakt zu seiner Großmutter in Santa Cruz hatte. Sie hatte ihm geholfen, die Lebensgewohnheiten seiner Opfer auszuforschen und den besten Zeitpunkt für die Morde zu finden. Offenbar verfügte sie wie *abuela* über viele alte Freunde – Networking war keine Erfindung der Zeit Carmens.

In Verbindung zu seinem späteren Freund Martín war Fernando erst nach den vier Morden getreten, zufällig über die La-Tejita-Gruppe, aber er hatte die Bekanntschaft vertieft, weil er auf Informationen hoffte. Niemand ahnte, dass er sie dazu verwendet hatte, seine Anschläge auf Carmens Vater und sie selbst vorzubereiten. »Aber als du dazukamst, Carmen, ging alles schief.« Unter der Schminke wirkte sogar das halbe Lächeln, das er zustande brachte, grotesk.

Dumpf dröhnten die Trommeln, die den baldigen Flammentod der Sardine ankündigten. Fernando beugte sich vor und bedeckte sein Gesicht mit den Händen. Carmen atmete erleichtert auf. Weder Mariano noch Angie und Consuela hatten bei den Anschlägen mitgewirkt.

Im Gestell, das die todgeweihte Sardine trug, flackerte ein Flämmchen auf, ging aus, flackerte wieder. Der Wind hatte aufgefrischt.

Fernando schlang sich die *mantilla* um die nackten Schultern wie einen Frisierumhang. »Für heute Abend, Carmen, hatte ich mir fest vorgenommen, dich umzubringen«, sagte er leise, ohne sie anzusehen. »Ein Ende zu machen, trotz allem, was ich für dich fühlte. Mir war klar, dass du mich irgendwann finden würdest, wenn ich dich nicht aufhielt. Deshalb habe ich mich verkleidet und dich verfolgt.«

Carmen war nicht überrascht. »Hast du denn einen Stein oder eine andere Waffe dabei?« In dem engen Kleid hätte er kaum etwas Derartiges verstecken können.

»Nein. Das war nicht nötig.« Fernando wies mit dem Kopf auf die Kaimauern mit den tobenden Wellen darunter. »Es gibt hier Gelegenheiten genug. Die Steine haben meine Mutter getötet, da sollten sie es auch bei allen anderen tun.«

Carmen ignorierte das Zischen, das aus Richtung der Sardine kam, und sah Fernando an. »Aber dann …«

»Dann hatte ich plötzlich das Gefühl, dass Mutter es nicht gutheißen würde, was ich vorhabe. Du hast sicher gesehen, wie ich auf dem Kai gestanden und hin und her überlegt habe, was ich tun soll.«

»Gesehen habe ich dich, aber ich dachte, du trauerst um die Sardine.«

Fernando lachte bitter auf. »Warum musstest du nur ausgerechnet hier stehen bleiben?«

Carmen dankte wem auch immer für die übersinnliche Fürsorge.

Sie legte Fernando die Hand auf den von Tüll bedeckten Arm. »Geh mit mir zur Polizei, Fernando. Es hat doch keinen Zweck …« In diesem Moment schoss ein silbrig funkelnder Strahl durch den Leib der Sardine.

Fernando stand abrupt auf. »Nein, Carmen. Keine Polizei«, stieß er hervor.

Carmen erhob sich und stand vor ihm.

Unter der verschmierten Farbe war sein Gesicht starr. »Ich habe meiner Mutter gelobt, dass ich auf andere Weise Buße tun werde.« Mit einem Satz sprang er auf die Mauer und rannte los, an den Müllcontainern vorbei auf den Parkplatz zu.

Ohne nachzudenken, lief Carmen ihm nach. Hinter ihr explodierte zischend die Sardine, der Widerschein hell auflodernden Feuers lag auf den Wänden. Ein paar Meter vor ihr schleuderte Fernando die Stöckelschuhe von den Füßen und bog rechts ab. Er wollte zur Kaimauer.

Carmen erfasste Panik, sie rannte schneller. So war die Buße gemeint. Fernando plante, sich von der Mauer hinabzustürzen, zu sterben, wie seine Mutter gestorben war. Auf den scharfkantigen Betonblöcken würde er sich alle Knochen brechen, und dann würden ihn die Wellen mitnehmen, hinausziehen in den weiten Atlantik. Er hatte über sich selbst die Todesstrafe verhängt.

Barfuß kam Fernando auf dem steinigen Platz nicht gut voran. Carmen erreichte ihn bald und warf sich auf seinen Rücken. Beide stürzten zu Boden, Carmen lag obenauf und hielt durch den Stoff der *mantilla* seine Arme fest. »Fernando«, keuchte sie. »Hör mir zu …«

Doch er ging in die Höhe wie ein bockendes Pferd und warf sie ab. »Halt mich nicht auf«, schrie er sie an und stürmte weiter. Die schwarze *mantilla* blieb im Staub liegen.

Auf der Treppe unter dem gelben Verbotsschild holte Carmen ihn wieder ein. Mit beiden Händen fasste sie sein Bein und zog, bis er vornüberfiel. Doch er trat nach ihr, sodass sie ausweichen musste, und kroch auf allen vieren über die Kante. Carmen sprang an ihm vorbei und stellte sich mit ausgebreiteten Armen vor ihn, als er sich aufrichtete und zur Meerseite der Kaimauer laufen wollte.

Absurd, was sie da tat. Wenn nun Fernando genau diese Situation geplant hatte und Carmen über die Mauerkante stieß? Aber er versuchte nur, an ihr vorbeizukommen.

Es war ein lebensgefährlicher Tanz. Im diffus flackernden

Licht lief Carmen mit ausgebreiteten Armen, den Rücken den wild heranflutenden Wellen zugekehrt, an der ungesicherten Kante hin und her, um Fernando den Weg hinunter zu versperren, und er versuchte, in ihrer Abwehrkette eine Lücke zu finden. Ein, zwei Mal setzte er zum Hechtsprung an, aber dann stand Carmen schon vor ihm.

Mit einem Mal stolperte Fernando über einen Felsbrocken, der aus der unebenen Mauerkrone herausragte. Sofort war Carmen über ihm und nutzte ihren Schwung, ihn zurückzudrängen, bis sie die Schmalseite der Kaimauer mit dem abschließenden Maschendrahtzaun erreicht hatten. Sie legte die Hände gegen Fernandos Schultern und drückte ihn mit aller Kraft gegen den Draht. Unten im Hafen brannte die Sardine lichterloh. Die Leute kreischten und jubelten, erste Feuerwerkskörper schossen in den Himmel.

Carmen atmete heftig und starrte in Fernandos von glitzernden Lidschattenresten umrandete Augen. Der flackernde Feuerschein spiegelte sich in der Iris. Gab er endlich auf?

# 38

Dort drüben. Da war Carmen wieder. Sie sprang ein paar Stufen hoch und rannte den Weg entlang. Der blonde Pferdeschwanz flog hinter ihr her, die weißen Sneakers leuchteten im Schein der Sardine. Sie hatten sie endlich zum Brennen gekriegt.

Carmen lebte, Gott sei Dank. Herbert hatten die schlimmsten Befürchtungen erfasst, als die schwarze Gestalt ihr die Hand auf die Schulter legte. Eine Gestalt wie der Tod. Dann hatte er Carmen aus den Augen verloren. Und jetzt – jetzt lief sie vor jemandem davon, immer schneller wurde sie, bis sie um die Ecke verschwand. Den Verfolger konnte er nicht sehen.

Er war ein gutes Stück vorangekommen, bis er wieder im Gedränge feststeckte. Eine platinblonde Tunte war mitten im Gewühl kreischend zusammengebrochen und schlug mit den Fäusten auf den Boden ein. Mit theatralischen Gesten taten die umstehenden Masken, als wollten sie der Blonden aufhelfen, mussten aber selbst so laut schluchzen, dass daraus nichts wurde. Es ging und ging einfach nicht vorwärts. Von Carmen war nichts mehr zu sehen.

Wenn sie wenigstens nicht Arme voll stinkender Lilien mit sich schleppen würden. Herbert war es schon ganz schlecht. Ein grell geschminkter Mann in einem Fass rempelte ihn an, der hatte wenigstens Platz. In dem Fass war er splitternackt. Musste es immer so unanständig sein? Herbert lebte nun schon so lange auf Teneriffa, aber dieser ausufernde Karneval war ihm immer suspekt geblieben. Wenn er schon die schrägen Posaunen- und Trompetentöne hörte, das würde sich in Deutschland keine Blaskapelle erlauben.

Ein fetter Bischof mit Hirtenstab und Mitra – auch er wippte zum irrwitzigen Rhythmus der Trommeln. Ihm machten die Leute unterwürfig Platz. Herbert bekam seinen Segen ab und hängte sich gleich an ihn. Im Gefolge des arschwackelnden Kirchenmanns ging es ein paar Meter weiter, dann war wieder Schluss.

Immerhin stand er jetzt schon oberhalb der Marina. Dort hinten war der Weg, den Carmen entlanggelaufen war. Er führte zum Parkplatz, aber sie war rechts abgebogen. Da ging es auf die Kaimauer, und dahinter lag das Meer. Der Schreck erfasste ihn jäh. Sie wollte doch nicht auf die Kaimauer fliehen?

Nein, Carmen, hätte er am liebsten gerufen. Bloß nicht auf die Mauer! Nicht umsonst war der Zugang verboten. Niemand kümmerte sich darum, das wusste er selbst. Alle Jahre wurde in der Zeitung von Todesfällen berichtet. Völlig ungesichert, diese Mauer, keine Brüstung, kein Geländer. Auf der Seeseite fiel sie steil ab, und weil das Meer hier so tobte, hatte man schwere Betonquader aufschichten müssen. Wer darauffiel, überlebte es nicht. Und erst die Brandung ... Herbert meinte, sie bis hierher hören zu können.

Zu sehen war nichts, aber das musste nichts heißen. Er drängelte jetzt rüde vorwärts, setzte die Ellbogen ein und boxte die Leute zur Seite, wenn sie keinen Platz machten. In Deutschland wäre so eine lebensgefährliche Stelle längst abgesichert worden. Aber hier waren sie in Afrika, seine Rede, seit Ewigkeiten sagte er das schon. Zu Europa gehörten die Kanarier nur, wenn Geld zu vergeben war, ansonsten war das hier die reinste Negerrepublik.

Eine Gruppe Nonnen machte ihm freiwillig Platz, aber jede Einzelne streckte ihm obszön spitzelnd die Zunge heraus. Als ob er dafür jetzt Sinn hätte. Seine Tochter war in Gefahr, aber weit und breit war kein Polizist zu sehen. Nichts in diesem Land war geordnet, geregelt – das sah man auch an dieser Veranstaltung. Keine Ordner, keine Sicherheitskräfte, nichts. Dort – da waren zwei Männer in orangeroten Jacken, von der Stadtreinigung wahrscheinlich. Egal, Uniform war Uniform.

Herbert boxte sich zu den beiden durch und nahm sie beim Arm. »Da«, rief er und zeigte über das brennende Ungetüm hinweg auf die Kaimauer. Im flackernden Schein des Feuers war tatsächlich eine Bewegung zu erkennen. Alle drei starrten hinüber. Zwei miteinander kämpfende Figuren, davon eine mit Baseballkappe und blondem Pferdeschwanz.

*»Asesino«*, schrie Herbert. »Da. Da. *My daughter* – oder *daughter*

*mía*, wenn ihr das besser versteht. *Asesino.*« Er tat, als steche er mit einem Messer zu. Die beiden guckten verständnislos. »*Daughter – mía – guapa*«, fügte er hinzu. Jetzt lachten sie und nickten mit ihren dummen Köpfen. Hätte er doch nur Spanisch gelernt!

Kurz entschlossen nahm Herbert die rot Bejackten und schob sie vor sich her wie einen Rammbock. Sie hatten keine Chance, konnten nur mit den Armen rudern und laut rufend für Platz sorgen. Keine Ahnung, woher ihm die Kraft plötzlich kam. »*Asesino*«, rief er immer wieder. »*Pronto, pronto.*«

Er wusste nicht, was er tat, wenn Carmen etwas zustieß.

## 39

Fernando verhakte seine Finger mit dem Drahtgeflecht des mannshohen Zauns. Carmens Gesicht ganz nah vor dem seinen wurde vom zuckenden Widerschein der Flammen erhellt. Sie versuchte, ihn mit dem Blick ihrer riesigen Augen zu bannen, in denen das Feuer ebenfalls flackerte. Einen Angriff erwartete sie nicht. Er hatte das Überraschungsmoment auf seiner Seite.

Und dann?

Ein Feuerwerkskörper explodierte über dem Parkplatz, silberner Regen fiel auf die abgestellten Autos.

»Fernando, du bist ein Feigling«, hörte er Delgado sagen. Seinen Erzeuger, der nie sein Vater war.

Schmerzhaft stemmten sich Carmens Fäuste gegen seine knochigen Schultern. Mutter hätte das alles nicht gewollt. Er hätte sie früher fragen sollen. All die Jahre hatten die Steine sein Leben bestimmt.

»Hör mir zu, Fernando«, sagte Carmen, den Blick weiter in den seinen gebohrt. »Du kannst dich nicht einfach drücken. Du hast vier Menschen getötet, und du wirst dafür geradestehen. Aber du bist nicht ohne Hilfe, lass dir das gesagt sein.«

Sie hatte gut reden. »Hilfe? Ich werde lebenslang im Gefängnis sitzen.«

»Lebenslang ist nicht lebenslang, auch nicht hier in Spanien. Du wirst es überstehen und jung genug sein, danach noch einmal neu anzufangen. Wie gesagt, wir helfen dir dabei. Mein Vater ist dir etwas schuldig, und so mancher andere auch. Gute Rechtsanwälte können einiges bewirken.«

Fernando löste den Blick und schaute über Carmens Kopf hinweg die dunkle Kaimauer entlang. Links die feiernde Stadt, rechts das tosende finstere Meer. Er hatte die Wahl. Die Leute dort unten feierten das Leben, die symbolische Wiederauferstehung, nachdem das Alte, der Fisch von gestern, verbrannt war.

Sein bisheriges Leben erschien ihm, als habe er es zwischen zwei schwarzen Wänden verbracht, einzig ausgerichtet auf die

Rache, und dahinter wieder eine schwarze Wand. Er hatte nie damit gerechnet, dass danach sein Leben weiterging. Mit Carmen war ein wenig Licht zwischen die Wände gefallen, aber sie hatte Mariano gewählt. Das war jetzt sowieso egal.

Aufgeben – oder weiter kämpfen? Um sein Leben? Um ihr Leben? Ohne sie würde er davonkommen, vielleicht …

Langsam nahm Carmen die Fäuste von seinem Körper. Fernando sah sie an. Ihr Blick blieb wachsam auf seine Augen gerichtet. »Ich muss dir etwas erzählen, Fernando, das dich überraschen wird. Oder vielleicht auch nicht. Aber bitte bleib stehen, bis ich fertig bin.«

Brauchte er jetzt noch Überraschungen?

»Was weißt du eigentlich über deine Geschwister?«, fragte Carmen.

Na gut, die Frage hatte er nicht erwartet. »Nichts«, konnte er da nur sagen. »Sie sind verschollen, adoptiert wie ich. Irgendwo im Ausland.« Er hatte versucht, sie zu vergessen.

»Eine Schwester hast du hier in Puerto.«

Konnte er das glauben?

Carmen nickte. »Delgado hatte noch eine Tochter, mit Olivia Sanchez. Sie ist also deine Halbschwester, und du kennst sie, Fernando.« Carmen verstand sich auf Pausen. Natürlich war er jetzt neugierig.

»Sag schon, Carmen. Mir ist nicht nach Spielchen.«

»Mir auch nicht. Ich wollte nur nicht damit herausplatzen«, erklärte sie. »Es ist Consuela, Fernando. Consuela Rojas. Wie das alles gekommen ist, wird sie dir selbst erzählen. Aber sie möchte dich gern kennenlernen.«

Fernando erinnerte sich an Consuela von vielen Treffen und Partys her, hatte aber kaum mit ihr gesprochen. Mit ihrem Hinkebein hatte sie es wohl ähnlich schwer gehabt wie er mit seinen Segelohren, das hatte er manchmal gedacht. Delgado als Vater – auch das noch.

Vom Weg her war lautes Rufen zu vernehmen. *»Asesino«*, hörte Fernando. »Da, da oben ist er.« Carmens Vater. »Lass meine Tochter in Ruhe, du Mörder«, schrie er.

Carmen legte Fernando die Hand auf die Brust und wandte

den Kopf zu den Ankommenden. »Bleib stehen, Fernando.« Sie sah ihn wieder an und sprach in schnellem Tempo auf ihn ein. »Du musst da durch, das geht jetzt nicht anders. Aber wir werden dir helfen, das ist nicht nur dahergesagt. Vater wird für die besten Rechtsanwälte sorgen, und nach deinen Geschwistern wird er auch suchen.« Ihr Blick sagte, dass sie das durchsetzen würde, auch wenn sie jetzt zusammenzuckte, weil ein Feuerwerkskörper direkt über ihren Köpfen explodiert war.

Golden sprühendes Licht fiel auf die Kaimauer. Herbert Winkelhoff stürmte zwei Männern in roten Arbeitsjacken voran die Treppenstufen hoch und schrie immer noch sein »Mörder, Mörder«. Carmen warf nur einen kurzen Blick in seine Richtung.

»Und ich verspreche dir, Fernando«, fügte sie schnell noch hinzu, »es wird alles aufgeklärt werden. Nichts bleibt unter der Decke. Dazu wird auch mein Vater bereit sein, obwohl er bei dem Ganzen keine gute Figur macht.«

Im Moment wirkte Winkelhoff wie ein Stier in der Arena mit mehreren *banderillas* im Nacken.

Carmen nahm die Hand von Fernandos Brust und drehte sich um. »Es ist gut, Vater«, rief sie ihm entgegen. »Fernando kommt von allein mit.« Mit ausgebreiteten Armen wie vorhin an der Kaimauer stellte sie sich vor ihn.

Aber das hatte er nicht nötig. Er schob Carmen zur Seite und trat Herbert Winkelhoff entgegen, der mit einem Mal ziemlich kleinlaut wirkte.

»Ich gehe jetzt zur Polizei«, sagte Fernando.

»Ich begleite Sie«, sagte Winkelhoff. »Wir werden das gemeinsam durchstehen und alles aufklären.« Darauf hätte er bei Delgado nicht zählen können.

Auf der Treppe wandte sich Fernando zu Carmen um, die jetzt selbst ihren Rücken gegen den Maschendraht presste. Als suchte sie Wärme bei den letzten Flammen der Sardine, die im Hafenbecken hinter ihr immer wieder aufflackerte. Das Feuerwerk prasselte, die Stadt hatte etwas zu feiern.

»Danke für die Schwester«, sagte er zu Carmen. »Und überhaupt …«

Sie hob nur die Hand, das Gesicht blass unter dem Schirm des

Baseballcaps. Ohne davon zu sprechen, hatte sie ihm vor Augen geführt, was es bedeutete, ein Leben auszulöschen. Zum Glück hatte sie ihn – Fernando, den Mörder – überlebt.

Obwohl er auf dem Weg in eine Zukunft ohne Lichtblicke war, schien es ihm, als sei eine schwarze Wand gefallen und zeige ihm ein blendendes Feuerwerk. In seinem langen Abendkleid, barfuß und mit bunter Schmiere im Gesicht, mit Herbert Winkelhoff und den beiden Rotjacken im Gefolge, drängte sich Fernando durch die Feiernden auf der Marina. Die Sardine war verbrannt, aber für die Puertenser war der Karneval noch lange nicht zu Ende.

# 40

Und *abuelas* Karten sprachen doch die Wahrheit.

»Weißt du, dass mir meine *nana* für Puerto zwei schwarze Buben prophezeit hat?«, fragte Carmen.

Mariano und sie standen im Wachtürmchen am Rand der Plaza de Europa, aus dessen Schießscharten man den gesamten Fischerhafen im Blick hatte. Von hier aus hatte Fernando den Mord an seiner Mutter beobachtet. Mariano hatte den Arm um ihre Schultern gelegt, und sie umschlang seine Taille. Nach der heißen Mittagssonne auf dem Platz war es hier ziemlich kühl.

»Na, den einen hast du ja ausgeschaltet. Hoffentlich hast du mit mir nicht Ähnliches vor.« Ein kleines bisschen von der Besorgnis in seinem Gesicht mochte echt sein. Immerhin wusste er, wer gemeint war.

»Du hast deine Wiedergutmachung ja schon geleistet.« Als Mariano von Fernandos Schicksal hörte, hatte er sich sofort solidarisch gezeigt.

»Meinst du letzte Nacht?« Er grinste sie frech an. Die Sonnenbrille hatte er ins Haar geschoben.

»Das waren die aufgelaufenen Zinsen. Eine kleine Anzahlung.« Carmen fuhr mit einem Finger über seine Rippen.

Er zog sie näher zu sich. »Du weißt nicht, was du sagst, Carmencita. Die Manzanos machen keine Schulden.« Sein leidenschaftlicher Blick legte nahe, dass er auf der Stelle mit der Rückzahlung anfangen wolle.

Carmen lachte und schob ihn von sich. Mariano hatte ihr eben gebeichtet, dass er ebenfalls von der Gerichtsvorladung in Sachen Delgado gewusst hatte. Ohne weiter nachzufragen, hatte er auf seine Mutter gehört und Carmen nichts gesagt. Familiengeheimnisse mussten gewahrt bleiben. Doch in diesem Fall konnte Carmen der guten Señora Manzano nicht helfen. Auch das Andenken ihres Gatten würde ein paar Kratzer abbekommen, wenn aufgedeckt wurde, dass er ermordet worden war und warum.

Sie stellte sich an eins der schmalen Fensterchen und sah hinaus. Hier ging der Blick von den schroffen Felsbrocken am Ufer über den bleigrauen Atlantik bis zu den Bergen, den Ausläufern der Cañadas, die vielfach gestaffelt ins Meer abfielen. Mariano legte von hinten die Arme um sie und sah ebenfalls nach draußen. Von ihm war der Vorschlag gekommen, einen Fonds zu gründen, in den alle Beteiligten einzahlten. Von dem Geld sollten Fernandos Rechtsanwälte honoriert und sein Neuanfang gesichert werden, denn als Mörder seines Vaters blieb er vom Erbe ausgeschlossen. Sogar Miguel Cabrera machte mit; Herbert Winkelhoff hatte ihm die Pistole auf die Brust gesetzt.

Das hatte Carmen vorhin mit Wiedergutmachung gemeint. Ein Ausgleich dafür, dass die Freunde Delgados eine angemessene Bestrafung verhindert hatten, dass sie mit ihren Lügen über seine Mutter Fernandos Verzweiflung geschürt und dann noch ungerührt zugesehen hatten, wie er mit seinen Geschwistern ins Heim abgeschoben wurde. Es war doch kein Wunder, dass er sich dermaßen in seinen Hass, seinen Wahn hineingesteigert hatte, und natürlich bewirkte so etwas üble Schäden an Psyche und Persönlichkeit. Vater und die anderen hätten ihre Aussage wenigstens davon abhängig machen müssen, dass die Kinder alle zusammen bei ihren Großeltern untergebracht wurden. Am besten wäre natürlich gewesen, sie hätten ihren Mund gehalten.

Mit Mariano im Rücken drehte sich Carmen zu den Schießscharten auf der anderen Seite des Wachtürmchens um. Ganz harmlos wirkte von hier oben aus die Stelle, wo Josefina Delgado durch die Hand ihres despotischen Mannes zu Tode gekommen war und wo Fernando die todbringenden Steine eingesammelt hatte. Und jenseits des Hafenbeckens, am Ende der Kaimauer, wo unter dem Verbotsschild die Stufen hinaufführten, hatte er sich ins Meer stürzen wollen. Die Geschichte der beiden hatte sich in die Schauplätze eingegraben, die Steine bewahrten die Erinnerung.

Carmen ließ ihren Blick die Kaimauer entlang bis zum Leuchtturm wandern, ein modernes weiß-rotes Gestell inmitten des Parkplatzes. Jenseits der Mauer schoss die Brandung meterhoch über den Rand. Auch heute waren dort Touristen unterwegs, todesmutig. Eine der Attraktionen Puertos, die Stadt sollte Eintrittsgeld verlangen.

Demnächst wurde dort der neue Hafen gebaut, das hatte Angie ihr erzählt. Jahre schien das her zu sein. *Abuela* hatte sie noch gar nichts davon gesagt. Die Muelle Pesquero dort unten, wo sie mit Fernando geredet und gekämpft hatte, blieb wohl unberührt, aber die äußere Kaimauer würde weit ins Meer hinaus verschoben werden. Carmen war gespannt, ob sie dann besser gesichert war.

Mariano legte die Hände auf ihre Schultern und sah in die gleiche Richtung. Ein riesiges Gelände war das dort drüben, wirklich ein gigantisches Projekt. Den Bau mit ihm und Angie zu verfolgen, die ihr alles erklären konnten, würde sicherlich interessant werden. Eine lustige Freundin war Angie, wenn unaufgeklärte Morde sie nicht irritierten, und mit Consuela war Carmen ebenfalls schnell warm geworden. Auch die anderen würde sie wiedertreffen, das war in Puerto anders als im großen Berlin, wo man sich leicht aus den Augen verlor. Den schwarzen Buben hinter sich würde sie jedenfalls festhalten.

Durch die schmale Schießscharte lugte Carmen wieder nach unten. Dort an der Marina hatten Angie und Mariano mit der Menge getanzt und gesungen und von der Gefahr, in der Carmen schwebte, nicht das Geringste mitbekommen.

»Siehst du, es war doch der familiäre Hass«, sagte Angie im Anschluss an Carmens Bericht. »Ein Macho-Vater und seine Kumpane. Manchmal hätte ich ja selbst Lust, mit Steinen zu werfen.« Sie verdrehte die Augen. »Aber auf Fernando wäre ich nicht gekommen. Er wirkte doch immer so friedlich.«

Carmen musste darüber schmunzeln. Friedlich wie die Insel – in Mutters Augen. Wie hatte Angie gesagt? »Roh, brutal und charmant.« Die Insel konnte nicht anders, aber Menschen hatten eine Wahl.

Drei Tage waren vergangen seitdem, doch Carmen hatte immer noch vor Augen, wie Fernando, behindert von dem schwarzen Seidenfummel und bemalt wie ein Clown, einen Weg an ihr vorbei zu den todbringenden Klippen gesucht hatte. Es wäre zum Lachen gewesen, hätte sie nicht solche Angst ausgestanden.

Fernando hatte lange gebraucht, um einzusehen, dass er wählen konnte zwischen einem furchtbaren Tod und einer helleren Zukunft, so belastet sie auch sein mochte. Jetzt saß er in einer der Arrestzellen der Policía Local, wo ihn Vaters Anwalt aufgesucht hatte.

Consuela, die sich trotz allem über den neuen Bruder freute, hatte ihn begleitet und dafür gesorgt, dass Fernando in der Zelle alles hatte, was er brauchte. Heute war sie nach Santa Cruz gefahren, um Fernandos Großmutter über seine Inhaftierung zu informieren. Carmen war froh, dass Vater die Policía Local, die bei der Geschichte nicht eben gut dastand, bisher überreden konnte, die Medien herauszuhalten, aber spätestens beim Prozess würde das nicht mehr möglich sein. Sie hoffte nur, dass nicht irgendein neugieriger Journalist ihren Anteil aufdeckte.

Sie beschattete ihre Augen mit der Hand und spähte in die Ferne, über das Gelände des neuen Hafens hinweg, das schon bald nicht mehr wiederzuerkennen sein würde. Sie musste unbedingt Fotos machen …

Mariano knabberte an ihrem Ohr – dem rechten. Das linke war für ihn tabu, das hatte sie ihm gleich erklärt. »Du bist wohl noch auf Mörderjagd, hm?«

»Ja.« Carmen schmiegte sich an seinen warmen Körper. »Und dabei, alles zu verarbeiten. Es war ja nicht nur Fernando …«

»Dein Vater?« Sein Atem spielte mit ihrem Haar.

»Mmh.« Carmen hatte ihm schon von ihrem Entsetzen bei Vaters Geständnis erzählt und von ihren Skrupeln, sich mit ihm zu versöhnen.

»Wenn du reden willst, Carmen … Du weißt, ich habe Erfahrung mit gestrauchelten Vätern.« Sanft strich er über ihre mit Gänsehaut bedeckten Arme.

»Aber deiner ist tot, was mir natürlich leidtut. Meiner lebt, und ich muss mit ihm zurechtkommen.« Hohe Wellen brandeten gegen die Kaimauer. Irgendwo da draußen war die See in Aufruhr, während es hier völlig windstill war.

Mariano drückte sie an sich und ließ sie ansonsten in Ruhe. Gestrauchelt war nicht das richtige Wort für ihren Vater. Herbert

Winkelhoff war von einem Podest gefallen, das ihm Carmen in ihrer Naivität erbaut hatte. Bei Machtmenschen wie ihm musste man damit rechnen, dass sie alles zertraten, was ihnen im Weg war.

Aber er schien sich geändert zu haben, das meinte Carmen auch in seinem Umgang mit *abuela* beobachten zu können. Er hörte zu, wenn sie von früher erzählte, fragte nach und machte keine Witzchen mehr über Alzheimer und Demenz, wenn ihr ein Wort nicht gleich einfiel. Es konnte Tünche sein wie bei den Wohnungen des Buena Vista – man musste es wohl abwarten.

Heute bot der unter ihr liegende Hafen das gewohnt friedliche Bild. Touristen schlenderten umher und fotografierten sich gegenseitig, Arm in Arm mit der Statue der Fischersfrau, die den mit Fischen beladenen Korb elegant auf dem Kopf balancierte. Im Hafenbecken schwammen Menschen, ein Fischerboot dümpelte vor sich hin. Wieder schob sich das Bild des Mittwochabends vor Carmens Augen, die hoch auflodernde Sardine und das wild feiernde Volk auf dem Kai. Bei jedem Feuerwerkskörper war sie zusammengezuckt. Angst hatte sie wahrlich genug gehabt.

Vater hatte an dem Abend alles missverstanden, und auch jetzt machte er alles falsch. Das Grundstück Florentín Cabreras hatte er bereits gekauft und wollte es Carmen überschreiben. »Als Vorauszahlung auf dein Erbe«, hatte er gesagt, aber Carmen wusste, dass er damit sein schlechtes Gewissen beruhigen wollte. Als könne er mit Geld, mit materiellem Besitz ihren Schrecken, ihre Angst und den Ekel über seine Tat ausgleichen. Immerhin *hatte* er ein schlechtes Gewissen – früher hatte ihn so etwas nie geplagt.

Sie war geneigt, ihm zugutezuhalten, dass er seine Strafe bereits durchlitten hatte. Die Angst um sie, um seine Prinzessin – auch er hatte es mit den Podesten –, war deutlich zu spüren gewesen, als er von den bizarren Hindernissen auf seinem Weg zu ihrer Rettung berichtet hatte. Maria Inés und *abuela* hatten seine Geschichten aus Tausendundeiner Nacht gebannt verfolgt, während Carmen ins Orotava-Tal hinausgeblickt hatte.

»Wie in diesen Alpträumen«, hatte er gesagt. »Wenn man wie gelähmt nicht von der Stelle kommt und alles Mögliche einen aufhält, während irgendwo die Zeit abläuft.« Fernando gegenüber hatte er sich absolut korrekt verhalten.

Und er arbeitete aktiv an der Wiedergutmachung. Sie hatte noch nicht mit ihm darüber geredet, da hatte er Carmen mit der Mitteilung überrascht, dass er beim Bürgermeister vorgesprochen und ihm empfohlen habe, die Straßenbenennung nach Florentín Cabrera abzublasen. Das hatte auch *abuelas* Zorn ein wenig besänftigt. Vorher hatte er sich angehört, was sie aus ihrer Jugend über Florentín zu berichten wusste. Nach ihren ersten Worten war Mutter schon empört hinausgegangen.

Eine gute Seite an Mariano war, dass er geduldig abwartete, bis eine Aussage reif war. Carmen wandte ihm ihr Gesicht zu. »Uns beiden – Vater und mir – werden wohl neue Häute wachsen müssen. Aber ich glaube doch, dass wir zu einem normalen Verhältnis zurückfinden werden.«

Mariano drehte sie zu sich um. »Dann meinst du, dass du deine Gärtnerei eröffnen kannst?«

»Mal sehen. Es ist verlockend, das gebe ich zu. Das Gelände ist ideal, groß, gut gepflegt und nah bei der Stadt.« Und die von Florentin Cabrera und seinen Kumpanen beschworenen Geister sollten vor Pfeil und Bogen des sympathischen Mannes mit den Rastalocken Reißaus genommen haben.

»Du könntest noch eine kleine Tapas-Bar einrichten.«

»Du meinst, so etwas wie die Pirata?« Vor Carmens Augen erschien das Bild Marianos mit dem roten Piratentuch um den Kopf. Das Haus musste natürlich gründlich renoviert werden. Ein kleiner Teich …

»Warum nicht? Mit Erzeugnissen aus deinem Garten.« Er strich ihr eine Haarsträhne hinter das richtige Ohr.

»Mmh.« Keine schlechte Idee, auch wenn die Insel vor Tapas-Bars überquoll. Vorerst musste Carmen den Rückflug ins Auge fassen, um in Deutschland alles zu regeln.

*Abuela* hatte sofort abreisen wollen, erzählte sie Mariano, und es war nicht leicht gewesen, sie davon abzuhalten. Im Anschluss an seinen Bericht vom aufregenden Mittwochabend war Vater damit herausgerückt, was er sich damals – nach dem Tod Josefina

Delgados – geleistet hatte. Ohne ein Wort, aber mit flammenden Augen war *abuela* aufgestanden und gegangen.

Carmen wollte ihr nach, war aber stehen geblieben, als Mutter sagte, es sei doch selbstverständlich, dass Ramóns Freunde ihm damals hätten helfen müssen. »Das mit den Kindern, Herbert, das habt ihr doch nicht gewusst. Ihr habt es nur gut gemeint und dafür gesorgt, dass ihr Vater bald freikommt.« Sie hob die Hand und musterte den Rubinring, den sie heute trug. »Der arme Ramón. Er hat so viel Pech gehabt, und jetzt ist auch noch der Sohn ein Mörder.« Sie sah Herbert an. »Bestimmt ist diese Olivia an allem schuld.« Der Lack ihrer Fingernägel funkelte im gleichen Rubinrot wie der Stein.

Zum ersten Mal wieder trafen sich Vaters und Carmens Blick. Die wortlose Belustigung über Mutters Einfalt war immer ein verbindendes Element zwischen ihnen gewesen. Aber jetzt wirkte seine Miene eher gepeinigt.

Mutter wandte sich Carmen zu. »Du hast den Sohn von Florentín Cabrera kennengelernt, Carmen? Er ist bestimmt ein attraktiver junger Mann. Sein Vater war auch so –«

»Nur dass Miguel im Rollstuhl sitzt«, fuhr Vater dazwischen.

»Oh.« In Mutters Kopf verstummten die Hochzeitsglocken.

Carmen lachte auf und war überrascht, wie bitter es klang.

»Traumatisierte Kinder aus neurotischen Familien«, kommentierte Mariano. Er hatte ihr auch von seiner Mutter erzählt. »Meinst du, wir haben eine Überlebenschance?«

»Wir sollten zusammen ins Hafenbecken springen.«

Er zog sie zum Fensterchen, das auf die Mole hinausführte. Eine aufgewühlte Gischt donnerte gegen die Felsbrocken und die Mauer. »Hast du die Badesachen dabei?«

Carmen spielte mit einem fiktiven Kettchen um ihren Hals. »Ich fürchte, ich bin indisponiert«, säuselte sie im Ton ihrer Mutter. Sie schob Mariano aus dem Wachhäuschen in die warme Sonne.

Zwischen den historischen Kanonen, die auf imaginäre Feinde des Kanarentums gerichtet waren, lehnten sie sich mit dem Rücken zum Atlantik, die Hände miteinander verschränkt, an die warme Mauer.

»Der einzige Lichtblick in dieser Familie ist meine *nana*«, sagte Carmen. »Sie ist so klug … und immer noch neugierig, trotz ihres Alters. Das wird sie frisch gehalten haben.« Man müsse seinem Kopf immer wieder neue Fakten, Erfahrungen, Erkenntnisse zumuten, sagte *abuela*. Auch, wenn es wehtat.

Mariano lächelte sie an, die dunklen Augen blitzten. »Na, dann hast du für dein Alter ja nichts zu befürchten.«

»Mag sein.« *Abuela* hatte ihre Falten nicht umsonst. »Aber die Neugier hat zwei Seiten. Als ich dann alles wusste, fühlte ich mich um Jahre gealtert.«

»Ach so.« Mariano rückte von ihr ab. »Und ich dachte, graues Haar ist gerade Mode. Hat nicht Lady Gaga …« Das war wohl seine Version des spanischen *piropo*.

Immerhin hatte *abuelas* Neugier – wenn auch zu spät – Interessantes über Stefano Ramirez zutage gefördert, das Carmen jetzt an Mariano weitergab. Ramirez hatte seiner Elvira den von der Buena Vista Invest Betrogenen nur vorgespielt. Hätten sie das früher erfahren, wäre er als Täter ausgeschieden. Die Wohnungen hatte er zwar teuer bezahlt, aber auch die Mieter waren auf die Tünche hereingefallen. Ramirez hatte mehr Geld herausgezogen, als er hineingesteckt hatte. Und das Geld dann im Casino und mit seinen Frauen verzockt.

»Da ist der gute alte Stefano ja raffinierter gewesen, als ich ihm zugetraut hätte.« Mariano feixte. Ein Sieg der überlegenen Männlichkeit. Er ging zu einer der Kanonen und setzte sich rittlings darauf.

»Und nun hat ihm Elvira die Daumenschrauben angelegt.« Carmen schmunzelte, als ihr *abuelas* schadenfrohes Gesicht einfiel. »Sie begleitet Stefano bei jedem Schritt, und er muss bei ihr im Kosmetiksalon sitzen, beim Friseur, bei der Massage … Er geht mit ihr shoppen, und nach Barbados fliegen sie, so oft sie will. Ein paar Wohnungen haben sie wohl verkaufen müssen, um sich zu sanieren.« Vor den Wellenbrechern an der Martiánez-Klippe bäumten sich die Wogen auf, rollten, brachen und schäumten.

»Aber er hat ein paar gute Jahre gehabt«, fasste Mariano grinsend zusammen. »Dass man erwischt wird, damit muss man rechnen.« Er beugte sich über die Kanone, als nehme er Amerika ins Visier.

Ein übermütiger schwarzer Bube. Carmen beobachtete ihn lächelnd. In *abuelas* Karten bedeuteten die schwarzen Buben Bedrängnis und Gefahr. Sie konnten durchaus dunkelblond sein wie Fernando – die Ausnahme bestätigt die Regel, würde sie sagen. Aber bei schwarzen Locken und einem frechen Blick hieß es doppelt aufpassen, und dreifach, wenn sie Spanier waren.

Mutig trat Carmen der Gefahr entgegen, setzte sich hinter Mariano auf die Kanone und legte die Arme um ihn. »Ich dachte, du trägst deine Kämpfe mit der Steinschleuder aus.«

Er lehnte sich gegen sie und lachte. »Immerhin hast du erkannt, dass ich ein Guanche bin.« Mit nach hinten gestreckten Armen umschlang er sie.

Carmen prickelte es im Rücken. Halbwilde Eingeborene zählten sicher vierfach. Sie schob die schwarzen Locken zusammen und blies in seinen Nacken. »Wolltest du nicht noch Schulden zurückzahlen, Pelinor Guanchenkönig?«

Mariano sprang von der Kanone und hob Carmen herunter. »Auf Guanchenart. Komm, Carmencita.«

Also Tauschgeschäfte. Hand in Hand liefen sie auf die Plaza del Charco zu. Das Bärenfell gegen eine Handvoll Perlen. Der schwarze Bube war ein Schnäppchen, würde Vater sagen.

# Nachwort

»Schreiben ist benutzen« – ein Ausspruch der Berliner Autorin Inger-Maria Mahlke, der die schriftstellerische Tätigkeit bestens umreißt.* Man benutzt die gesammelten Informationen, stellt sie in einen neuen Zusammenhang, vermengt sie mit denen aus anderen Quellen. Noch eine spannende Handlung dazugemischt, und alles zusammen ergibt einen Kriminalroman.

Inger-Maria Mahlke ist eine bekannte Teneriffa-Autorin mit einem besonders intensiven Blick auf die Insel, auf ihre Atmosphäre, das vom Gestern bestimmte Heute. Ihre Sichtweise habe ich mir für »Teneriffa Tod« zunutze gemacht: Trotz des Altersunterschieds passte sie meiner Figur Juana hervorragend, weitere haben partizipiert.

Selbstredend gehört auch zur Vorbereitung eines Kriminalromans die Lektüre von Fachliteratur und die Recherche in Medien und digitalen Quellen. So fand ich zum Beispiel die Anleitung zum Gebrauch der Steinschleuder (»slinging«) in einem YouTube-Film. Hervorheben möchte ich noch Hans König, dessen detailreiches Werk über Puerto de la Cruz sich als unerschöpflicher Steinbruch erwies. Gern genutzt habe ich auch das »Wochenblatt«, die deutschsprachige Kanaren-Zeitung mit ihrem gut geführten Archiv.

Was allem Papier und auch dem Internet nicht zu entnehmen ist, sind in persönlichen Gesprächen vermittelte Einblicke ins Inselleben. Freundliche Einwohner Puertos gaben mir auf der Straße Auskunft; Bekannte, Ladeninhaber und Geschäftsleute informierten mich über die Lebensweise und besonderen wirtschaftlichen Bedingungen in einer von Touristen übervölkerten Stadt und versorgten mich mit weiteren Details. Wo ihre Aussagen für »Teneriffa Tod« genutzt wurden, sind sie durchweg Personen mit anderen Merkmalen in den Mund gelegt worden.

Auch die Insel selbst wurde für »Teneriffa Tod« nutzbar

---

* Die zwei Zitate in diesem Text wurden entnommen aus Inger-Maria Mahlke, »Die Verschwundenen von Teneriffa«, www.zeit.de, 7. August 2015.

gemacht, speziell Puerto de la Cruz und das Orotava-Tal, die den farbigen Hintergrund für die Krimihandlung abgeben, aber auch in vielfältiger Hinsicht »mitspielen«. Wieder gilt eine Devise Mahlkes: »dem Stoff eine Funktion im Text zuweisen, ihn zurecht drücken, bis er ins Konzept passt.« So ist es beispielsweise dem markanten Hochhaus »Bel Air« ergangen, dessen Außenansicht und Baudaten als Modell für mein »Buena Vista« herangezogen wurden. Das Interieur allerdings entspringt der Phantasie der Autorin, es wurde der Handlung entsprechend »zurecht gedrückt«, Realität und Fiktion verwoben.

Darüber hinaus ist im Roman vieles aus der realen Lebenswelt der Insel und ihrer Einwohner zu finden, erkennbar daran, dass Vorgänge und Örtlichkeiten wirklichkeitsgetreu dargestellt und benannt werden. Zum Beispiel wird der neue Hafen Puertos nach den derzeitigen Planungen so gebaut werden wie im Roman beschrieben, desgleichen das Hotelprojekt am Strand von La Tejita. Erdbeben und Steinschläge gehören ebenso zur Inselrealität wie Unfälle auf ungesicherten Kaimauern und an Badestränden, und sogar Morde kommen hin und wieder vor.

Die handelnden Personen dagegen habe ich, soweit sie auf realen Vorbildern beruhen, gänzlich verfremdet. Das gilt vor allem für die Bauunternehmer, die es – ob skrupellos oder nicht – überall gibt. Ausnahmslos wurden die Figuren mit anderen Namen, neuen Persönlichkeiten, speziellen Verhaltensweisen und eigenen geschäftlichen Usancen ausgestattet. Ihre Namen behalten durften nur Personen des öffentlichen Lebens oder historische Gestalten.

Beklagenswert ist, dass Bestechlichkeit und Filz im heutigen Spanien nach wie vor ein Medienthema sind und nicht einmal die fernen Inseln davon verschont bleiben. Doch kann alles, was im Roman darüber gesagt wird, nicht realen Personen zugeordnet werden. Ein Beispiel aus der Realität aber ist das im Roman eine Rolle spielende Parkhaus am Teresitas-Strand, wo »Klüngeleien und Ungereimtheiten im Zusammenhang mit dem Verkauf von Grundstücken« (»Wochenblatt«) zur Verurteilung von sechs Beteiligten führten. Immerhin bleibt solches nicht mehr im Dunkeln.

Der Wirklichkeit entspricht auch, was über die Baugeschichte Puertos und der Insel gesagt wird. Sicher gilt nach wie vor das »Höher, Schneller, Weiter« der Tourismuswirtschaft: höhere Besucherzahlen, schneller Verdienst, weitere Hotels. Doch hat sich das Bewusstsein gewandelt; bei neuen Anlagen setzt man nicht mehr auf den Massentourismus, sondern auf gut zahlende Touristen mit Sinn für Luxus, die den seelenlosen Hochbauten kleinere Häuser mit kanarischen Stilelementen vorziehen. Die Kreuzfahrtschiffe im neuen Hafen werden Besucher in Massen anlanden, die jedoch keine Unterkunft brauchen.

Zum Schluss bleibt mir noch, Dank zu sagen allen, die mich beim Schreiben von »Teneriffa Tod« unterstützt haben. Neben den erwähnten Autoren sind das zunächst meine Informanten, die den Roman mit ihren Geschichten und Anmerkungen immens bereichert haben. Auch meinen Freunden und Verwandten danke ich für Ratschläge, Geduld und vielfältig liebevolle Unterstützung.

Dann habe ich dem Emons Verlag zu danken: Dr. Christel Steinmetz für das Vertrauen in meine Bücher und dem gesamten Team für die kreative und gewissenhafte Gestaltung und Betreuung. Ein besonderer Dank gebührt dem Lektor Carlos Westerkamp, der wie gewohnt den Roman souverän überblickt und freundschaftlich den Finger auf Ecken, Kanten und hohle Stellen gelegt hat.

Alle Genannten haben großen Anteil am Gelingen des Romans; sollten Fehler verblieben sein, nehme ich sie auf meine Kappe.

Barbara Meyer

Barbara Meyer
**FASTENZEIT**
Broschur, 256 Seiten
ISBN 978-3-89705-627-5

*»›Fastenzeit‹ ist ein sehr weltlicher Krimi voll Paderborner Lokalkolorit und mit einer ungewöhnlichen Heldin.«* WDR 4

Barbara Meyer
**MORD IM HOCHSTIFT**
Broschur, 368 Seiten
ISBN 978-3-89705-717-3

*»Auf die westfälische ›Schnüss‹ hat Barbara Meyer ihren Landsleuten lebhaft geschaut und dadurch herrlich schnodderige Charaktere erschaffen. Der Roman ist eine spannende Kriminalgeschichte mit sympathischem Lokalkolorit des Paderborner Umlands und einnehmenden Charakteren.«* Karfunkel

www.emons-verlag.de

Barbara Meyer
**MORD AUF LIBORI**
Broschur, 240 Seiten
ISBN 978-3-89705-767-8

*»Barbara Meyer hat für ein fesselndes Geschehen gesorgt.«*
Paderborn am Sonntag

Barbara Meyer
**DIE SCHÄTZE DES BISCHOFS**
Broschur, 384 Seiten
ISBN 978-3-95451-169-3

*»Detailreich beschreibt Barbara Meyer die Stadt und ihre Bewohner.«*
Westfalen-Blatt

www.emons-verlag.de